i
imaginist

想象另一种可能

理想国
imaginist

唐诺

求剑

年纪 ○ 阅读 ○ 书写

北京日报出版社

图书在版编目(CIP)数据

求剑：年纪·阅读·书写/唐诺著．--北京：北京日报出版社，2023.10（2024.1重印）

ISBN 978-7-5477-4695-0

Ⅰ．①求…Ⅱ．①唐…Ⅲ．①随笔－作品集－中国－当代Ⅳ．①I267.1

中国国家版本馆CIP数据核字(2023)第183260号

北京版权保护中心图书合同登记号：01-2023-4687

责任编辑：姜程程
策划编辑：黄平丽
特约编辑：黄盼盼
封面设计：尚燕平
内文制作：陈基胜

出版发行：北京日报出版社
地　　址：北京市东城区东单三条8-16号东方广场东配楼四层
邮　　编：100005
电　　话：发行部：(010) 65255876
　　　　　总编室：(010) 65252135
印　　刷：山东临沂新华印刷物流集团有限责任公司
经　　销：各地新华书店
版　　次：2023年10月第1版
　　　　　2024年1月第2次印刷
开　　本：960毫米×670毫米 1/16
印　　张：24.25
字　　数：294千字
定　　价：78.00元

版权所有，侵权必究，未经许可，不得转载

如发现印装质量问题，影响阅读，请与印刷厂联系调换：0539-2925659

目 录

辑一 年纪

1. 一直年轻起来的眼前世界 003
2. 他们是几岁时写的？ 015
3. 延后二十年变大变老 025
4. 身体部位一处一处浮现出来 035
5. 暂时按下不表的死亡 045

辑二 阅读

1. 携带着的书 059
2. 结论难免荒唐，所以何妨先盖住它不读 072
3. 有关鉴赏这麻烦东西，并试以屠格涅夫为例子 081
4. 黄英哲其书其人，以及少年心志这东西 102
5. 集体·递减的生命经历和记忆 120
6. 一个现场目击者的记忆和说明 131
7. 再来的张爱玲·爱与憎 152
8. 没恶人的寅次郎国 181

辑三　书写

1. 五百个读者，以及这问题：剩多少个读者你仍愿意写？ 195
2. 第二次庆祝无意义，一本八十几岁的小说 207
3. 将愈来愈纯粹 224
4. 重写的小说 228
5. 请稍稍早一点开始写，趁这些东西还在 236
6. 字有大有小·这是字的本来模样 258
7. 不愿解释自己的作品，却得能够解释自己的作品 278
8. 文学书写作为一个职业，以及那种东边拿一点西边拿一点的脱困生活方式 284

辑四　年纪

"瘟疫"时代的爱情·在日本 317

附录

千年大梦 363

辑一 年纪

1. 一直年轻起来的眼前世界

有一天，我忽然清清楚楚意识到这个应该早就如此明显的事实——我意识到，我面对着的是一个这么年轻的世界，并且仿佛回春，相对于我，这个世界只能一天比一天、每一样事物不停止地更年轻起来。

我猜，这极可能就像吴清源发现围棋新布局时的感觉，吴清源说他当时正泡在那种日式温泉澡堂里，"宛如天公的启示"，就是这一句话，一道光般让他一下子纤毫毕露地、再无一丝怀疑阴影地看清楚早已如此明摆着的事实。从此，围棋由原来的大正棋正式进入昭和棋，进入现代。

从此，我把这一全新的世界图像，如同听从瓦雷里的建言，"携带在身上"——这是我阅读和书写的新布局。

也就是说，从那一刻起，我把年纪这个（其实还不断在前行、变化的）东西加进我每天的阅读和书写里，是我读和写的新视角，以及更实体更遍在的，是新元素，每一个思维每一段文字之中都有它；而且，正因为年纪是稳定前行的，它因此给了阅读和书写一种难以言喻的生动感、一种你从容跟得上的转动,好像每一次都多揭露一点点,更探入一点点。

这应该是近年来在我身上所能发生最好的事,抵消身体衰老的种种难受还有余。

前些时,《纽约时报》登出来一篇带着轻轻忧虑和告诫之感的颇有意思的文章,讲我们当前的世界是个"太多年轻人"的世界,包括硬碰硬的人口统计数字,比方像印度这样人们仍生个不停的大国(原是为着对抗大自然的古老生存传种策略),这背反了我们活在台湾地区,在所谓已开发地区"太多老人"、已成沉重威胁的事实。但全球性的视角及其统计显示出另一侧更大规模的真相,换句话说,人口还在增加,人类世界犹在加重试探我们这颗蓝色小行星的承受能耐不休。

但我说的年轻世界不是指这个,我的年轻化世界只是来自我的年纪,这个只进不退的东西,它在某一天抵达了某个临界点,浮上来了,以至于,比方说早晨坐咖啡馆书写时,我发现自己总是置身于一堆年轻人及其年轻的话题之中,从顾客到店员;阅读时,也不常再遇见年纪大于我的人了,包括书中的主人物和其书写者——年轻的容颜,年轻式的想事情方式,年轻的欲求、判断、忧惧、决定和其茫然,他们最常态性出错的是对老年和死亡的猜想和描述,有时候我几乎忍不住插嘴(当然仅限于我一人读书时,我愈来愈少和活人争辩),不是的,你讲的未来不会那样子发生,冷冷等在你们面前的不是如此,你这么做不可能得到那种结果,等你年纪走到那一刻你想的不会是这些,等等,只因为,这是一再发生过的、验证过的,不管你多不想要、多不想知道。

不只人,还有其他包括动物植物(台北市猫狗常见,近些年友善起来大量增加如观光客的是大大小小各种鸟,还有松鼠、蜥蜴、乌龟等等），以及无生命的物体物品。我携带着这一发现如带着一张新地图四下行走，很轻易就看（比对）得出它们的各自来历（以及一部分的未来可能命运），知道眼前这些绝大多数都是很年轻的、晚到的，举凡行道树、交通工具和马路、大楼、商家和商品，以及其间人们的行为方式、习惯、姿态和神情。其中，最年轻晚到的总是一些小店家（比方小咖啡馆），我甚至说得出它们何时开的店，也说得出它们大约何时会消失，一个月后、半年后云云，这是比较令人悲伤的部分，这样开店的通常是年轻人，说多不多说少不少的钱，虚掷只换来沮丧的生命时间，纯浪费的异想天开梦想，我往往打开始就知道这必死无疑，唯无从劝阻。

还有，我现在犹居住的老屋子，已老得废墟化了，以至于周遭短短几十米巷道，近些年几乎没安静停工的沉睡日子，总是这家没修补完又一家，鱼鳞式叠瓦式地进行。但仔细算，这是一九七一年、第二个辛亥年盖的，竣工交屋同时隧道才打通启用，也许因此才命名为缅怀先人的辛亥隧道吧（那是一个会要你记住较多东西的年代），然而一九七一年，我已存在这个世界很久很久了，再稍后，朱天心在这里写了她的第一本小说集《昨日当我年轻时》。

之前，也许是当它们是某种生命背景的缘故，自自然然结合着亘古的太阳、月亮和满天星辰，以及山脉河流云朵，我总不加查究地把这一切都看成原有的、既在的而且一体成形的东西，我自己则是"闯入者"，且过客般会早一步只身离开如《鲁拜集》诗行里说的那样（且不管究竟会是何种方式），打扰的、异质的、移动不稳定的是我，会像卡尔维诺说的加进我再减去我。但现在，这恒定的、连绵的世界景观分解开来了如庄子口中的那头牛，各自单独成物、成生命，是组合起来的，彼此之间有很大缝隙，也呈现出前后纵深；它们各有来历，不站在同一时间平面上,也长短不一听天由命(屠格涅夫《罗亭》里那一句:"我们全都听天由命。")各自走向消逝,这也是临时的、偶然的,因此想必也很脆弱的搭建,或者说是我观看者角度的不知不察错觉而已,如同我们把彼此相隔不晓得多少光年远的星球看成同一个星体组合,一种星象,一个神,合起来决定着我们人生福厄生死。如今,我已可以分别地、单独地一个一个看它们想它们,如今的我比较准确。

一般,我们会把无生命的物件想成比我们自身持久,好像说没有生也就不会有死,这泰半仍是错觉,以及一小部分系源自一个古老的、物件往往一代代继承使用的已消逝记忆。于此,弗吉尼亚·伍尔夫是极敏感的,她的太过敏感也令她容易感觉衰弱和提前苍老并趋近死亡。伍尔夫参观小说家夏洛蒂·勃朗特纪念馆时有点激动,遂如此纤细地写下来:"她的鞋子和薄纱裙子比她还长寿。"——即便仍身处那样一个人们并不轻易用坏丢弃东西、二手市集仍是假日节庆之地的年代和国家里,伍尔夫仍正确地感觉惊奇,并深知这非比寻常("这些东西不应该放在这种死气沉沉的地方,但若不是保存在这里,多半便只有湮没的下场。"),只因为这些个人用品、衣服,还有鞋子"照例先于用过它们的那个躯体消亡"。

伍尔夫人敏感到自己负荷不住,身体或心里某一根细线时时届临绷断。她当时应该才三十几岁,五十九岁自杀而死,当然算早逝,非常非常可惜。

树亦如此。我说,树必定就是城市里面永远最好看的东西,没有之一;我相信庄子若活在今日城市里也必定这么说,他是那个树还毫不值钱、树犹是人生存障碍、砍树没道德问题的远昔时代最喜欢树的人,他的此一睿智和心思悠闲是很惊人的,提前人类真的太多了。庄子谈论树的乐呵呵方式仿佛是正抬头看着某一株远比我们年纪都大的大树，拍拍它，摸它。

当然，他所说的树都是不可思议长存的，活在某个大时间里。

我强烈到自知是偏见的看法是，世间从来没有任一幢建筑物美丽到、完整到可以单独欣赏不出事的（除非只是封闭性的满足于某种工匠技艺成果的欣赏和思索讨论）。我这么说丝毫不带着多余的寓意和那种故意拐弯抹角的"哲思"，也不是只指现代建筑而已，而是包括了所有已列为人类伟大遗产的古老教堂、皇宫、城堡、寺庙和神社。不植树，不靠树来正确地遮挡和填补，没有一幢建筑不当场真相毕露地狼狈起来，线条总是太生硬、单调而且稀疏，仍只是"架子"，不会有足够的生动感尤其稠密感。

然而，大多数树种的天年其实都短于我们当前的人寿不是吗？我们只是不容易察觉它们静默的死亡和更生，并往往弄混了它们的群体和个体而已。况且，存活在城市里的树想自然死亡又何其困难如古书里常说的"幸而得死"，人们总生得出各种莫名其妙的"必要理由"来害死它们，也因此，台北市很明智地规定活超过五十年的树就称之为大树、老树，列入保护。五十岁？这么年轻，可又已这么稀罕珍贵，台北市五十岁以上的人不满街都是吗？

京都著名的樱景点哲学之道其实花已迟暮，老照片里那样如满天飞雪的慑人景象已不会重现了——染井吉野樱的天年是六十岁，而且染井吉野樱已无法自然繁殖了，原是演化里那种走错了路、已该灭绝的物种（动物的马也是），它得靠人来接枝育种（该有人去问问庄子，这算因为有用或无用才得以存活下来？），日本有这样如吉野樱守护者的工匠职人，仍是一个养活得了人的职业说明它的需求量，这些年极可能还多出了外销订单，连同樱花祭一起输出海外，知道这个让我心情变得很好。

如同书写此刻我看着敦化南路已有森林架势的大樟树群。

所以,在台北市四下行走、站立、或坐下来,如今我看着的便多是这些年纪轻轻的树、一株一株比我儿子谢海盟年纪小的树,"比树老,比山小",所以这两句开车回家的老歌词是对的。

我想起来,我小学课本里有篇奇异的课文叫《仲夏之梦》,和只活五十二岁的莎士比亚完全无关,由一个披头散发的怪老人讲故事或讲时间里发生和流逝的事给"我"这个小孩听。末段,宛如天起凉风,温煦的老人突然变脸狂笑,并从身体射出"绿色的弹子"把"我"从夏日午睡打醒,原来老人就是"我"睡它树荫里的大榕树。这文章收得有点笨拙,又鬼气森森,当场吓哭了班上好几个女同学(已经都是快六十岁的祖母了,她们不会还记得吧?)。物换星移,如今轮我来讲台北市从前种种给这些树听了(像辛亥路二段到复兴南路那排年轻漂亮的枫香树,你们自己晓得吗?这里曾是三路公车总站,这班公车既经北一女又到建中,是当年我的高中同学们的神级公车,少量的恋爱故事和极其大量的绮梦幻想就在此车上发生),并嘱咐它们得努力好好活着,尽管这么说并没什么实质意义,只是一份心情——当我们说听天由命,这是很感伤的话;但对于所有城市的树,则仅仅是个事实而已,比方一次大台风,或一任新市长及其麾下的都发局局长。

理论上,我绝非一觉醒来到今天这年纪的,"日历日历,挂在墙壁,一天撕去一页,叫我心里着急",这应该早早地、由弱而强地逐步察知才对,不是突如其来的发现。但这样也许更好也说不定,我的迟钝把这一察觉过程完整存留下来一次爆开,变得像是有事发生,因此不是结论关门,而是如棋局重开,带着相当的热度;是一种清清楚楚的知觉,不只被动地看,还要你有意识地寻求——像是自己身上携带着某种特殊光源（比方《犯罪现场调查》里用来显现命案现场不可见血迹、精液或漂白水的光敏灵），走到哪里亮到哪里，世界极生动地仿佛就在眼前一寸一寸剥开、呈现、柳暗花明。

　　我还真喜欢整个世界以这种方式年轻起来、复活起来。我说过，这很可能就是近几年来我所能发生最好的事（其他时候，就像卡尔维诺讲的，你充其量只能希冀别再有坏消息、世界不持续变得更糟），或者说，根本没事发生却能变得更好。每个东西都轻巧地动了一下，忽然生出了新的光彩，有着不尽相同于过往的意思及其生命轨迹，或者说，变完整了，复原了它们各自的更完整模样和内容，遂一一从群聚的、类化的扁平世界分离出来，跳入你眼睛里。更好的是，无责任也不被催赶，可以仔仔细细地、完全由自己决定时间长度地看、想、描述和沉淀反省，没人理你，一种自在（这是人老的好事之一，不急于也不被要求赶赴未来，所谓"晚上的自由"）。《圣经·创世纪》所谓"眼睛就明亮了"（很有趣，这也是人第一宗、且是最沉重的永世不赦之罪，传及子子孙孙成为诅咒），人眼睛的苍茫疲惫不仅仅是生理性的如不可逆的黄斑病变，更多人更多时候是因为很长一段时日感觉没东西可看了，没再出现足够让人激动想讲给别人也知道的书，没几个太值得等待所以必须一直盯住他的人，眼睛一直停滞于一种淡漠的、没焦点的不良状态。

　　最大规模明亮起来、丰饶起来的会是哪里？我的真实经验是（这也符合我的猜想），仍是书籍，也全部跟着年轻起来的书，施了魔法也似的。现在，我相信自己过去读它们时一定忽略了很重要的什么，我自己少了某些成分，从而少掉了某个很必要的视角和警觉，让阅读结果很不完整，而且可疑起来了，因此，每本像回事的书尽可能都该重新读过才行——这有点像回到四十几年前某个星期天早晨，我才刚搬家到台北并第一次站在重庆南路上,传说中的彼时重庆南路,人整个是空的,却也像是个容器。当时的重庆南路书店一家挨着一家,一直伸到极目天际之处,眼前整个世界仿佛是用书铺起来的。

稍微不同的是,这回我比较"不怕"了,也不容易上当,我喜欢它们的成分终于缓缓稍高于敬畏它们的成分,我能更精细地分辨,更知道如何读所谓的"字里行间"、那些比文字更稠密的东西。

所以,不只重读,而是很接近于重来——从此(二〇一五年伊始),我以每两天左右一本书的速度持续前行(倒不鼓励人们这么看书,不需要,我这多少是包含着某种工作成分,自觉性的,像昔日福楼拜为写一部小说密集读一千五百本书),我和书的一度渐冻关系看来完全醒过来了。

我尤其想好好再读其中一些书,像是,卡尔维诺才写成就死去的《帕洛马尔》,一个不只进行文学实验还不断扩大文学实验范畴和可能性的卡尔维诺,比在《未来千年文学备忘录》更感觉死亡已临身更私密遗言的卡尔维诺,在如此有限的时间知觉的筛选下,他被迫想什么,觉得还可以想什么并以为可走多远云云;像是,《博尔赫斯全集》的第三卷,这收存着他七十岁以后的诗和散文、演讲词,是一般人无意以及有意忽略甚至认为非博尔赫斯的博尔赫斯,也是不撑作品形式架子遂更去除了"虚张声势和言不由衷"的赤诚博尔赫斯;像是,加西亚·马尔克斯如此优雅退场的《苦妓回忆录》,尤其,书写彼时他应该已进入所谓老年痴呆的阿尔兹海默病世界,不该离去的,不该消失的,但他仍有剩下,而且剩下的依然如此沉静地熠熠发光,仍这么美好无匹、有价值,也许我哪天也会那样,我希望届时我仍会记得这部奇妙的小说并记得我此时此刻的想法、感觉。

又像是,康德的《判断力批判》(六十六岁的作品),我的阅读记忆告诉我这书不算"成功",且让人爽然若失的感觉有点"简单",以康德的思维规格,相较于《纯粹理性批判》一路而来那个深奥、结实、一步也不跳过不分神不省略到压垮人的康德(我还记得卡尔·雅斯贝尔斯讲过极精准的一番话,大意是,读康德,总觉得康德把他才给你的东西又拿回去了),可见鉴赏、判断这一领域多么难,难想、难整理、难叙述、难解说、难以确信以及证实,包括对自己说和对别人说,每一步都困难而且又冒出来新的、近乎无解的困难。而鉴赏和判断恰恰是我近年来最在意的,也是我的工作最无法闪躲的两个大麻烦东西,我因此感觉自己不断在远离当下世界,鉴赏和判断不应该、但难道最终只能是自娱吗?

康德后来,和加西亚·马尔克斯一样,也进到那个如加西亚·马尔克斯年轻时所说"死亡的遗忘"的世界。

还有,我愈来愈感觉我"欠"屠格涅夫一些什么,欠一读,以及欠一点公道。

但比较不是《父与子》和《罗亭》(其实这两部小说最适合在台湾当前的年龄状态下重读),我想的是比方《贵族之家》和《猎人笔记》,以及他所有的发言包括散文、评论、演讲和书信。像《猎人笔记》这本并不容易记住内容、遂也更难转述的散文,此刻我马上能想到的是,那个极诡异看见自己在眼前走过去的村妇,奇怪居然也记得她叫乌略娜(传说,在俄历十月底的所谓"普赦日",你晚上坐教堂前室,会看到这一年内即将死去的人走在路上),这是那五个牧马夜宿草原上、不睡觉煮着马铃薯吃的小男孩讲的,鬼气森森,当时,打猎迷途的屠格涅夫加入了他们,他躺着,幕天席地,在入睡前听到了这个故事,或者说他做了个这样的梦;也还记得屠格涅夫遇见了一个完全没身份的人,不是农奴也不是自由民,而是在人类世界里不存在或说没进来,不是智者而是生物那样活着,直通百万千万年的上古时代;屠格涅夫还讲过一个一生没有过、也从没用过一块钱的人,靠大山靠森林靠水塘过活,完完全全的自然经济,而这已经是十九世纪的俄罗斯帝国了(我相信,也许今天中国偌大土地的某角落仍有这样的人)。但我心头雪亮,屠格涅夫最好的地方并不在诸如此类的"尖子",他甚至没要把它们抓出来发展成小说,这里也许有着一种难以言喻的、徘徊在文学作品和生命现场界线之间的判断、犹豫和选择(该不该把某人、某事某物"让位"给小说,进入到某个较醒目可却也不免"失实""孤立"或不免稀薄的世界呢?)。屠格涅夫有一种早于自己年纪一大步、如闽南语说"先老着等"、提前进入老年的观看世界方式、和世界相处方式,一种全景;吸纳,而非大惊小怪;承受,而不轻易假设以免不知不觉离开。这样的态度、这样子的思维方式,不见得利于单篇的文学书写,甚至于感觉妨碍的时候居多,人会迟疑,会同时逐太多兔而不得一兔,也会太诚实以至于不愿动用必要的文学特权文学诡计,会放弃原本可以一写的作品云云。

屠格涅夫确实没有真正耀眼的、那种光芒万丈会让人入魔的单篇作品(《父与子》勉强算是),从这点来看他确实不如托尔斯泰和陀思妥耶夫斯基,但我确信他是俄罗斯帝国这一排伟大书写者中"程度"最好的一人(不仅仅是比较明智而已),也是最公正最完整的一个,在当时那样一个风起云涌吵成一团不容易理清、仿佛人人急于只取一瓢饮的时代,我最信赖他的判断,他正是这一团乱麻时代里我说的那一条准确的线,我总是小心翼翼拉动他这条线来尝试解开这个纠结的时代。

而此时此刻,我重读的则是夏多布里昂那一本"宛如从坟墓里传回来的声音"的《墓中回忆录》,我感觉这才是我第一次读懂它,我来到了坟墓旁边读它。

凡此。这不急，也感觉不能太急，我如今往往把最想读的那本书稍稍挪后，感觉在那之前有不少书最好能先看过，好像是某种热身某种预备，好各自获取较恰当通往它们的路径，以及较正确的心情。

尽管眼睛已较容易疲劳模糊甚至不祥地泪流不止（会不会连这个也走向博尔赫斯呢？），但这确确实实是我一生阅读速度最快最为平顺的时日——我猜想，大概是我已不易迷路的缘故吧。再读这些作者一个一个变年轻的书，我发现自己几乎没有了那种一路跟着我的陌生异地感、恐惧感，我在"字里行间"看到更多东西，仿佛听得见他们没能说出来的那些话，我变得较有把握"抓得住"他们思维进行的那根细线，察觉他们究竟如何也陷入困惑、矛盾、左冲右突、话说不清楚以至于线条摇晃、凌乱、分岔、殒没，甚至断绝不通；我比之前更了解他们当时正想着什么、何以这么想，以及原本想得到什么成为什么，有时仅仅就只是因为我已经比他们（书写当时）年纪要大了而已，他们未发生的，在我身上已发生了，他们靠猜想的，于我就只是个记忆是吧。所以说，人年纪大了不是只失去东西、每天多死去一点点而已，同时候另外一面是，有些东西是不断跑进来的、正向累积的，甚至居然还会是开心的。冷血的时间显现出诸如此类的微微善意和机会，不放过自己的话，人绝对有机会可让自己远比年轻时、比中年时更好，甚至不愿意时光倒流，舍不得年轻回去。

回去让自己变得比较笨？干什么呢，我好不容易才让自己来到这里。

《纯粹理性批判》之后的康德，总是把文字一个一个削薄削小到一种单调沉闷的地步，让文字牢牢固定而不是流转炫目，让它死而不是让它活，这其实是打算把路走得很长很长的思维和书写，有远志的，不想陶醉徘徊的，当然显得无情，可我们仍会读到像是这样的："两种事物，使人心充满长新和日增的赞美，这两种事物是，在我头上群星的天空，以及在我心中道德的法则。"

2. 他们是几岁时写的？

大江健三郎讲他年轻时经常把日本天皇想成一只鸟，白鹤，或者某只更奇异的神鸟，直到一九四五年听到了昭和天皇全国广播宣告败战投降的玉音，这才发现他原来只是"一个嗓音真实的普通人而已"。

类似这样，这些忽然都变成年轻人的了不起书写者，但我的感觉比大江愉快多了也丰富多了。

仅就此时此刻记忆所及举其著者——但丁《神曲》是他三十五岁时写的，莎士比亚的《罗密欧与朱丽叶》是三十岁，《哈姆雷特》三十六岁，托尔斯泰的《战争与和平》四十一岁，更好的《安娜·卡列尼娜》（人类历史上"完成度"最高的一部小说）也不过四十九岁，普鲁斯特的《追忆似水年华》三十一岁，加西亚·马尔克斯的《百年孤独》三十九岁，格林的《事情的真相》四十四岁，等等。至于康德的《纯粹理性批判》，之前整整十年的静默冥思，完成时他五十七岁，正正好是我刚过去的年纪。

> 他们这些肖像是照谁的样子画出来的？
> 他们这些谈话是从哪里听来的？　　　　　　（莱蒙托夫）

可怕。

这一纸清单大可一路列下去，直到它接近于人类伟大作品总目录的厚度为止。我十几年前编了套给高中学生看的《人类最伟大的声音》的小册子模样丛书，其中一本是《共产党宣言》，当时我在书前的介绍文字已打预防针似的指出来，请务必注意写此宣言时马克思才三十一岁、恩格斯二十九岁，恰恰好就是我儿子现在的年纪，所以说，在赞叹不已之余，我们要不要就此相信这是一份先知的文件，是一则穿透了总结了人类全部所知所能、再不留一丝历史奥秘阴影、揭示人类全体无可遁逃命运，而且一字一句都不容改动不许怀疑也就不用多想的最后神谕？还是说，这毋宁更像写一首诗呢？带着年轻人的满满激情，以及年轻时日很难避免的虚张声势和巴洛克风？

心里比对着我儿子每天生活里的种种，如今我更好奇的是，他们二位下笔时刻的心思状态和其实际书写过程。比方，他们是认为世人会全相信、或正因为知道世人不肯就此相信（这两件事日后诡异地都发生），才把话撑大到、夸张到这种地步？所以，他们自己也都相信吗？确信和冲动的比例各多少？哪些话是不顾一切先写再说的？还有，书写必定经历着一个过程，在这段总有冷下来的时间里，他们究竟怎么斟酌、选择、判断、猜想并决定呢？他们感觉心虚吗？凡此——这些，超出了宣言内容本身，却又更深入了内容；或者说，在意识到他们年龄同时，我们有所凭依地让马克思和恩格斯恢复成为完整的、很具体的、可感受可理解的两个人（当然，虔信者仍可以顽强地说比方天使没年纪考量的必要，天使可以各种年龄的形貌现身，做不到这点他算什么天使？），我们于是很简单就得到了一个外于宣言内容的珍贵阅读，外于还包括先于和后于，也就是说，不仅多出空间的多重视角，还多出来时间的经历、变化和验证。这是一个平等而且自由的阅读位置，让我们得以四面八方从更多深具意义的路径进入、并随时自由地离开内容（也就不必身陷稍后的大革命神圣陷阱之中），而且，我们自己的经验、所学所知、思维和生命构成也"恢复"了存在和意义，可同质地和书写者、宣言内容往复地衔接起来，不只是单向的领受，这因此会是一种更准确、精致也更持久的阅读，来自我们成功地掌握了它的边界，我们知道了书写者是两个嗓音真实的普通人。

尼采也做过极相似的提醒，语气稍重。他说的年轻人是耶稣，尼采显然注意到他死时的年纪，三十三岁（估计）——尼采坚信，耶稣如果活下来（比方像陀思妥耶夫斯基那样，谁能说这样的事不会在行刑前一刻发生？），日后必定会回收他的教义（陀思妥耶夫斯基的《卡拉马佐夫兄弟》里大审判官一段也有类似的暗指，他是否有他再确实不过的感受呢？）。这其实是非常可能的，如同博尔赫斯满布宜诺斯艾利斯回收他的第一本书，如同我们自己的真实生命经历，你还一五一十完全相信自己二十岁、二十五岁时的全部想法吗？再懒再浪费时间的人都很难这样，人的思维一定会进展会变异调整（当然也可能荒废瓦解遗忘，也许这更常见），这是所有书写者回看自己一生著作的一种必然但无奈烦恼。尼采这一断言只是常识，用意图惊吓人的语气讲出常识，这是他一生的习惯，所以他也一直是个心志上、心态上很年轻的人，甚至有点不知道怎么老去还畏怯老去之感；年轻人也很难不喜欢尼采，懂不懂都先奉他为名再说，他的姿态和语调先内容一大步吸引年轻人，他于是也是个被历史评价、被后代阅读稍微高估的人，包括质和量。

或者，我们也可以干脆这样一次解决——卡夫卡只活四十一岁，契诃夫四十四岁，爱伦·坡四十岁，本雅明四十八岁，尼采自己四十六岁就疯狂死去，等等。还有，莎士比亚也总共只活了五十二岁而已（我已不方便称他莎翁了），这纸清单短一些但同样可继续列下去，诸如雪莱和拜伦都没活超过三十岁，波德莱尔四十六岁，普希金死于决斗不满三十七岁，果戈理曾把这种早逝称之为"天才人物的痼疾"，这话让我们这些活着稍久的人有某种现形乃至于做贼的味道，至少证明不是天才，而果戈理自己也是四十三岁就灯枯油尽而死，留下来残缺不全的《死魂灵》，他毫无疑义也是个小说天才。

这每一个，他们的每一部作品，当然全是抢在还活着时写出来的。

我还想起太宰治一篇短文（是在《津轻》书里吧？）也这么数着年纪开头令人记忆深刻："正冈子规三十六，尾崎红叶三十七，斋藤绿雨三十八，国木田独步三十八，长冢节三十七，芥川龙之介三十六，嘉村矶多三十七。"——年纪犹轻的彼时太宰同我们一样一个一个细数前代诗人、小说家的辞世年岁，意思可能稍有不同。太宰较大成分应该是心急，是对自我书写成果的阶段检视和提醒，也因此太宰没有我的惊奇并愉悦感受，而是"苦闷啊"，有那种岁月荒失且来日所剩不多的缺氧之感。这里头，包含了也浮现着一点年轻人好胜、好比、好排名之心，这是一种会来得较早的特殊年龄意识，也有点幼稚没错，但只要是面对自己要求自己，好好克制住妒恨、怨毒、阴暗的不好成分，别去胡乱诋毁别人踩下别人（一种最快速让自己高出来的方式），这仍可以是健康的、积极的。

太宰自己赶在四十岁前选择投河而死，地点在今天三鹰站通往宫崎骏吉卜力工作室的"风の散步道"途中，这是不长的一条相当美丽小路，欢快的龙猫公车来回开着（只是我至今仍不解在路旁这一道清浅、深度不及膝的小圳沟如何能死成？怎么会选择这里？）。太宰的自杀早逝稍后给这番年龄计算多糅上一抹诡异的心思色泽，恍若预言恍如意有所指。

至于张爱玲，她的《雷峰塔》三书算是意外的遗赠，像卡夫卡的书一样（我自己相当喜欢，远超过她之前的小说），这也就是说，原来就惊动华文书写世界又恒定不衰（？）的那个张爱玲，其实一直是个极年轻的、四十岁不到的书写者。

"他的魔力在消退。原先高大的人物开始缩小，随着我们的长大，他们逐渐变成我们现在看到的样子。"——正确地说，诸如此类的惊异之感出现在人的各个生命阶段，可以来得很早（比方大江之于昭和天皇，当时他应该才二十岁），不大一样的是，年轻时容易因此生出某种幻灭感，像某个远处的光消失了，惆怅并隐含着些许狂暴的念头，有那种谁欺骗了你的感觉妈的该有人负责，可又容易很快忘掉不及于下次、下一个人；而在年纪老去的这一回，惊异的末端（应该没下次了，它被记得，被从此携带，化为经常性的眼光，持续而平顺地如大河流去），不断显示的就只是真相、实相，显示人、事物、世界每一天都更稠密些完整些的本来面貌。多知真相再怎么说都是好的、最重要的，有句话说，"真相使人自由"，这讲得非常对，仔细想过更对；这话的下半截是，"唯更多的真相总是令人畏惧的"，这也是对的，所以人非得英勇不可，戒慎戒恐、郑重、虔敬。

知道是真相，人的当下心思或不免有些复杂并且迟疑，但最深处，我们自己晓得，是清澈的、踏实的。

如此，在阅读每一部了不起的作品时牢记着书写者的年岁，我此番的经验是，这并不灭损它的光芒，唯一会因此熄灭的只有"魔力"所添加的不正常亮光，但我想，这本来就是应该设法消去的；或者说，唯有关掉这太过刺眼的、让人无法直视的单一神圣强光，我们才有机会真正看清楚其细节，看出深浅层次，并且不遗漏掉书里原来处处都是都有的亲切微光。实际上发生的是，确认了书写者远比我此时此刻年轻，只让我（断无其他种可能）更佩服他也更好奇他，常常伴随一身冷汗。我当然晓得有人能做到我难以置信的、再给更多时间我都做不到做不成的事，我绝非"万物的尺度"（要不然这世界还有什么希望什么未来可言？），但仍然，我自己那个年纪时到底都干什么去了？

实际进入到作品的每一字每一句，会看到更多好东西，却也必定会看出不少空白、不少"失败"之处，当然如此，你怎么可能只要这边不要另外那一边呢？——但失败不是确切的字眼，尤其对这些了不起的作品而言，只因为它的意义和层次远远不只如此。绝大多数情况下，我宁可说，这或许只是程度上的模糊（且更多时候失利的只是述说而不是思维，我们的文字和语言都是不稠密不完整的）；也或许是不尽恰当强调的代价（每个当下现实总迫使我们做出某种强调，遂也因此隐藏着诸多有趣的历史现实线索，知道他们心急些什么、想望些什么，并因此牺牲了什么）；或许只是书写者力竭的暂时停止之处（于是我们可继续读他的下一本书）；乃至于来自某个难以做出选择又非得做出的不得已选择，种种种种。这每一种都有它不同的分量、来历和对我们的提醒、指示，也都不是失败这个单调鲁莽之词所能负载的。

还有，虽然不到百分之百，但其比例压倒性的高，这是我自己极痛切的阅读经验——年轻时日认定的失败，其实就只是我自己的不解和不够。我还没到那里，我其实还不真的知道书写者在面对什么、讨论些什么并忧烦什么，我不知道有其他世界其他可能以及其各种危险各式陷阱，我单调但安适的习惯、想法和情感被冒犯了，如此而已。

我很庆幸自己没懒惰地就停在那里、停止在那个年纪的程度。

确认了书写者当时人（困）在某个年纪、某个生命阶段时刻以及某空间、某个真实处境里面（如果能佐以足够的时代空气背景那当然更好，如纳博科夫说阅读小说该准备一张足够详尽的当地大地图，尤其是当时的），我们于是有机会把所谓的失败"还原"为书写者的烦恼和一部分他的盲点，这通常还不会只是他一个人的独特烦恼和盲点（盲点尤其总多是集体性的，也才因此难以察觉、更正，也就是一个时代的特定知识和情感限制），只是他也"碰上"了或也陷身其中而已。我以为，相对于不做不错，这是某一组心怀良善企图、认真做事情且屡屡树起过大目标的人总会遇见的困难和限制，也就是说，我们若也想走这一趟路、做成类似的事，同样迟早得正面迎向它，所以，这是我们可以也应该参加的，不只是挑挑拣拣指指戳戳像某种花钱买东西的大爷，阅读者最不该染上这种商业性恶习。

这里，我稍稍过火地再多说几句——如时穷节见，发现作品的不（尽）成功处往往也是考验阅读者自己的特殊时刻，摩西分红海般把人切向两边，一种选择弃绝离开，再不回头地认定这只是一本不值得看的书和一个被言过其实的书写者，这样的事重来个几次，弃绝掉的最终是阅读者这个身份；另一种则机敏地看出来此处有蹊跷、有路，而且必定是某一道特殊深入可能、寻常人去不了的路径，就像看到"立入禁止"的恫吓性告示牌，恰恰说明前方不远处有路，有某个非比寻常但某人想独占的好东西或至少有事发生。

奥古斯丁显然是第二种人，他在《罗马人书》这一《新约》篇章看到了使徒保罗的煞费苦心和不尽成功，承接下保罗的困扰，遂由此展开他一生最重大的思索工作（《忏悔录》《天主之城》）；再下来是康德，站在的是中世纪已结束的不再一样的人间世界，随着神的不断远去，随着人的世界进一步的建构，人的自由意志问题，恶的生成、遍在及其从何而来问题，善的实践及其最终保证问题，乃至于更进一步人的认识、判断、选择、决定和责任云云是否成立是否有效这一系列的问题，一一变得巨大、普遍而且非常非常现实，更无法再如昔日保罗和奥古斯丁那样简单诉诸神恩和启示，关键时刻、山穷水尽之处召唤神现身，来堵住、来解消其疑点、其彼此妨碍矛盾和其空白（"解围的神"，从通俗戏剧到深奥哲学大家都爱用）；再之后，便是后康德，因为有了康德欧陆一时如风吹花开的哲学丰年——最简单来说便是这样。人思维的接续点往往是这样载满意义、充满潜质的失败之处而非成功，成功往往吃干抹净不留后人足够的施展空间，成功像是用光了材料，成功还会震慑住我们仿佛无法动弹，仿佛一切到此为止。

这一效应如此地清楚并且遍在，以至于甚至会"破坏"正确的历史鉴赏和评价，让我们再难察觉它的失败——像莎士比亚最著称、最被后世思索讨论并引述不休的《哈姆雷特》，如艾略特等一堆内行人代代指出来的，这其实是一部相对失败的作品（不是因为丹麦王国古怪地挤满一堆意大利人名的人而已。内行人都明白，真正厉害的、接近完美的是《麦克白》），凌乱、疏漏、矛盾处不少且结构不良，但《哈姆雷特》"触到"了某个东西，还接近空手而回地把它相当完好留给我们大家，像个礼物（尤其，我们的世界也由堂吉诃德切换向哈姆雷特，由虔信走向不信、无可相信），用博尔赫斯也许太宽容的话来说是："这些诗句的丰富内涵在于它的含糊性"；还有，康拉德的《黑暗的心》也是一部类似的失败之作，我们也许还会想到马克思的《资本论》、霍布斯的《利维坦》，想到黑格尔和尼采云云（我这个年纪渐渐知道了，这几个人其实没有我们认定的那么聪明厉害，他们都太过"震惊"了）。这一效应最终还可以用为一种诡计，像才过世的埃科指出来的，人如果只是想在后世留名（其实当世得名也一样），并不真需要交出什么够深思熟虑、够完好的作品，只要"大放狂言"就做得到。

历史评价、历史声誉，永远是这样又郑重又草率不堪的东西，是可依据又充斥着欺瞒侥幸的东西，这随着我们的年纪和阅读进行，会一个一个在我们一己寸心里水落石出，但谁也没办法一一更正它们。

当然，以上这些话是在一定程度之上说的，确实有更多是单纯、没意思的失败，完败；有乱写的书写者，有不值一看的书。

所以顺带讲一下，某个当下的坊间流言当然是不正确的，说我（也不只我一个）不喜欢、瞧不起并"排挤""伤害"年轻作家的作品——恰恰好相反，我喜爱并反复重读如一生友伴的作品，绝大部分如前述是由年轻作家认真写出来的，当前台湾也不多人比我更加时时牢记并一再引述给他人也知道他们精彩的某一句话、某一发现。真正的答案只是：作品终究是一个人的，好与坏、成与败，别那样躲避地想依附于群体，这不会让你凭空变好；确确实实也有作品没写好、再考虑各种宽容理由都无法赞美的年轻作家，那一个、那几个，都个别来看来说的，完毕。

比方说有这特定一组年轻的作品绝对是没写好的——那就是我自己四十岁（确切地说，四十四岁）之前所写的全部东西。当然不是不承认自己写过（非承认不可，这既是事实也是责任），而是认定它们只配丢弃只配被遗忘，除了用为像我跟同辈张大春那样相互嘲笑；或这么说，如果可能的话（比方说时光倒流），绝不会拿出来，就像小说家阿城讲的，练习本子应该好好收在自己抽屉里。

书写从来不是一件简单的事，而且只会愈来愈困难，只因为书写活动已稠密不懈地进行了几千年时光，"好摘的果子都被摘光了"。只是，与此一事实诡异的逆向行驶，如今人们倾向于认定，书写是愈来愈容易、随便、不用学习也无须任何准备的事，更接近一种宪法庄严保障不可侵犯的公民权，而不是一件卓绝的、雄伟直奔的、上达的生命志业工作。像该死的莫奈讲的那样，人只要像"小鸟唱歌"那样写（画）即可。莫奈讨好了绝大多数的人，祭品是千年技艺，所以列维－斯特劳斯（以及之前的波德莱尔）生气地说，绘画技艺的大坏就是由莫奈开始的。

再笨的人都晓得，做某些事（比方讨好所有人）比较容易比较安全，也于己有利，还不花钱，或者就说符合"人性"，但我一直牢记着陀思妥耶夫斯基这番话，是他纪念普希金的一次演讲里的："是的，有这么一些深沉而刚强的灵魂，他们不会有意识地把自己的圣物送去受辱，即使是出于无限的怜悯。"

我很努力实践这番话，很难，但也渐渐容易，可能是它会逐渐转为一种习惯、一种态度、一种密密嵌合于身体的思维，以至于成为一种准本能的反应，有着清楚生理作用（举凡冒冷汗、起鸡皮疙瘩、胸闷恶心云云）的反应。我缓缓发现，这番话不只说出了我们对书写评价的必要坚持而已，真实也正确无匹地解说了人何以屡屡不为自己辩护，就像列维－斯特劳斯那样，眼前的流言"堆积如山"他却一个也不想清理，因为这不仅仅是单纯的误会而已，你完完全全知道，这里面有更多有意的谎言、算计和贪欲这些污秽的东西，不会因为你的说明就消失。

3. 延后二十年变大变老

年轻、中年、老人，我们一直习惯而且不加深究地把人一生这么大块切开，如此接近自明，我猜想，还是因为有着生物性基础的缘故吧。人察觉自己身体的变化，尤其那几次特别明确、猛暴、异常、如某物袭来、可认定为某种断点的特殊生理变化，最强大的当然就是生殖一事，它的到来和离开。

但人由生物世界不回头地走入自己建构的世界，接下来发生的事，可见的、衍生的、应用的、调整的，愈来愈只在社会层面上进行，生物性的部分被眼花缭乱而且迫切的社会现象给覆盖住了，潜伏下去，成为人较私密的东西，人一对一地感受着它，和它对话，幽微而且孤独。

这是社会层面发生的事——联合国世卫组织才刚调整了人的此一年龄阶段分割：四十五岁之前都算年轻人；六十岁之前是为中年人；六十到七十五岁最有趣也最费思量，名之为"年轻的老人"，或简称初老，像是个疑似的、插入式的特殊夹层装置，在此，人犹（可）屡屡回首红尘，也似乎还有余勇可贾、有剩余价值"可用"的光与暗交织暧昧生命阶段，仿佛世界一时还拿不定主意该怎么看待他们，我识得而且极珍惜的钱永祥、侯孝贤和阿城都还杵在这里，情况也确实大致如此；七十五岁以后才是正式正道的老人，黄昏日落，该收工了，我们也可以放过他们了；至于超过九十岁还活着则是长寿者，也就是我们过往设定在七十岁以上，称之为"古来稀"的那种人。

大致，就是所有人后移二十年。我所知道看过这份报告的人没谁感觉惊愕，只有莞尔，所以说这只是对行之有年的现实一次迟来的"追认"而已。现实世界里，来自人对自然限制一次次、一关又一关的成功克服，年纪这东西持续的定向移动——人活更久，也老更慢。

问题是，世卫组织是正式、严肃、有全球性社会责任的大机构，此举它到底想干什么？至少，它暗示或期待怎样？——所以，退休制度建议要调整吗？社会福利该扩大还是缩紧？税制得修正吗？投票年龄再下修是否宜当？还有，司法量刑的年龄设定是否"过时"了，比方行为和言论的免责和减刑要不要延后到四十五岁，或干脆直接到五十岁别啰唆？呼应台湾近年来一堆快五十岁的人自认还没长大，开口闭口"他们大人——"这一现实，凡此种种。

是该调整了没错，从法律到人心。法律一般只零存整付地、久久一次地调整，因此法律往往只是落后指标，法律保守且太讲求安全，人心不必也不该这样，即便做不到时时盯住世界与之同步（也千万别这样，真这样就什么有意思的事也做不了了），但也不可以落后太远或无感。还有，法律修不修订我们一般人比较没办法，但一己人生这是我们管得着的。人总该高于、多于、敏感于法律，那种只以法律为全部言行尺度的人，不可能不是个非常非常糟糕的人，通常也是个残忍的人（还扬扬自得、喜欢以此训斥别人），你若有这样子的朋友熟人乃至家人，马上以最快速度远离他。

但也许我们需要这样地正式确认一次，分开过去和现在，好让我们不停在只是感知，而是真的凝结为一种认识，并化为思维和行为，对自己，也对别人，让它准确、宜当。

导演李安的《色戒》改编自张爱玲小说，这本来就有点冒险，而其中较不对劲的，我以为是王力宏等一干爱国青年，其关键正是此一年龄的社会变化，李安很明显疏忽了——电影里，这是一群今天当下精确的、我们惯看的大学生模样年轻人，只是不会也不该出现在那一年代。从心志、言行到肢体表情，该调时钟那样统统调回去，把这一段时间还给历史。

那个年代，比方我老友苏拾平的父亲，温文的安那其主义者，后来担任南一中教务主任因白色恐怖受难的苏宝藏先生，十六岁就（得）在福建家乡当小学校长。

那个年代，人结婚成家得早，一般不到二十岁就得扛起相当完整的家庭和社会责任；而且，从变法、革命、内战到对外战争，动辄杀戮不休的严酷现实并不给人多少当小孩、当未成年人的时间，尤其是彼时的知识青年，还多身负学习新知、认识新世界的启蒙任务，因此，一个在省城读了书的二十岁不到年轻人，回家乡时便携带着这些新知、新视野，他就是地方上的某种知识领袖，大家拆礼物般安静听他开讲，甚至在诸种时刻寻求他的建言，遵从他的判断——这类往事。这一个又一个年轻名家实在太多太遍在了，当然包括台湾地区。像是林俊颖写他自己家族的精彩小说《我不可告人的乡愁》，在祖母犹是年轻少女的日据时代，她心仪的男子陈嘉哉便是这样事事教她（以及地方上所有人）、带她进入世界的年轻人。

我也想起我舅舅当年的口头禅，不求精确但为俏皮装逼地使用了好几年："再五年三十了"——讲的是他自己年纪，意思是老了，都二十五岁了。当时大约是一九六三年。

这都是常识，只是慢慢变成不讲究、不想起来，并顺势有意无意忘掉的常识，一部分是因为这样比较舒适的缘故。然而，李安是活过那样一个世代的人，如果稍稍沉静下来仔细看当时的几张黑白老照片并佐以年龄资料（比方邹容、林觉民等人），自会完整想起来，那样的脸、那样的表情，尤其那样的眼神，以及，那样一个我们这一代人（李安在其中）还来得及看它离去的时代。

林觉民（二十三岁、妻子怀孕中）的《与妻书》是我们这代人都背诵过的老时代高中课文，整整四十年后再一次读它，仍让人悲伤只是心情不免复杂许多。我们已经知道他实践了、死了，这么年轻，却这么沉重还仿佛偌大世界已不存在其他任何选择，如果可能，人不该身陷这样一个世界一种处境，连同其全部神圣。信里头有一些不假思索的"大言"，还包括一个也许太早做成的最后判断，但确实，这是相当相当纯粹的义愤，从头到尾没替自己要求任何东西，人有一种我们久违了的自豪感。不抱怨，这是此番我再读最动容的地方，完全没抱怨，他的悲伤因此干干净净。

所以人有时还是说说"大话"吧，好让大东西仍可存在，好让自己保有这样的恢宏视野和感受能力，也好让自己不至于如此琐细不堪、不落入到那种其实不该得意的平庸。

"他本来会成为什么样的人？他本来会做什么？"这是弗吉尼亚·伍尔夫最后问的，也是我们都会问的——伍尔夫写的则是只活二十八岁的鲁伯特·布鲁克，一次世界大战战死在希腊某小岛的英国诗人，据说是个公认的、罕见的美男子。

于此，生物学者差不多定论了，人拥有一个生物界最长的童年，这原是演化的意外产物，有其不得已和相当风险，其前一环节是人已变得太大了、不相衬于母体骨盆构造的大脑袋,必须提前生出来,因此,从生命形态来看,人类胎儿可说仍是胚胎状态,遂需要更长的成长期,也有着最晚到来的生殖成熟期。下一个环节,便是家庭亲子的关系和实际形态变化,这最长时间无力自己存活传种的后代需要小心照料,而且,往往只靠母亲一个是不够的、很危险的。

而童年的再延长,则因果翻过来了,不再是生物性演化给定的,而是人类的"成就"。最明显的是,它又持续延长到越过了生殖期还一直加长,乃至于像台湾今天已五十岁的人仍说自己"来不及长大",纯从生物意义不管是生存所需或繁衍传种来看都是不可思议的(还有点让人替他不好意思),也是完全没有必要的。我们可以看成是人类世界独有的"解放",又一次从森严沉重的生物世界铁链挣扎出来得到更多自由;这也是奢侈的,绝非理所当然,人类世界的进展(尤其物质成就)让我们一定幅度浪费得起,可以再给人多一点时间。

日前,意大利才通过一条法案,禁止三十岁以上仍依赖父母——这条有趣的法令(算反动还是反省?),我实在想不出要如何在现实里执行。

因此,不是因为胆怯(我这辈人如今相当普遍的心思状态,宛如一场只老年人没抗体的流行瘟疫),更不想借由讨好、哄骗年轻人好图利自己(当时事英雄、当脸书偶像、当多卖出几本书的作家、当"立法委员"、当"台湾的博尔赫斯"、当好色老人云云,另一型的老年瘟疫),我堂堂正正相信人的童年期该与时俱进地延长,不必援引生物性铁律或我们上代人较苦涩较拘束的生命经验铁则来阻挡它夺走它,只因为这是人很珍罕的"礼物",也是有线索有理由的进步,这来之不易啊,确确实实是人积累了数百万年生物演化,再加上万年时光毋宁更困难的人类世界建构才堪堪得到的(克服了困境会有动人的礼物，这是通则）；我也服膺蒙田的话，他讲，证诸历史经验，人这一奇妙的生物，对前代人、同代人常不免有种种妒恨阴暗之心，唯独对后代人并不会，人真诚地希望下一代能活得比自己好，甚至以此为动力，事实上，几乎人一代代的所有现实作为，都自自然然包含着此一企图，从大原理大发明的忘情探索，到每一天单调但勤力的牧养耕植。

我尤其喜欢那种没生物性命令在其中、人纯净的自由，是一种更自由的自由。

但从没有无止境延长这回事，一如人世间没有也不该有无限承诺这东西，这若不是肤浅的谎言就是预约灾难的温柔。延长最好有个界线，列维-斯特劳斯说，从一个状态注定得进展到一种状态，懂得在哪一个点停下来，是人的明智判断。这个乍看并不出奇的提醒，有太多生命经验和现实例证于其中，不只适用于我们这里——这是我近年来所读到最好的话语之一。

意大利人（暂时）设定在三十岁，我仔仔细细想过，也以为最好别超出三十五岁，这有种种必要的现实考量，也是我们对人类世界成果、承受力和未来预期的严肃检视，不能胡乱就地喊价。我要再多说一点的是，这一自由悠游时光，尽管暂时豁脱于生物性生存铁律和社会性生活铁则，仍只是一个阶段，仍是下一阶段人生的预备，原来为的是更顺利无碍地、更好准备更有把握地进入它，人自由，可从不是完全自由的。某种意义来说，这也是每个人从自己的未来"借来的"，这一边长了，那一边可能就不够了。

借自于自己未来哪里呢？人性关系，通常是中年而不是老年，不长大的人直接老去以及死亡（我大哥差不多就是个这样的人），中间消失，这其实相当可惜。我认真回想自己，以及历史上能想到的所有人，很确信人的中年是很值得一活的，我们应该可以这么直说，人类所做成的事，几乎集中在中年这段人生场域发生，包括让童年、年轻自由时光的延长成其可能，也创造出生物世界根本就不存在的老年，这都是人中年阶段的工作成果。从这里我们也想到了，中年，原来就是生命样态本身，童年和老年是很后来才有的，是多出的、人造的也是意外的。

我自己的中年没能成功做到什么有点懊恼，只恍若一梦（这应是最长、最多事发生的生命阶段，却感觉也流逝得最急最快，这样子就没了）。即便是这样，我仍然以为中年的我比童年的、年轻的我要好，好太多了，学会更多、知道更多，从思维到行为都更准确，也不容易受骗。这毫不出奇，我想，（几乎）所有人都是这样，二十、三十、四十年时间自有它不同的分量、力量和意义，时间大河不仅仅只流逝而已，它也清涤，也打磨沉淀结晶。

但时间也可能仅仅只是流逝而已，我在我家大哥一生以及不少人身上看到这个，我大哥正是那种拒绝离开年轻时光、想无限延长童年的人，就我们自家人的资质水平而言，他原是很聪明的，还有一双极灵巧的手，但随着时间流逝，却逆向地愈来愈无能，而且愚昧——太长的自在悠游时光有这一种风险，那就是不知不觉黏成习惯，一个再难以脱身的依赖状态，人变得胆怯，怕负责任，怕真的有结果，怕踏出来孑然一身云云；人外厉但内荏，或说正因为内荏所以才如此外厉如假面，狂暴、叫嚣、耍赖、造谣……很可惜的，这本来是人一个很纯净的礼物，最终却是诅咒是陷阱，如果我们不明智地"懂得哪一个点停下来"。

人入中年，至少有这两件事是大大不同的，一是人可挑拣的空间一下子缩得很小，有太多你喜欢但绝不可以的事，也有太多你极不喜欢但非做不可的事，相应地，世界也以一种不修饰了、没粉彩没糖衣的硬生生面貌对着你、逼视着你；另一是你后面没有人了，你的决定就是决定，没有不算重来的那个按键，甚至还没有暂停键，也顶好别去想有谁来补救来收拾——在这里，人的思维和行为被逼向深处，也被逼入一个个现实细节之地，被逼非得竭尽所有用出每一分可能力气不可；所谓的可能性也变了，从量到质，从形式到内容。数量上来说当然会急剧减少，但这里我要特别指出来的是，另一面，我以为更富意义也更动人的一面，可能性却是大量增加的，那种种扎实的、针对的、突围的、可实现的可能性，那些为着让事物可成而不是做个梦让心情变好的可能性，那些只有通过逼迫才发生的可能性。

玩真的，和不必那么当真的，就像总冠军赛和全明星赛，是两种几乎完全不一样的球赛（不管 NBA 或大联盟，乃至于台湾职棒）——初来乍到的、爱热闹的观众也许比较喜欢谁都来了、星光闪闪、如好梦一场的全明星赛，但我知道所有内行的老球迷爱看的是总冠军赛（甚至不怎么看全明星赛），这种球赛看似沉重、严肃、没戏耍的空间，但其实更富创造力也更不可测，仿佛连上帝都跟着专注起来紧张兮兮起来并忍不住一直插手。我很认真地一一回想迈克尔·乔丹最美好的球场动作、最慑人心魂的那几颗球，果不其然都集中于这些输不得的、非拼命不可的球赛。

最终，我们来说美学问题，说真的，我还颇在意这个，事关观瞻，每天会看到的东西最好不要太难看。

我们说过，从年轻、中年到老年，人的生物性细微变化，表象上，已让位给轰轰然如巨轮如潮水的社会变动，仿佛被覆盖住了，但它依然顽强前行直指死亡，任谁也不能真正拦住它、不由它说最后一句话。人是老得慢了，但这不等于说人不会老、生物时间不起作用，人到四十岁、五十岁仍干爽、洁净、甜蜜、轻盈一如十五岁时。因此，在台湾这一波集体回春的大浪潮里，我对于三十五岁以下这一端种种没什么特别想法，我是有些浅浅的担忧（但什么事能全然不忧不虑呢？），并未超出社会一般常识程度的担忧；我较大意见集中在四十到五十岁，尤其四十五岁到五十岁这相对一端，假充的、已不该是年轻人遑论小儿的年轻人。这个年纪，尽管每个人天生禀赋和后天顽抗不一，但人不可能不一一察觉时间对自己身体的处处剥蚀、摧毁和丑化，从内部器官血管到最表层最末端的皮肤、牙齿、指甲、毛发云云，硬要装成十五岁、做出妩媚可人的表情和肢体动作、把"他们大人们"长挂口中，很抱歉老实说，真的非常非常难看。

依勒卡雷的洞见，这是美学问题，也是道德问题。

米兰·昆德拉的《生活在别处》让书里那位不肯长大的年轻诗人早早猝死，唯时移事往，我在想，可不可能有另一种写法，另一本类似的小说，让这样一个人继续活下去，五十岁、六十岁、七十岁……继续走"时间那变化不定的道路"，那又会是如何一种光景，怎样一部小说（屠格涅夫的《罗亭》有点这味道）？也许，阻拦昆德拉的是，无法让这个人不愈来愈丑陋、愈来愈难以忍受他；也许，昆德拉让他的抒情诗人死于那个年纪是温柔的也是极不得已的，非阻止他不可，太不堪的小说主人翁会让人失去最后仅剩的那一点点同情和好奇，连同之前他某些还尚称可观、尚有几分光彩的东西，读小说的人会掉头而去，不再理会书写者真正想告诉他什么、想让他看到什么，最终，被毁掉的正是小说本身。

其实，意大利人把非得长大不可、非得进入世界不可的时间划在三十岁，我以为是相当准确的，理由很简单只是最初级的算数——如果如今的平均人寿设定为八十，切成两半便是各四十，它们各自的生命位置基本上是，一边是给予，另一边是接受，由此合成为一个平衡的、可长可久的报称系统；也就是说，人寿八十，人接受照顾并由他人来承荷责任的时间界线只能是四十年，再长就是占人便宜了、耍赖了、也没出息了。考虑到七十到八十岁这一端人的衰老，一除一减，所以奉年轻之名的自在时光该止于三十岁。

我说三十五岁，多饶五年，这是"借来的时间"。

是的，进入中年进入生硬的世界这并不容易，所以这预备的、调适的、练习的五年是对自己年轻身份及其一切依依告别的五年。这稍微的慷慨，因于我们对未来仍保有某些美好进步的想象，是一个礼物，也可以说是一个希望。

4. 身体部位一处一处浮现出来

来读首博尔赫斯的诗,尤其是第一节。这是他老年写的,诗名就叫"我"——此诗收存于《深沉的玫瑰》这本一九七五年出版、他正年满七十六岁的诗集里,还是全书的第一首诗,如序文、如动心起念。

颅骨、隐秘的心,
有不见的血的道路、
梦的隧道、普洛透斯、
脏腑、后颈、骨架。

我就是这些东西。难以置信,
我也是一把剑的回忆,
是弥散成金黄的孤寂的夕阳、
阴影和空虚的缅想。

> 我是从港口看船头的人；
> 我是时间耗损的有限的书本，
> 有限的插图；
> 我是羡慕死者的人。
> 更奇怪的是我成了
> 在屋子里雕砌文字的人。

之后十年，也是博尔赫斯的最后十年，他依然不懈地在屋子里雕砌文字，主要是诗，数量算是惊人的，有四本诗集《铁币》《夜晚的故事》《天数》和《密谋》（意识着他七十六到八十六岁年纪，这四个书名当场都亲切起来、准确起来了）、一本演讲集《七夕》，还有一本旅行短文《地图册》。至于他八十三岁才出版的《但丁九篇》，则是他五十岁时写的，几年前我依据他的阅读方式和思索方式，写成了我的读左传之书《眼前》。

颅骨、心、血管、脏腑、后颈、骨架、被覆盖住的身体变化，并不是死亡那一刻才突然冒出来如逆袭成功（这种死亡称为猝死，总让人惊讶并且较悲恸，以为是不幸的不当的），这比较像黄昏日落，博尔赫斯所说"非常缓慢的黄昏"，有一个光和暗的交织并缓缓交换过程，可长达几十年，身体的部分逐渐浮了上来，以损害、异样的疼痛、消逝凸显它们的存在。

人愈进老年、愈近死亡，身体的存在感就愈显着难躲，如同逐渐夺回对"我"的控制权（"我就是这些东西，难以置信"）。这可能直接跟我们的生物性构造有关，吾之有大患唯吾有身——我们的神经感官是痛觉性的，有压迫到才有反应，其轻微或接近痊愈消失的疼痛便是痒，只有这样。因此，完好健康的身体不是感觉快乐（并没有这种感官），而是不存在，不妨碍不捣乱，所以古来哲人不说快乐（边沁所谈论的快乐其实是扩充解释的、加了括号的；又，边沁也不怎么重要），而是寻求宁静和平静，快乐只是痛苦消失那一刹那的稍纵即逝东西，也就不该是人的生命目标（徒劳地追逐一个鬼影子？或追求最大的痛苦好捕捉快乐吗？小说家冯内古特引述过这句话："谁规定我有快乐的义务？"）。所以加西亚·马尔克斯的《霍乱时期的爱情》里写乌尔比诺医生的老去正是，他开始清清楚楚知道自己内脏的个别位置和各自形状（除了肝，肝脏没神经、不会痛，遂只能仰靠非感官性的医疗检查，因此比较是穷人而非富人的健康麻烦），这我们不仅感同而且身受，我们一样总是牙痛时才真正知道有牙齿这东西、左手小指割伤才发觉它原来一直存在而且平日里时时用到它，凡此。所以，人类学女王米德夫人指出来，人类只会描绘地狱，而且非常会，有全部身体的感官记忆支援，地狱和人身紧紧相连，不同文化、国度、社群的地狱都是生动的、琳琅的、具体的，光只听或只看文字都让人如唤醒记忆也似的剧痛临身，因为身体是相同的、没空间时间隔阂的；而天堂的描述则几无例外是空洞的、虚浮的，天堂的共同点是没事，没人有事可做，一如我们不知道进一步快乐，更快乐，在苦痛消失后仍一直持续驻留地快乐个不停，是什么的景况以及如何可能。

这是有点令人沮丧，为什么我们会有这么一个只识痛苦不知快乐的该死身体呢？——这拿来问宗教、质问神或造物者会有点麻烦，一个自诩至善而且无限度慈爱恩赐的神尤其无法自圆其说，坏心眼、恶作剧至少麻木不仁的神则还好，是故，"光是一次牙疼就足够让人否定全能上帝的存在"；用生物演化来看就明显好太多了，理由素朴而自然，感觉是对的，因为我们所谓的天择是纯淘汰性的（也是说，大自然对你进一步的快乐幸福毫无兴趣，那是人自己的事），只以死亡为手段接近于刑法里最极限的所谓"唯一死刑"。要躲避这无处不潜伏着、并时时袭来的死亡威胁（绝大多数还是不可见的，太小甚至无形），生物便得竞相不断改进感官，并要求一个最快告知不可见不可知攻击的警戒系统网络，由此，我们很难否认神经网络"选择"疼痛为讯息方式是极精致的而且"聪明"，它逼使人正视、第一时间处理，还一定时间内（即置之不理的疼痛持续时间）抵消一定会发生的懒怠和遗忘，白话来说是我看你多能忍。尽管挑剔地说，我们会以为它有时也未免太大惊小怪、太恫吓了吧，讯息的难受程度居然超过了身体损害程度（比方身体自己很快能自行修护的不需要痛吧，就像我大哥生前对蚊子的固定抱怨台词："给你一点点血没关系，能不能不要痒？"）；此外，就是它的分布方式及其个别分贝数大小显然大有问题，某些并不致命的伤害，它痛得、大呼小叫的比伤害本身还可怕，而另一些致命性的入侵毁损它倒又默不作声宛如通敌云云。但这其实只是说，生物演化没有所谓的完成，也就从来没有完美身体构造这回事。很长一段时日里，演化论有一种所谓"完美器官"的大错特错概念，今天我们已经知道了，这是演化论彼时挟泥沙以俱下的错读谬见之一（一本如此精妙而且"正确"的书也同时引发这么大灾难，这真让人心头沉重、复杂），一部分原只是我们对某生物现象、生物机制的太夸张太忘情赞叹，最主要则来自人的自大，人莫名其妙认定自己是最后一个物种，完成了所以等同于完美的物种，亿万年的地球生命史就为着让人出现（以如此一种不通的逻辑）。

  这些年，以及未来所有的年，我自己一样一样地、一处一处地体验这些道理，不好受但会更清晰——以牙齿、以胃肠、以呼吸系统、以关节骨骼、以力气消失中的脊椎、以黄斑部病变的眼睛、以全身内外上下……

一定也有人看过那种科学报告影片吧——有一种极罕见的生理缺憾，那就是人天生没有痛觉，这样的人每一个无不全身伤痕累累，即便已被发觉、已接受相当细心的医护。而且，我自己从影片里看到的都是幼童，这是报道者的选择，还是极其不祥地透露，这样的人很难正常地存活下来？光从外表可见的满身伤口伤疤，就够让我们怵目并恍然，原来我们知觉不知觉地避开这么多，原来我们生命周遭时时、处处存在着这么稠密不停歇的伤害可能，我们究竟活在哪样一个世界？

最后这十年的博尔赫斯（还好他没听从老人就该停笔、该闭嘴的忠告），以诗为书写主体，写身体（以及镜子里的身体），写他果如落日降临的瞎眼（"我读校样时，不太愉快地发现这个集子里有一些我平时没有的为失明而怨天尤人的情绪。失明是封闭状态，但也是解放，是有利于创作的孤寂，是钥匙和代数学。"），写他战死的祖父（曾外祖父？）苏亚雷斯上校和念诗给他听、平静死去的父亲，写布宜诺斯艾利斯这城和几个在着的以及已死的朋友诗人，写亚历山大图书馆和被焚烧又被重新写出来的书，写《一千零一夜》和赫拉克利特，写无法阻止也无法再涉足一次的流逝，写衰病磨着玻璃镜片却要让上帝以原理、以数学公式的容貌永不被怀疑存在的斯宾诺莎，写记忆以及更经常的遗忘，写他自己的以及其他人的一个一个梦和梦魇（但丁的、堂吉诃德或说阿隆索·吉哈诺的、庄周的、尤利西斯的、笛卡尔的、莎士比亚的、卡夫卡的……）

这些诗，走得很辽远却充满着各种生命真实细节，所以又异样地感觉"很近"，像是自自然然地和谁说着话，也像是一个人静静地回忆、一件事一件事地反省。

《月亮》这首题给玛丽亚·儿玉的最短的诗（只五行）也许可帮我们解说——这么做也许不恰当，因为博尔赫斯自己说，这是他尝试写的一首没意义的、意义还没生成、回到声音和音乐之初的诗,我们瞧出了意义是否一厢情愿?或者说,博尔赫斯是否想把这五行文字所藏孕的所有可能一切只给玛丽亚·儿玉一个人?那些同这声音和音乐在人心里直接唤起的太微妙东西,他们两人熟悉并几乎是相依为命的那些年种种?于是我们便有着某种侵犯、不当侵入之感?艾略特讲,诗有三种声音,其中最隐秘的一种就是只有一个读者的、只写给一个人的,这五行诗是这样——

>那金灿的地方实在凄凉。
>高悬夜空的月亮
>并不是当初亚当见到过的情形。
>人们无数世纪的凝注使它积满了泪水。
>看吧。它就是你的明镜。

我们说,月亮是早期人们最容易看到,有所警觉,并设想一种循环时间概念的自然景观,或更确切地说,比起一天就完成的日升日落,必定是一种更为深沉的、诱人多想事情的循环,因为它稍稍延迟的循环包含着古怪的一次又一次残缺和复圆,这又是在黑暗深处以及人们沉睡如死亡的时刻奇妙地进行;稍稍延迟的循环像是拉长了人们看它的时间,人可以更细微地、更分解地进入观察,携带着它的不同容貌让它沉入记忆里(又不至于长到、缓慢到令人遗忘),这于是比观看(但难以细腻逼视)日升日落多了专注并带来思索。大概因为是这样,月亮常常是死亡和重生的神,女神,掌管着人死亡和重生的奥秘(但愿如此)。而且,月亮是人肉眼可以直视的(博尔赫斯说,只有鹰能直视太阳),人们对着它时又通常是一人孤独不寐又身体和心智低温的特殊时刻，人和明月同被巨大且深不见底的黑暗所包围着（卡尔维诺讲，只有虚无是最稳定的。《帕洛马尔》这本老人之书）。所以太阳是大家的、相共的、无惧的，还是行动的，如"众"字是太阳底下三个人，或用三个人代表很多人；月亮则是垂怜温柔的女神，和人的关系是一对一的，所以历来诗人只跟月亮对话、讲心事并胡思乱想胡言乱语（"我歌月徘徊／我舞影凌乱"云云），不会跟太阳，无边的黑夜护住了、保存了人最纤弱的、仿如梦境才有的那些东西。我非常非常喜欢的这番话是从博尔赫斯一篇书评文字读到的，他一直如此引领着我："十六世纪初，卢多维科·阿里奥斯托这么幻想：一位勇士在月亮上发现了那些已从地球上消失的东西，像是：情人的眼泪和叹息，被人消磨在赌场里的时光，毫无意义的计划，以及得不到满足的欲望。"

我还偷偷模仿过他的语调和语法，循相似的思维路径去想，之后这五个世纪，又有哪些从地球消失掉的东西，只堆放在月亮里，或者说夜间沉思和梦境里。

希腊神话里，这是最美丽的一个故事，单纯干净没被戏剧性后续情节破坏掉的美，几乎时间就静静停在那一刻，讲的其实就只是月亮吧，柔和清凉接近全然透明，可以裹人全身如衣，可能还是一个裹住人全身的梦——神话中，恩底弥翁是牧羊人，年轻俊美，有一天，他露宿在拉特莫斯山上，月亮女神塞勒涅担心他受寒，遂从天上下来，吻他，并睡在他身旁。恩底弥翁爱上了这样一个夜晚或这一个梦，或就是这样的月亮，不愿离开，于是祈求宙斯让他能永远睡在拉特莫斯山上。

然而这里，博尔赫斯说的不是万事万物皆流逝只剩明月一轮依旧，照今人也照古人（我们读过一堆这样感慨已如进入自动化的诗和散文），这回他要说的是，此时此景这一个月亮已不再是亚当（以及一代代任何人）看着的了，"人们无数世纪的凝注使它积满了泪水"，每个曾看着它的人（屈原、李白、苏轼……以及之前的我）都增添了它一点点、改变了它一点点；而且我们也都知道、看过（比方阿波罗登月计划带回来的影片、照片），挥之不去只是不想讲太清楚，这全然不是琼楼玉宇模样的诗意性高处不胜寒，是真正的死寂和凄凉。是的，一切皆流逝，包括月亮，连月亮都躲不过，它永久改变了，又一直在改变，如此，月亮和赫拉克利特的河水其实是同一物了，没有人能看同一个月亮两次。

然而，这个一刻、一刹那也不改流逝不改移动的月亮，此刻却又如此饱满晶莹安详，却可以是玛丽亚·儿玉一个人的镜子。

我们应该可以这么说，原来是循环，但博尔赫斯在这首诗里把它缓缓拉直成线，不回头，不再重生，在它复圆为光华饱满依然如明镜一枚同时，也遥遥切向"从来没听说过有哪个旅人再回来过的那一趟旅行"，照见出比以前更多东西，包含我们如今的模样和全部生命经历，以及，死亡——如果我们在更悠长且更富耐心的时间里来看清它记住它，或者说，如果我们在足够老的年纪还记得抬起头看它。"我是那些今非昔比的人。／我是黄昏时分那些迷惘的人。"

但要说博尔赫斯是这才从月亮那里赫然发现万物皆流逝此一事实，这是不可思议的，也是可笑的；这比较接近一个句点，而不是起点（这是一首年过七十五岁才写出的诗）。我们总是从近一点的、贴身一点的地方一再开始，像是，有不会好的，以及愈来愈不容易自愈复原的病变（也包含宿醉和更经常性的疲惫），有一场又一场非得去一下的丧礼，有切线飞出原来再不会见到一面的人（同学、朋友、情人……）。还有人带点搞笑和奇妙忧郁的发现比方"今天是二〇一六年六月十一日,从来没有也不可能再有的独一无二一天"云云,是啊,人非得要悲哀伤情一下处处皆能。博尔赫斯晚年这场演讲谈的是他的失明,或说在他已失明这一当下生命事实上重想一次几乎谁都深浅不一、不止一次想过的这个道理,得到一种前所未有的准确和深沉:"我想以歌德的一句诗来结束。我的德语不够好,但是我想我能记起这几个词而不会有太多的错误:'一切近的东西都将远去'。歌德写这首诗是指晚霞。一切近的都将远去,这是真的。傍晚,离我们很近的东西已经离开了我们的眼睛,就像视觉世界离开了我的眼睛一样,也许这是永远。/歌德可以不仅指晚霞,而且也指人生。一切东西都在渐渐远离我们。老年必然是最大的孤独,只不过最大的孤独仍是死亡。"

不晓得有没有例外,循环这一观念总是深沉存在于人类各文明、国度和社群里(包括像苏格拉底这么无不怀疑、这么不下结论的人),不停留在现象观察的表层,而是上达(其深入程度不一的)某种生命主张、某种神话和哲学,一代一代人牢记它。遍在到让我们相信人需要这么一个安慰(像老年的、还饮了毒芹生等死亡到来的苏格拉底谈起了轮回),好回应我们对某个人、某些事物的无可遏止思念,好抵抗人随时间流走、随年纪必然愈清晰愈发占上风的另一端现象察知,即直线,一切东西都在渐渐远离我们而去。是啊,不循环不再回返的世界的确让人很悲伤,第一次、第二次、第三次,幸好人也会慢慢习惯这种悲伤,由此产生一种类似于悲剧的动人效果,像是水那样的涤洗效果,雨水或者泪水,让空气清洁,让周遭景物的模样纤毫毕露,让人心低温下来的沉静,让眼睛干净而且明亮。逐渐地,这会凝结成为一种非比寻常的"眼力",你看着的是现在却也看出它们各自一部分的"未来",察知出它们仿若无事表象底下的某些挣扎及其命运;

未来不再会吓到你，未来只是无可奈何，以及惋惜。有时候你甚至不愿提前说出来，不想惊扰它们，宁可等到失去它们之后再用回忆来讲，记下来也是延长着它们的存在和它们曾经有过的那些光辉。唯恐誓盟惊海岳，且分忧喜为衣粮，惋惜逐渐成为你看人、看万事万物的核心之情，你暗暗多知道了一些，你和世界逐渐发展出一种从未有过的亲切关系，更准确和更细腻的知心关系（逐渐老去的孔子说法是"知天命"→"耳顺"→"从心所欲不逾矩"）；如今，你感觉和这个世界形影不离无话不谈，而且，有些特别的话它好像只跟你一个人讲，包括那个本来遥不可及，但变成你一个人镜子的月亮。

在这里，我多想到奥斯卡·王尔德这个人。这个容易被想成俗艳不可耐的爱尔兰人，他有一个很悲惨、潦倒、充满讪笑侮辱背叛，也满满泪水的人生。我想，他极可能不是自恋，而是对自己有某种瞧不起甚至憎恶，但博尔赫斯非常喜欢他，说他是个有意装成庸俗的绝顶聪明且敏感的人，最好的是，博尔赫斯（如此一个不喜欢寓言体的人）说他"留下来的作品却像黎明和水一样清新美好"。

我想，我是先想到这句赞词而不是王尔德本人——是的，像黎明，像水。

5. 暂时按下不表的死亡

我的医学博士朋友常青，在连写两部长篇小说《九月里的三十年》和《B.A.D.》之后，稍稍多转回她医学一点，新书名为《如何老去——长寿的想象、隐情及智慧》，文体是散文，语调是询问的、探索的，以及叮嘱的，书博学而且非常好看，既是坚实医学的，又屡屡踩出医学外头，衔接着人更复杂丰硕的人情和经验，让医学可以和人其他思维、经验领域对话，一起想事情，让医学不专横，不掉入那种我说了算、只有我才科学才有效的陷阱。

死亡本来就不科学，而且岂止是不科学而已。

这些年，以及可预见的未来，医学的确忙碌，忙得有点过劳、狼狈；但医学也的确愈来愈蛮横，死亡站它那边，死亡为它撑腰，在死亡面前胆敢不低头的人很少且愈来愈少，就算你个人某种大彻大悟敢于硬颈抵抗（颈动脉钙化？），你通常仍有父母儿女亲族好友落人家手中，你不能也无权帮他们决定生死，医学于是无须真的以理说服，而是医学所说的每种话语里，几乎都隐含着但呼之欲出这么一句：

"不想死就乖乖听话。"

《如何老去》这本书是关怀的、温暖待人的,有着清清楚楚的淑世之心(其实我以为每一门学问、工匠领域都应该有,正德利用厚生。只是淑世很不容易,专业程度不上达相当高度、专业不够"通",你很难把它融入专业思维里不起冲突,你会觉得那是不相容不相干的另外目标,只能下班后做,如那种尚称有心的商业巨子,在专业里掠夺,掠夺完再捐钱),帮人处理老年,意即生命和死亡重叠、犬牙交壤的这块世界,人知道自己最终还是输的这段时光。

死亡不处理,人很难活着——一直,人真正能依赖的是宗教,核心是宗教,文学、哲学、医学云云各尽所能只是辅助,但宗教式微了,极可能永远回复不了旧观,因为宗教用以抵拒、穿透、制伏死亡的是一连串的"神话"(神、死后的知觉和世界……),这是相当经不住怀疑的东西,是那种镜子般一旦有了裂纹就会顺势破下去、破了就无法修护如前的东西。人怀疑非常容易,但怀疑成功之后很不好受,死亡重新被释放出来,原汁原貌,这是人理性和自由的代价(宗教虔信者或称之为人的骄傲,某一不赦之罪),要求人得有更坚韧的心志,也就是说,能这样的人其实不多。人低估了它,快意过后遂有点不知所措。

我们说当代医学已是某种宗教了,充斥一堆神话,但这只是一种借喻的说法,为着驳斥、揭穿、反省。就人理性的清明要求来说,的确流窜着太多乱七八糟、骗人而人也屡屡甘于被骗的成分(人亟须安慰),但用来面对、处理死亡仍规格不足——医学的核心仍是严格理性的,有限的承诺,有限的救助和安慰,而人面对死亡会失去的东西却是全部的、无限的,有那种精卫填海的极不相称绝望之感。医学的有限承诺和安慰来自它专业的必要节制,而最终的界线划在死亡到来的那一个点,死亡接手,医生签完死亡证明书,医学的工作就结束了;但死亡没这道界线,或应该说,死亡由此开始,死亡的真正本体在界线另一边,人对死亡的意识正是人独特的开始想界线的另一边,但这是理性之外的,没道理,甚至是全然荒谬的,让人所有一切归于彻底空无,除了不受理性约束检验的神话,在它上面建构不起任何稍有秩序稍有逻辑可言的东西。或是这么说,死亡只有置放在自然状态里、在人的知觉和思维不加入时才平顺不惊,才合理,才寻常,像是日月代序,像是时间流逝,像是朽坏和更生;死亡是纯粹自然的,人多看它一眼,想从中找出道理,想起情感、价值和意义,甚至只是想到"我"、意识到自己的存在和来历,死亡当下就非比寻常起来了("死亡这个非比寻常的东西,它现在来了。"——亨利·詹姆斯),甚至无可比拟(如沉睡,如大梦……)我们最深的、永远无法真正去除的恐惧(或烦躁、或悲伤、或愤怒不甘,或不知如何恰当地对待)应该是根于这里;我们的思维抓不住它,握不牢也就很难继续想、进一步想,而我们内心也知道,这是个并没有答案的纯问号,一条没有人返回的路,一种消失,是永远不解之谜,也许连称它为谜都不能够,它没那么具体、凝结,不成其一个"对象"。

无可遁逃的是,如今我们都活在人的世界里了,人早已开始想了,我们退不回去那种怡然死亡的自然状态。

最想退回这自然状态的小说家 D. H. 劳伦斯最终让自己消失在美国西南之广漠新墨西哥州,仿佛一只渡鸦,或一丛风滚草。但他还是回头对人们面向死亡的人间恐惧说了些重话,愤恨、嘲讽、疾言厉色以及无比的轻蔑。

死亡是这么一面大墙,接地抵天,不留隙缝,人的思维硬生生截断,只能进行到此为止;墙另一面的思索不是真的思维,那只是猜,好一点美丽一点的猜想，以及一看就知道这很瞎很没才华的种种猜想。

我们说，人用宗教及其神话来抵拒、穿透、制伏死亡。这里，"穿透"可能是关键词，也是人最想寻求的安慰，让死亡不再是一堵墙而是一道门，死亡变小了矮了薄了，甚至透明了，不再有那种宰制性的、我终结一切消灭一切的威吓（列维－斯特劳斯说的："所有一切都不会留下来。"），不管我们系以何种方式何种形态穿透过它，这里面就有"某些东西"被保留被延续了，这让我们孜孜一生所有做过的事可望有最低限度的价值、有最起码的那一点意义痕迹，我们不完全徒劳，我们的生命一场不至于全然的荒谬，世界加上我再减去我（卡尔维诺）这时间差缝隙中恍惚有哪里变了，世界轻悄悄地晃动了下；当然，如果我们还愿意相信并跟着指证历历有人逆向穿透回来（拉撒路、耶稣……），那就更好更舒服了（也不免廉价了、扁平了，没办法，这是安慰的代价），墙里墙外连通成一个更完整也可望更完善的世界，人于是可以后悔，可以弥补，可以重新来过，可以期待那些生命里做不完的事、等不到的结果及其公平正义完成，价值和意义不仅跟着恢复成立，还是更硕大圆满的样子。

要穿透过死亡，最简易的方式便是想出、相信有个比死亡更巨大、死亡不能遮住它的东西；在死亡之上、不跟随时间及其毁坏流逝（这里，时间似乎一直是死亡的同伙，把我们一个个带去那里）、从头到尾杵在那里的东西（我是阿尔法，我是欧米伽……）。这样的大东西人能想出的不止一种，而其最简易也最温暖的形式便是神，尤其和我们人身基本构造大比例重叠的那种神。这有点像是那种几何学的脱困游戏诡计，神是另一个维，在我们存活的三度空间世界之上多出来的一个维，如此，原来被死亡四面八方密密封住的令人窒息生命空间，人攀附着神简简单单就可从"上方"逃出去。

医学守在墙的这一面，它最精彩、最影响深远的工作成果是推墙，很成功地把这面大墙往后推动了四十年左右，约一倍距离（《如何老去》书里有各历史阶段的平均人寿估算）。还记得昆德拉那番有关人寿长度和人生命构成紧密关系的精彩发言吗？人知道自己"只能"活八十年和他"只能"活一百六十年，这是完全不一样的，"人的平均生命大约有八十岁。大家都是用这种方式来想象、规划他的一生。我刚刚说的这事，众人皆知，但我们很少意识到，我们的生命可以分配到多少年，并不只是一个单纯的数据，或是一个外部的特征（像是鼻子的大小，或是眼睛的颜色），这数字其实就是人的定义的一部分。如果有个家伙可以使出浑身解数，活到我们两倍的时间（也就是说，一百六十年），那么，这家伙跟我们就不会属于同一个物种。在他的生命里，没有任何东西跟我们会是一样的，爱情不同，抱负不同，感觉不同，乡愁不同，什么都不同。假使一个流亡者，在外国生活了二十年，之后回到故乡，而他眼前还有一百年可活，那他根本就不会感受到属于伟大回归的那种激动，说不定对他而言，这也算不上是什么回归，只能说是他生命的漫漫历程之中，诸多曲折绕行里的一次迂回而已"。昆德拉带着点忘情地滔滔讲下去，反复用自己最魂萦梦系、最日日周旋已生根成为他生命主体成分的那几样东西来说（感情、爱情、性爱、故国故土。可见他仔仔细细想了、检视了），而他的悍厉结语仍是，能多活一倍时间的人，是完完全全不同的另一种人，甚至不该同属同一个物种。

所以是不是也可以说，从四十岁延长到八十岁，医学其实已完成过此事一次了，轻悄悄把全地球上的人彻底更换过了，成为完完全全、不属于同一物种的人？——这样有点惊悚的想法我并不讨厌不排斥，还有点欢迎，这使我再想那些人只敢认为自己活四十、五十岁的往昔时代，那时候的人，那时候的书，那时候的思维和主张，变得更复杂些也更仔细些并同情些，至少我自知多了前所未有的警觉。像孔子据说活过了七十岁，但他想必不敢这么准备这么规划人生吧，一如我们这个时代的列维-斯特劳斯活过了一百岁，可是他七八十岁当时就以为自己随时可死，不再做大研究大理论因为没时间了。孔子的人生大梦，是盛装在小很多、迫促很多的生命容器里，他的忧烦，他的平静和心急，他对世界、对人的判断和期待，都在这样更受限的前提之上发生并构成，只是死亡这回蹒跚而行，甚至像博尔赫斯的长寿老妈妈那样，这位布宜诺斯艾利斯的有趣老太太，每天早上醒来总这么问，这里是哪里？我怎么还没死？

多出来四十年长不长？这取决于我们想做的，以及应该要做的事多寡不好说准。对昆德拉，这八十年的、已被医学加长过的人寿仍如他说的是"太短的人生"，太多事都见头不见尾无法做成；可对绝大多数没什么非做不可，并且活于有退休制度（从法令规范到内化于心）的人，尽管也泰半同意这是长长益善的人生，却已明显出现时间太多有点不知如何是好的迹象这没错吧。或者说，我们已"享受"惯了这加长型的人生，已视之为理所当然不再心存感念，倒是一样一样开始察觉它的种种不舒服及其成本、代价。死亡被推远了，但也许因为没多少东西遮挡它或让我们忙碌分心（"不知老之将至云尔"），死亡看起来似乎更清晰更巨大了，事情因此变得有点奇妙起来，人怕死却又仿佛生无可恋，人使出浑身解数让死亡慢一点杀死我们，并同时使出浑身解数来杀死这些漫漫长日也似的时间。

在死亡和犹活着的我们之间，若没有足够有意思、有意义的事物挡中间，尤其人若还有过多的医学常识（正确的、不正确的），人的确很容易掉入所谓的"死刑犯处境"——判决定谳，数日子活着，时间的答有声，恐惧填空般伸了进来，生根而且一天天愈长愈大，这是人性，并非懦怯，并不可笑。

所以昆德拉的确是敏锐的，这不仅仅是时间加长而已，这不知不觉改变了人，从而也改变了一整个人类世界——从自然环境到社会建构都相应起了变化并要求配合调整，也逐渐一样一样触及了各种极限。这已是当代生活的基本常识了，人可以活得更长已不是福音，倒愈来愈像是乌云罩顶大难将至的讯息，人也普遍开始切身有感的、有种种现实具体理由的（但不必非说得通）憎恶老人，这里面藏放着最后一句话："你们怎么还不（去）死。"

不好直言，这有着人教养的、人道规范的约束，但也因为人其实都知道自己一样会老、会死（或更糟，不老但一样死），会轮到你的，这话也必将自噬地回头找到你。个体最善和集体最善的分离、背反严重地加深事情难度，难到就是矛盾——这正是奥尔森的名著《集体行动的逻辑》在整整半个世纪前所揭示的"人性"，让人看着极不舒服但难以驳斥。奥尔森指出，对个人最为有利的始终是，所有人都受到集体的规范，只有我一个人例外、豁免；而人也的确不断寻求自身的特例化、豁免化（政治里、商场中，以及每一生活现场），这不只人性，甚至是高度理性的。所以，大家都依照交通规则好好开车，我一个人任意变换车道，开上路肩、抢黄灯闯红灯，这是最快到达目的地的方式；所有人都在七十岁，乃至六十岁前死去，独独我一个人活下来，这样就没长照的问题、没国家财政破产和地球承受极限的种种几近无解问题。布洛克在他最后一部马修·斯卡德小说《一滴烈酒》书里告诉我们纽约有如此人性的一种祷辞："主啊，请让我贞洁不受诱惑，但不是现在。""主啊，请让我平静地死去，但不是现在。"

《如何老去》书里指证历历告诉我们，医学世界仍在奋力推着死亡大墙，仍如一意孤行地在前进，这仍是奥尔森所说的逻辑和理性——这不必集体一致批准，甚至可背反于集体的福祉，它封闭在医学专业里不受干扰地持续前行，奉科学研究为名就能取得所需要的完整正当性和全部动能；而且，它一定会得到足够的、超额的现实资源支持，来自少数寻求特例化的个人，而这少数特例化的个人恰恰好就是那些个死亡带给他最大损失、有最多好东西和生命紧紧绑一起、最舍不得一死的人，这样的人对生命再加长一事最慷慨，不管在每天现实里如何斤斤计较、冷血，他把一己特例化的需求叶子藏在人类集体的福祉森林里。在权势统治的往昔岁月，这是秦始皇那样的帝王（他批准也拨款了徐福的惊人规格长生不死行动），在如今这个资本主义统治的年代，这就是那些亿万、亿亿富豪。够了。

所以，事情（暂时）近乎无解——平均人寿的延长已开始"灾难化"了，但医学于此的前行脚步不见稍缓（当然，愈往前愈困难愈耗资源，如古尔德的极限右墙之说），像两列轰轰然对开的火车。所以说，人口结构的老化还没到顶，长照的问题只会更沉重，年轻人也会继续更憎恶老人（但恨着恨着他也不知不觉老了），凡此。奥尔森指出集体理性和个体理性的必然背反（都是理性、都很理性），因此很难单靠人的理智来弭平这两者，得有高于、大于这两者的强制性力量进来才行（暂且不论它的代价、副作用），这个力量必须如奥尔森所说带着奖惩，像是工会得以奖惩来处理那些让别人冒险罢工争取、自己舒服躲家里，但法令通过同样受惠的"理性聪明"成员（二〇一七年台湾"法院"做出判决，那些不参加华航工会罢工的人员不得同享争取到的权益），这有昔日霍布斯"利维坦"（巨灵）论述的味道，软一些沉稳一些也局部性一些。但民主自由的年代，这样的强制性力量并不容易取得，也许只能仰靠灾难了，够大够让人感觉承受不起的灾难爆发，人没办法再躲，人不肯学而知之（靠理智）就只剩困而知之（靠灾难临身），人这才开始真正认真起来寻求诸如消除空气中霾害、河川里化学污染，阻止军备竞逐和战争发生，乃至于根绝不良油品过期食物病毒肉类的有效做法。也就是说，我们必须再挨好一段时日（没人说得准多久），眼睁睁看着状况恶化（可以也必须出言提醒但通常不大有用），并准备承受一次大灾难冲击（希望一次就够了），更负责更清醒的话，一并准备届时怎么对付、拆解这个一出现总是就徘徊不走的恶灵般巨大力量。

人得好好（重新）学习面对死亡，这难题从未真正消失，只是现在比任何一个历史阶段都沉重、缠绕，以及现实逼人而已——常青的《如何老去》，不也说的就是如何死亡吗？

列维-斯特劳斯讲婚姻，说不管所在社会以何种方式批准婚姻，婚姻永远以各种关系联系着公共社会，这不会只是个人（两个人）的事，过去不是，现在不是，将来也不会是；生老病死（老、病、死，死亡之事竟然占到四分之三不是吗？），我想死亡也是这样，死亡是一个人的离去消失，但一样过去、现在、未来都参差地、千丝万缕地联系着他者。死亡是大事，也许还稍稍大于、沉重于婚姻，我们读《礼记》，至少当时的人们这么普遍认知，丧礼的规格、步骤、时间以及该讲究该防止的事，比起婚礼要巨大且细心得多；我们回头看当前大致仍被遵循的民俗及其意识，当死亡撞上婚姻，人死为大，退让的总是婚姻不是吗？

我所知道的人、读过的人，最想让死亡"纯个人化"、让死亡全然透明无声、不惊扰任何他者包括自己妻子的故事，是格林小说《问题的核心》，也许就是格林最好的一部小说，书中主人翁斯考比于此已届临处心积虑的、意图谋杀的程度了，他用好几年时间消除掉自己的痕迹（包括他的生活之物减少到几乎没有了），永远退在人的眼角余光之外，他甚至无法年老，年纪以及其身体会逐渐无法自理自在，得有所依赖。这是个很悲伤的故事，而且，斯考比成功了吗？

这一点完全可以确定，死亡愈延迟，人对他者的依赖也就愈不可少，延迟死亡的诸多成本中，因此还有人的尊严这一项——严重吗？这刀切也似趋于两端。有人想到自己得这样活着就不寒而栗（斯考比显然是这种人），有人则完全无所谓，甚至很享受这样当个老人当个病人，把关怀你的人弄得团团转。

死亡从来也是公共之事，本雅明也这么写过，写得兴高采烈语调昂扬如同驯服了死亡。他讲死神可降为小丑、降为人们狂欢队伍里的小跟班令人印象深刻（也就是我们说的，死亡小了矮了薄了），但本雅明未免说得太聪明也太事不关己了。死亡是"很关己"的，还会是一对一的，漫漫人生，我们不总在朗朗乾坤之下友伴围拥之中，人有夜晚、有独处、有病痛、有衰老，只是本雅明当时离死亡还太远，如博尔赫斯说的，爱讲而且如此轻言死亡和爱情正是年轻书写的两大印记（我想到大导演伍迪·艾伦年轻时日的杰出电影《爱与死》也是这样，电影最后正是手持大镰刀的死神化为他的跟班、化为桑丘·潘沙随他远去如开始一趟乐呵呵的新冒险旅程）。本雅明真正字里行间都是死亡气息的作品是他的《历史研究》，事后我们知道他当时已病了，而且陷于孤单、深深的忧郁以及绝望，然后他被迫离开如他一生所系、他称之为世界首都的巴黎，走入比利牛斯山区却发现自己进退不得。人群散去，死亡现在和你一对一了，大眼瞪小眼，衰病身体里的每一种异常感觉（共同点大概是难忍的疼痛）又让它一次次变得更巨大，死亡如此具体、逼近、切身、充满细节，挡住所有东西如同无光（歌德最后的话："多点光。"），死亡已无可比拟。

没有神这个假设("我并不需要上帝这个假设。"),死亡这门课还真沉重、真荒谬。

我这回的书写,早早把题目锁定为"年纪·阅读·书写"好心思集中。是有想更大些、更往下延伸些是为"年纪·阅读·书写·以及死亡",但更仔细想过我不以为我已有正面谈论死亡的能耐和资格,死亡比较像是我这才要实实在在开始学、开始一样一样感同身受的东西。

写《如何老去》直面死亡的常青小我十五岁以上整整,但这不一样——医学的专业训练和生涯,逼她得更早、更多地和死亡相处,从知识到技艺,以及最无可抗拒的,陪伴着、深入太多死亡的真实个案,甚至,在生活欢快闲谈的时刻都躲不掉它,谁见到常青都抓机会急着问健康问身体问药,这是"常青谈话"。《迷宫中的将军》里有这一段,两个离死不远的老战友在马格达莱纳河船上,晴朗夜晚,仿佛一起回转小孩样式地一颗一颗数着天上星星包括两颗熄灭掉的流星,争论谁年纪大时,卡雷尼奥说了这句很难反对的话:人身上的每一处伤痕都让人老两岁。如果此事属实(我以为相当属实),每真实碰触一次死亡也同样让人老去两岁就好,常青当然远比我有资格、有内容细节以及有把握地来说死亡之事。

常青只身跑哥伦比亚过,且抢在加西亚·马尔克斯生前(加西亚·马尔克斯的最后小说《苦妓回忆录》优雅、沉静但不改神奇,他的书写好到最后一刻)。常青也去了马格达莱纳河上吗?有抬头看一眼那个星空吗?

二〇一七年春三月,我的师母刘慕沙也疲倦离开了,是朱天心和我两边父母的最后一人,这带给我一个极真实的生命处境感觉——A Long Line of the Dead,死亡长列,至此,在我们和死亡之间再没有亲人挡着,我们已移到前排的位置了。

依统计，我假设我还有十五年左右时间学这门课。当然，死亡捉摸不定谁知道呢，而且我这样健保卡几乎只用来偶尔看牙医的人极可能小于统计数字——十五年，我回想才过去这十五年发生的、做着的、可能的事，这不算短，可也真的并不长，还得一一扣除身体各种捣蛋破坏掉的时间，所以，浪费不起了。

辑二 阅读

1. 携带着的书

在《基督山伯爵》书里,大复仇者爱德蒙·邓蒂斯从疯子长老手中得到藏宝图,由此寻获了富甲天下的财富,但也许更珍贵的宝物他先一步得到了,早在长老还活着的不见天日囚室里——什么都懂的长老把他上天入地的知识、学问和教养转移给邓蒂斯,这使得日后的邓蒂斯不只是个很有钱的暴发户而已。要完成他那样规格的复仇,除了钱,的确也得拥有相称的心智、学识以及奠基于此的想象力,还有看起来很像、具说服力的气质教养,当然,他还学得了一身好剑法好枪法。

这里于是有个可吵架的常识性难题了,也许在通俗、类型小说是可忽略的,一如我们阅读时总把注意力投注于基督山岛的财富而不是长老身体里的学识教养——富甲天下的财富转移当下完成,挖出箱子那一瞬间就是你的,但富甲天下的智慧做不到这样,这得一点一滴慢慢来,即便是除了等死无事可做的囚室,老实说,时间还是不够长。

怎么办?书写者大仲马颇负责地想出一个速成办法,也许他自己真的这么相信——长老说,只要读好一百本书就够了,人类总是重复说话，人类的全部所知所能其实是可浓缩进这一百本书里，如果我们用一星期时间读完一本书（并不难，比方就我自己来说，这样是太慢太偷懒了），七乘以一百不过也才两年而已，现实里，这容易到、平常到不需要奇遇，不必由炽烈的复仇之心驱动，也用不着被判终身监禁，我认得的不少人每天都这样，还不止持续两年。

我们很简单就能驳斥大仲马，但这里面，是否也闪烁着某些可信的、有感而发的东西呢？在蓬松一团又像无限大无限远的总体智慧里，我们仍能察觉出某一种走法可穷尽它、抓住某一条线头可拉动它？

这真的很不容易讲清楚，在试图讲清楚之前有一堆岔路般的误导误用会带走我们，所以我想把它改成这样——书是该一直读下去的，能不停就别停，并没有一百、两百本穷尽所有这回事，但人的确应该有几本熟读的、牢记的（几乎句句记得，但用不着一字不差）、如一直携带在身上的书，这甚至用不着到一百本。

我要说的不是那种横向的所谓基本知识，比方大学里通识课程那些打底的、平面基础性的东西，而是纵向的、贯穿的、因此及远的，如孔子所说的"一以贯之"，衔接着你接下来所读那些更难的书，呼应着你接下来所面对更细碎更复杂的生命经历。而我最喜欢的是，这些书可带着你穿透、深入，这里面有着一种随时会响起来的极精细声音，在你有所感、有所思乃至于想说什么的这些不寻常时刻，这些书里的某个人、某句话、某种说法、某一图像便自动浮上来，比对、补充、证实、建言。甚至还屡屡这样，你才刚触及、还无法恰当表述的东西，却发现它早以某种美妙的、也更完整的方式帮你讲出来，仿佛等着你来。于是，也屡屡伴随着一种"原来如此"的非常满足感觉，说不清是你多读懂了书还是书又告诉了你，但这无所谓不是吗？重要的是这一切在你身上发生，且所有的结果归你所有。这种很舒服的恍然大悟之感，通常便是以这样的延迟方式发生，而不是在阅读当下。

这种如瞬间分解开来、眼前一亮一清的恍然大悟之感，说得最早也最好最准确的还是庄子庖丁解牛完成那一段——我自己的阅读经验是，光是为着不定时、并不保证袭来的这美妙一刻，我就很愿意把书读下去、硬啃下去，为它铺路为它预备。

《神曲》里，维吉尔温柔地、无时不在地陪着但丁走入地狱，我们应该可以把这想成是某种文学手法，"还原"为但丁是个熟读熟记维吉尔所有诗行，以及一切相关文字记述的人，因此像是维吉尔一直和他同在、一直和他讲着话。我们也会读到很多书写者这么做，书写者本人往往有几本特别亲密的书反复引述，像是他隐身的一个对话者，抑或就是导师，比方蒙田散文里的塔西佗《编年史》。有说，师徒制至今仍然是最好的教授／学习方式，只是变得最奢侈且不易执行，我们合情合理可把这样携带着的书想成是阅读世界为我们保存的师徒制，而且非常便宜，又易于执行。

如此，你会清清楚楚体认到"成长"，你和你携带着书亦步亦趋，以一种几乎可看得见可丈量、一节一节地明亮起来方式，因为这种前行包含了证实，至少告诉你并不是你一个人的胡思乱想，你确实在"某条已有人走过的路上"，这样很让人安心——也许更明确也更持续的成长感觉不是变大，而是变厚，变得稠密结实，人心的一处一处空隙可感地补起来。

这原来不难，也毫不神奇，曾经，很漫长一段时日人们普遍就是这样，以一种我们今天也许无法完全同意、完全放心的方式自自然然做到，那个如本雅明所说已消逝的大真理时代——那时候，人们比较容易相信也比较容易服从，一些书遂得以某种命令的、无选择的方式进入我们；同时，人也还比较信赖记忆，甚至愿意背诵；也许，当时书比较少也比较珍贵是另一个原因,人(多少被迫)较彻底较死心地就和那几本书相处,等等。总之,曾经每个国家每个社群都有它那几部人人熟记如流的、如家庭常备良药的书,国民之书。举凡《圣经》、希腊神话、莎士比亚,或"四书五经"乃至于唐诗,俄国人则非再加上普希金不可。

种种我们不尽赞同这么做的理由且按下不表,我们先只针对这一点——每一本书都有它的边界,有它一定的容量和高度,即使我们以最富想象力、最一厢情愿的方式延伸它,仍然都是有限的;此外,书写如博尔赫斯讲的就是强调和舍弃,有所强调就意味着有所舍弃。也就是说,一本书不可能是取用不尽的一口井,世间没这样的井也没这样包藏所有一劳永逸的书,长时间地说,它再饱满都还是有所遗漏,再丰沛都还是不免感觉枯竭,再高大都还是有它所不及、不到。只因为书写者确确实实是人,偶尔活出神的模样的有限之人,也因此,那些夸大书的广度高度、想把某本书(《圣经》《古兰经》……)推到不恰当的无限、声称一书足矣的虔信者蛮横者懒惰者,一定得诡计地说这是神亲自所写的一本书。

所谓的长时间,大致有这两种,一是人个体的生命时间,长时间里,人自己复杂了深刻了,要求也增多了还严格了,能陪伴人二十岁时的书不见得还适用于四十岁;另一则是人集体的历史时间,这里,我不愿太夸张所谓的昨非今是(昨天没那么不堪如敝屣,今天也没这么当然如唯一),也不想轻易动用"过时"这个太轻蔑也太自大的词,但历史的确是变迁的,延续但变迁,不断有新东西加进来,不断生出新难题、新要求,并在每个当下有它非好好面对不可的特定议题,谁也没办法逃开如列维-斯特劳斯说的,人得设法跟上它才行。

这也许正是但丁《神曲》的进一步启示——维吉尔必须退场,他进不了天堂，能在天堂伴随但丁行走的是贝雅特丽齐，理由是维吉尔犯了无可奈何的罪，几乎无法称之为罪的不赦之罪，他（以及荷马、柏拉图、亚里士多德等一干古希腊伟大诗人哲人）早生于耶稣，遂注定无法获得拯救，他的归属之所是地狱上层的"高贵城堡"，永恒的迷惑之乡。这里，关键正是时间，时间差，我们去除掉文学技法（或宗教律法）的外衣，也把"罪"这个令人不舒服的字拿走（最多只能称之为"限制"，把限制说成罪实在太过分了），真相便是：在维吉尔以及希腊诸大师死去后这千百年时间，世界有新的东西加入，比方说基督一神教，不同于他们所在那种丰沛的、稠密的、灿烂但凌乱不堪如野生花丛的泛灵崇拜，这是他们没（或来不及）针对性参与思考、讨论的，但丁要再往前去，或说要转而询问宗教性的救赎问题，便得在此一思考时换个引导者，或引导之书。

这种仿佛停滞的、数量恒定的、并逐渐硬化为仪式性语言的昔日国民之书，因此渐渐不够用了，也往往失去了它必要的灵动性准确性（这其实倒是读它用它的人自己该负责的），变成格林口中那种"陈腔滥调"，人抓它像溺水时抓稻草一样。

但我不愿说是"更新"，因为这绝大多数时候不是真的；我只说必须增加，随历史进展，也随着个人的不断前行，尤其是后者，个体有较大成分的特殊性，意味着种种发散的需要，得较主动地、有意识地寻求合适于他的引导之书、对话之书。

从维吉尔更换为贝雅特丽齐，这是太戏剧性的文学表现手法，牺牲了较复杂较准确的真相。我们说，即便跨越几世纪要改谈天堂、改谈至美至善至福，维吉尔怎么会"没用"呢？所以比较对的方式其实是，加进贝雅特丽齐，但维吉尔不退场，三人行必有我师焉（但这样，但丁便失去他和贝雅特丽齐单独相处的凄美机会，博尔赫斯指出，创造出和贝雅特丽齐的相见,是但丁写《神曲》的极重要驱动力量)。这里,更新是不对的词,几乎是有害的,强调更新往往只让我们犯种种不必要的错且失去自由——我们干吗丢弃这些书,丢弃这些来之不易、已和我们生命密密交织的记忆呢?每个人的记忆闲置空间都还大得很,无须为新记忆匀出位置,如果原来这些书逐渐沉默下去,在你某个生命阶段里、每些特殊询问上好似说不上话了,那就让它们自自然然地沉睡吧。

也许它们还会再醒过来,也通常还会再醒来,只因为它们(孔子、莎士比亚、普希金等人的书)都是很好的书、太好的书,人真正上达到某个高度不可能不真诚地喜欢它们、敬重它们。说句很冒犯人的真话,读不好它们更多是读书的人自己准备不足,你(还)没有相称的高度、成熟度和足够的生命内容,鉴赏不出,也建立不起真正的双向对话,我宁可相信博尔赫斯这两句乍看太超过的阅读感叹,博尔赫斯还不够聪明不够丰厚吗?——面对着这么好的书,我总会想,我是谁?我怎么有资格读这么好的书?

其实,人们在某一社会时刻,以及某种生命阶段日子里反对它们甚至到心怀恨意的地步,这通常心思并不纯粹,更多时候我们反对的是别的,像是其外挂的命令及其强制性拘束性而不是书的内容;是站在这些书后头某个黯黑的东西而不是书本身。书被当成某种罪恶象征来反对,也因此,反对的人绝大多数是没真正读过这些书的人,剩下那一小部分则明显没读好。我们说,昔日大陆一度"破旧立新",把孔子当罪人,但那些慷慨的人,尤其那些才几岁且根本坐不住也不想坐书桌的年轻人,谁真的读孔子呢?反对是意识形态的,甚至是政治的(意即比意识形态更策略、更不真诚)、时尚流行的(意即比意识形态更随便、更听从无主见)。

"文革"起始于一九六六年，也就是海峡这边我九岁时，昔日那批动手不动脑的鲁莽年轻人比我稍大，也就是说，如今都是六七十岁老人了，他们偶尔想起这段往事这些作为会是怎么样的心思？还是真的彻彻底底成功遗忘了？

"更新"包含了前后两部分，丢掉旧的和迎来新的，也就是推倒和建立，但这并非完全相同、如影随形的两件事，我们还是得留意这两者的工作方式不同、难度不同、时间要求不同，以及人在其间的某些心思状态变化，某种人性——推倒可瞬间完成，但建立从来不是，建立需要足够长的时间，而且往往不成功得一再重来，需要的时间遂比原来预期的要长多了。因此，即便在最健康的状况下，这里还是有着时间差、有相当一段摩擦性的空窗期，如同空屋子容易招尘毁坏、空地容易滋生蚊蝇野草般，人也会滋生种种心思。旧的没了，新的迟迟不来，这里，有一种幻觉于是几乎是普遍的，其实只能供人用来激励自己（推倒前）和安慰自己（推倒后），那就是：我们把不要的、恶的去除，要的、善的自动会补进来、生长起来。但这是毫无依据也毫不负责的乐观，只是否定，只指向虚无，因为其结果只能是"没有"，逻辑上、事实上都是如此。

现实里，昔日这些集体的携带之书大致上就是这样归于殒没——人不再听命，却又不跟自己下命令，或下了命令却不听从、没足够意志力持续听从；既没有顺从性的国民之书，也没有自主性的一己之书。"没有"的另一层意思是弃守，任由野草侵入蔓生般只能由流俗接管，不是归零，而是比单纯的空无还不干净的一种荒芜，也比原先的顺服更顺服。这些年，若勉强要说还有什么人们生活里携带着的、不断对话的书，大概就是金庸那几部武侠吧，甚至连书都不是，比方周星驰电影——这是我亲身经历的事，一位大小说家，有回暴怒骂起人，如此脱口而出:"这是岳不群,妈的完全是岳不群。"造次颠沛,对他这样一个理应浸泡于书籍、浸泡于古今中外一堆了不起小说长达四五十年的人,那一刻,他长留于心的、浮上来的居然只是这一个名字、这一本书。说真的,那整个晚上我感觉有点苍凉,感觉到某种失忆就在我眼前发生,仿佛看着一本本书、一个个人离我们而去,只留下来这个除了直接等于"伪君子"(三个字换三个字,没赚)、其他什么内容也没有、什么对话也再进行不下去、什么多的触动也不会发生的华山掌门岳不群。

更新,这个词以及这个概念,用于阅读世界并不恰当,也代表并不了解阅读一事。我们先从形态上来说,更新暗示着两个大小大致对等但不相容的正向和反向东西(或力量),因此,在替换过程中爆出某种极激烈的,乃至于决斗也似的冲突是合理的、可预期的;但阅读并不是这样,阅读基本上是在正向的、肯定的轴线上进行,在阅读之中,正向和反向的尺寸大小完全不对等,反向的东西差不多只是水花,激不起那种假想的戏剧性对撞场面。

这么说,阅读不是封闭的零和的(封闭零和的有限空间才需否定地、推土机碾过地先清出来),而是生长的、叠加的,因此,它的否定成分基本上是跟随的、附属的,否定的成分被包裹于更大更宽广的肯定之中(尽管正向的肯定暂时先以一种视野性的、大氛围性的松弛形式呈现)。否定(或说反对)不先发生以及单独发生,否定更多时候毋宁更接近某种反省的、雄辩的,乃至于警觉性补充性的晶莹微粒,它异质地悬浮着,因此,最有趣到有点奇怪的事也发生在这里,否定理应是某种欠缺、某个洞,或负数的、抵消性的"东西",但在阅读之中,它却常常感觉是多出来的、具体存在的,只是还没找到恰当的接合点,还没找出可能;它让阅读者有点不安,但记得特别牢,还往往不得不承认它有某种潜能，是某个令人不舒服的珍贵东西，也像苏格拉底讲的牛虻。

某些个否定微粒可"骚扰"人很久，甚至好像永远去除不了，唯更多时候，这些否定微粒的分解消失是不费力的，人甚至不感觉针对它们做了什么，只要阅读仍进行着。比较像是这样，人在阅读中不断扩大自己，这些不安的微粒于是持续变小，粉末化了；或说在某种更宽广更全面的视野中，它们不知不觉被洞穿了、分解了，嵌合了进去，以至于甚至不记得曾经有过。倒过来，我反而会认真去回想它们，努力回忆比方二十岁、三十岁某时某天很困扰我的某个东西，以及当时自己仅仅能够的想法和心思状态（当然屡屡不可思议年轻时候的自己怎么会笨到这种地步），我不确定回收这部分记忆是否有利，我只完全确信这无害，还可期待能得到一种特殊的温暖，之于自己更之于别人；我以为这会生出某种理解和宽容（宽容最好不要只是命令，宽容要留住、要成为人自身的一部分，需要真的有所理解来支援它），人的困难和其折腾其实很容易忘，一如生理性的痛觉一消失就变得很不真实。我尽可能记得它们，包括各种笨法的昔日年轻自己，来路蓝缕，也许这样我在读一本一本各种年龄书写者（比方太宰治）的作品时可以更当真、更耐心、更如身历其境。

不否定掉那些昔日之书，也就不会否定读那书、相信那书的那个年轻人、那些年轻人——当然不是乡愿这种道德小偷，更不是想操控什么别有所图。

我以为，我们当前也许是人类历史上最需要有这种携带之书、伴随之书的时刻，尽管现实状态似乎是背反的。或我们拗口地这么说，正因为现实状态是背反的。

毫无疑问，如今我们来到了已相当相当极致的个人主义时代了，人一样一样松脱了、断开了他和周遭世界的种种联系。人独立了,不要人陪伴他,而另一面是,也就没有人陪伴他了;人不寻求建言和忠告,也就再听不进,从而听不到建言和忠告了,凡此。

然而,个人主义其实是很难长时间坚持的,只是人被它吸引那一刻很难预见到此一真相;个人主义有它很迷人也充满说服力的地方,从人内在的尊严到种种现实的华丽想象——因为这是一种太 Powerful(强大的)的生命主张,人好像有某些从不知道从不使用的力气被它叫唤出来,人会感觉自己变坚强了,而且自由,没羁绊无制限,随时像支引满待发的利箭。但个人主义不宜家宜室,就人每天琐细但具体的生活要求来说,它未免太空太远太单调寒凉了。我自己算是相当纯粹(或诚实)的个人主义者,纯粹到近乎自闭,几十年来习惯独处(有朋友嘲笑过还沿用为我的固定介绍词,说只要现场超过三个人唐诺这家伙就浑身不安),但我深知其难,我这样的人都说难了,这内贼证词般应该是最可信的。

我也注意到了,选择这样的生命信念、过这样的生活是我自己想要的,而绝大部分的人极可能并不是——幸与不幸,他们只是被汹汹的时代思潮卷进来,或说,他们只是恰好生在、被抛掷到这样一个时代里。他们或太柔弱太依赖喜欢事事有人安排,或太情热太爱讲话喜欢置身众人之中东方渐高奈乐何,他们甚至早早警觉老年孤单一人并且极度恐惧那种死了七天十天才被人闻到的死亡方式(如布洛克笔下的纽约私探马修·斯卡德自认的那样,只除了斯卡德没那么怕,仅止于忧伤),他们比较像《圣经》一开始讲的,那人独居不好。

逐渐地,人只剩下他自己,人进入到人类历史上未曾有过的最孤独处境。但这里,我们要说的还不是"无助",而是"无事"。如今个人主义(带点误解误用的)已彻底到、真实到很难真的有事发生如坟场,好像说,一整个世界的偌大空间里只剩下你自己一颗粒子,产生不了碰撞,没有触发和启示,也没有其他的发动;人只能用自己一个人的经历和视角面对世界,空悠悠的,而这种"只发生一次"、无人可比对可证实的经历(只经不验,经历不成其为经验了),如风吹过如水流过,稍后就变得透明、极不真实,只依稀仿佛像做了个梦,也跟做梦醒来很快就忘了、散掉了一样——彻底的一人独处最终连记忆都极不容易留住,会是一种失忆的、失声的、梦境化的无事。

我一直很期待的年轻导演姚宏易担任二〇一六的金马奖评审,有如此一番直言粗鲁但很传神,我这些年出任各小说奖评审看到的也差不多这样——小姚说,现在大家连"苦闷"都不晓得该如何拍出来,苦闷千篇一律是"男的盯电脑荧幕打手枪,女的摊卧房床上自慰"。

我也注意到另一个极端性的行为变化,那就是等待,或说排队——就台湾而言,我们这代人普遍最不耐烦排队等待(也许是因为成长于一个开始可自主、开始动起来的历史时刻,显得不驯服不认命),遂再再惊异如今年轻人化为一棵树一蓬草(席地而坐而蹲而卧)地如此肯于擅长于排队等待,好几小时、一整夜、几天,只为着吃一碗拉面、买到一张门票,乃至于得以挤人群中发出一两声尖叫云云。于此,昔日诗人看到的可能是一畦金线菊("而金线菊是善等待的"),我想到的则更古老,我感觉至少这个部分人已逐渐回归亘古的生物世界,回归原始。生物世界,除了本能所驱动的那寥寥几件必要之事(摄食、传种云云),其他可想可做的事不多,和漫漫悠悠的时间全然不成比例,遂非得适应于也意识不起"无聊"这东西否则不死也疯掉,也可以说,它们眼前没东西,没有"未来"可去,这是一种所谓"永恒当下"的时间状态,我们家中再亲近人、再受疼爱的猫狗也仍是这样。人从有事再回到无事,如同人从几千上万年辛勤建构的人类独特世界局部地退回到生物世界，这透露出来，是有不少东西消失掉了、不成立了、不重要不值得了，其价值已明显低于一碗日本九州来的屋台一兰拉面。

对抗这个有点困难，因为这已经是一整个时代了，意思是，这已从人的自主选择转成了给定，有那种"人被迫做个极端个人主义者"的语意矛盾意味，合适者不合适者、驯服者不驯服者皆在其中矣。世界不断在消失，或说正一个一个消逝（本雅明所说那种温柔围拥着人、既说着故事也耐心等你说出自己故事的"小世界"，这曾经遍在到是人的生活基本事实），人不适应不愿驯服大概也无法单凭一己之力重建它，那些可以陪伴你、和你一直交谈下去的人已散去，再聚拥不起来了，你能找到的只是那种时间一到就解散、保罗·西蒙所说"People talking without speaking, People hearing without listening（人们说而不言，听而不闻）"的所谓人群，根本上，这样的喧哗声音是沉默的，年轻时候的保罗重话所说（也许太重了些，但卡尔维诺说是"瘟疫"，也没轻到哪里）那样如癌症不停生长扩散的沉默之声。

我能够想得到的抗癌药物就是书，这种携带着的、伴随着人的书，这是我仅知仅能的。

书无法完整替代人，尤其一开始时，但大致来说，人能做到的，书差不多都能做得到，某些方面甚至还更好，只因为书毕竟是由那些更好的、层层挑拣出来的人写成的，不像能陪伴你的人通常只由命运潮水带来，相处总杂着些许义务。而且，时间一拉长就不一定了，时间愈拉长，书愈能显露出它源源的、丰厚的内容，所以找书可以比找人更主动更多选择也更准确，你愈找它就愈会找，你会感觉还有些东西——技艺、见识、鉴赏能力云云——默默在自己身体里累积着，如多得的礼物。

书说着更好的故事，当然也是个更富耐心的、可以一千零一个晚上都不睡着的说者／聆听者；人会离开如宴席，但从来没有书走开这种事，只有人合上它抛开它遗忘它——因此，如果时间进一步拉长到人的老年，访旧半为鬼，那些可以讲话的人，时间冲散一些，衰病藏起一些，死亡又不断带走一些，是的，叶子终究会掉光的，只有书还在、会在。

近些年来，如果说我的阅读有着什么较明显的变化，我会说，我对所谓的"答案"这东西的想法不太一样了，我以一种愈来愈松弛的方式看待它；或这么讲，抱歉大概语意会很不清，我以为答案更多时候毋宁只是选择（当然不是那种无是非无善恶判别的纯相对主义虚无主义），愿意或非不得已时、积极必要时，答案随时可下，我也大致知道自己的倾向和偏好，以及可能做出哪一选择。但如果还有时间，何妨偷一点延迟一点，书还说着各种话，延迟，是为着让答案能够"长"得更好，尽管也许仍是原来那一个、那一选择。

这里我用生长的"长"字，我真的相信答案是生长的，答案往往更像树而非结晶矿石，同一种树，它可以只是树苗，也可以参天如庄子说的像是垂天的云。

2. 结论难免荒唐，所以何妨先盖住它不读

我不做笔记，或正确但有点丢脸地说，几十年来我也试过几次笔记但皆以失败、不了了之收场，这上头的无能，迫使我得死心仰赖记忆，以及书的一次一次重读。

这里，有这么一句话："结论似乎总是荒唐的。"——我不意在自己某张废稿纸空白处看到这句话，这是我近年来反复想着的事没错，但我很确定这句是读来的，且隐隐知道就出自某位我极信任的大书写者（没累积相当相当的阅读量、思维深度和广度，以及，自信，说不出这样的话），只是该死我也没随手记下是谁，以及哪本书。但这是一句千里马也似的话，就算弄错说出它那人的名字也全然无损于它的熠熠洞见，就像昔时的伯乐完全忘了甚至还弄错了它是公是母以及毛色，但仍是千里马。

是的，结论似乎总是荒唐的。这话涵盖得极广几成通则，比方霍布斯这样，尼采这样，黑格尔这样，马克思更是一堆结论都这样，事实上，就连审慎无比的康德也可以这么想他——像康德最后处理"鉴

赏"（意即真正正面进入到价值信念的领域，以及文学艺术思维的领域），以及试图把他的哲学思维拉向现实世界处理举凡自由、国家、政治这些芜杂如乱草的问题时，他失败的结论倒不多，康德的"荒唐"在于比例不对劲，他没能多讲出什么，遑论如愿建构出其坚实的哲学基础；庞大无匹的思维动员过程能推演出、支撑起的就只有寥寥几句单薄的、干瘦的、没超出常识太多的结语，不成比例到让人（尤其文学艺术和政治思维领域的人）感觉怅然若失，还不免有点绝望，想想，这样的脑子，尤其这样已难再有的生命态度和生活方式，这样精纯到不可思议强度、长度的思维之路（康德大概是人类历史最能称之为"思考机器"的人，仿佛只以一个脑子活着），最终能抵达、能帮我们"证明"的东西原来少成这样，我们遂有一种被紧紧包围住的极不舒服感觉，四面八方都是打它不穿的厚墙。

我也难免会想，康德（以及像他这样子说话的人）要是能像马克思（以及他那样子说话的人比方瓦尔特·本雅明也是），肯于也敢于用很小的证据说出很大的结论（我得承认我是稍稍期待这样），那人类的总体思维图像又会是怎么一幅景观？会起什么变化——结论，收拢着我们到此为止的全部认知，并由此（忍不住）看向未来猜想未来。但这一收拢工作总是力有未逮，人的思维太芜杂且又屡屡自我背反自我驳斥（或者说我们所面对的、想着的就是这样一个世界，康德所说二律背反的世界），就每一种可能的单一结论来说，人总是想得太多了超过了却又是不足够的、东缺一块西缺一块，而未来的渗入又让它更勉强更摇晃，并在日后更多事实真相揭露时让它显得如此单薄而且荒唐。从康德的审慎沉默到马克思的慷慨多言，我们从这两位思维巨人的著作末章，看出来人的此一极限。人可以感知甚至发见，且自信这再确实没错，但难以让自己一无罣碍地证实、让别人不心生疑问地说出来；人可以箭一样射入某个思维远方思维深处，但无法真的推进到那里、安家落户于那里。

这怎么办好呢？那就试着把总有点荒唐的结论先盖起来吧。这是我近十年来阅读经常会做的事，索性不去读书的最后一章，更多是以一种超级轻松的、"这下我看你怎么收拾"的莞尔态度读它，这有着屡屡让我惊异的极好效果——明白而立即地，我发现很多书因此"活过来了"，很多原来让你很生气的书写者不再那么令人生气甚至开始有点佩服他（之前阅读时你只想逐字逐句驳斥他、挑他毛病，阅读无聊到像是寻仇），也因此，忽然冒出来一堆又可以读、该读的书，世界重新装满，而且空气通畅清新如起风，有一部分的自己也像恢复成年轻时候。

这么读似乎是聪明的，耳聪目明。

如果不只为着结论，那之前厚厚的这一沓话语就不是附属的、鹰架般只用来支撑、用后即弃的乏味证明过程了。书里的每一句话基本上都是平等的，该用同样的态度来读它，价值由它的内容决定。你花四百块钱台币买的是一整本书，三十万字，估算多达两三万句话甚至更多，你不是只买了最后一句话。

会想要这么读也是因为自省，仔细想想，我自己的书写不也是这样？且愈来愈这样？怎么可以苛求别人非做成你做不到的事呢？——年轻时爱写结尾、总急着写结尾还很丢人会感动于自己写的结尾（经此，仿佛做了一番表态，一个有认真想过、有依据的决定，可以和世界更始也似的开始发展一个全新的、如此独特的亲密关系），但现在，几乎每一篇文字我都不晓得该如何较恰当地结束它，我只能松开手让文字"停住"。结个尾都如此不容易了，何况提出结论。

由此，我也慢慢知道了，原来所谓的曲终奏雅（意即一种万用的、约定的、"借来"的结束形式）是什么意思，以及为什么可以成立——千篇一律之所以无妨，当然其形式意义远远大于实质，这是对人的体贴，甚至只是礼貌，用一个较赏心悦目的、乃至于有抚慰舒缓人心效果的方式，要的只是个结束，在应该要结束了却又很难结束时顺利结束，好放大家可以（暂时）安心离开。这是一种不必下结论的结束方式。

博尔赫斯曾这么揭秘地讲述自己的书写，说他总是像个站在船头甲板上的水手，远远看到有个岛，但先只能够看见岛的头尾两端，并不知道岛上（即中间）是什么，住着什么样的人、过什么生活、生养哪些品类的鸟兽虫鱼、有过什么故事等等，书写就是这中间部分的不断靠近和揭露。这样，博尔赫斯甚至把书的结束部分设定化了、前提化了，和书的开头并置并一起发生，发生在书写正式展开之前；也就是说，书写真正投注心力拼搏的是中间这里，不断发现并丰富起来的是这里，书写者最有把握的也通常是这里，所以啊，阅读者不看这里看哪里？

恰当结束一本书、一篇文字因此有困难，中间这部分成果愈丰硕、密度愈高就愈困难，像是把一个太大的东西硬生生塞入太小的瓶子里。难以忍受的通常不仅仅是得狠心大量舍弃而已，在舍弃同时语调也跟着改变，语言被挤压得又直又硬又锋利割人，原先的精致度、复杂度、暧昧度及其必要的限制性保不住，因此，它很难再和其他种结论、其他的可能相容或至少并呈，这极可能不是书写者的原意。书写者，尤其一个谦逊而宽容的书写者，得非常非常小心才能不让自己忽然变脸像是个严厉的导师、狂暴的旷野先知、自大无比的人、头脑简单的人、乔张做致的人云云，而这极可能正是他一辈子努力想离开、想避免成为的那种人——这也帮我们解释了，何以书写者的能耐全面进展同时，独独会感觉自己写结尾的能力不进反退。

这样想，曲终奏雅收场便不是个很糟以及不负责任的结束方式了（尽管我自己很难采行，有某种过不了的心结，如我很排拒那种无法履行的承诺、无法实践的安慰、无法信任的乐观），这起码躲开了自我破坏，不损伤内容；曲终奏雅，就是一个空洞但模样好看的句点，或者，休止符。

难以恰当结束一本书，另一端（也许更根本）的原因是，人的思维／书写世界不仅较大而且还是连续的，大河般淹漫过任一本书，只是它不得不被一本特定的书暂时截断。也就是说，这本书结束了，但思维没办法也应声跟着结束掉。也因此，书的结尾便像是有着两张脸的门神杰努斯：一苍老，一年轻；一个朝着门内，另一个看向门外；一个已抵达尽头，另一个才要开始。愈当真、愈富思维成分和问题意识的书写这两面性往往愈明显，娜拉出走了是她另一阶段人生（可能更艰难）、另一堆故事的开始。结尾总结了已发生的思维遂也像是利落地打包好行李，藏孕着某种未来某个远志，准备着下一趟远行。也通常会忍不住多少有所猜想，但这又是尚未真正发生的，更是书写者自己尚未认真去想的，这部分并没把握的话语，难免只是期待，只是意志，总的来说遂也不免荒唐，在日后显露的完整事实天光下看起来千疮百孔挂一漏万。

提前猜测提前说话，从形态来看只能是探针，孤零零地伸进到未来的某一个点，因此，比较正确公平也比较划算的结尾阅读方式我以为是，保持一种沉着的、欣赏的基本态度，若能恰当地加点敬畏之感更好，宽容它的漏万，满足于它的挂一，这个挂一很可能是锐利的洞见，书写者在某种忘情状态下才敢于讲出来，以一整本书作为它的依据（遂错觉是充分的），附带着书写者自以为已然够完备的思维线索，以及因之而生的非比寻常英勇（或鲁莽），这并不是每天都能发生的事。总的来看，也就是第一眼粗疏地看也许荒唐，但再一次地仔细看、分解着看，就有机会捕捉住这样够好够丰富的一个一个点，值回你购买此书的费用以及投注的阅读努力。而且，在结论的失败之处、推论的不充分断开之处，我们还能多阅读出一个时代的种种基本限制（比方显微镜的放大倍数不足，比方原子尚无法打开云云），阅读出书写者真正的思维高度到哪里及其格调（因为较不防卫地说出了他的选择和向往，显露出他心中的某一应然图像、他的终极关怀），让我们更准确了解他这个人并掌握住一个特定时代的真相。

把书读坏、把结尾读坏，我以为，罪魁祸首屡屡是记忆这东西（所以几乎无法避免），也就是说，通常发生在阅读之后，以及阅读之外——人的记忆，在自然状态下，趋向于明确的、固化处理过的东西，并极容易接受形式的暗示。一整本书，人记得的往往并不是书写者倾尽所能的中间部分，而是这个总是有点荒唐的结尾，并把它削减固化为结论（答案），遂进一步利于流传，让那些根本没读过此书的人（阅读之外）也朗朗上口。借用小说家阿城的语法，这于是在原有的荒唐之上，再多一个荒唐。

每本书都有它不同的强调、不同的见解，但真正好好读书的人知道，这不可以是恣意的、我喜欢就好，也不至于无法相互对话（尽管可不和解地一直吵下去），我们毕竟共用着同一个世界，并以一种重叠性极高（包括感官的种类、能耐和其限制）的生命形式活着，书（或说人的思维）依循着相当有限的、就那几种路径前行，歧路亡羊，愈到后面发散性愈大，真正难以和解的分歧发生在最末端，尤其是它最终的猜想、主张这部分，因为它更多源自人的意志，最自由、最不可测，甚至带着一赌之心，就既有的学理成果而言，谁也没足够坚实的依据说服谁。像昔日爱因斯坦和波尔等量子论者的著名争议便是如此，那已末端到物理学的最后边界了，争论的与其说是物理学理，还不如说是认识论的问题，不在于宇宙（有否）存在着何种明确、干净、恒定、统摄一切的秩序，而是人（以及他发明的、使用的工具）是否有着种种意想不到但永远无望逾越的限制，从而人无法真正触及它，完整掌握最终的原理、最后的真相（如果有的话），"事实永远裹在一团迷雾之中"；这于是（在物理学理的认识基础上），进一步上升到深刻的美学层次、深刻的道德层次，乃至于是信仰了。书的分歧和其争议很多是这样的、这般层级的，我们说句有点泄气也有点伤人的话，这不干你我寻常人等的事，除非你也具备了相称的、上达如此层级的物理学养，否则我们的"资格"仅限于一个读者，闭嘴，好好听人家说话（不管你情感上、美学上是否有偏好，阅读世界不需要啦啦队）。

　　现实里，人们记得的、流传的、挥舞的总是这些有点荒唐的结论，马克思的、尼采的、达尔文的云云，这加深了分歧，还让争议变得廉价，把深刻的分歧和争议降格为意识形态，甚至就是立场，相当无聊。人更加无谓的仇恨之心也在此生成，仇恨化身为（或伪装成）某种公义、恨得极无聊但理直（？）气壮，恨得咬牙切齿却又完全不认真也没内容。根本不认识，甚至从未活过同一个世界，生命内容一无交集的书写者也成为某种不共戴天的、该绑上柴火堆烧掉的恶魔。列维－斯特劳斯晚年的回顾一生大访谈被一再追问到萨特，萨特正是那种有一堆荒唐结论，还屡屡有意识地操作种种自我背反荒谬结论好得名得利的人，但列维－斯特劳斯很快警觉过来，他拒绝在这种层级谈萨特，他庄重地说："不要让我在这里一直批评萨特，萨特毕竟仍是个该被尊敬的思想家。"

是的，即便是萨特——我自己宁可说萨特其实是个非常软弱的人，一个太想讨人喜欢的人，尤其最想被年轻人喜欢。当然，软弱的人的确往往更阴暗更危险，如果他还多欲多求的话，这样的人找到机会就会背叛，就像不敢正面冲突打斗的人总会选择暗杀毒害。

阿加莎·克里斯蒂最好的一部小说（姑隐书名，免得坏人阅读兴致），凶手便是个性格太软弱的人，这个凶手选择，我相信，来自她精致的生命洞察。

分歧和争议始自于书，但滚动成大雪球般的分歧和争议远远发生于书之外，于此，书写者能做的其实不多，我所能想到的都只是一些持久的、日复一日的、成效极可疑到接近石沉大海的工作（认真谈书、谈阅读，努力用一般性语言解释种种精妙深沉的见解……），根本上，这里有个很接近悖论的东西——如今，分歧和争议已愈来愈远离阅读，书也几乎完全触及不到这些人了，以至于，看得到也愿意看这些解释话语的人，正是那些不必读这些解释的人。

你如何用书来告诉那些不读书的人呢（全台湾地区有超过百分之四十的人，一整年没读过一本书）？——所以，结论不只总是有点荒唐而已，它们会一个一个见光死般变得更荒唐。

话题结束在这样有点悲伤，又像骂人的话有点不太好，这里来说说无聊但清气化痰的事——日本某电视节目，说服影片出租店玩一个企划，顾客可以用五十日元的极低价租片，但只限这个专柜，全部是截掉最后五分钟的影片，一整个下午下来，好像只有一名年轻的家庭主妇愿意一试。

我不晓得想这个企划的家伙是否读过卡尔维诺那篇文章——那是他为费里尼书写的序文，回忆他的童年，因为非得准时回家不可，他一堆好莱坞的电影都是没看结局的。

辑二　阅读　079

但这回我想的是台湾的秀异小说家王祯和，这位温文但很幽默的书写者曾这么说——好好写完一篇小说，然后把开头一段和结尾一段拿掉，这样就是一篇更好的小说了。

3. 有关鉴赏这麻烦东西，并试以屠格涅夫为例子

阅读，尤其文学阅读的大撤退现象（我不敢认为这是个循环，如日月代序、寒来暑往、丰年之后必有荒年然后又会有丰年那样，也就是你不能指望它"自动修护"），说真的，比起来我倒没那么忧虑读者的流失，我更惋惜鉴赏力的普遍式微，其终点已差不多看得到了，那就是纯个人好恶的相对主义。

一直以来，我算是那种解释书、解释作品的人，每天意识着、周旋着人听话能力、理解能力的限制及其意愿等等问题，其中，最容易撞上屋顶再不能上去的正是鉴赏这部分，解释性的语言（拆解、分析、证明、因为所以……）能触到它的比例很少，我猜想，鉴赏太稠密了，稠密到几乎是连续性的，面对着它，我们文字语言的颗粒状、非连续性本来面目毕现无疑狼狈不堪，也像孔目太大的网，真正想抓的东西差不多都流失光了，也因此，人们一不小心就把鉴赏推向所谓"感受"的领域，没标准没道理没是非高下之分，放纵的用人言人殊的喜憎好恶来说它。

鉴赏，大概最属奥古斯丁所谓的那种东西：你不问我我是很知道的，你愈追问我就愈讲不清楚甚至开始想不清楚了；从语言效果一面来说则是：鉴赏最不容易成立，但最容易反对。所谓容易反对的意思是，作为反对者这一造，你完全不需要有相称程度的认识、学养乃至于实际经验，常常，你需要的只是决心，下定决心不要被说服，最滔滔不绝的雄辩者、最温柔绵密的解说者都奈何不了你。

正因为这样，鉴赏力是极脆弱的，脆弱得近乎虚幻，或说近乎某种谎言，国王的新衣那种的。尤其在公众性的世界里，几乎没办法讲清楚，更提不出足够（分量和数量）我们今天能认可的所谓证据，完全通不过如今这样平等形式的辩论；但其实有趣的是，深沉一层地来说，其实倒也没那么多人（尤其那些最聪明、最深究，以及最专业的人）怀疑它的存在、成立和必要性，而且，在进一步说出话语之前，人们的根本认知往往还相当一致（包括那些看似水火不容的敌对学派，甚至如马克思和李嘉图一干古典经济学者），困惑和分歧不发生在第一阶段的感知和认识，而是出现于第二阶段以后的试图解说、确信，并对未来赋予期待并提出主张时，有那种你愈要抓紧它就愈可疑愈滑溜的古怪味道；它像是某种足不出户的胆小东西，关在一个人的世界里显得如此真实、精致、完整、有用而且有益，但总是一出门就迷路，消失在人群中，消亡于语言里。

鉴赏不会愈辩愈明（不过说真的，到底有什么东西愈辩愈明白清晰，除了仇怨？），它总在话语激烈起来之前就逃之夭夭。

也因此，鉴赏力的养成和保有需要很特别的场域，大自然里并没有的人工打造环境，像是——

它需要足够长的时间才能培育起来，长到往往还得超过一两代人以上的时间，这乃是因为话语能帮的忙很有限，能够靠话语提炼的通则、概念、方法好快速传授的比例很低，实体性的不断观看以及不断操作实践才是主途径（意即一种稠密的、连续性的体认抓取方式），尤其是观看足够多好作品以及实际上尝试着自己也做出好作品来（失败了无妨，失败是常态，失败一样大有所获）。这一个个好作品康德称之为"范例"，而范例正是人判断力鉴赏力的"扶椅"，人扶着它一小步一小步前行（这极可能是康德有关鉴赏说得最好的一段话）。鉴赏力的养成像种棵树，极简单但无法速成，没太多有效率的机巧方法可讲究可替代，要有好的音乐鉴赏力，那就一首一首历史级的经典乐曲一遍又一遍好好听；要看懂字好字坏，那就读帖并临帖，历代的大书家、大鉴赏者不会集体骗你，那是他们各自的确确实实生命经历、生命成果，读完百帖你会发现某个有趣的东西已在你身体里不知不觉成形了；要有好的文学鉴赏力，千万别相信有听君一席话胜读万卷书这类感激涕零且偶一为真的话（我比较相信如今网络上年轻人的说法："听君一席话，如听一席话。"）。一席好话，在对的时间一点，尤其在已准备好的基础上（比方你已读了够多、且有够丰厚的生命经历），也许在那正正好一刻会有唤醒、解开、打通、寻获、拯救你一整个人生的魔法般动人力量及其效应，但这仍无助于鉴赏眼光的养成，你还是得坐定下来，实实在在地读万卷，呃，至少几十上百本好小说、好诗和好散文。

由于需要的时间长了点，在人心志的热切和心思的沉静中遂有着裂缝，往往人会太催促它并且太过频繁地察看成果，太忙着掀锅盖，因此，较好的方式是一种接近欲擒故纵的诡计，你期待成果，但让它在生活中像仅仅只是一个习惯，或一个工作性的义务，把炽烈的心志设法推远成一个遥遥的光点，像某颗天上的星星那样。

实践这部分可能比较麻烦，毕竟不是人人、事事能够，因为这远远超出了兴趣和乐趣的层面，事关人往往只能择一而行的志业乃至于职业选择；而且，玩票性的"体验"意义很小（进不到必要的深度乃至于绝境），还得考虑其种类、条件和成本，写首诗还可以，但写首协奏曲或写出歌剧也许就有点难了，而贸然拍一部电影则会倾家荡产妻离子散——但我得说，动手还是比旁观多出点什么。我试着这么描述，实际动手有一种高倍数放大作用，你的手带着你一整个人"钻进去"，纯观赏纯思维很难察觉其存在的极细微缝隙和矛盾，如此才一个一个显露了出来，且变大刺眼到非处理好它不可（所以好的书写者对文字永远有一种异于一般人的不安和爱憎之情，天天感觉到文字的歧义、疏阔和其断隔，几乎是神经质的）。因此，这也像是不断进行的微调修补作业，像是一次又一次密实的夯打，让人的理解连续、结实，从而让人的鉴赏绵密、柔韧、准确，除了自省自知，遂也最容易看出来他人的作品做到了什么、跳过了什么以及掩饰了什么。实际动手的人因此也是最不容易上当受骗的人。

我们也可以这么说，这样做是动员了人全身的感官，包括筋骨、皮肤尤其指尖触感（指尖正是人神经分布最细最密的地方，严刑逼供者最喜爱的地方），纯粹资料和基本知识的摄取的确用不着这样，但鉴赏，本来就包括诸多逸出于话语和文字的东西，得真正"触到"，不仅仅看到和听到而已。

我自己下点棋，断断续续临帖写字，更加丢人的是，年轻不懂事时还曾经试着写诗和小说，就是没拍电影也没写过交响乐曲。由于程度差得实在有点远，有关鉴赏能力养成和此一实践的深沉联系，我的收获和体认少到、初级到只够作为跳板之类的东西，堪堪站得住脚而已，只能用来猜想进一步可能心向往之。但这样也还是有益的，至少让我带点实证，实实在在体认地知道前方还有多宽多远、天多高地多厚（我总觉得眼低比手低要样子悲惨，手低只是个不会，不伤及其他，眼低则是白目，常连道德、教养都赔进去），也让我对好的创作者始终保有一种特殊的信任，不轻视不放过他们也许语意不清也提不出足够恰当理由的直观也似判断。比方现实生活中，我便一直信赖朱天心的如此判断鉴别，这一部分她自始至终走在我前方一大步，即便总的来说我也许稍稍比她用功一点，耐心和解析说理能力也稍好一点点，但更经常的是，由她开头，她说第一句话，然后才是我想我确认我解释。这样的事我几乎每一天都印证，至今已印证了四十年之久，而且并不限于文学。

不只从朱天心这里，我自己的阅读经验也是这样，一样延续了三四十年了——我很喜欢一流书写者的文论，远远（几乎是不可以道理计的）超过学者的专业评论和研究，不只在于他们怎么说自己，更在于他们怎么看别人，看其他书写者、其他作品。其中最吸引我的、在别处几乎看不到的，是那种极清澈的、光一样射进来的、毫不迟疑毫无挂碍直指核心的话语，并不一定得狂暴（比方尼采那样或萨特有意为之的那样），也不一定出自像陀思妥耶夫斯基或纳博科夫这样性格强悍鲜明的人，在比方屠格涅夫、卡尔维诺、博尔赫斯等总是温和说话的书写者那里一样遍地都是。我以为，说出如此锐利穿透的话无须特殊的、多余的勇气，更不只在生气或极度悲恸时才说，这之于他们只是再正常不过的、每天工作里的认识，正常到不必更换语调（如某种誓言、檄文格式），不必慎选时机，也因此不特别去想会冒犯到谁或意图跟谁过不去，更多时候，它们只像一语带过地出现在文章角落里，甚至和文章的主要意图根本无关。

像是屠格涅夫谈席勒的《威廉·退尔》五幕剧："顺便说说，只有在极少数天才人物身上，这种具高度哲理性的创作意识才不会伴随着某种行为的冷漠性。"这是多么敏锐而且解开人心中一个结的话语不是吗？这也真的让我当下一惊，这些年来我尽可能要求自己的书写保持理智，但也因此变得冷漠了不是吗？

或像陀思妥耶夫斯基，他心悦的推崇天神一样、已成俄罗斯民族象征的已逝诗人普希金（"不，我不会一整个都死去。"普希金自己《纪念碑》诗里如此精彩而且准确预言的一句），但并不以为同时这么说有何不妥、不敬："诚然，他热爱祖国土地，但他并不信任它。他听过有关祖国理想人物的事，但他不相信。"事实上，我想这极可能才是普希金不平庸、不流于那种无脑子民粹的关键之一，陀思妥耶夫斯基指它出来，我真希望在两岸、在台湾地区，能有更多人当一个重要提醒听进这番话。

或像莫里亚克谈论已接近不可置疑（尤其在学院里，是一个时尚）的卡夫卡小说："我这就要让你大吃一惊了。我对卡夫卡小说中的人物几乎叫不出名字，可是同时我对他们又很熟悉，因为卡夫卡本人使我着了迷。我读过他的日记，读过他的书信，以及有关他的一切资料，然而谈起他的小说，我却无法阅读它们。"莫里亚克绝非唯一一个这么想的人，他只是平实地、无隐地讲出来而已（有趣的是，十之八九都是创作者，在学院里你几乎听不到同样的声音），于此，我印证、心领神会的程度远远大于发见。卡夫卡本人的确比他小说精彩太多了（尤其比他的长篇小说），老实说，我对那种盛赞卡夫卡小说到全无一丝疑虑的人没办法信任，或对其文学鉴赏力，或其人格心性，或两者皆然。

诸如此类其实多半只被一眼略过的话语，对我的持续阅读有很动人的效果，而且随着年纪愈来愈容易发现它们，发现一次就感觉出自己进步了一次，这个年岁仍能清楚感觉自己在进步实在太好了——首先是康德讲的"拯救",一次又一次把我从已成世间结论的成见和昏睡的平庸里拉出来,以及从我自己线性的、管窥的过度专注拉出来,且附赠勇气(集义,一次又一次这样的发现集聚起来,的确可生养勇气,这是孟子最精巧的话语之一);接下来的当然是引导,我总因此顺势重读一回普希金、卡夫卡,还有卡尔维诺这样高度哲理思维但绝不冷漠的小说,大门重开也似的,并晓得这回该看哪里该注意什么。卡夫卡小说可多说两句,他的确是太奇特太出人意表的一个人,但他的小说其实不算是(诗和梦境,撑愈长就愈吃力愈斧凿),我所知道的那些最好的书写者都对卡夫卡小说有某种"特殊的保留",应该不至于是害怕冒犯众人,而是认为如此高阶精密的质疑不宜在如此容易听错话、容易引发种种不良副作用的大众场域进行;甚至,也许也认为这不失为是一个好的误读吧,正面的时尚,美丽(但这么辛苦)的误会云云,是对卡夫卡人生的一个补偿。其中话说得和莫里亚克差不多白话的是博尔赫斯,他一直有一种好教养的直爽,博尔赫斯讲卡夫卡以一种极清澈的风格写这么污浊阴暗的东西,但他的小说总是"流于太机械性",纯粹就文学论文学的鉴赏来说是"不能让人满意的"。

从仿佛是完美的卡夫卡,进入到这样欲言又止的、摇晃不已的卡夫卡——我就知道自己是来到了一个刻度更精密、反应更灵敏、得沉浸其中稍久才行的文学世界了,创作者偏立体而非学院学者平面化的世界了。

近些年来,我因此一直想写(或说辑成)一本大致可叫"只字片语"的书,抓出来这些很可能二十年、三十年总跟你擦身而过的话语,只是我一直找不到合宜的书写呈现形式——当然不可以是光杆形状的格言集,那样就差不多等于处死它们了,但解释它们又往往太沉重又太需要话说从头了,很容易弄熄它们那样灵光也似的动人触感。我还在想,还没真的放弃。

就来说屠格涅夫吧。正好,此时此刻,我背包里就带着本屠格涅夫的评论集子——作为一个读者,我感觉我对屠格涅夫有某种亏欠,跟不少人一样,我一直把他挂在俄罗斯帝国那一批伟大作家的车尾,这是不公正的。我的"错误"也许反而是因为读他太早,那是十四岁初中二年级时,书是《罗亭》,版本是彼时译得很随便、印制得很粗糙的廉价书,说真的,很长一段时日我完全不晓得该怎么读它。

对屠格涅夫的排斥则来自他已成定论的软弱。我一直非常非常非常不喜欢软弱的人,如果软弱再加上多欲望,那就不是喜欢不喜欢的问题了,我看似偏见但极诚挚的忠告是,如果你身边有这样的人,尽可能第一时间远离他,这样的人几乎一定会背叛你,即便并无足够背叛的理由、背叛的实质"奖品"。

有关人的软弱,这上头我相信阿加莎·克里斯蒂(她对人有一种或不深刻、但屡屡意外精准的鉴识能力,不来自她赖以成名的推理,而是源于她的敏感和生命经验),软弱的人往往是特别危险的,以某种隐形的、暗夜的、妒恨自噬其心的方式算计别人伤害别人,她一生最好的作品写的就是个性格太软弱的凶手,因为永远不敢正面处理仇怨和欲望,遂不停地囤积仇怨和欲望如养蛊,最终遂陷入一种难以察觉也难以揭发的疯狂之中,"匕首就这样刺下去……"。我自己几十年的生命经验和冷眼旁观结果也很接近如此,我一生所听到那些被称之为"滥好人"的仿若天使型之人,几乎无一例外该去掉那个"好"字,直接就叫滥人,我以为关键还不在仇怨,而是欲望,道理一样,软弱使他感觉自己一直在容让(也容易衍生为谁都占我便宜,他们都对不起我云云),欲望若只生长却无法满足,很快会膨胀到临界点,便只能以各种阴森森的手段来获取和报复。而欲望眼中的敌手一定远远比仇怨的敌手多，这甚至不必真有所接触有事发生，远方陌生之人都可能是障碍，因此泼洒开来远比仇怨株连更广更莫名其妙，大致如此。

孔子是已知最早把软弱和多欲扣在一起的人，多欲是人软弱的加强版危险版——有关这个，屠格涅夫柔弱但并不多欲，这使他总是后退一大步站到某个无利益、可纵观全局的绝佳观看位置上，而无欲，干干净净的心，如孔子精确说出的，给了他内在一根强韧的、可让人放心信任他的脊梁骨。

所以，一直说屠格涅夫软弱懦怯不是不对，但应该可以停了。他在生活里如对他母亲或对于爱情的确软得跟团蜡也似的，但在文学里绝不是、完全不是，我们在意他的是小说家、书写者这部分，而不是儿子和追求者这部分，而且我们说，人怕吃青椒香菜或胡萝卜不见得让你成不了勇士斗士不是吗？

我们一百五十年后今天回头来读，俄罗斯帝国彼时真正需要勇气的话屠格涅夫讲出来的极可能比谁都多（很多状似豪勇的话反而半点不危险，尤其那些靠"集体进步幻觉"撑腰的东西，这是一个历史通则），至少，他对那些不舒服真相真理的坚持和持续追踪之心完完全全压过了他的性格，否则如何能够、如何敢持续写出《罗亭》《父与子》这样必定两面挨骂、违逆着时代大风向的小说？也许更因为这样柔软多孔隙的海绵性格，再加上他一直处于四面八方攻击的危险位置，让他的思维一直比托尔斯泰、比陀思妥耶夫斯基更稠密复杂而且完整，也更多、更懂如何阅读他人的作品。纯就文学鉴赏一事，他是俄罗斯帝国这一干大家之中我最推荐的人，他更公正所以也就更精巧、深刻、准确并理解人的各种情感和错误。

在屠格涅夫这本文论演讲集子里，《谈哈姆雷特和堂吉诃德》一文是钱永祥很喜爱的，我也引用了好几回，这里多加两处，一是讲桑丘·潘沙对堂吉诃德耐人寻味的忠诚，屠格涅夫很漂亮地把它移置到普遍的、和我们任何人有关联的一般生活层面："用指望得到好处、谋取私利是解释不了这种忠诚的，桑丘·潘沙的头脑太聪明了，他十分明白，给这位游侠骑士当侍从，除了挨揍之外几乎没有任何东西可以期待。应该把这种忠诚的根挖更深一点，如果可以这么说的话，它根植于老百姓最优良的特性之上，他们能够幸福和诚实地着迷（唉！他们还受到过别的迷惑），他们能够表现出无私的热情而不顾眼前的私利，尽管这对于一个穷人来说，几乎等于放弃充饥的口粮……老百姓到头来总是怀着虔敬的信仰追随那些他们自己曾经嘲笑过，甚至咒骂过和追击过的人物，只要这些人不怕追击、咒骂甚至嘲笑，坚定不移地走向前去。"或这一句，我自己无比信服的一句，闪闪发亮的钢钉也似的，说哈姆雷特："一个诚实的怀疑主义者总是尊重最坚忍不拔的人。"这也正是日后格林小说的一根脊骨，乃至于格林自己（一个多疑到如哈姆雷特的人）内心深处对世界、对人仅剩的期待。

就是这样，屠格涅夫轻柔地把《堂吉诃德》和《哈姆雷特》或太戏剧表现的故事拉回来，原来文学的戏剧性往往只是生命某一处尖端部分的凝视、放大和尝试理解，有时还化学实验般放入到某一个特殊时空状态里来观看它的反应和变化，来确信它，并非外于我们"正常"世界的另一种故事、另一种人（我想起中国第一个《堂吉诃德》的译本叫《魔侠传》，这情有可原）。

屠格涅夫讲《外甥女》这部女作家写的小说："她不怕出错……我们只是认为，在女性的人才身上（包括她们之中最杰出的一位——乔治·桑）总有着某种不正规、非文学的、直接出自内心的、终究是未经深思熟虑的东西。"我不确定女性书写者怎么想这番话（她们之中有人很容易被激怒），但我真的以为，这段小心翼翼的话，对女性特质的书写是很精巧的描述，而且多是赞美，还带着些向往和期待，某种我没有的能力、我得不到的自由、我知道但去不到的地方云云。我有错读屠格涅夫这番话吗？

讲所谓的人民作家："现在，在我们中间还流行着一种错误的意见，只要谁操起民间的用语，编造一些俄罗斯风格的笑话，在作品中经常表白对祖国的热爱和对外国人的极度鄙视……他就成了人民的作家。"还有："我们要顺便指出，在艺术、诗歌、文学中提出'民间'的口号，这只是一些不发达的、尚未成熟的，或者处于被奴役被压迫中的民族特有的现象，不用说，他们的诗歌必须服务于另一些重要的目的——保护他们本身的生存。感谢上帝，俄国并不处在类似的条件下，它并不衰弱，也没有受到别的民族的奴役，它无须为自己担心，也不必唯恐他人觊觎，拼命保护自己的独特性；它意识到自己的力量，甚至喜欢那些向它指出不足之处的人。"

讲那种平庸的、千篇一律的文字："是修辞上的通用货币，这些话仅仅因为信奉的人太多而不被看成谎言。"

讲那种人们仿佛永远戒不掉、卖弄自己的不幸和痛苦、像讨债讨个没完的书写："利用这种优势（在蹩脚诗人那里是假想的优势，在出色的诗人则是真实的优势），作者翻来覆去歌唱自己的痛苦，使我们厌烦透顶，以至于他们中间最好的诗人（即莱蒙托夫，他《不要相信自己》这首诗）也会不由自主地想说：你曾痛苦过或不曾痛苦，这与我何干？"

屠格涅夫还顺口这么说黑格尔，有点缺德但我以为奇妙地准确，准得让我大笑出来，并从此携带着这个画像读黑格尔，看穿不少东西，那些黑格尔式的虚张声势，以及后代为他的虚张声势："就像黑格尔的脸，在同一时间可以既像个古希腊人，却又像个沾沾自喜的鞋匠。"——确实,德国是个多生产虚张声势事物的奇妙国度,屡屡有一种高度精密(但很不稠密)的大型架子,对年轻人,尤其年轻男生一直有很特殊的魅力,像我家三兄弟二十岁前,尤其我大哥。

屠格涅夫谈《浮士德》一文则是我最喜爱的一篇,毫不见畏怯,但重点不在英勇,而是鉴赏和洞见。这篇文章相当程度解决了我对《浮士德》乃至于歌德本人一直以来的某种不安、不放心。这位德国诗神,我甚至再再感觉他有点幼稚,程度没那么好(书写者在忘情描述他认为美善的、至善的事物时最易曝现自己的真正高度),视野也远比想象的小(以他这样一个生前就站上巅峰、就被奉为神祇的人,应该要有的某种无私),极可能是太过自恋自饰带来的,才华远胜于理智。屠格涅夫指出来歌德纯粹利己主义和浪漫主义的限制,浪漫主义正是"对个性的颂扬"太过度,整个世界"都是为他而存在,而不是他为它们存在",基本上是人的某种幼态持续,人迷恋自己的年轻。我尤其喜欢以下这番话,这回应着我如何面对那些悬而未决的、难以通过理论予以确认的,但其他所有时候我知道"它们是真的"的东西,不必因此放弃,也不必勉强要它们快快跟论证和解、和世界和解。这样的东西相当不少,也已是构成"我"的重要成分,我不能轻易丢弃它们(太勉强的调和隐藏着丢弃),那样我就所剩无几了,我会透明到只是集体世界的路人甲,我毫无意思的全然平庸和干枯:"我们从自己的角度来看也不满意(《浮士德》一书)'悲剧的结局',但不是因为这一结局是虚假的,而是因为浮士德的任一可能结局都会是虚假的;因为刚从旧社会内部脱胎而出的浪漫主义是无从了解我们直到今天都还不了解的东西;因为浮士德在人类活动范围之外所做的任何一种'调和'都是牵强的,至于其他的调和,我们暂时还只能梦想……有人会对我们说:这样的结论(按:即暂时乃至一直没结论)可不令人高兴。然而，第一，我们追求的不是高兴，而是我们见解的真实性；第二，那些声称没解开疑团便会在人心里留下可怕空隙的人，是永远不会真诚和热忱投入内心的自我争斗的。他们应该知道，在体系和理论的废墟上只留下了一个牢不可破、无法消灭的东西：我们作为人的自我，它是不朽的，即便只是由于它不会去消灭自己。"

但这里，我真正推荐的是这番话，比较容易看懂或说比较共有相类似的具体经验，也就意味着对更多人有益："我们已经多次提到，浮士德是利己主义者，他关心的只是自己一人。而且，梅菲斯特说到底远远不是'伟大的撒旦'，他不过是'一个最没品位的小鬼'。梅菲斯特是每一个萌生犹豫反省之人的魔鬼：他体现着一种否定，一种产生在专注于自身的怀疑和困惑心灵中的否定：他是那种孤独和远离现实人们的魔鬼，那些人会由于自己生活中的一些小小的矛盾而弄得惶惶不安，可是却又会带着明哲的冷漠对大批工匠的饿死视若无睹。梅菲斯特本身并不可怕，他的可怕在于他无时不在，在于他对许多年轻人的影响，那些年轻人由于他的关照，或直截了当说，由于他们自身的胆小怕事和利己主义的瞻前顾后，始终没能冲出亲爱的自我此一狭小圈子。他尖刻、凶狠而又可笑，照普希金的说法，遇见这种魔鬼的人总是遭难受罪，但是，他们的痛苦和折磨却不会引起我们深切的同情；再说，有多少这样的受罪者傻瓜炫耀他的'五颜六色袋子'也似的炫耀自己的痛苦，然后摇身一变为地地道道的庸人！……重复一遍，梅菲斯特之所以可怕，是因为至今大家都认为他可怕……对那些把自己幸福看得高于一切、同时想弄明白为何幸福只属于他们的人来说，他是骇人的……而这样的人一直很多，多到不可胜数。"

那些人会由于自己生活中的一些小小矛盾而弄得惶惶不安，可是却又会带着明哲的冷漠对大批工匠的饿死视若无睹。——今天，一百五十年后,我认真地一个人一个人想过去,究竟有谁、有多少比例的人不是这样,我以为这已是我们这个时代最典型的公众面貌了。

这是一八四四年屠格涅夫写于圣彼得堡的文字,但生动得像今天早晨站在台北市才刚说出来的,新鲜到令人不敢置信。当然这不是预言,只是又来了,没完没了;这源于洞视,源于对人的精致了解,歌德讲过人的世界里事情不会就只发生一次,某些现在说对的事将来也还会再对——"他尖刻、凶狠而又可笑",此物德文原名梅菲斯特,但我们谁都不难把它译为一整排眼下的台湾姓名;而那些爱炫耀自己痛苦并摇身变成庸才的人,我们同样可填上一排名字。用我们这个时代的话来说,梅菲斯特正是浮士德博士的小确幸招引出来的,梅菲斯特正是小确幸之人的专属魔鬼,存在于人理直气壮的自私和软弱里。

鉴赏原不是否定性的,因为鉴赏是认出、拣出,而不是丢弃、摧毁(在众多之中认出其一,或在一物中认出它某一细部、成分、特质、可能性),唯鉴赏因此必带着锋芒,尤其是试图说明它时,这让它容易被误认为挑剔和苛刻,总是讲着坏话、难听的话,即便如屠格涅夫这么温和软性的人——也许我们可粗鲁点这么说,它(惊喜地)找到众里的某一个人、某作品、某一句话,同时也就得把其他的先抛下;再来,拣出之后的分离涤洗打磨作业,这是手术刀也似的精密工作,不这样去除不掉那些沾黏的、近似的、仿造的、虚假的东西,也因此,鉴赏者在意的、排除的其实不是劣品,而是赝品,如朱天心说的,她在意的不是那些大家都已知道的糟糕东西,而是那些大家以为是好东西的糟糕东西云云,这恰好是鉴赏者最冒犯人之处,不仅貌似挑剔怨毒、不容人不容物,还一再蔑视到人家珍视的某物(比方村上春树小说、蒋勋散文等等),严重伤害人们的情感。

屠格涅夫温厚偏柔弱,因此这里该这样看才正确——当他的话语急切起来、严格起来，这不寻常（他甚至还指责人"胆小怕事"），我们循此就能在另一端找出他珍视的、努力护卫的某物；愈急、愈重，这东西也就愈珍稀而脆弱。

鉴赏原是获取、增加，指向不容易被注意到的好东西，我的阅读经验一直是如此，还有，我担任文学评审的经验亦复如此。如今，台湾文学奖从官方到民间，已多到失控并诱人幸进的地步，以至于排班值勤一样谁都得当当评审，接近于一种义务或社区服务之类的工作不好一直拒绝——评审更是非得认出、拣出的工作，在动辄几百位竞争者中找出一个，或一到五个，当然也是很伤害人的工作。而我更多的经验性感触正是，场面上话语纵横占尽上风的通常是专职的、有学校教职的学者和评论者，但我永远比较信赖创作者的眼光（当然限于够好够认真那几位），真正能打动我的、确确实实从作品看出东西的那几句精彩鉴赏之言，永远出自创作者之口，尽管话往往不够清楚，毫无辩论说服力道，稍一失神，就流过去了。

由此，我也想起来一堆文学往事，创作者认出创作者，一般只当是美谈，不深究鉴赏这一深沉的联系——最早认出年轻艾略特的是诗人庞德，庞德读的正是《荒原》的原稿，还直接动手修改（主要是删除），以至于《荒原》的原始完整内容就连艾略特本人都说不清、寻不回了，宛如掉落在某个时空缝隙里；认出果戈理的是普希金和别林斯基，他们当下都还不知道该如何恰当来说果戈理小说，鉴赏远快于、大于说理，而普希金看重果戈理的程度明显超过了别林斯基，他甚至把自己酝酿的书写题材交给果戈理来写（如《钦差大臣》），认为果戈理可以比他、也比到此为止的果戈理写得更好；至于稍前的普希金自己，"巴丘什科夫读了他的哀歌《成堆飞卷的云朵散开了》拍案叫绝：'好家伙！他是怎么开始写作的啊！'"当时普希金还不到十八岁（另一说是二十一岁)。巴丘什科夫说得对,在俄国还没有人这么写过。巴丘什科夫大叫'好家伙'时,很可能已朦胧预感到,普希金的一些诗歌和表现方法将被称为'普希金的'。"

还有陀思妥耶夫斯基,他的第一部小说《穷人》写时才二十几岁,先彻夜读原稿(轮流朗读)的是涅克拉索夫和格里戈罗维奇,这两个家伙激动到决定立刻把他叫来,"他睡觉算得了什么,我们叫醒他,这比睡觉重要!"而当天,这份原稿就又被转到别林斯基手上,别林斯基也立刻要求见他,陀思妥耶夫斯基自己回忆别林斯基开门见山这番话:"您自己是否理解,您作为一个艺术家,只是凭直觉才能写出这样的作品来,但您自己是否理解您向我们指出的全部可怕真理?……您触及了问题的本质,直接指出了要害所在。我们,政论家和评论家只是议论,努力用言词阐明这类现象,而您,一位艺术家,大笔一挥,一下子用形象画出来事物的本质,甚至可以用手触摸,使最不爱思考的读者豁然开朗!……"

极好的一番话,一个已一言九鼎的大评论者对一个二十岁出头的小朋友这么说,这真令人羡慕。只是,我们是羡慕有这样说话的别林斯基,还是该羡慕有这样水平作品的年轻陀思妥耶夫斯基?——台湾今天各式更夸张的、奉承的、满是奇奇怪怪心思和策略的反正不花钱好话多了,有人专爱在大街上说,有人只敢在小巷子里讲,还有人几乎以此为生。无论如何,这是我们已难以想象却又深深相信事情本该如此的文学鉴赏,一幅美丽但合理的文学图像。俄罗斯帝国那样一个大文学时代果然不是盖的。

别林斯基,俄罗斯的大鉴赏者,他真正动人的、令人感激的历史成就,还不在于议论批判说理,更在于他超越了说理、敢于不靠议论铠甲护体的鉴赏力捕捉力。别林斯基,他一旦认出就敢于把自己押上去，他的英勇让他的鉴赏完整、彻底、能够走到最后一步让鉴赏有现实价值（脆弱的鉴赏最需要人的英勇来支撑，人太胆小圆滑，鉴赏力用进废退也会得而复失）；发现者，同时也就是守护者。

我们没别林斯基，我们有谁？我无意不敬，我们只有王德威（这里，我忽然发现，《从刘鹗到王祯和》到不久前的中国抒情传统巨著，我没少读王德威，但几十年时间，除了称张爱玲祖师奶奶这不太恰当的玩笑之语，我居然完全不记得王德威还说过什么，也从未能引用他任何一句话，这个"失忆"让我惊愕不已，当然，问题可能在我）。

回忆起这几乎是惊心动魄的一天（由半夜到天明），陀思妥耶夫斯基自己的感想是这样，请注意陀思妥耶夫斯基所说的这一回忆所赋予他持续书写的勇气，他这样的一生有太多时候需要它："这是我一生最美好的时刻。我在服苦役时，一想起它便精神振奋，每次回忆起来都不能不感到激动。"

这类故事、这种的回忆，我们可以如《一千零一夜》的山鲁佐德般一直说下去，比方正是格林认出来勒卡雷，帮我们把他从芸芸类型小说中分别出来，以至于我们大致可以相信，这毋宁才是通则才是常态，乃至于即便在今天文学如此清冷不彰的年头依然（默默地）如此发生。作品和其书写者，总是经由个别的鉴赏被发现，问题只在于外头世界听到听不到、听得进听不进这一精致低弱的声音而已。

鉴赏是精致的，不只是帮我们听出作品和书写者而已，我更绵密也更结实的阅读经验是（多到每一天都一定发生，且不限一次），鉴赏真正做的是，进入作品内容帮我们一段一段地、一句一句地挑拣出来——我不计其数地间接从卡尔维诺、昆德拉、博尔赫斯、弗吉尼亚·伍尔夫等人的引述读到某一句、某一段如此慑人心魂的某人话语和诗，而原来那本书我可能读过了，甚至自以为熟读，奇妙的是，被如此摘取出来往往还比原书中读起来更有感觉，像有人伸手指给你看，像光线穿过棱镜展开成有连续光晕的七重色泽。尤其诗，诗原是太纯粹的书写形式，封存于书写者自身，并不容易打开，只适合"在人心和人心之间热烈传递"，对我这样程度的读者而言（随年岁渐长已略有改善），很需要有一座桥联通起它，把它移出来。这样的阅读经验，因为太多次了，我已逐渐从懊恼的"我居然没读出来"进化到怡然的"果然只凭我一己之力读不出它来"。

这么多年，我的书写有过多到已令人不安的引述，说真的，真要把它们一一改装成像是我独力发现的、是我说的话技术上并不难。我想我是拙劣地一再想复制此一美好的阅读经验，有那种不好意思独享之感；我也相信，这些顶级的书写者如卡尔维诺、博尔赫斯绝不必靠引述来证明自己博学、来壮自己文章声势，他们无非享受着一种知心交谈的乐趣，也提供给我们交错纵横的阅读、思维线索。

看一个人结交的朋友，会多知道他的心性、他的价值判断，乃至于颠沛造次时刻的抉择云云；看一个人的阅读引述亦如交友，书写者想指给我们看更大的世界，而我们却也因此更了解了，知道他想着什么，忧烦以及希望什么。

然后，最重要的便是这个了——不擅于言词的鉴赏力，我们听它期期艾艾的话语，于是需要对语言、对文字心怀多一点善意（这恰恰是这几百年来我们缓缓在减少的），但不故意误解（故意误解是台湾当前最坏的习惯，蔚然成风）只是此一善意的最底线要求，再往上去，就不能只靠人自制、耐心云云的好教养了，善意需要更强有力的、也可堪持久的支撑，因此，它还非得是一种能力不可，在同样说得不清不楚的文字和话语里，人得自己缓缓培养出分辨真话和胡言乱语的能力才行。

这很可能就不是一般人的世界所能够的了，因此，鉴赏这麻烦东西要开门进入到广大世界，往往便得借助某种看似高傲、看似蛮横不说道理的压倒性力量，喝令世界暂时安静下来，好较为完整地、仔细地聆听这纤弱的声音。在宗教领域里，这强调到甚至固化为一个千年不废的仪式，上教堂、进佛寺的人都有这样的经验，其实（原来）学校也是这样，我们可以体认为，这样不易说成功的话语，即便由神来讲，也同样非得如此要求不可。进入公众世界，鉴赏必须把自己装扮成这副乔张做致的模样，这当然很令人不喜，长期更让人不安，只因为，虚伪不义一样可戴上同一个面具，源源不绝。也因此，就连基督教会也早早意识到危险，他们一直发出预言式的严厉警告，一定会有假基督出现，说着很相像的话语，也同样能行神迹之事，但这要如何分辨是蛊惑是拯救、是真的假的基督呢？就跟我们讲文学鉴赏一样，基督教会自始至终提不出来一种简易的、一般人适用的分辨方法，那种身体哪里有奇怪记号，或散发出某种兽类的或硫黄也似的臭气，比较接近咒骂而非特征辨认之道，只因为，正是没有一种简单可一眼看穿、套公式一样的办法，这里是鉴赏的领域。

倒是，教会太过激动的假基督预言，日后引发了另一种最不公义的灾变，那就是中世纪以降的残酷宗教迫害，说你是假基督的追随者，就可以绑你上火堆烧死。

也许比善意流失得还快，鉴赏所借用这一蛮横机制蛮横力量，也正是这几百年来最丧失信用的东西，如今，事情差不多翻转过来了，人们敏感于、反感于这种机制这个力量，已大过于其话语内容，有这么一种味道，不管好话坏话、是拯救是迫害，只要通过这样的形式而来，我就拒斥反抗到底——这是有足够数量和足够深刻理由的，而且还多得到另一个强而有力的极普遍支撑，那就是人可以不用迷惑地、艰苦地去分辨，百万大军中有源源不绝而来的懒人。

所以，接下来我们这么说就不是一种丧失勇气的怨言了（这么多年，我一直紧紧要求自己，绝不说、不写出任何一句丧失勇气的话），只是平心的，而且依然不放弃任何微小可能的认识。只是我不想没意思地乐观，乐观得倾尽可能从我们这个世界生出来长出来，不能借自于另一个世界，所以屠格涅夫才说浮士德的任何一种结局必定是虚假的，因为他不真的进入、理解世界，浮士德（其实极懒惰地）借助一个不存在的，乃至于只是幻象的欺瞒的力量——我们得说，鉴赏这东西可能已过了它在人类历史的最高点，培养它的严苛和昂贵条件和我们的历史走向已然呈现背反，这是诸神冲突的老问题，人无法什么都要。

但这不意味着鉴赏力的消灭、绝迹，它只是相当程度地下滑，并陷缩到某个角落、某专业领域、某个单一人心（会不会这才是它本来的、舒适的位置和样貌呢？也就是说，人的普遍真相？）；更不是说人类世界不进反退，不是这个意思，进步同时是选择，包含了相对的舍弃在内，这是进步非支付不可的代价，我们也得尽可能记住这一不得已，那种把一切状似已不合时宜、已不具足够条件的事物一概视之为恶、视之为历史垃圾云云的想法是最愚蠢的，那才可能真正导致一切都失去——年轻容易犯这类愚蠢的错，年轻是犯这种错的好理由但不是充分理由，我们看三十岁上下的马克思和恩格斯，他们写《共产党宣言》在极热切极兴奋看着新世界到来同时，也惋惜地指出来，中世纪乃至于更久远历史所缓缓培育出来的某些精致教养和鉴赏能力，不得不受损、毁坏、放手。

一种是我们已很难有条件得到、保有的好东西，一种是纯粹的破烂东西，两者如此巨大的、截然的不同，这不至于分辨不出来吧？

说到底，诸神冲突才是人类世界的真相，冲突结果从不是消灭成为一神教，而只是人极不舒服地尝试为并存纷呈的价值重新排顺序，有些被挪到较后头、被限制于较窄迫较有限的空间而已。健康的进步意识因此很自然永远去不掉某些苦涩之味，甚至一定带着些歉意和闯祸之感，这也才保护得了进步本身。我自己是把这当指标，或酸碱试纸之类的东西，也推荐大家使用，由此分别出来可信任的和最好别相信的进步论。

把事情先想到底，眼前世界当下自会开阔许多，也有事情可做，这有点像人站极点上，朝哪走都前进，都是多得到的。

鉴赏力不会消亡、绝迹，它只会变得孤单、冷清而已但谁也夺不走它。说到底，因为这不是外于人的"造物"，它是人自自然然生出来的仿佛是人身体里的一种能力，不知不觉中，感官变得更锐利，捕捉东西更准确，感受更绵密通透云云，整个合成为一种更完整了解眼前某人某物某事的综合性分辨力判断力。它的受挫只是在公众领域这一面，这真正伤害的只是它的展开，由于少了足够的对话、交换、互为支撑和基础，它倾向于始于个人并止于个人。人不再有足够的"巨人肩膀"可站，人得个别地重来，人有限的生命时光遂成为其及远的限制。借用古尔德的说法是，鉴赏力的进步方式回到了达尔文式的而不是拉马克式的，会走得慢、走不太远。

但谁知道呢？我最不负责、几乎算借自无何有世界的乐观，是博尔赫斯这句话："但谁知道呢？未来还没发生，未来也许什么事都可能发生也说不定。"

4. 黄英哲其书其人，以及少年心志这东西

黄英哲的新书《漂泊与越境》出版了，居然还办了新书发表会（这是台湾今天没几本新书敢做的事），地点在台大联经书店地下一楼，我们一干人等都去了，却发现人意外地多，我坐旋转形楼梯上段只闻其声地听完全场，黄英哲的说话声音很客气、很小，麦克风又频出状况，遂如洛城闻笛，谁家吹笛画楼中，断续声随断续风——

黄英哲一直是小声、好教养讲话的人，这使他不那么像革命者而是谦谦君子，或该说很难能很特别，这么多年的漂浪生涯，造次颠沛，他仍然是个谦谦君子。

用"居然"来说新书发表会举办，用"意外"来说出席人数，这并非不敬，而是基于太丰硕的事实经验和理解；或该这么说，用我编辑和书写者的身份来看，这是惊异的，但若用我对胸怀某种信念理想之人的了解，这却是完全合理、可预期的，是的，他们会来的。会中，我一直想着赫尔岑《往事与随想》书中这里一大段那里一大段的话，尤其是一八五二年他流亡伦敦之后，那是欧陆革命归于沉寂的时

日，伦敦成了各国革命者最后一块欧洲的立足之地、法兰西的、意大利的、波兰的、匈牙利的、俄罗斯的、德意志的等等，但这个湿冷阴郁却又忙碌的世纪大城只能算庇护所，很难是基地。在这样革命陷于停滞，仿佛封闭于眼前这些人的日子里，人得相互支援打气，至少定期探头彼此察看一下，好知道故人无恙，也仿佛证实了整个世界和心中的理想信念依然无恙。

没这么沉重，因为赫尔岑说的是一八五二年后的欧洲，而且赫尔岑自己就是流亡者，这因此是深切自省的话，可以说得很重很不留情，但的确很准确触到了一些很根本、普遍的东西，或者说，显现在某种集体性信念停滞、萎缩向基本教义的时刻，我们一些人都看过类似的景况："然而与此同时，一步也没有前进。他们正如凡尔赛宫的大钟，时针始终指在一点——国王驾崩的时刻……他们本身也像凡尔赛宫的时钟，从路易十五去世后就忘了上发条。他们只是指向一件事，一个重大事件的终点。他们谈的是这件事，想的是这件事，一切都归结于这件事。过了五六个月，过了两三年，遇到的依然是这些人，这些集团，这是很可怕的——争论的仍是那些问题，参加的仍是那些人，发出的仍是那些指责，只是被贫困和匮乏的生活刻在额上的皱纹多了几条，礼服和大衣破旧了，白发增多了，这一切使人变得衰老了，瘦弱了，忧郁了……然而谈的还是那些谈过千百遍的话！／革命在他们那里还是像二十世纪九〇年代一样，仅仅是社会生活的形而上学观念，然而当时那种对斗争的天真热情，那种曾经赋予最贫瘠的普遍概念以鲜明色彩，赋予干巴巴的政治理论以血肉的热情，他们却没有了，也不可能有了……／流亡者面临的另一阻力，在于他们之间的相互对立排斥，这严重地削弱了内部的活动和各种出自良善意愿的工作。他们没有客观的目标，所有各派都顽固地死守着自己的看法，前进似乎就意味着退让,甚至背叛;既然站在这面旗帜下,就应该永远站在它下面,哪怕时代已经不同,旗帜的颜色也已不像原来那么鲜明,仍然必须坚持到底。"

不是算时间长度,而是就生命阶段意义来说,我和黄英哲认识得很晚,已过了所谓交朋友的年纪了。之前,我们一直活在两个看似邻近但难以交壤的各自世界里,他奔走于日本,我安土重迁几乎没离开台北市一步,此外,决定并指引着人生命方式和出没地点的心志信念也不同,回想起来很多机会会遇见却总是擦身而过——交朋友极可能是有年龄限制的。孙中山的年少日本友人南方熊楠说这像是季节,到秋天了,不仅停止生长,还开始一片一片叶子掉落。立秋,大致上是人四十岁左右吧,人会彼此稍退半步,不再恣意地侵入对方的生活,不会想改变或甚至害怕改变对方的想法,也会自己收拾好自己负责自己,话不讲到最后一句,晚上看看表九点半了就各自回家云云。

实际上,过了交朋友的年纪倒不是在友情上全然封闭起自己,而是——这么说吧,你仍然会遇见精彩的、值得"喜欢"(这词有点尴尬)的人,但说是朋友有点怪,他明明有名有姓,有他具体的独立独特存在,不必也不宜划归到某个一般概念里简化他压平他;同时也是,彼此认识如山水相逢尽管仍是某一生命潮水使然,但从众里挑拣他出来则更多是自己的判断和选择,因此数量也许稀少了,是一个一个而非一批一批(童年玩伴、同学云云),但彼此生命的重叠幅度反而大了,相处时间也许节制了,但可以说的话反而多了广了,有内容有持续性,不像年少友人只一再回忆往事。

还有一点算是我个人带着经验和理智判断的"偏见",大致上,我把五十岁看成是人生命的最后一个大关卡,人到这里有最后一次"变身"的机会,再往后就来不及了、定型了,是什么样的人就是什么样的人，这与其说是意志，不如说是时间，没足够时间改头换面做个好人，应该也没足够时间背叛自己去当浑蛋当恶棍——果不其然，我的一堆昔日友人抢在五十岁前变身，成为小说家阿城所说"变得我不认识了"的人。也因此，我对日后认得的这些友人反而较富信心，我公然或私下支持他们的生命作为心无恚碍，知道这最多只是不成，不会后悔不会哪天得向全世界道歉。

乍看（现在该说乍看了），我和黄英哲最大的分歧在政治，他数十年如一日，我则是不可知论者，在很长一段时间的台湾，这像是两种截然的、乃至于不相容的人生，但其实不然，实际上，政治和文学是我们的基本话题，不需要刻意回避（除了黄英哲总很温暖地有所保留），我也一再发现，我们对具体的政治事务看法并没多大差异，好人坏人，好事坏事，其是非，真假，善恶不因"终极结论"（也是带着猜测、带着一赌之心的颤巍巍结论）而改变扭曲，这再再说明这类大标签是多没用反而处处妨害人的东西，你愈认真、愈富内容，它就愈没用。

得讲一下，我说我自己是个不可知论者，这一方面是我实实在在的想法，我不认为自己对三十年、五十年后的台湾有某个足够清晰、把握、说了可负责的主张，也不能假装我有；另一方面也是，我无法从中凝结成一个信念，我既不够格也说真的缺乏兴趣，政治一直是我极厌恶的领域，我只是不得不去想而已——我对信念，乃至于信仰的认知是严格的，接近于格林在《喜剧演员》书里讲的是一种"你愿意为它而死"的东西，或不说这么重，但至少也是你念兹在兹、几十年紧紧携带在身上、你时时刻刻都在为它拼命的东西。以此自反而缩，我自知没有任何一种政治主张我肯为它拼命，我拼别的命，这上头我也较接近格林，这是他《我们在哈瓦那的人》书里的，多年前读了就再没忘记过。

新书发表会上，有人发言询问《漂泊与越境》这本书是否只是多年来研究论文的辑成。这是学术的或说学院的可预期技术性质疑，没什么意义但总会有人表示一下。他们偏好另一种书写方式：标定好一个题目（通常不来自于自己心中的疑问，而是学术工业的某个缝隙式填补需要），遵循计划埋头约两三年时间（再长就不太划算了），老实说，消耗在排比资料的时间往往远比思索和书写的时间长，因此称之为研究而不称之为书写。很有趣地，他们打心里只信任这种成书方式，却又完全知道这样得不出什么像样的书写成果来，打造的是零件，而不是成品，因此绝大多数并不合适送出学术工厂大门。

《漂泊与越境》各章的发表从一九九八年到二〇一四年，书写时间的纵深延续近二十年，几乎等同于黄英哲"学成"之后的完整生命时光，这恰恰好说明，各个篇章的"一致性"不可能来自一个研究计划，只能说这真的是他一直在想、在注意和询问的，他心里有某一块磁石也似的东西，持续吸过来这些人这些事这样子的生命际遇和抉择。我们从文学世界里很容易看懂并确认这个——学术世界不免质疑的这个点，正正好是文学里我们最可以信任的一个点。

但问题于是也来了，为什么是这些人这些事？陈蕙贞算台湾人（生于日本），却是今天最不相容的"左派"，她十三岁才初次返台，十七岁即因"二二八"全家迁往大陆，四年不到而且还是身不由己的青春期，毋宁更接近只是她完整人生岔出去的微不足道时间，之后，她任职于北京中国国际广播电台和北大并终老；陶晶孙和许寿裳则从头到尾是"大陆人"，陶晶孙出生江苏，死前两年才来台，以一个外来者的清澈眼睛写了《淡水河心中》这篇小说，许寿裳是浙江人，也只在台湾活了三年不到，而且身份是陈仪好友并应邀出任其治下的编译馆馆长,若不问内容只计较身份,他显然还是"犯罪阵营"的人;杨基振是台中人,但他的生命际遇太复杂了,人生的黄金岁月其实是抗战时期的伪满州国和华北,晚年也入籍美国并病逝加州;最没争议的大概只有张深切了,但黄英哲仍坦诚告诉我们,张深切"其国家认同并不十分确立,充其量算是一个汉民族主义者"。——我完全无意说这是黄英哲的全部想法,这当然只是他的一组书写、一处关怀,他做很多事,也有更稳定的研究和书写,但这是他生命构成的一个确确实实成分,他朝向广大参差世界的窗户其中一扇,他敢于打开来(太多人不敢),开着至少二十年。以下这番话是谁说屠格涅夫的:"和大多数俄国作家一样,他是忧郁的。在他的小说里,现实的场景之外似乎还有一个更大的空间,它从窗外涌进来,压迫着人,将他们孤立开来,使他们失去了行动能力,变得消极,也变得真诚、宽容。"

　　换个角度来说,这些人这些事,在这么一段人屡屡身不由己乃至于无从事事知觉的狂暴历史时刻,只从特定的政治视角,而且还是某个人高度凝缩性的未来政治目标角度(还远远不存于现实,甚至尚未"发明"、还没此一选项)来看来判决,这何其无谓、无效,什么也捕捉不到,而且很容易就把这么多人认真拼命活过来的一生、把他堪堪所获取的生命最有价值的部分(原都有助于让我们多理解世界、理解人)一大笔划掉,这又何其残忍、何其愚蠢。

　　来说人年轻心志的问题。

　　人的一生,说出各种话、做成各种判断,我们可以把人的心志归并为其中一种,最严格最郑重其事的一种——心志,是人跟自己说的话,上达到所谓誓言的高度,遂带着命令;这也是人面对"自我／世界"的一次总结性判断,牢牢指向着未来的判断,因此,这还是"提前"的选择,偌大世界、茫茫未来,我此时此刻就决定了我将成为什么样的人，做哪些事，甚至准备以什么方式来改变世界改造世界。这也因此总伴随着某种兴奋、欣喜之感，我陡然强壮了起来，眼前（不可知的世界、未来）也清晰而且有条有理起来，我看懂它了，至少知道要如何进入它，同时我也是冷静的，甚至狡猾，生出了某种孤寂之感，我踽踽行走在这个世界之中如一个紧紧怀抱某种宝物的异心之人。

大白话来说这是——人十五岁、二十岁、三十岁之前就给自己的人生做成了结论，也给世界做出了结论。

我和黄英哲是同代人，只差三两岁算是在误差范围之内，如今六十岁前后了，能够讲五十年前、四十年前如何如何了。想回去，年轻时日说过的话、做出的判断，还真的没有哪一句是今天还能面不改色、一字不易再讲一遍的，不修改不调整不增添不外挂一堆但书和解释，愈当真愈针对性的话语愈是如此——然而，除了满心羞惭到自言自语起来，我们会宽容那一个一个自己，世界也通常允许我们宽容那样的昔日自己，除非那是某个株连甚广的滔天大错，比方因此杀了人或加入纳粹党卫队。

而这也是人自己进步了，有凭有据的进步，恰恰好说明了我们比那个自己懂得多了，如果多活了三四十年还只会那样看世界看事情，那才真叫浪费生命不可原谅。

那么，按理说最系之于流变不居世界也最应该修改的年轻心志呢？很奇妙地，这一最富未来不确定性并最受到现实世界时时处处不停歇冲击的话语和判断，一旦凝结成为某种心志、某个信念，事情就有点不大一样了，有着程度不等的固化效果，在时间大河里如露头的一方大石；同时，我们自己和整个世界对待它的态度也往往有所不同，要求存留，要求兑现，并援引道德力量来强化它，称此为"坚持"。

两千多年前的孔子，大约是意识到人陷身于这种矛盾两难的困境，曾尝试着直接从道德层面来解开它,他这么劝告:"信近于义,言可复也。"意思正是,说过的话乃至于承诺,得绝大程度上仍是正确的、合宜的,才能再说它、兑现它;这里,孔子精巧地用了"近"字,的确,事情很难百分之百的对、愈事关重大、愈时日久远的判断和承诺愈难如此,要求百分之百正确合宜只会单行道地让人虚无。如此,孔子保留了事物的基本复杂性冲突性,也保留了人时时认真再比较、再判断、再自我更新的必要(一辈子只做一次判断多么狂妄也多么懒不是吗?),而且,还保留住人承诺的持续力和约束力,承诺仍得是郑重的——距今超过两千年?这真的是一个世故、关心人、又关心得如此温暖而明亮的人(老人?)。

当然,人跟人不一样得很,于此,有人敢于且擅长于否认记忆,有人一生立志太多次换信念如换衣服换手套,有人则一辈子压根不知信念云云为何物。这里,便屡屡发生一个让人不太舒服的极普遍结果:总是愈当真愈富道德意识或如格林所说"用心高贵的人"愈受约束,愈不容易从这一困境挣脱出来。这是我这三四十年来一再看到已不想多说的事实如此——我们这样一个时代以什么方式失去它最好的一批人?两种,一边是变脸,仿佛说谈理想谈信念有人生赏味期,只是人年轻时的某个认真的游戏,得抢在五十岁前赶快丢掉它戒除它如宣告退休;另一边则是一成不变,化石以似的,人困在自己很久很久以前某一天某一夜生成的信念之中,像一朵太早开的花,你相隔三年五年再遇见他仍原原本本是那个人,除了像赫尔岑也看到的,皱纹出来了,衣装破旧了,白发增多了,人衰老了、瘦弱了、忧郁了……

如果你的信念引领你进入的是某种集体的、呼朋引伴的一致行动,此一约束力还会进一步强化,并由内省转向外力牵制,最终甚至必定会出现相互监视的效果。如此,问题已不在于能否离开,而是在走到这一步之前你是否能够前进,"所有各派都顽固地死守着自己的看法,前进似乎就意味着退让,甚至背叛"。赫尔岑尖利指出来的这一点,并非只是一八五二年伦敦一地的流亡者现象,而是非常普遍到今天已近乎常识的集体行动者真相——集体行动的后阶段(总是比人估算的来得快),持续前进的世界被进一步阻挡在大门外,或者说,外头世界种种事实真相的冲击(本来是必要的,也是健康的),总是转换为(同时也放大为)内部的矛盾和冲突,还潜伏着某种恐惧、妒恨谁先走一步的幽暗心理,人的力气和时间大量耗损在彼此的挑剔和拉扯上,消化一次外头世界讯息的时间太长而且太伤情感太伤元气,遂只能久久来一次,人无奈地看着世界不断离你而去,人最能做的只是"在某一些日子集会,纪念某一事件,举行同样的仪式,念同样的祷告"。

原本是提前察知世界的人,最终反而是最跟不上世界的人,这是很让人难受的结果——我的老朋友苏拾平,年轻时也曾站选举宣传车上对抗国民党政权,看着生气起来地说:"他们说的那种坚持,根本就是耍赖。"

是啊,亲眼看到莫斯科大审判,人还坚持要坚持,那不叫耍赖叫什么?

怎么躲开这些陷阱呢?我们可以俏皮地说,年轻的心志像只小鸟,握太紧它就窒息死了,握得太松它又飞走了云云——话是没错,但光这么讲没什么意思,这也不是松紧由心这么简单可执行的事。

昆德拉曾感慨人的一生真的太短了(当然,秦皇汉武也都感慨过,但我们知道这不大一样),短到让人的自由意志都变得可疑,有着种种永远无法完整克服的矛盾——人只出生一次,只有一个出身,一个生长方式,一个家乡,一个特定的时代条件和要求云云。人日后当然能够以某种自主意味的方式离开它,像兰波的出走或昆德拉的流亡不归，但起点仍在那里，这是给定的，而且在你"觉醒"之前系以某种极稠密的、无可拒绝也无从一一知觉的方式形塑成你，也因此，人的离开从不是"干净"的，就不说这仍包含于原来的你之中，只是其中的一种可能一条岔路，但两者仍有着千丝万缕断不开的联系，如捷克和布拉格之于日后数十年的昆德拉。此外，我们还是得再考虑一次时间，不只是它的长度，还有它跟人那种一生只此一次、无法回返无法真正重来的微妙特殊关系，这甚至是关乎身体的、生理的，每个生命阶段以各自不尽相同的感官联系着世界遂难以替换：我们都只能有一次童年，一次青春岁月，同一个人、同一件事物，我们在不同年岁遇见他其结果可以是天差地别的。

　　昆德拉感慨生命太短，同时是说人一生做不了太多事、太多种事，有意思有意义乃至于我们可称之为生命志业的东西总是需要足够长的时间，长到一辈子往往都嫌不够，得及早开始（任何家中有音乐天才小孩的父母都早早察觉此事，得"限时"面对人在五岁以前就决定他人生的这个又奇怪又矛盾的事实），因此离开重来意味着时间的徒然流失，你所剩的时间又更短了，更难以希冀能获取足够的成果，就像我自己这样，太晚才开始临帖写字，太晚下棋，太晚才知道世界还有这些可以这样那样比方从学徒开始学习当个木匠（向往的程度胜过当一名棋手和书家），心知肚明这已走不了多远，是有超出自娱的扎扎实实成分，但仍只能是支援的、添加的、印证的。

　　"在我知道我思想已臻成熟的同时，也蓦然惊觉自己已然一只脚踩进坟墓里了。"——这是生命另一头的矛盾，几乎要说荒谬。

　　因此，年轻的心志、年轻时给予自己的允诺及其命令本来并不是人给自己的一个约束，至少不是第一个，也非原意。人本来就处处被绑着如卢梭所言，这样的觉醒其核心一点毋宁是试图挣脱，挣脱当下的自己，开向一个全新的世界，如鼓勇出航的尤利西斯说的"人不该浑浑噩噩地过日子"，人意识到自己的存在、自由及其意志的有效性，从此可以选择自己要做的事，可以决定并规划自己的未来，可以使用自己的人生。在不见得有或尚未有充分内容和价值的实际目标底下（成为一个小说家或某种政治主张者），流动着的正是这样太炽烈太大量也太赤诚的情感，这给了这一实际目标多出来的光彩，赋予了它不恰当的神圣性，更重要的是，让它变得难以驳斥——你可以逐条驳斥一个实际计划，但你要如何驳斥人的心志、人的希望？

做事情而不是只做梦的人都知道，适度的约束是好的、必要的，尤其是来自自己。这是人对自己的一番整饬，让自己像束好袖口打上绑腿的抖擞利落起来，也同时把眼前世界整理出来，让它开始呈现某种秩序，有迹可循，有路可走——我自己一直喜欢这样携带着某种心志过活的人，我总是说这是人在自己身体里放入了某一块磁石也似的东西，这知觉地也不知觉地不断吸来东西，人和世界不再"没关系"，建立起某种积极的、亲切的甚至是力学的往复拉扯联系；但我的小说家老友林俊颍想得比我好，借用他的话，这是人的"异心"，人多出来一颗心，多了一个自己。

在知觉、思维、交谈对话的诸多领域里，1和2是截然不同的，再没有任两个数之间裂开得这么深这么远，1是静止，几乎等于零、等同于没有，而2则动起来，指向着无限；1沉默着，是一片混沌，2是语言的开始，太初有言，事物由此才分别出来、才有了界线各自成立；1无从知觉，如一颗单子无从击破，2则是分解，事物由此才打开、才被触及；1没有外部，人无从看到它的整体面貌并思索（或说创造）意义，2则互为对象，彼此反复比对，人终于拥有了一个外部的站立点，一个可回望可使力可反省的珍贵支点，而唯有比较，才能理解；此外，1和平，2才带进来真实的困惑和冲突——事物有时就是得敲一敲、抖一抖，才会掉出它隐藏的、折叠住的那一部分真相。

这么想，也许可以解开或至少安慰了我们的这个遗憾，人没有办法做所有的人、走所有的路，如列维－斯特劳斯说的，你无法既是列维－斯特劳斯又是雷蒙·阿隆；可也不必非要做到同时是列维－斯特劳斯和阿隆才能了解世界。也许"两个自己"就够了，只要这两个能真正认真地、不懈不停地、不拒绝事实真相地对话下去，人跨出了唯一，世界从此不再理所当然，不再可用"本来就是那样"来搪塞，不再是扁平的、背景画面也似的存在，参差的眼睛互补彼此的死角……

单纯的年轻心志一般不至于把人捆得太死，真正容易失去弹性的是，当它诉诸某种集体性的目标和行动时，冀望一场革命，或至少投身所谓的社会运动。赫尔岑所描述的诸般让人不堪、不忍现象，都发生在这一场域里。

当然，这往往是不得已的，目标太大太迫切，人无法单凭一己之力做到；也往往是高贵的，它的公共性、利他性成分较浓，遂也因此再多添加一层神圣性，很容易一两下就上达生死一抛的神圣性，但我们得冷血地说，正因为如此，你更是得保持清醒不可，得自始至终保有这一个基本知觉——你得记住，你是做了一个交换，一个近乎浮士德式的交易，你得交出相当程度的自由意志，来换取并不属于你的力量。还有，这个力量初生时看似极温柔极可亲，但不会一直这样。

现实中，与此一知觉遥遥呼应的是人类已然经验丰硕、每一块土地每一段历史都印证无误且几无例外的事实真相，那就是，集体行动的结果永远只能是平庸的——成果平庸，平庸到认真参与其事的每一个人都无法满意，都爽然若失；取得胜利果实的那个人、那些人也都是平庸的，而且往往是心思并不干净的、半途乃至于胜利在望才靠过来的。赫尔岑也这么指出:"可能实现的只有对角线,只有折中道路、平均数和中间路线,因此不论等级、财富、观点都得符合中庸之道。从天主教同盟和胡格诺派的对立中出现了亨利四世,从斯图亚特王朝和克伦威尔的对立中出现了奥兰治公爵威廉,从革命和正统派的对立中出现了路易·菲利普。在他之后,对于在温和的共和派与激进的共和派之间产生;温和的共和派称之为民主主义共和派,激进的共和派称为社会主义共和派,从它们的冲突中,第二帝国乘机崛起,但各派依然相持不下。"

在二十世纪后半、二十一世纪初期犹心生如此集体性心志的人,不至于完全不知道这一已近乎常识的事实,但人的心志并不全然隶属于理智管辖指挥,这是它自由、创造、波澜壮阔而且不无聊的一面,却也是它屡屡陷于悲伤的原因——这有点像赌徒,他该知道的全都知道,但他索要的只是一次而不是普遍结果;也像是不幸爱上花心对象的人,他(更多时候是她)会跟自己说,这次不一样,这回是真心的。

更何况,这里还有现实诸多不得不尔、宛如单行道的理由,眼前人都快活不下去了、猫都快被虐死光了云云。你无法换另一个世界、一个时代、一种现实、一组人民,无法指定另一种实境和条件的人生。

赫尔岑还说了这一番话,是他谈波兰的篇章。在来自不同国家的流亡者中,波兰人有他们独特的目标,那就是独立建国——"流亡者与祖国切断了联系,被丢在河对岸,像树木无法汲取新鲜树液一样萎谢了、干枯了,在自己的人民眼中成了外国人,可是在他们所居住的国家中也仍然是外国人。这些国家在一定程度上同情他们,但是他们的不幸时间太长了,人们心中的善良感情从来不能维持这么长的时间。……/流亡者向前看,同时也向后看,他们总是期待着复兴,仿佛在过去除了独立,还有什么值得复兴的东西,可是独立本身并不包含别的什么，这只是一个否定的概念。难道还有比俄国更独立的国家吗？对复杂的、难以设想的未来社会组织方式，波兰从未提出新的观念，它想到的只是自己的历史权利，以及按照互相帮助的正义要求帮助别国人民的意愿。为独立而斗争，这永远能赢得热烈的同情，但不可能成为其他民族本身的事业。只有，在本质上不属于民族的事，才是人们普遍关心的。"

不嘴硬不耍赖下去的话，二〇一六年所呈现的全部事实真相，让我们重读赫尔岑这番话一定非常非常有感觉，每一句几乎都是对着我们讲的（比方"它想到的只是自己的历史权利"这准准命中靶心一句）——若退回到二十年三十年前大家还年轻的时日，这绝对是魂萦梦系，不敢相信会真等到它来的一刻（倒不必惭愧自己没预见），但何以大家激动不起来？就连开心都如此短暂如此不踏实，乃至于有某种山雨欲来的胸口烦闷之感？

二〇一六选举结果，竟是历届选后最没节庆气氛的一次，这个现象透露着太多有趣的讯息。

"可是独立本身并不包含别的什么，这只是一个否定的概念。"尽管并非原意（我想到黄英哲他们年轻时热情做着的，你攻法政我读经济云云，没错，新社会不会自动"变好"，得有足够的、够好的治理人才云云），但逐渐地，这成为一个独大的、持续空洞化的，乃至于接近一神教唯一真神的目标，也成了只检验不被检验的最高判准。赫尔岑清清楚楚指出来，这里隐藏着一个粗疏，或一种遗忘，或并非全没知觉的侥幸偷渡，把"好的社会"和"自己的社会"这两个其实重叠很少，也是两种不同工作的东西等同起来，或更确切地说，它人性上陷落的（总是这样），高举只需感情支撑，也方便口号化的这个远较容易、较轻的目标，来盖掉躲掉另一边那个非一蹴可及并得不断被理智（自我的）被现实（外来的）检验的远较困难、较重的目标（赫尔岑写："他无时无刻不像离弦的箭一样奔向它。他对环境考虑得愈少，他的行动也愈坚决和简捷，思想也愈单纯。"又，"这些人中不少是忠诚而高尚的，但有才能的不多，他们只是凭一时意气投入了革命。"），以至于，最终这已不是神话了，而是童话，好人一国，坏人一国，还不只是好人而已，好人有笨的和无能的，但一进入到这个奇妙的好人国，从经济振兴司法改革到流感防治、青少年青春期躁动的调节安抚，仿佛无一不会无一不能。

六十、七十、八十岁的人（赫尔岑所说"像回到童年时代的老人"）还讲这种童话，这不太好吧，算耍赖吧。

二〇一六年的事实真相，便是重新把"自己的社会"和"好的社会"这两个不同东西、不一样工作给分离开来，还处处让我们看到两者的相互拉扯妨碍，不容易相容。凡此种种，遂不断投入这样撞击人心的疑问——筚路蓝缕，二〇一六这样究竟算实现了呢，还是更远扬了、更遥遥无期了？

于此，黄英哲显得很沉静，最起码这些年我看到的一直是这样，感伤也许难免，但手中的工作半点也不歇下来，我以为这是当然的、有据的——会早早"冒险"纳入、悲悯并持续思索如《漂泊与越境》书中这些人、这些事、这种种历史际遇的人，会敢于让文学独立评价鉴赏、抵得住种种可想而知政治压力、不让文学沦为政治一神祭品的人（这么多年来，与日本的文学交流工作几乎是他一个人孜孜撑着），这样的人必定有足够的英勇、思维纵深和情感厚度来面对种种不舒服的真相，或者说早已习惯面对；而且老实说已一再在现实中预演过了，包括这并非民进党，乃至于心怀本土化倾向思维的领导人第一次掌权，岂止是"留下一英里长的尾巴"而已，线索的长度足足超过二十年了,该看到的早就看到了,只是人软弱地、策略性地别过脸去而已(比方完全归咎于还存在巨大的反对势力,或这还不是完全掌权云云)。这只是再一次证实策略性语言的此一通则:最终不相信、被策略性语言紧紧绑住的总是反复使用它的人,最后一个上当的人就是说谎的那个人。

所以纳瓦霍人的神话如此劝诫——同一个谎言(策略性语言)别说超过三次。

这些年,黄英哲一直说他要写小说,私下讲也半公开讲,我们所有人都乐于相信且乐观其成。

文学书写任何时候都有它自身的完足理由,这不必强调,但我还想着其他的事,大致上是——

如果我们都相信而且接受,诉诸集体性行动的心志信念其成败结果永远是平庸的,这意味着,最终能够容纳、能被成果所记取的,只能是所有这些人、这些心志信念的很小一部分而已,更好的人、更深向的思维、更珍贵的经历及其完整经验细节都是"多余的"(赫尔岑很熟悉这词,这正是十九世纪时俄国人发明的),只能被舍弃。当我们就此束手不再做任何事其结果就是这么枯荒一片,往事如烟。不可以让他们如烟的,也因此,汉娜·阿伦特要求"必须伴随着遗言",这其实也是康德的想法(针对着他热切观看着的法国大革命这一场),认为人必须奋力说出他看到的、想到的、经历的,以及确确实实承受的,如果有人来不及说或不被允许说出来,那更该由还可以的、还存活的人来说,由"我"来说。尽可能完整留下来这些经历和思维,甚至"感受"(也就是某种如沁入身体、难以说清楚却又如此真实无误的体认),这远远比单薄的、只一个的(极可能还只是一时的)成败结果更丰硕也更公平,或直接说,值得。

遗言形式，又以小说最好，这可能是我一贯的偏见——不仅仅因为相对于其他偏概念化的形式（包括一般性的历史书写），小说最富捕捉、存留具体细节的能耐，让这一个个总是消亡于群之中、被抛弃于概念性思维之外的人重现、成立；我真正想的是，唯有小说能招魂术也似的唤回逝去的时光，"重建"当时，让我们真正进入。这其实是最必要却又最不容易做到的部分，是我们记忆的一处"弱点"。我们晓得，人的话语、思维，尤其是一次一次感觉这攸关生死却又茫茫毫无把握的判断和抉择，都在某一真实时刻发生，和此一具体情境密密联系，也唯有置放回此一情境才合理、才可解、才公平而且刻骨铭心；抽离开这一真实情境，一切会变得轻飘飘的，回看往事像看一场已知胜负结果和比分差距的球赛，很多东西自动略去，人的眼光变得粗疏、耐心不足且失去热情，或更像一颗从活着的、奔流的河水捞出来的石头，干燥，失去光泽。

唯有一点，小说总是难能指名道姓地还这些人全部面目，救不回某一块"历史公道"。他们仍然只能是匿名的，甚至合成的，仿佛为着重现某一真相，得再次被用为历史的柴薪——库斯勒的名著《中午的黑暗》写莫斯科大审那些冤屈的人、受苦的人，而他的扉页题词是："本书中的人都是虚构的，但是决定他们行动的历史环境则是真实的。尼·萨·鲁巴肖夫这个人的一生是所谓莫斯科审判的许多受害者一生的综合。作者认识其中好几个人。本书谨献给他们作为纪念。"

最终，小说书写将会让黄英哲像是"旁观者"，这是它自自然然的位置，依汉娜·阿伦特（以及康德），这也是人面向历史事实最恰当的位置，但我以为这极可能并不是黄英哲真正想要的，如果能够的话。他可能得忍受自己成为一个旁观者——赫尔岑最终成了《往事与随想》这本书的作者，尽管这是已故自由主义大师以撒·柏林推崇再三"人类十九世纪最伟大的一部自由主义之书",但赫尔岑自己说的是:"可是我到欧洲来不是为了隔岸观火,我是被形势所逼才变成旁观者的,我曾经百般忍耐,但终于筋疲力尽了。"

紧接着,赫尔岑说了这一段也许是整本书最悲伤的话:"五年来我没有见到一张明朗的脸,听到一声单纯的笑,遇到一道理解的目光。我的周遭尽是医生和病理解剖员,医生总在试图治病,解剖员总在指着尸体向他们证明,你们错了。于是我终于也拿起了解剖刀,也许由于我缺乏经验,我割太深了。"

二十九岁的年轻黄英哲到日本,也不是为着隔岸观火的,三十年前尘,所有事历历在目,包括自己的和这么多人最好最堪用的生命时光,他会最怀念其中什么?最想记住什么?以及,以为自己最该写下来什么?

这一切从头到尾只是我的猜想(黄英哲不需要也不该由我来解释),在我们这样人的过去已明显长过人未来的岁月时刻,我变得容易挂念,时不时会想起一个个还在认真做事情、不屈服的朋友,特别是那几个正处在于某种生命困难时刻、我放心不下的朋友,还有像是北京的刘瑞琳,香港但四下游走的梁文道,以及北海道冬天刚又来了、人容易忧郁的清水贤一郎……

阿城好些,天下的阿城,阿城几乎不用为他担心,除了身体健康。

我忍不住会去猜想,此时此刻他们正在做什么?还打算做什么?

5. 集体·递减的生命经历和记忆

人各个阶段年龄经历及其记忆的总体构成样态,一定是个金字塔模样的东西,不可能有第二种形状——愈年轻、靠近出生,愈遍在愈人人都有,是其宽广的底部;愈年老、接近死亡,则愈发稀薄,最终形成尖端,细瘦地、孤零零地指向天空。

这一事实清清楚楚,也许太清楚了以至于我们很容易忽视它,但这却是阅读和书写的坚牢无误基础,基本上偏向于一个限制没错,可是人聪明些、顽强些也可以倒过来利用并有所期待,就像沉默但永远作用着的地心引力一样(仔细想想,我们利用地心引力这个最恒定可靠的限制做多少事情啊)。

多解释一下。七十岁以后的生命经历,仅限于那些活超过七十岁的人才有;五十岁以上的,则是五十至七十岁再加进七十岁以上的人,类推,三十岁以上的,当然就是三十至五十、加上五十至七十,再加上七十以上,如此。

我试着把这统计学式的简易金字塔形构成,联结到一般阅读现象,以及文学的评价和鉴赏，乃至于歌德晚年说的"年轻时友朋围拥，老去时只身一人"（其实他有个文学史上罕见的风光晚年，但怕老怕死的歌德仍感觉冷清），有一种恍然之感，也更镇静起来——是啊，愈年老的生命经历能够参与的人愈少，至于童年则是任谁都有过的，就是人最大公约数的生命经历，是大地也似的记忆。所以说，人，很自然的，对写老年的作品难有兴趣、难能感同身受的体认，至于童年则是谁都可以写、也谁都可以懂的书写题材，清晰些或恍惚些，堪称永恒的文学主题。

也因此，小说里散文里写的老人，一直是最样板化、最想当然耳的人物，甚至，假人。

所以说，阅读和文学的不断年轻化是自然的，基本上是个历史引力现象，进行时间愈久，各种逆向的、干涉的作用力量（比方人的抗拒、人对某种应然世界的坚持）终会衰竭耗尽，悬浮在空中的东西总会"落回来"。

倒不是现在才开始这么想，前后有个十年或更久了，我一直带着不解，也觉得极不公平（为那些如此精彩但被低估的作品不平），我们的阅读世界极可能是个"太年轻"的世界——我已把通俗的时尚的作品先排除开，我指的是有专业有判准、有知识构成和鉴赏力的书籍及其阅读。

当然不只台湾，台湾只是更明显些罢了。从关心的东西到阅读的方式、习惯及其结果，处处显现着年轻的性格倾向及其偏好，不仅反映于不同书写者的关怀选择上（比方大我十岁以上作家的书不读），也呈现于同一书写者的不同时期、不同年纪作品的评价选择上——更多时候，阅读止于书写者较惊动世界（大声讲话）、也较虚张声势的那部作品，但往往也是他尚未抵达自己书写巅峰时日的作品。像托尔斯泰，当然是《战争与和平》而不是更好的、好得如此明显的《安娜·卡列尼娜》，同理，昆德拉止于《不能承受的生命之轻》、卡尔维诺止于《看不见的城市》、福楼拜止于《包法利夫人》云云。诗人艾略特则好像年轻时一鸣惊人写了《荒原》就心满意足停笔了甚至天妒英才死掉了；至于海明威的《丧钟为谁而鸣》和马克·吐温的《汤姆·索亚历险记》则几乎就是他们各自最差的那本书，还好如今《老人与海》逐渐取代了《丧钟为谁而鸣》，只是我合理地怀疑这仅仅是《老人与海》比较薄的缘故。严肃正统的学院世界稍微好一些，不至于真不知道《安娜·卡列尼娜》是更高出一截的作品，但也仅止于稍微好一点复杂一点而已，接近于把书写者的存在多延长个五年十年左右。

而近几年来一个更醒目的现象（或趋向，方兴未艾），则是严肃的文学评论评价向着一般阅读现象的持续靠拢，有那种敌众我寡的弃明投暗味道。不是人走向山，而是山乖乖走向人；不是一般阅读提升，而是文学评论慈眉善目配合。特别是文学评论交由学院、由大学文学科系全面接管之后，因为这是一个缺欠生命经验稠密度的地方，也是一个隔离的、时间感倾向于循环重复而非前行的地方，遂也是一个最容易也最快速年轻化的地方，正由殿堂——改装为夏令营。

内举（或内毁）不避亲，这里想起来某个晚上——我的小说家老友张大春极惊讶我还读昆德拉，我（以及在场的林俊颖）则惊讶他已完全不读昆德拉，包括他日后"规格"较小但稠密度准确度更高的小说和《帘幕》《相遇》等文论，林俊颖还极郑重地跟大春保证，这是个比《不能承受的生命之轻》时更好看更厉害的昆德拉。但我知道大春是"对的"，这是当前阅读选择和文学评价的主流看法（可不只限于一般读者），而扮演大春关门一脚的，我猜，一定是《布拉格精神》这本书（凑巧是张大春夫人叶美瑶主选主编），这书有水准不错的年轻人意见和可想而知质疑，还援引了某种受苦者受难者的正当性，有额外的道德力量汇进来，也因此，昆德拉稍后更远离布拉格、但更深入文学共和国的作品便不只是老衰颓弱而已，还隐隐指向虚矫和败德，这提供了我们一个正好"可以不必再读昆德拉"的舒舒服服理由。

也是，文学的阅读和评价更多取决于文学外、作品外的种种，这一点也由学院、大学文学科系强化——学院自成系统，有自身的主体性及其要求，它总是倾向于已有用的、合用的、有所谓研究成果或仅仅方便于（既有）理论可套用的作品，而不是好作品。比方说，《从拉康看色戒》，他要看的不真是张爱玲或李安的《色戒》，当然，极可能也不是拉康，而是以处理情色为核心的电影算是个"热"议题，得找个堂堂的方式参与它。

至于博尔赫斯的书止于哪一本呢？老实说几乎讲不出来比方《恶棍列传》或《沙之书》，好像真的没几个人稍微认真看他的书或说不晓得该怎么看，就止于几页几段断篇残章，止于一些反复流传涂抹加工的印象和讹传（源头可能来自学院的几篇论文），止于那种封面封底介绍文字的水平，止于一个破碎、不连贯、几乎没血没肉不像个人的"大家的博尔赫斯"、一个只由"镜像""迷宫""失明""书"等寥寥概念尸块缝合起来的新科学怪人——博尔赫斯哪里是这样？真的博尔赫斯其实是作品和人最接近到几乎合而为一的书写者，他几乎不表演，不相信有也不追逐抽空独立的美学，不凭空"创造作品"（欠缺相当程度的职业感，所以他对自己的作家身份始终有所犹豫），以为书写是人确确实实地奋力说出来他的感受、思索和有所发现，而阅读正是经验，通过文字但殊无二致的具体生命经验，（读一本书就跟"走过一个街口"或"认识一个人"一样具体实在），如列维-斯特劳斯所说"在思想中经历的事"。文字几近地全然透明的。博尔赫斯这个书写特质愈到晚年愈清晰愈纯粹，也许某些学院主张极不信任这个（倾向于只有作品没有作者云云），但博尔赫斯的作品自始至终是"有作者"的，如他自己一讲再讲的，我能写的、写来写去的就只是个老博尔赫斯而已，他的作品和他的人稠密地交互解说、牵引、提醒，有清晰如一线的连贯性，文字装满着他自身的生命内容（只是太干净的文字往往让生命内容还不够的人读不到而已），不是那种符号性的深奥（博尔赫斯再三讲他不会概念性、抽象性的思考），那都是实实在在的，就是他每天携带着的种种疑问，黏住他困扰他还让他不断做梦（梦魇），他想知道别人（古希腊人古波斯人古盎格鲁撒克逊人……所以得多看书）怎么想怎么认识和处理这些困惑，他也试着自己解答解释，心思有时飘很远、太远。我有点震惊所以一直记得，一位大学教授兼文学评论家和我谈到博尔赫斯的第一句话是："他应该是同性恋吧？"我的想法是，一生几乎不算真结过婚的博尔赫斯也许是（如今人年过三十不稍微积极寻求异性伴侣，谁都会如此断言；而太积极如痴汉，又让人怀疑这是掩饰，如杀人犯认了盗窃罪好建立不在场证明），这当然也不失之为多一个线索，一个博尔赫斯的可能构成成分，但我感觉蛮沮丧的，也觉得好累，路漫漫其修远兮，吾将上下而求索……我厌恶的只是如此平庸（还状似见人所未见）的想当然耳理解方式，我也相信他根本没好好读博尔赫斯，博尔赫斯会抓住你的东西太多了，谈个三天三夜再来讨论他的性欲都还嫌早。

这是老博尔赫斯，不是亨利·米勒，不是 D. H. 劳伦斯。

书写者，也许有人会宛如魔力一夕消失、会如青鸟变黑鸟地瓦解掉，但这不会是书写的真正普遍实况，更不会发生在够好、厚实积累已如人身体骨骼肌肉一部分、摔不下去也无法掉下去的书写者身上（除非罹患阿尔茨海默病，快速夺去他的记忆），如此从伟大作家瞬间切换为不值一顾作家的评价方式未免也太戏剧性、太童稚了。这种的,失败方通常不是作品而是评论,是评论者自身心智的极度不成熟所致,另一种可能幽暗些,是评论者有外于文学的某种私密企图和想象,不惜牺牲文学来攫取其他东西。晚年的博尔赫斯在他书的序文总要(带点自谦的)再说一次,他大概写不出来更好更突破性的作品了,可也不觉得写出不如从前的作品,书写已通过了各生命阶段的层层关卡稳定下来,如今运行于某个平坦的成熟期上面,如格林在他《喜剧演员》书末所描述的老年期地形景观,行行复行行。作品和人进一步趋近、叠合,人到哪里作品就到哪里,人自己的高度就是作品的高度和限制,没侥幸,不虚张声势,没有什么可大惊小怪的好坏成败起伏,就只是又一部作品,就只是增加,书写大河般沉静地流向终点(死亡),顺着年纪的携带持续抵达、进入并观看一处又一处稍稍不同以往的时间和空间,以及稍稍不同的自己并赤诚地留下证词,留存遗言。

如今台湾,这一不断年轻化的阅读和文学评论现象还缓缓凝结出类似"书写退休条例"的特殊主张,比方人应该只写到四十五岁左右(把成熟混淆为结束),稍早于一般职场,稍晚于纯体能的职业运动如NBA和大联盟,仿佛要求正式立法或至少作为一个书写公约,一道神圣诫令(有谁不这么做,大家就可以用石头打死他)。我冷眼看着,较奇妙的发现是,这些年领头不懈鼓吹并私下串联策动的居然是个年纪已明显超过四十五岁的小说家,当然,他不至于真不记得自己年龄,他一样只是特例化自己(我不得不写,因为我要赚钱养家云云,仿佛其他人都没有家),佐以处处年轻化自己(得让自己言行比年轻人更年轻人),这倒不困难,取决于意愿,并不需要什么特殊见地、能力和才华——如此极端的、装满个人私欲的胡言乱语不值得一一讨论,这只污染我们正确观看事情的视角和心情,还有当然是浪费时间,我们得记得自己是有事要做的人。

其实不必胡扯，阅读和评论的趋于年轻化自有其堂堂正正的、很难避免的基础，那就是这个人数不断递减的生命经验金字塔，进一步解释，是博尔赫斯在《沙之书》里写的："任何文字都要求人共同的经验。"

这句原来简明到接近常识，但博尔赫斯在七十岁之后如此郑重（从句型、语调和在文章中摆放的位置）再次写下它，意思是确认，并且叮咛，以自己接近一生长度的书写、阅读经历和信用再确认，我读到时感觉震动如聆听定谳判决——这才是阅读和书写判准一直偏年轻化的真正根由，如斯宾诺莎所说的"事物本来模样"。只用通俗化大众化来解释这一趋向仍是浮泛的、不到点的，也不尽公平，或许可交代一般性阅读，但很难一并说明严肃正统书写评价判准的同向倾斜；或者应该说，这进一步解释了通俗化大众化，赋予了它一个坚实稳定、不会消失（但可能被局部地、暂时性地抗拒）的根本牵引力量，说明通俗化大众化不必是人的一个特殊主张也会自然发生，甚至在人有抗拒之心（极常出现在书写评论评价时）仍会不知不觉发生。我们可理解为，大众化，也就是一般人的、最大多数人所共有的生命经验；大众化，其永远不易的色彩便是年轻。

我们还可以进一步把它和民主、平等的思维及其进展联系起来。

如此，我们便可镇定地、心思清明地看待阅读和书写判准的年轻化现象，剩下的，就只是我们要不要"屈从"它而已，这是增加的而不是单纯的抗拒——人类世界之所以不同于、挣脱出纯生物世界，其一便在于人处处不满足于事物的本来样貌，如最后鼓勇出航的尤利西斯所说人不该只像动物那样浑浑噩噩地活着；也就是说，除了自然，人还有种种应然这些不大自然不尽舒服安全的特殊东西，某个声音，某个命令，某种合情合理的推想和利用，某种希望和悸动，我们屡屡发现可以比"自然的自己"更好更美善，或至少不一样不重复不无聊，不让明天就跟今天跟昨天一模一样，大致如此。

我曾好奇问过一位电玩宗师级别、《魔兽世界》打到全球前三的宅男年轻人，电玩最吸引你的是什么，我记下了他的回答："它给了你另外一个世界。"

来说康德。

我们晓得，康德在他四十五岁前已是个称职的大学教授，也交出了好些水准不错的论文，够让他留名为启蒙时代的秀异哲学家，而他就在四十五岁时沉默下来，长达十二年时间几乎完全停笔，五十七岁时他写成了《纯粹理性批判》，并宛如进到加速期丰收期地启动了他大河般的、康德之所以称之为康德的哲学思维和书写，《未来形而上学导论》《世界性的普遍历史观》《道德形而上学探本》《实践理性批判》《判断力批判》《单纯理性限度内的宗教》等等——也就是说，如果康德在四十五到五十七岁这期间死了或听从我们如今的忠告就此封笔，"我们将看不到康德哲学"（卡尔·雅斯贝尔斯），所谓康德哲学不只康德本人，还包括由他所开启、往后百年人们在他思考基础上继续思考并书写的哲学思维（一直到今天，哲学家没一个可不意识到、可不携带着康德）。这样可惜吗？无可挽回吗？我猜愈来愈多人不觉得怎样，我自己则以为这已经不叫可惜了。

顺此，我也会忍不住一个一个去想那些早逝的，或因种种生命际遇以各种方式提早离开的书写者，多写一两本、多活三五年，想象他们原本可以写出来但实际上并没有的作品。这个徒劳到有点可笑的空想倒是提醒我去读那些已写出，却一直逸出一般阅读和书写评价的老年之书，我因此比较珍惜它们一些，因为警觉到它们原是我们最容易流失、错过的,是我们差点就没有的书,更是日后还会加速的、大量的减损的书。

要老年人读年轻人的作品,有种种我们熟知的、熟说的可能障碍,最根本来说是老年人困于自己一人的太具体经历和特定经验(最为常见的经验主义陷阱,关键在于不转化不流动不同情的"具体"),不寻求"扩展开来的心智"(康德),不肯穿行过无可阻止的时间流逝和无可躲避的历史变迁,遂陷入那种刻舟求剑的愚行愚思,这相当普通,也已被视为老人之罪的头条;当然,也可能真的感觉有点没劲,往往会像那种已知电影结局凶手是谁的状态,那种已全然穿透、从头到尾知道他要干吗的阅读的确为难——但这些,说起来并非不能够恰当地克服它,一点压力、一些提醒云云,做得到的(可也实在不必因此过火,变成凡年轻的都是好的、"绝世的";明明很欠揍还得说"我们台湾可爱的年轻人",那是另一种灾难),只因为他毕竟也真的当过年轻人,有尽管不尽相同但仍处处可联系、可搭桥借力的记忆存放着,必须被想起来(其实够水准的年轻作品必有自动唤醒它的动人力量,夜深忽梦少年事,不想起来都难),并保有对时间、对万事万物不断流变的好奇和敬畏之心、宽容之心,如此。

但,要年轻人读老年人的作品,那就真有点强人所难了,因为所需要的记忆(其数量、种类、稠密性多面性)明显不足够,无法较恰当地较完整地把文字"解释"出来,有相当比例的文字无感、无从有感,遂停滞于某种死物状态,"这里每个字我都认得,但它们干吗这样挤在一起?"不必多余的意识形态障碍,不必心怀恶意(何况还带着恶意),甚至不是看不懂、不感觉看不懂,就只是"进不去"。也因此,年轻人读老年人的作品不被打动,不觉得好,乃至于只觉莫名其妙的无聊和多余,可以是全然诚实的——在老年人作品犹有附加余威的昔日，这会像是揭破国王新衣的实话实说，诚实而且很勇敢；在老年人作品已属多余之物的今天，则只是理直气壮且人多势众的常识，连勇气都不必准备（当然，让别人以及让自己错觉这样子很英勇总是好的、陶醉的，不要白不要）。

如此，我们可能才把"事实"正确地倒置回来——真正需要意识形态支援、需要某个柏拉图所说那种神话（《理想国》书末）才成立、才能获得的，是老年的作品而非年轻的作品。要多些人超出自己真实感受地阅读老年作品且不吝说它（可能）好，深刻、睿智、精密云云，这很难是百分百真心话，而是"相信"，包括好的相信和不怎么好的相信。好的相信这部分是，人不只听从自己尤其是到此为止的自己，世界不只如此，自己假以时日也可以远远不只如此，人对未来有一种正向可能的期待，甚至确切地感觉出自己正走上某一条路，有远方；或至少，他对时间有着较明确的意识，时间一定会不断把人带往新的、未知的地方及其处境，得有所预备才行，不必尽信但何妨多听听去过类似地方的人怎么说。

这样的正向相信其实并不难，仔细想想，我们每个人都曾有过这样的经历、这样的心思状态，否则阅读根本无从开始——比方十岁、十五岁时读的书，总有大量超越你年纪、经验的部分，阅读根本上终究是前瞻的、寻求的、希望的乃至于偷取的，任谁都是这样。

我们的问题（错觉）只在于，我们太快认为自己已懂了、看透了一切，困在自己其实很有限的经验和聪明里。

如此，我们可能也就一并警觉到，受此一年轻化意识形态较强烈牵动的，极可能不是一般阅读现象而是评论评价——只因为，它曾经（勉强地）赋予了老年的作品更多的、远超出自身真实感受的推崇，曾把它举得过高，也就把它摔得更重，这近乎物理。

更何况这里面还掺杂了人的心思，从"过"退回到"不及"，总是支付利息般退得更多，这是人带着某种羞惭的补偿，以及掩饰，还有自保，再带一点点报复。这种遍在的心理当然不恰当不高尚，但却是"很正常"的。

如今，所以说我自己的好奇集中在这里：不是现况，而是回想起来有点不太可思议的昔日；不是我们为什么不再读老年的作品（这是自然的），而是为什么我们曾愿意那么自然地阅读老年的作品——

何种状态下肯读？能读到何种比例、何种程度？尽头处大致到哪里？等等。

6. 一个现场目击者的记忆和说明

　　亲人的证词效力极有限，因此这只是实话实说，事关我自己的文学思索，所以非得诚实不可——朱天心的《漫游者》是我最喜欢她的一部作品，喜欢的基调是惊奇，一步一步惊奇不已，不晓得下一句又会看到什么，以及通往哪里去，更不知道她能怎么从这样的书写回来（以我和朱天心的熟悉程度，这样骤然袭来的陌生感是不可思议的）。《漫游者》是一本奇特的小说，忽然，在那一刻，几乎没预警的，朱天心写到了某个颤巍巍的异样高度，小说切线般岔了出去，或者说起飞了，这对小说书写一事颇危险，也对自己危险。

　　这是小说没错，但《漫游者》更像是赋。赋这个古老的文体，原是向着某个巨大而神圣的对象写的，一对一，仰头，不容（无暇在意）他人，竭尽所能。所以，或极奢华大言，或极度悲伤。

　　《漫游者》一书共五篇小说加一篇名为《〈华太平家传〉的作者与我》的短文，书写时间从一九九七年底到二〇〇〇年深秋。所以说，我所谓的"那一刻"历时近三年。但是，如果我们把一九九七年底孤零零的《五月的蓝色月亮》暂时移开，就集中于一九九九年四月到二〇〇〇年秋，"那一刻"凝结为世纪之交的那一年半时间——一年半，日替星移，依旧是好长的"那一刻"。

但这里有一个确确实实的时间定点，时间长河里的一个锚，一件大事，那就是朱天心的父亲、我的老师，也正是写《华太平家传》的小说家朱西甯病逝于一九九八年三月二十二日。这样，《漫游者》一书的时间图像便清清楚楚了——《漫游者》是一部死亡之书，是死亡直接驱动了这一趟书写，死亡在小说中（或说借助小说、通过小说）展开了、极细节地分解开来，之中、之后、之前。前行的《五月的蓝色月亮》是脚步声音，是预兆并预言："因为数千年前书写在莎草纸或陶片上的诗歌早已经记载清楚你的命运……"现实里发生的事是老师初次检验出罹癌（三期），朱天心以自己替换父亲，仿佛把癌细胞抢过来放自己身体里，以"你希望以什么方式死亡？"化为这一趟又高高飞起又一步一步艰苦行走的奇异迷途旅程，不讳言就让死亡发生、进行（小说真是诚实得可怕）。我现在回想当时，家中诸人的日子仍过得正常，平稳不惊甚至乐观（也许正如朱天心在《想我眷村的兄弟们》里讲的，死亡还从未真正进入过这个家庭，在这里，死亡仍如此陌生、不实在），但通过小说，朱天心仿佛察知了已等在不远之处的无可拒绝结果，她仿佛一个人默默地为此做准备。学习、并试着记住一切："死亡今天就在我面前，像没药的香味，像微风天坐在风帆下。死亡今天就在我面前，像荷花的芬芳，像酒醉后坐在河岸上。死亡今天就在我面前，像雨过后的晴天，像人发现他所忽视的东西。死亡今天就在我面前，像人被囚禁多年，期待着探望他的亲人。……"

像雨过后的晴天，像人发现他忽视的东西，像是囚禁多年的人期待着探望他的亲人。

一年半不到时间接连着交出四篇小说，以朱天心的一贯书写速度和间隔节奏来看，这算惊人地快而且稠密，或更像是世界的某种再不同以往的面貌连同全新的隙缝朝她显露。这四篇小说有各自的好奇或说奇妙询问，《梦一途》说的是做梦（写于一九九九年四月，几乎就是贴着父亲的死亡书写），依循这一道古老的夜间飞翔之路，唯语调异样轻快甚至甜美（令人不安的甜美）。朱天心说她持续着做同一种梦：她一再（回）去同一个新市镇，以至于她愈来愈熟悉还开始动手一点一点地打造它增添它，把自己看过的、知道的、难忘和想望的好东西放进去，比方街道，中山北路、大阪雨中的御堂筋、夏日巴黎河左岸星期日傍晚鲜有路人的圣杰曼大道、维也纳荫覆着哈布斯堡王朝末代植的百年栗树的环城大道、伊斯坦布尔蓝色回教寺前植满也是毛栗树吗的大路，还有乌尔比诺——拉斐尔的故乡，乌尔比诺临悬崖建的沿城墙小道（费里尼说的众多他喜爱的事物之一：发现自己在星期天的乌尔比诺）……"种种，你有意无意努力经营着你的梦中市镇，无非抱持着一种推测：有一天，当它越来越清晰，清晰过你现存的世界，那或将是你必须——换个心态或该说——是你可以离开并前往的时刻了。"

"这样吧，入梦来，所有死去的、没死的亲人或友伴——"

这里，我非常犹豫，如同卡尔维诺谈帕尔修斯神话故事时的犹豫不安：我该不该讲得这么明，这么单一强调呢？但这个新市镇就是天堂吧——没有宗教可乞援，不由神统一先造好放那里，没至高者可赐下，只有老实自己一点一点打造起来的至福至美之地——朱天心一人版的天堂。

我比较喜欢这样的天堂，这种事还是由文学家来做比较对，而不是宗教家或乌托邦主义者那些蹩脚的书写者,这样的至福至善也离我们比较近,不排拒不抛弃死亡和死亡之前我们认真过活的人生,连同其全部的悲伤和怀念(我想起博尔赫斯讲回归他天家后的耶稣,说他会开始怀念加利利地区的雨,怀念他父亲约瑟木匠间里木头的清香,怀念那仰头可见最令人怀念的星空……)。可也如此,天堂不再如人类学者米德夫人发现的总是那么空洞贫乏而且没色彩:"只要每一想到坐在一团云堆上弹竖琴弹上个一万年,就觉得头皮发麻。"就连了不起如但丁《神曲》的天堂篇都不行,遑论来自生活贫乏之乡的《圣经》。这个新市镇装载着实物乃至于实事实景,是人一辈子的记忆、搜集及其成果,连同疑惑都保留,和人一生里的每一特定时刻每一特定经历相干并且密密嵌合交织着,也让人这一生可望多出来一个价值,或说更细点,我们所做过的每一件事情都可以多一层有内容有来历可再想下去的动人意义,不是粗疏的善恶二分劈开,更不会像《传道书》所说的都只是捕风只是虚空。不遗忘,不无用,不随便舍弃丢失,我不这么轻视自己的人生,也不乐意谁这么视我的人生如无物,就算他是这样的至高者。

《出航》则几乎和《梦一途》逆向而行,它由最大的悲伤开始,毫不眨眼地,小说开头甚至是骇人的,直接从已刚由医生宣布死亡的(父亲)肉身写起,写"死后发热"的身体,写"扶起更衣时,他的头,像被斩断似的重重垂在胸前,你看在眼里,知道他才不管你们地已上路了。/会在哪儿呢?"——始于死亡,走向明迷恍惚;正因为由死亡重新出航,这个现实世界已变成了另一个世界,路是另一种路了。

小说里,朱天心想象逝者再自由不过地飞起来,如候鸟,追寻日月星辰和祖辈飞行路线高高离开了,或像《奥德赛》里描述的灵魂:

"如梦似幻，轻盈款摆，消失无踪。"而生者，被抛下来，留在地面只能一步一步行走，上山下海，走遍世界地极，寻找逝者可能的栖息所在；或竟然是，如同胸前捧着骨灰、领着魂灵、为它寻访最后安居之所的发愿之人，每到一地，总温柔地低头询问："这里可好？"

很奇特地，如果可以有最终的答案，居然会是在新西兰——那是一次偶然的旅行（现实中，是朱天心和谢海盟母子同行），"首次，并未察觉的，你和各色人种同舟在新西兰的某萤火虫洞内，那地下天然形成的水流半点水波不兴并且深浅未知，游人合作地屏息静默，任冥河老船夫卡戎渡你们，一进一进至洞深处，未久，便出现繁星，因为是不会飞的品种的萤火虫，它们真的恒星一样布满黑得没有景深了的洞壁放着冷光，你心底半点没预告地冒出一句：'原来是这里……'／为什么会是这里？但当然就是这里。"

一直到今天，我仍不知道那个当下触动了朱天心的究竟是什么，我也难以想象朱老师真会选择这里——深居简出、一生如文字手工匠人那样工作的朱老师从未跨越过赤道，应该心思也鲜少飘过去，而且，这必迥异于朱老师的宗教思维（老师是虔诚的基督徒）。那里，人是全然陌生的仿佛另一人种，土地土壤和冰蚀的奇峻景观既不同于台北市更加不像大陆华北，就连头顶上星空都不一样，负责指路的是南十字星座而不是北极星。事实上，小说中朱天心自己的反应亦复如此："叫你像很多人一样在那里活着终老都不愿意，你大大吃惊你的灵魂未来栖息之处将是，将是这样的，这样的。"

以下完全不构成解释，但我自己想的是——但这样才叫自由了吧，除了慑人的美一片空无，像格林讲的"那里完全是空的"，全然的自由和再没牵绊，没有家族更加不会有国族云云那一堆阴森森又湿黏黏的狗屁东西，还不受困于宗教的种种蹩脚猜想（已硬化为种种戒律的猜想），也不必再勤力操持，没有了身体的病痛及其禁锢，所有的烦忧包括可能最困难的爱别离苦都不及于你了，"无论如何，你已化为一股硝子风在大气中，爱去哪里就去哪里"。美丽的空无，这样的发现同时也是生者的一个希冀乃至于就是松手了吧，一个何其慷慨却又多悲伤的发现。

然后的《银河铁道》（名字很显然来自宫泽贤治那部童话名著《银河铁道之夜》），二〇〇〇年夏天，已一年多之后了。这使用了现实里朱天心和谢海盟两人的一个旅游秘密游戏经验，先是，两人在小叮当（哆啦A梦）电影《大雄与龙骑士》里看到了一个有趣的线索——电影中，阿福（小夫）的遥控飞机掉入了他们居处不远的那条河里，不经意地泄露出河的名字是玉川，而二子玉川这段水圳是朱天心和谢海盟颇熟悉常走的，只在奥多摩线的福生到羽川这一截叫这名字，这有望解答两人多年来的好奇。"总总，你在找寻的是几个小孩的故居，多年来，你只知道他们住在大河旁的社区（上游？中游？下游？），他们曾经偷偷合养过一只蛇颈龙在那河里，他们曾从河里直走到地底王国，还有夕阳满天飞过嗷嗷大叫的乌鸦时，那颗你熟识的红落日也在那映着夕照的河面上，时间，仿佛停了。／你想寻到他们的社区，看一眼夏日时他们在檐角挂的江户风铃，想看他们在阁楼凭窗摇一把小纸扇赏萤（纸扇上画着紫色牵牛花图样），想和他们一样放学后在巷弄里追来跑去直着喉咙喊，想和他们一起坐在铁丝网圈隔一隅的屋间隙地的水泥管上比赛吹牛，想和他们一起躺在阁楼榻榻米上听喧天的蝉声做白日梦，想和他们一样有一回骑乘一匹优雅可爱的白色天马飞翔在河上，那配合飞翔的乐音好华丽甜美，同样甜美的配乐出现在海底探险的叫'巴奇'的破车子，巴奇车会说人话，在一场准备慷慨赴义生离死别的戏里，女孩问它，巴奇，你怎么哭了？巴奇赶忙说，不是啦,那是我又漏油了啦。那时候,背景便响起了那又甜美又凄清的乐声,让你发誓到很老很老时听了都一定会想好好哭他一场的……／这一切,都仿佛不识字、不懂人言的六岁时……"

于是,在这一年半朱天心"无重力"的、心猿意马的游荡里(思维的和现实履及的),寻找那个发生了这么多故事和小孩王国的町村、找那条河、找那个通往地底的入口,遂成为这次出走的主线,这延续了稍前(整整一年前)《出航》里最沉重的那一段:"有那么一年的中秋节夜晚,你随父母亲与几位风雅的长辈们,在于今儿童育乐中心临淡水河观音山的那一面岗丘上赏月,他们喝着酒,开怀大笑地聊天吟诗,你两下就不耐烦,征得母亲同意,四下走走玩玩。那时你大约四岁五岁,没多久,发现周遭游人的腿们没一双是你熟悉的,你张皇地抬头分辨那一双双腿上的头脸,一个陌生过一个,只有大的月亮老样子在当空,和不远处平原上静静的银色河湾里同样好大的月亮,但你找不到父母亲了,果真那是世上再没有过悲伤的事了。你张口放声恸哭,震动肝肠,不久就有好心的游人俯下身可能问你父母在哪儿、叫什么名字、是不是走丢了……你紧捏着一角月饼,哭声震天,无法答话,无法听见,无法视物(只剩下夜凉潮湿的空气中隐隐一现鲜烈涩香的气息),你成了一头没有过去没有未来洪荒里的小兽。"

与其说是使用童年记忆,不如说是"原来如此",重新发现自己那些个童年记忆(闲置的、不知有何意思的,乃至于以为自己早忘掉的);还有,也许只有回转到自己小孩的模样,人才敢这样子哭,人才能如此放心地悲伤,让悲伤完整,让情感完整。

或者说,你心中有事有疑,才让记忆依此重开,那些个与此相关的遥遥记忆感受到磁力一般浮现出来,恢复它的光彩,并强迫记忆回答。

朱天心大概比谁都需要这样，原因是——在这样一屋子小说书写者挤一起的奇怪家庭，朱老师生前不止一次笑着说是"父不父子不子"。尤其朱天心，书末短文《〈华太平家传〉的作者与我》里讲的俱是事实真相（其实这一个篇名已差不多全说了），其间挑战父亲最多最早也最久的正是朱天心，她质疑父亲的宗教，质疑父亲的一部分家国思维，还质疑父亲太温厚不争的交友方式云云，不父不子意味着比较像小说同业的彼此相待，闻道术业，这让这个家庭多出来很多东西很多话题，以及很多理性，但也让某些寻常东西寻常情感沉落下去。

缅怀亲人的书写，常常犯一种错，这与其说是技艺不好，不如讲不够认真地、诚实地相信自己（技艺原是为着克服书写困难逼生出来），那就是急于跳回童年，只使用童年，而且童年记忆安静完整得如摊开的卷轴，历历分明，怎么可能会这样？怎么可能人像白活了也似的日后这几十年全不渗入全没意义？正确的回忆（是的，我毫不犹豫用"正确"这个词）只能是人当下的再次回想、赫拉克利特之河的第一次循此径回想。那个童年，必定包含了满满日后的你尤其此时此际的你，满满是你此时此际才看得出的面向、意味、深度和疑问缺漏，以及，德·昆西所说的满是棱角和裂纹。

没让人可安心的答案，逼人向各个可能的记忆深处寻去，尤其童年、更童年、童年的深不见底洞窟，这就是最后一篇的《远方的雷声》。

时钟停摆，指针掉落，如朱天心所说的。

这篇完成于父后一年半的小说，一切像静止下来，人停下脚步，或说，（预备）凝聚为一次总的、最后的、再不回头当然也不打算和解的出走；这篇小说，文字安静得惊心动魄："假想，必须永远离开这岛屿的那一刻，最叫你怀念的，会是什么？"

这问的不是大的、明确堂皇的回答（那些都已反复想过了、说过了),而是,"请你就像那名历史悬案中人,回首一望,仿佛濒死之人,一生闪过眼前,最后留在视网膜上的,会是什么?会停格在什么样的一个画面?也仿佛写在一块遭风吹日晒得失了颜色的木牌上的字句:南都一望。木牌立在奈良远郊不很有人迹的白毫寺前,你听话地回首一望,漫天大雪中,只能隐见盆地的依稀轮廓。"

我也很记得现实那一天,朱天心、谢海盟和我,从志贺直哉故居前开始跟着雪走,绕过新药师寺,岔向山边的农田和农家,第一次走到白毫寺,发现了那块木牌。

"会是花梨木的气味吗?"——记忆紧紧揣着这个大疑问,从极幼年追猎、捕获那只细腰螳螂,误入了没顶的、望不到辨不出家在哪儿的草深处开始(我煞风景地想起来纳博科夫讲的,诗,始于这样高高的茅草丛里);穿过搬家摇摇晃晃拼装车(马车?)上、天黑大哭起来、才刚要上幼稚园大班的姐姐(朱天文)……;穿过小学一年级放学回家那次脱队,第一次走上田埂走进全然陌生的人家村里……;穿过大水灾过后迁村前夕,父亲手植的玫瑰初次成功地抽了芽("那紫色嫩叶看起来可口极了"),和当时那个打算躲起来、一个人留下来靠小牛家(已先搬走)葡萄树过活的自己……;穿过秋天那有一阵没一阵的芸香科花香("前面必定有一株柚子树或一个柚子园")……;穿过那一条夹在监狱般灰泥高墙和白色茸穗花纷纷落下白千层树的笔直没尽头之路(衣物和回程车钱在游泳池被偷,一干人徒步走了二十站回家,走到入夜)……;穿过外公家帮佣阿姨那天黄昏沿东边河坝上的奇怪哭泣……;穿过那个已离台多年不知所踪的少年友人(丁亚民),以及一次次和他共谋犯罪也似的出走游荡……;穿过屏东糖厂很鬼魅每天下午三点整准时降下的超大雷雨(高的芒果树和更高的大王椰,低矮的七里香树篱和金露花丛)……;最后,记忆停在了黄昏村中大道上从交通车走下来、下班的父亲,那个"比你现在年轻六岁,不到三十六岁的父亲"。

"会是灯笼节吃过晚饭后的晚上?"小说留在了这个夜晚,远远天际传来雷声,母亲说:"是ㄔㄨㄣ雷(春雷),不晓得会不会下雨?"紧跟着,停电了,戛然而止。

这其实是一长串完全没办法引述、以其他方式(尺寸)重现的文字,全是细如针尖细如粉末的影像以及只是声音气味色泽乃至于只光影一瞬(奇怪却又一个个都如此具体,像是唯物的而非唯心的)。这里,文字一个个被朱天心捻得极小极细,不绝如缕,人专注到一种不敢眨眼的地步,好提心吊胆但又恢恢有余进去每一处时间的裂缝里。我想起朱天心才写完这篇《远方的雷声》跟我讲的,她原先以为自己的童年记忆已想尽写尽了(她记忆力绝佳又屡屡回顾有老灵魂之名,反复在书写中使用了这么多年),但经过这回,她又想起了好多,好像找到了另一条回忆路径及其开启方式,有好多她写不进这一次的小说里面。朱天心当时说得有点跃跃欲试。

这一切全是自自然然形成的。朱天心的小说技艺精湛(写这么多年了,不精湛怎么行?),只是她从不单独使用、表现、试验小说技艺;技艺始终跟随在小说的内容、小说的询问之后一步,在询问和答复里奋力地发现、形成、内化并稳固下来,如博尔赫斯所说并没有单独存在的美学这东西。《远方的雷声》,因为问题这么巨大、迫切和认真,以几乎是笨拙的直问直答方式进行。但是,"会是花梨木的气味吗?""会是大水灾后、迁村前的那个夏天?""说起那会随晚风一阵纷纷落雪的白千层小穗花,会是学会汉语前你被托管在客家庄的那一年吗?""不然,会是那个同样一阵大风吹过,眼前纷纷落下被南方太阳晒软、饱含燠香的椰林穗花的夏日午后吗?那股风明显是雷雨前的征兆……""会是更早些年的夏天……",记忆有它自己的意识、行进方式和道路,闪现、流动、渗入、相互呼唤、乃至于磁力牵引般的诗样纵跳,所以,这一连串"会是……"的试图回答,遂像是头韵,像是反复吟咏(余音徘徊不走,或说情感上还不尽意不甘心不肯停止),像是一次又一次的记忆奋力重开并细心微调,更是一次又一次回到初心,钉铁钉般回到最原初的问题里来,绝不让自己被记忆里甜美的塞壬歌声给带走。

《远方的雷声》同时也是引述他者最少的一篇,再没各种上穷碧落下黄泉的话语故事,从文字上看,也是回来了。

这整整一年半的书写(出走),宁静的、柔和的、清澈的(仿佛一阵尘烟过后,一种惊心动魄安详地浮现出来)停止在年轻英气的父亲身上,收在远远雷声滚动如提早惊蛰的这个停电夜里,看起来也是自自然然的。

这么说不是文学见解(文学见解得再严谨些),而是阅读者稍稍恣意的建言——是否就把《漫游者》读成一部完整的长篇小说?不绝的、屡起的、蓄出一丝力气就赶紧再出发再突围再追问的。毫无疑问,从内的情感到外的文字,《漫游者》五篇不只是完整而已,应该说是专注、稠密、紧凑且一路到底,如果我们以乐曲而不是以文字小说来读,这一切也许会变得更明白不疑——这里,我想起来初读《漫游者》当时,我觉得自己稍微有点懂了,为什么老练的、技艺纯熟到不耐烦不满足,还想让小说多做到点什么的小说家会尝试援引音乐的调式及其节奏起伏变化来写。相较于音乐(始生于人心,顺应着人心的自然流动起伏,如黑格尔说的那是文字到达不了的。又,人类使用音乐早于使用文字几百万年之久),文字书写,尤其小说,仍是"人造物",发明在人类思维已充分成熟并厚实积累的近世,有着诸多概念性的理性抽空设计，这是外于人的。如此外于人、让人逃离开自己有其重大的意义和企图，也被赋予了种种特殊的期待，但终究，这样也就不再能够那么贴紧人心了，人的情感因距离关系显得淡漠，至少不那么稠密微妙了。人世微波，张爱玲曾笑说这是云端上看厮杀，即使厮杀的正是自己。

到目前为止，朱天心单篇最长的作品是《古都》和《初夏荷花时期的爱情》，五六万字，一般我们称之为中篇。朱天心没写长篇有种种真的假的、郑重的开玩笑的理由（如她讨厌写字；她极度厌恶时下那种文字拖着文字、如文字自体无限繁衍的书写方式；她不想还写那种有写就有、谁都会而且老早被写尽成渣、成为流行桥段的东西，小说都已经走到哪里了；她不耐烦长篇总是难以避开、只用为交代和黏着剂的种种过场……），起码有一点我看是真的、极核心的，那就是朱天心总是第一时间写到"点"上，她的笔很直，正面攻坚，不闪不绕（阿城语），书写之于她从不悠闲、不是身姿华美的余事，写小说是纯纯粹粹的志业之事，生命中最难说成的话由它来说、最难做到的事通过它来执行，得拼命或至少拼尽全力。也因此，朱天心不是专注力不足（她曾笑称自己撑不完一部长篇的漫漫悠悠时光），她总是专注到如同陷入，所以正正好相反，依我看正因为她太专注了，我看过太多次她写完一篇小说的憔悴苍白模样，总像才生了一场大病，所以尽管理性上看着也心急（华文世界如她级别的小说家谁没交出长篇呢？），但这么多年下来，我始终不敢劝她开笔写长篇。

我知道（朱天心其实也知道并承认，她是个很好的小说阅读者，完全能欣赏其他了不起书写者的种种成果），小说不是只能如她这样写，小说四面八方而去仍大有其他可能，但朱天心有她的选择，专心侍奉她认定的那一尊小说魔神。

唯《漫游者》可是足足写了一年半只多不少（加进前导的《五月的蓝色月亮》则是三年），"那一刻"诡异得如此漫长，这里必定有着什么非比寻常的东西——也许她对父亲奇异的深情就足够了（想想，远古的三年之丧也许真有这样持续的、徘徊不走的情感基础，尽管并不多人这样，遂也成为太严苛的伦理要求），但依我看，在这悲伤之上还叠加了不相上下强度浓度的愤怒，两倍（以上）的非比寻常。长达二三十年，朱老师一直是台湾地区最好的小说家（加不加之一无妨），绝不是因为他是我老师所以我如此说，而是因为他是所以我才努力成为他的学生。但就在他书写晚年，政治张狂地不断入侵文学如同瘟疫，而且还是那种最没出息、老早已是历史灰烬的最偏狭地域主义、出身论，直接看户籍上的出生地点来决定人的文学成绩甚至文学书写资格，台湾的文学程度和教养崩坏般突然倒退了几百年上千年（但也合理，如历史经验再再显示的，这种反智的所谓"爱台湾"的确是无赖恶棍懒汉骗子唯一的出头捷径，绑标一样，不如此这些人一无机会）。

悲伤源于自然生死循环，就算挥之不去，其最深处终究令人无话可说；愤怒则向着人的愚行，这里面有种种是非曲直善恶，有严正的公共性，不是单纯的一人之事，也不可以为求自己心身安泰而轻易松手。

对朱天心而言，愤怒显然来得更早，之前她已一路写了《想我眷村的兄弟们》（一九九二）、《小说家的政治周记》（一九九四）、《古都》（一九九七），那时候同业父亲仍健康。

如此，我们或许就看懂了，《远方的雷声》的这个大哉一问："假想，必须永远离开岛屿的那一刻，最叫你怀念的，会是什么？"这既是人死的离开，也是某种现实已归于绝望的去国——语调外弛得如此不澜不惊如同潮水退走,几乎是安详了,其关键是时间,三年了,或至少一年半,悲伤和愤怒在持续交替拍打中,渐渐地糅合为一个,遂像是走到了某个时间尽头了,成为阿城讲朱天心其人其文时所提出来的忧郁:"我年轻时打过一阵铁,铁在烧着的炭中,先是深红,之后是橘黄,黄,淡黄,白,此时逼视之,白中开始发青,这青即是极端时反而忧郁。"

我不太想多说朱天心写《漫游者》之时之后的生活和身心样态,这确实有一点不堪回首之感,即便我以为书写成果惊人,但代价仍然太大。更重要的,我以为这是一个书写者皆当谨守的专业性根本规范,不由谁外加,也不仅仅是礼貌教养,而是原生于某个书写核心之处,直接决定着书写成果的高度、广度和好坏甚至成败——我以为,一个作家不应该多谈自己如何受苦,即便这全部是真的、刻骨铭心的;这是书写大神极冷血的一个要求。

如今,此一要求似乎越来越不被讲究,不记得了或者根本不知道。中国大陆的状况较令人不忍心,因为的确有太多苦恸的记忆犹鲜明才如昨日,历史有着太多凌驾于人的不公正包括自然的和人为的,所以上代人写自身受苦的故事,这代人接续着写自己父母长辈的故事;台湾则让人有些不知如何是好,由于诸如此类的真实记忆稀薄到几近归零(抛弃记忆又是当前台湾地区的另一波潮水),受苦一事遂被逼往形而上的高处,或直接就是自己百病缠身的身体(但大多数人却又如此年轻,就像他们换篇文章所宣称的,自己年纪还小,还"来不及长大")。几年前我去大陆评施耐庵文学奖,忍不住讲了:"书写者的悲伤超过了读者,这会让人读起来很尴尬。"

尴尬,然后就是不耐,最终则干脆冷血,十九世纪的俄罗斯帝国书写(一个历史苦难和不公义不绝的时刻)显然也有此倾向,所以最终莱蒙托夫的诗这么说那些叫苦叫痛的书写者："他痛苦或不曾痛苦，这和我有什么相干呢？"

是的，人人皆有父母，到我们这般年岁，更人人都有已离去、正离去的父母。仔细回想，这里有一个其实相当奇异的书写选择，那就是《漫游者》为什么不是散文？散文多通畅淋漓？散文可直抒胸怀，散文甚至不必讲理，事实支撑住它（所以在读到一个不合理的书中人物时，博尔赫斯极聪明地指出："我猜这是依据真人实事写的。"）。但我以为朱天心做了很"正确"的，至少是很好的书写选择，隔了一层的小说体例，帮了她打开单子也似的封闭悲伤，让她不致一直深陷进去，帮她回到世界，让这个悲伤可以被包裹、被携带、被思索。

散文里的我只有一个，书写者的我和被书写者的我合而为一，独处，集中，专断，强大如矢；而小说的我则是分离的甚至远距的，现实里的那个我（朱天心用的是"你"，这无妨）只是小说中的一个人物，站在人群之中，站在流动不居的时间大河里，自自然然地和他者相互比较、交换着悲伤，轮流地听和讲。或直接这么残忍点地说吧，父亲的辞世由此进入到人类从古至今亿亿万万如星辰如细沙的普遍死亡之中，进入大自然无可违背的规则里，人与他者的经历、话语、感受交叠在一起，其细节甚至是可交换的，如此，他者的经历、话语、感受复原了（或首次以如此清明完整、"像雨过后的晴天"的样态呈现出）意义。小说里的死亡因此是讲理的，也必须讲理。

道理，必定会替换掉（一部分的）悲伤。道理是光，射进来。

但这里面有着一个大问题或说威胁，我猜是朱天心很抗拒的，她一定很快就察觉——本雅明在《讲故事的人》里论述得非常漂亮，他指出来，个体再狂暴、再不可思议的经历一旦成功说了出来，便进入到集体的故事之中，和他者的类似声音融在一起，打开了（或者说失去了）其不可解的独特性，在普遍的、如上升至松软云端的经验里平和下来，对悲恸的人而言，这便是故事（文学）的安慰。但我们也可以说这是失忆，人宛如交出自己的记忆，通过集体记忆的筛选和融合，去除掉其最坚硬最折磨人的那部分。宗教者很懂这个，他们一般称之为"放下"，"凡劳苦背负重担的人到我这里来皆当卸下"，不是靠高深智慧的道理来解破（通常只是重复那几句乏味、蹩脚的教义），而是让人在众人的围拥中、喃喃话语里松手、放开、遗忘。书写者尤其小说家也一再从经验中深切察觉此事，很多人以各式强弱不等的话语讲过（包括之前的朱天心自己，她还是以哪吒的悍厉凄绝割肉故事来比喻），纳博科夫的讲法是，个人记忆一旦写入小说，便让位给、转化成为书中人物所有，所以记忆写一个少一个，用一块少一块。

朱天心抗拒小说的就是这个——失忆，即便这能带来安慰平息哀伤。她怎么可能交出来父亲的记忆呢？这是张爱玲说过的，那等于是让父亲快快再死去一次，不战而降，或如她所引述的凄凉风景："死就是死，风会吹走我们的足迹，那时我们真就完全地死去。"《漫游者》的书写，遂也是一个和小说大神不断讨价还价的极激烈角力过程，我们很容易就看得出来，书中的"你"一直紧紧地、几乎是紧张地揣着某物，像那种神经质的、时时担心害怕偷盗抢匪的旅行人，走到哪里都只是个外来者陌生人（包括在当下的台北市），小说家林俊颖说的"异心之人"；甚至，我们该说这个"你"根本不算是个纯净的小说人物，更多正是那个从现实世界直接进来、不驯服不肯放下任何东西的朱天心，原本较合适置身散文里的朱天心。

我想起来年轻早逝诗人普希金的这句话："我不会一整个死去。"

无论如何，这书写的确是依循小说之路展开了。小说的冷却、隔离、陌生化并且分解效果，延伸了悲伤（也可以说暂时让悲伤一整个沉落进记忆里），带进来时间，并且拎起人来也似的把这段时间里的一切都化为出走、化为旅程——白天的行走成了旅程，夜间的梦境成为旅程、成为歌德所说的"那是远古而来我们所学会的神秘飞翔"，心智、思维的时时起伏流动纵跳无不持续成为旅程（我喜欢列维-斯特劳斯讲的：在思想里所经验的事。如此可持续可交换，如此确确实实如身体的经验）。于是白天黑夜，现实和梦境乃至于幻境全混同成一个。（"但那是我自己的忧郁，以多种草药混合，淬炼自多种物体，更是我在旅程中的多方冥想，而借着经常反复思索，将我包裹于最幽默的悲哀中。"）这可能不该只用书写技艺来解释，事实上也看不到纯技艺难能完全拭去的凿痕，概念的痕迹，种种接榫黏合的痕迹，只因为它们全包裹在同一个巨大的、几乎至大无外的悲伤里，都试图回答同一个追根究底（无望解答）的询问："然而真希望这一切冥冥中能有众法护持，就如同那则传说中千年来的银河路，前往朝圣的人连在夜里兼程赶路都可依银河位置标出行路途径。"于是，这一切，有据无据地，都平等了，也"材料化"了，遂成为同质之物。

《漫游者》最终"不那么像小说"（或者说，小说仍有这样超出我们惯性认知的可能），但像的不是日后悠闲端庄的汉赋，而是犹生于某个幽深、光影迷离、生和死界限不明、现实和梦境不分世界的楚辞。有说是最像一场漫长旅程的《离骚》，以及那个"颜色憔悴形容枯槁"，但上天入地非问出点什么不可的书写者漫游者；也有提到《招魂》，古远的生者死者对话，悲恸但如此压抑着如此温柔仔细的叮咛声音，《漫游者》的确满满是这样语调的话语没错：你回来吧，别去东方别去南方别去西方别去北方，东方的大海会吞没你；南方只有熊熊烈火和噬人的巨蛇；西方是千里流沙，那里住着尖牙利爪的猪首怪物；北方则是不可逾越的冰山，以及深不可测无人可回返的冻原冰川……但这次阅读,我想的是《天问》,这极可能是最奇异的一篇,就只说疑问,全是疑问,一个答案也没有,我年轻时算过,总共问了一百六十二个问题左右,这些疑问大小、难易、高下不一非常凌乱,但感觉有人是真的想知道,是一个人的疑问。更有趣的是,他对原先作为解答(或试图平息疑问安慰人心)的传说神话一再发现漏洞发出质疑,意味着他要真答案而不是求取身心安泰。这一百多个问题有今天我们已能够回答的,有问题连同答案已随时间湮没不闻也无须再回答的,但"远古之初谁传道之?上下未形何由考之?",更多是这样三千年后我们仍不知不会的,所谓的大疑,越过了我们有限的生命和身体,进入死亡进入到边界之外的空无。

这是卡尔维诺的解释(或烦恼),他解释不止一次,可恰当来说《天问》,以及朱天心《漫游者》这样凌乱流窜延伸却又感觉如此矢志如一的追问——世界是一个结,一团乱缠的纱线,一片巨网,每一个看似微不足道的事物,都可以是这个关系网络的中心点,你可以从任一个点开始("苟有志、则无非事"),当你不由自主去寻索那些关系,繁衍细节,你的描述和离题就变得漫无止境,无论出发点为何,眼前的事物不停往外扩展,席卷更辽阔的视野,如果让它向四面八方继续延伸下去,最后终会囊括(以及出现)一整个宇宙。

尤其系从死亡这个点开启追问时——根本地说,人类的无尽思维本来就始自于对死亡的察觉这一个点,死亡不处理,人很难好好活着。死亡的大疑,是阿尔法是欧米伽,既是最原初的也是最后的;对死亡追问,让我们所有看似坚实有据的答案都显得脆弱不堪("一想到死亡,一切似乎都变得很可笑。"——欧洲某大小说家),都像(或还原)仅仅只是猜想,或者只是某种人试图脱身的安慰。

写《漫游者》的朱天心深陷她从未有过的巨大悲伤之中,当然是这样，但小说并没怎么让我们看到书写者本人的悲伤。恰恰好相反，小说语调绝大多数时候居然是轻快的，甚至甜美，文字也前所未见地华丽，不论是自己写出来的，或采撷自其他书写者。我自己阅读时的第一感是"不祥"，我不是说这是强颜装出来的（不论是基于礼貌或技艺要求），追索死亡，的确打开了某些边界，带起书写者的飞翔，反身看到世界种种未曾显现的琳琅样貌、内容及其纵深，也看着再不同以往的自己，这里有发现了某物原来如此的短暂欣喜。但小说这样的"颜色红润"令人不安，比较像是某种不健康的、大病在身的潮红。我想，悲伤之所以被紧紧压住，是因为此刻有比一己放心的悲伤更要紧的事得做，你必须让自己一整个身体的感官一直保持在最灵敏的、完全张开来的状态，并如昆德拉说的，要自己内心的声音完全静默下来，好不遗漏地倾听事物那最细微不可闻的声音。

　　在旅程结束之前，在这一切一切结束之前，这一口最后的大气是不可以吐出来的。

　　小说家没有太任性的自由。

　　《漫游者》，作为一个算熟知朱天心阅读状态的人，我不免再再惊讶，首先是惊讶原来她读了这么多还深深记得这么多（这趟书写结束时她还未满四十三岁，按道理讲还没到思维、阅读和书写的最成熟期才是），然后是惊讶于她如此的"浪费"，《漫游者》几乎一次用掉了全部，而且可不只是"采苢采菲，无以下体"，她几乎只取用它们最尖端最华美的部分，是用得很漂亮，让所有这些光灿且巨大的话语都亲切地化为她思索、感受、自省的晶莹透明微粒，但这可真叫奢侈，或说倾尽所有。

　　"你的幸福时刻都过去了，而欢乐不会在一生中出现两次，唯独玫瑰一年可以盛开两次，于是，你将不再跟时间游戏，并将无视于那葡萄藤与没药，你将身上披着尸布活在世上，就像麦加的那些回教徒。"——爱伦·坡这番也许是他一生所写出最华丽的话语，在《漫游者》书中有极其特别的位置（朱天心原来并没那么推崇爱伦·坡的作品）。这番话被她完整地、一字不略过地引述了两次，在《出航》的旅程开头和《银河铁道》的旅程末尾，遂成为某种说明、某个执念，乃至于成为预言，甚至是决定。

你将不再跟时间游戏了，而小说正是一种时间游戏，小说活在时间里，只在时间里打开。

是以，《漫游者》成为难以为继的小说书写，代价太大，成本太高，人一生难以支付两次。

从二〇〇〇年新世纪至今（转眼十七八年了），朱天心的小说的确是少产的，只写了一部张大春说是"最恐怖小说"的《初夏荷花时期的爱情》，一篇名为《南都一望》、她自己以为不成功的中篇，另外，她想写自己半生所在场的台湾的《南国岁时记》，至今只交出了《大雪》这个节气。如今，她的书写更多时候是猫而不是人，很大一部分心思转向这个更脆弱更短暂更容易死亡的生命。

这十七八年来，她仍然勤于阅读勤于行走，一样的心思敏锐、易感、认真，一切都依然，就只是小说少了。

刚开始那两三年，我想的确是某种"存货出清"的缘故，毕竟，这样的生命经历不会也不能再来一次，当下，从情感到所知所记所能当然全数交出来（只要小说还能装得下），人一定会感觉自己完全空掉了，会的都写完了。但这不会永远是真的，不管愿不愿意，时间有着人无法干涉的大能，时间会重新生出东西，时间会一块一块空白填补、占领，青草离离。因此，对朱天心的小说书写，我一直是耐心而且"乐观"的（想想，在《漫游者》这样的新基点新视野之上，又会生出什么不可思议的作品来呢?),我信任这样潮来潮去的时间如农人信任四季更迭,这既是经验(毕竟我也书写),也算信念。

然而,我逐渐发现这里头原来有某种"兴味索然"之感,比外在的时间效应更本心更挥之不去,这极可能是《漫游者》这样的书写(或说出走)最始料未及也最实质伤害(会是永久性的吗?)的地方——这部小说带着朱天心一次越过了太多的边界了,从情感这一面到理性思维那一面,还有文学书写本身、小说的基本守则和能耐本身(某种意义说,小说不是变得难写,而是变得太容易了)。死亡这么一趟"从来没见过有旅行者回来的旅程",还没去过的普希金讲他"不会一整个死去",而闯入过窥视过的朱天心则是"再没办法一整个回来",仿佛她有一大部分的心思魂魄一直遗留在那里,而那样通透清明的"悲伤/光亮"也让日后的一切黯然失色,理智上也许都知道不该如此,但现实世界就只剩一些絮絮叨叨,得之也好,失之也没关系。

我也开始想,小说会不会是她的志业之事?小说这个最终来说仍有它所能有它有所不能的东西,会是她愿意做到最后如她父亲写《华太平家传》那样的一件事吗?

大致,这就是我所知道、我在场看着的《漫游者》(没记错的话,这每一篇还是由我誊写出来的,我是每一篇的第一个读者,并且以一种最接近书写者的稠密速度来读),当我说这是我以为朱天心最好的一部作品,心思其实是很复杂的,也是颇沉重的。

7. 再来的张爱玲·爱与憎

从《小团圆》开始，这些年每读又一篇张爱玲"出土"的新小说新文字（就不能一次拿出来吗？），我总会先想起尼采那番断言，他以为耶稣死太早了，如果当时耶稣活了下来，活下去，他迟早一定会收回自己这些太过年轻的教义。

类似想法，在陀思妥耶夫斯基《卡拉马佐夫兄弟》小说里化开来成了一则面貌也许太过狞恶的寓言，提供了一个可能结果，这也是我们（曾经）很熟悉的，小说原章节名就叫"大宗教审判官"，是书中卡拉马佐夫家二儿子伊凡写的寓言故事——陀思妥耶夫斯基让耶稣再来，整整十五个世纪之后，让他有机会再想再说一次他的教义。会发生什么事呢？耶稣第一时间就被年迈的大审判官拘捕并单独囚禁起来，不是因为不知道他是耶稣，而是正因为知道他是耶稣；老人不要他再来，更不要他再次行走于民众之中。整个寓言的大核心是深夜囚室里大审判官面对耶稣的滔滔议论，讲的是暂时不干我们这里事情的沉重话题，我们只看开头这一番话："是你吗？是你吗？你沉默就好，别回答。你能说出什么话呢？我深知你要说什么话。你也没有权利在你以前说过的话语上再添加什么话，你为什么到这里来妨碍我们？因为你是来妨碍我们的，你自己也知道。你晓不晓得明天会怎样？我不知道你是谁，也完全不想知道：真的是你，或者只是他的形貌。但明天，我会裁判你，把你绑上火堆烧死，当作一个最凶恶的邪教徒，至于今天吻你脚的那些民众，明天我手一挥就会奔到火堆前添柴，你知不知道？是的，你也许知道这个。"

以及这几句："因为你还是不愿意用奇迹降服人，你渴求自由的信仰，而非奇迹的信仰。"

好，也让我们来回想下自己，假设我们是个已五十岁、六十岁的人，究竟有哪些你十七岁当时信之不疑的东西完全依全貌保留于心？究竟还有哪几句彼时讲过的话，你今天还肯一字不改不调整不加但书不多解释地再重说一遍？尤其你若是那种有记忆的、又愿意持续把事情看下去想下去的人。

你永远无法踩入同一句话里两次。

也就是说，尼采这么讲耶稣原本只是常识，任谁都这样，问题因此只在于，在思维的世界里、在书写的世界里，这么寻常的道理究竟会触到什么，人（阅读者，以及书写者本人）多意识到什么，让兹事如此体大起来？

伊凡（或陀思妥耶夫斯基）的寓言结尾是，"老人走到门前，开了门，对他说，你去吧，不要再来……完全不要来……永远也不，永远也不！他把他送到'城市的黯黑人行道上'，囚人走了。"——大审判官老人是深爱耶稣的，比外面那些信众更深刻或说无法以那么单纯直接的方式，他甚至受着苦，这一点全无疑义。

又来的《爱憎表》是篇没写完的散文,讲的是张爱玲自己十七岁高中毕业前夕校刊调查表的填写(共三十五名毕业生,只是我们没想知道更不追问其他三十四人),我算了下,当时张爱玲只写了二十三个字,再加上 Edward VIII 这个英文帝王名字,而半个世纪之后,它诡异地膨胀起来了,张爱玲说这篇文字会"很长"(见她写给宋淇的短信),果不其然,尤其是满布记忆刻痕的、密码也似的写作大纲注记部分,很容易让人想到本雅明同样来不及完成的巴黎书写。

一样又来了的是类似的读后感,到目前为止我所听到较惊心的是"美国到底有什么诅咒,怎么张爱玲去了那里尽写些烂东西",这出自两位认真的、文学鉴赏力也一直非常可靠的台湾一线小说家之口——大体上,延续着《小团圆》《雷峰塔》《易经》三书,尤其《小团圆》乍乍出版之时,这我听过太多了,包括有人说这是张爱玲的恐攻,她人肉炸弹也似的冲过去,把自己和相关人等一并炸烂掉。事实上,还有人以此对我谄媚,此事荒唐但千真万确,也是台湾一位现役小说家,他大致知道我和胡那一点点渊源,胡先生算是我二十岁时日(都快四十年前了)一位擦身而过的老师,起码我自己单边地认定他是老师,公鸡叫不叫我都不会否认,而《小团圆》又可视之为对胡先生那篇写得太美(美得不像真的)的一文的阴森森驳斥,但这实在太不了解我也太小看我了,愤恨不平(不平得不像真的)的小说家开骂了足足五分钟有余,结尾我记得很清楚:就连我老婆都气得不想看了,真想把书扔垃圾桶去——。打断他的必定是我的表情,我也完全记得我的回答,因为从头到尾我就只讲了这几句:"回去好好再读一遍,你看错了,我一直到读了这部小说,才真正确认张爱玲真是一个了不起的小说家。"

同样的,《爱憎表》一文我依然觉得好看,当然,也可能看错的人从头到尾都是我，文学鉴赏这事，尤其在这个平等自由时代，能谁说了算呢？

填写这种你喜欢什么怕什么的问卷，人无聊起来可以三天两头就来一次，而且通常随填随忘付之一笑；如果是高校女生毕业专刊，这于是加添了浓浓的大表演氛围，人很难老老实实作答，更多时候她意识着别人的三十四种可能回答，据此"创造"出自己的扬扬自得答案，或有所针对（学校、某老师、某同学、家里父母……），从报复到调情不一而足，把当下某一个私密的、火光般短瞬的念头塞入这难得公众公开的形式里，掷向大海的瓶中书信那样，等等等等。这都是不能再常识的常识，也几乎是人人都有过的生活经验，另一与此相应的经常性经验是，多年之后如果一起作答的人再相见，这通常就是一整晚相互取笑用的话题了（"你那时候怎么会说……"），谁也休想逃走，轮流着吐嘈和狼狈不已。

像朱天心，一样十七岁时（《击壤歌》里）她信誓旦旦讲最崇拜的人是拿破仑，如果我们四十年后今天不太礼貌再问她一次，拿破仑大概排不进她关怀之人名单的两万名内（如果她记得了这么多名字的话）。事实真相是，我相信这个名字已很久很久没再进入过她记忆里一次，这只是某一部电影、某本书在十七岁柔软易感之心的一阵波纹而已。

荷兰的语言学者也是好作家的约翰·赫伊津哈写过《游戏的人》一书，这是一本有点被世人低估和冷落的书，他在回看人类漫长历史、回想人的行为和话语时"全面"加进了游戏这一成分。所谓全面，意思是游戏并非特殊的偶一的外挂的，而是人所有行为和话语里或多或少或现或隐但始终存有并有所作用的成分，游戏与人同在，正是人生命构成的一个重要成分；这也是提醒，我们当然早已察觉游戏的存在,只是我们过度郑重专注面对某一研究题目时(比方《论语》解读),常忘了它排除了它,把它限缩于某个较浅薄较边缘的角落里,不让它(也经常不晓得如何让它)参与重要的讨论,以至于,人的面貌、人类历史的总体面貌无谓地森严起来乃至于残忍起来(比方孔子的面貌)。赫伊津哈极可能是对的、细腻的。

张爱玲十七岁时候这张游戏成分十足的调查表,事实证明,的确因为我们不尽恰当的认真专注(一开始谁都意识到其游戏成分,但逐渐减弱、消失),固化为某种愚行,刻舟求剑那样毋宁有点令人伤感、有点莫可奈何的愚行——这本来只是船身上一道浅之又浅的记忆刻痕,甚至并不为着标示什么。不是张爱玲以为,而是我们大家误以为这是掉剑地点的郑重记号,多年之后下水泅泳寻宝的人也是我们,尤其那些学院里的研究学者。整件事情较奇怪的是,站岸上的张爱玲并没嘲笑我们,她有充分的讥笑理由和讥笑才华,甚至,我们一直以为她有这样的习惯。

"我近年来写作太少,物以稀为贵,就有热心人发掘出我中学时代一些见不得人的少作,陆续发表,我看了往往啼笑皆非。最近的一篇是学校的年刊上的,附有毕业班诸生的爱憎表。我填的表是最怕死,最恨有天才的女孩太早结婚,最喜欢爱德华八世,最爱吃叉烧炒饭。隔了半世纪看来,十分突兀,末一项更完全陌生。都需要解释,于是在出土的破陶器里又捡出这么一大堆陈谷子烂芝麻来。"——我刻意地一个字一个字重抄这二百字不到的开头,等于是以最仔细的且仿张爱玲原来书写时间的方式再读一遍(和张爱玲原稿一样,我也是手写),没错吧,这里面只有极微量的辛辣成分,而且更像只苦笑摇头向着十七岁当时那个自己,我同时想着的是《倾城之恋》里大家印象深刻的那最终一幕,那一个张爱玲:"她只是笑盈盈地站起身来,将蚊烟香盘踢到桌子底下去。"

快快交代完这发语词也似的二百字,张爱玲便整个人进入到填表当时的记忆里,当时她(可能)在想什么、怎么想,当时她正处于何种心绪和生命状态,当时旁边还有谁、有哪些东西,已全然流逝不回的那一整个世界大致上是何种形貌什么内容,等等,这相当于在告诉我们,刻下这一记号时,船正走到哪里——这里有稍大的和稍小的两处惊异(尽管读《小团圆》三书我们已基本惊讶过了),稍小的是,张爱玲何以肯这么正经老实写这篇文字?还计划写很长?也就是说,她跟着我们当真起来,不退反进,不是该笑吟吟一脚踢开吗?稍大的是,张爱玲还把这篇文字写得如此正经老实,包括内容和语调,这可能是我们更难习惯的张爱玲,沉静的,不东张西望的,我们几乎要说是温柔的。

一直以来,至少在《小团圆》问世前这么漫长时间里,我们总以为张爱玲是那种不更正不解释自己的人,她的书写近取乎身,却总能巧妙地让自己躲开来,只留一双眼睛和一张嘴在现场,像汉娜·阿伦特所说"没兴趣""无利益""不参与"的旁观者,所以,这么一大堆人喜爱张爱玲,但很少人以为张爱玲是可亲的、可性命相待的;她给你包括某种"原来可以这样"的奇妙自由,但从不包括打中你、说出你最深处说不出来话语的那种悸动。而不更正不解释,其实是书写者这门行当的普遍认知,不这么认知还能如何?流言和谎言,如列维-斯特劳斯讲的,在我们面前"堆积如山",一一更正它解释它是做不到的也没么多时间,书写者从根本处,从第一天就该这么认识并奉行,作品从你手中出去那一刻,它就不再属于你,是阳光空气水,是公众可任意取用、使用、误用和滥用的东西云云。诸如此类明智但无奈的建言,我已数不清记不住有多少个书写者都讲过,我剩下的好奇只是，看着这么多个不是自己的自己飞舞眼前，书写者当然不免在意那个被低估被诋毁的自己，这是人性；而他也在意、也难以忍受另外那个被高估被不实赞誉以至于像偷取了什么的自己吗？这不太是人性了，所以，究竟有多少比例的书写者会想要更正后者这个？得是什么样的书写者才会要更正它如大审判官寓言里再来的耶稣？以及，为着什么要更正？

二〇一五年侯孝贤拍成了《刺客聂隐娘》，和访谈者陈文茜有一场令人（某一小部分人）难忘的公开对话——陈文茜从坊间流传的、破碎的资讯里编织出一个年少浪荡闯祸不断但终成电影大师的侯孝贤来，但老实到近乎鲁钝的侯孝贤大概没意识到也无法配合遑论证实，让陈文茜又急又沮丧。"不是，你的童年不是这样！""我的童年应该由我来说吧。"

《爱憎表》写得不像由昔日那个张爱玲所写，太喜欢原来张爱玲的人会察觉到那种"换取的孩子"的危险，但这里面也有正当的、听来言之成理的文学意见，这是共容的，也是必要的（否则就真的陈文茜了）。我自己直接听到的就有："怎么会如此平铺直叙、如此细琐？""这些《小团圆》三书里不都写过了吗？""同一块回忆怎么可以用同样视角、同样语调一讲再讲，张爱玲只会这样写了是吗？"事实上，《印刻文学生活志》发表时，文稿整理者冯睎干还整理出一张简表，《小团圆》里的人物（理论上是虚拟的）和《爱憎表》里的人物（理论上不可以是虚拟的）一对一准确入座仿佛只换了称谓而已，如邓爷即史爷，韩妈即何干，毓恒即柏崇文云云，这就学院的文学研究工作或许是个欣然的发见，但对创作成果的褒贬而言，一般来说是相当凶猛相当致命的一击。

是啊，好像张爱玲只会、或说只想这么写，但为什么？这是我另一个更大的好奇——事情好像一整个倒过来了，我们说，这些人这些事这些物曾经在她笔下一个一个成功地、华丽地变形过并飞舞起来，张爱玲即便置身在那种阴湿无光的老房子老弄堂里，跟我们重讲那些反反复复如叹息如呻吟的老妈子故事，都是灵动的、锋芒闪闪的，像小说家史蒂文森（有说是"最会说故事的人"）要求的那样，往往，她的文字还太跳动太不安分到令人不禁起疑，至少，平铺直叙和老实云云绝扯不上张爱玲。张爱玲是完全"忘了"她老早就很会了、娴熟得呼吸一样的书写技艺连同全部的文字感觉是吗？像人奇怪说他忘了怎么骑脚踏车或游泳那样，这是不可思议的。

我也完全不接受另一个更简单省力的解释，佐以台湾现今很流行很得势的胡言乱语（实在无法称之为文学见解），那就是张爱玲老了、昏掉了，人到五十岁，或甚至四十五岁，就该自己识趣不要再写了——文学从没有这什么五十岁四十五岁云云的世代交替天条，这整套系借自于那个抢骨头也似的现实政治权力倾轧场域，地球上一个我们一直最厌恶最瞧他们不起的地方。

我宁可想着托尔斯泰（尤其他宛若自己关灯的《复活》一书），想果戈理（尤其他贴上一条命都写不成功的《死魂灵》），想福克纳（一样重讲黑屋子里的老故事，这个原本性喜吹牛也富幽默感的书写者，最终像粘住土地的农夫那样子写，写出了长短几十部烦琐、沉重、阴森森、被纳博科夫讥为"玉米棒子历史"的小说），想年轻和不年轻之后的诗人兰波，想博尔赫斯所说他努力戒掉年轻时"虚张声势和言不由衷"的书写恶习、他从喜爱"郊外、黄昏和哀伤"转成了"城市、早晨和平静"——我完全确定这一直是文学的问题，尤其是小说的问题，尽管次数不够多也不明显，但我们仍一再从某些书写者那里看到，尤其是那几位书写时间长、曾异样绚烂、有着非比寻常想象力飞翔能力的小说家,也许是他们前后对比的落差较大的缘故。这一问题不容易讨论也不多被讨论,极可能是因为它总是来得太晚,在某种书写的末端时日才发现,遂逸出于一般的、普遍的文学"书写／阅读"经验之外,成为一个难有对话者的最孤独问题,从而看起来像是各异的,像是书写者自己附魔也似被某个东西抓住了,像自毁自弃云云。还有一处小小的诡异是,这触到了人书写、记忆乃至于文学形式、文学意义的某个边界,但却又像是从书写一开始就埋下了它的种子(书写者多多少少会一直地并逐渐地意识到自己其实偷取了什么并掩盖了什么,只要他够诚实认真),最终,它以某种"讨债"的样式追蹑而来要求偿还,这在小说书写又比其他文体形式要容易发生。

我自己不具备这样的书写高度和长度,所知道的、所感知的势必不够稠密,很多细腻的、温度微妙的地方不可能准确掌握,这是我对自己的深深不满——以下,我只能把问题陷缩于《爱憎表》一文,扶着它,看看能想到哪里、走到哪里。

我另外也想到篮球大神迈克尔·乔丹久违了的名言,揭示的是他天行者也似的灌篮奥义:"飞起来谁都会,真正难的、要在空中先就做好的是,你要如何正确落下来。"

于张爱玲,我这一辈人其实经历了一道戏剧性曲线,说是起伏不如讲是跳跃、飞起,至少在台湾状似如此——我二十岁以前,认真看待张爱玲的人其实非常非常少(我的老师小说家朱西甯极可能排第一,终身倾慕张爱玲),一般说她是鸳鸯蝴蝶派,是言情消遣小说,甚至说她只是比琼瑶好一点罢了(恰好又同在一家出版社);但到我三十岁左右,所谓"张派"已是台湾小说的第一大门派,一定年纪以下的女性小说家(几乎全数)和男性小说家(也好些个)源源加入,这由不得你不加入如"黑帮"，只要你城市些，聪明些，灵巧细致些，少碰乃至于出言嘲笑大价值大目标些，就自动被归属于张爱玲门下（就连王安忆被莫名并入张派一事，也是在台湾发生，当然原意是赞美），济济多士，张爱玲以甯，至此，在台湾再找不出任一个可堪匹敌的名字了。

如此从过卑的所谓姨太太文学到过亢的"祖师奶奶"一名，温差实在太大对人心脏血管不好，或如日本谐星后藤讲的，"温差高低太大，我都耳鸣了"。而且两端能讲的话都已被很夸张地说了，因此，除了三十岁以前私下为张爱玲辩护得面红耳赤之外，我在书写中极少说张爱玲——大致是，除了忍不住引述过几句张爱玲讲得实在好的话语，便是我写朱天文《巫言》一文里的，我讲之于如今的朱天文以及我们这些人，张爱玲其实已算是个"年轻作家"，这才是实质的，我们所津津乐道的那些张爱玲小说都是某一个年纪不到四十岁的作家写的，我以为，这可以提供、提醒我们重读张爱玲的有益、有意义，至少较平等公允（也对张爱玲公平）的视角，会较具体地联结到我们自身的生命经验，会看出来更多东西包括其空白；还有，我记得我也说过张爱玲基本上只写同一趟生命潮水里的东西（所以不容易用伟大来形容她），她的小说始终直接取用、囿于自己的生命经验，只是她灵动炫目如太强烈亮光的书写，以及她"无情"的书写身姿，挡住了此一事实真相；张爱玲太过华美的狐狸皮毛底下，其实一直是一只刺猬。

晚些读张爱玲小说的于此可望平实一些，我印象深刻的是阿城，他讲他下放时或下放才归来第一次读到张爱玲吓了一跳："喝！上海哪个女工小说写这么好。"

即便充分意识着她昔日的《流言》一书（散文对散文吧），我仍觉得《爱憎表》很好、非常好，也有我期待看到的东西，但绝对不是什么绚烂归于平淡云云已说得太滥也想得太烂的话;《爱憎表》不是归来、放下,而是前行、进入。我猜想,太喜爱张爱玲的人会不知不觉地把《流言》当判准,以此检查多年后《爱憎表》究竟少了什么如同伤逝,要命的是,少掉的多是我们以为"最张爱玲"、最青春欲滴的成分没错,但,这不是最该合理消失的东西吗?人六十岁写二十岁的自己不是真的要把自己退回二十岁,即便用小说即时性的、当下进行式的方式来写,仍该保有某种回望的、已知的成分,只因为如今你确确实实已知道更多,二十岁当时诸多你只能猜只能赌的犹未完成之事(一场误会、一次恋爱、一种希望云云,每个当下都是未完成的),如今已一一有了结果甚至"答案",记忆已长成更丰厚完整的模样,装无知装天真地写因此问题不在恶心不在技艺拙劣,而是浪费,让日后这几十年像是白活了一般。不少书写者犯这种错,而写小说通常又比写散文容易出这种错。

我自己看着的是另一端,《爱憎表》比《流言》多了什么,这是应该要有的,人四十岁、五十岁、六十岁乃至于就要抵达生命终点了,朝哪儿看都是回望了,记忆如此不停转动、黏附一层又一层堆叠上去。更因为这是张爱玲,如此一位早慧的书写者,却又远远在她生命成熟期到来之前就隐退了、不说话了,几十年,她不忙,也没转行寄情寄漫漫长日于其他,没更换成另一种人生(阿城说得对,张爱玲终其一生保卫着自己的生命、生活样式),这么灵敏的脑子和全身感官理应一直进行着,却只进不出,我的极度好奇可简单凝成一个带点童稚意味的愿望:这些我读过的张爱玲小说,如果换由一个较老的、比方我这年龄的张爱玲再来写,又会写出什么写成怎样?我想读这样的小说。

《爱憎表》明显比《流言》的精巧短文多出不少东西,物理性地从厚度就可看出来。剩下的,就只是多得对不对、好不好、该不该、有意义或理应删除而已,所谓的采葑采菲,无以下体云云。

于此,朱天心的意见是,她以为昔日的张爱玲只是把最美的那朵花摘走,现在,张爱玲愿意把所有开好开不好的花,连同其根茎枝叶,连同泥巴、整座园子、整片土地,乃至于每次花开当时的空气成分天光云影全告诉我们,包含美和不美的,舒服和并不舒服的,容易入文学和不容易入文学的。这是朱天心读了《小团圆》三书时私下讲的,所以话说得有点凌乱不及修饰,但意思很明白。朱天心也没被激怒,相反地,她指出来,这里有昔日张爱玲小说未曾见过的一种"赤诚",不是纳博科夫嘲笑的那种平庸的、乏味、没想象力所以不得不"诚实"的诚实,而是她和她这人生一场,和她见到过的人、事、物一种无遮无隐的专注,她能想多清楚就想多清楚,不怕有些东西的捡拾会破坏作品本身,更不在意还会破坏掉已成神话的昔日作品。朱天心讲,这很了不起,张爱玲真的是个负责任的小说家。

采葑采菲,无以下体,我们晓得这是三千年前人们说的,在那样一个自然的、采集的、地广人稀任意取用如无尽藏的大地之上,现在,我们讲求的是尽可能一整株蔬菜地吃,果叶根茎别偏食别丢弃——很明确,人的意识缓缓变了,一是技艺层面的有所进展,原来不可吃不好吃的部分我们已懂得如何恰当地调理它;也有认识层面的各个惊人进展,像是我们对每个物种、对营养学、对人身体的理解有了更完整的掌握,甚至像埃科讲的那样,狞恶致命的毒物其实也都是作用迅速强烈的珍稀良药;这里更包含着某些积极的、应然性的思维,我们意识着这一颗已明显太小的地球,意识到人和各个物种的种种深沉联系和依存关系,意识着未来,也回头来想人自身的存在,人的位置、限制和其责任云云,这里有不少并不舒服不快意、需要勉强自己的成分,也恰恰好说明是道德思维的成分。

小说家海明威极可能是最服膺采葑采菲无以下体这种书写的人，他的讲法广为人知，书写像冰山一样，你所能写的只是浮上来那十分之一。这对书写者可以是很有益也很严格的谏言，要求书写者得懂更多准备更多但写更少；但另外一面则是卡尔维诺准确指出来的，这是"轻描淡写"，是"暴烈的观光主义"，只浅浅刮走最上面一层，海明威的书写奥义。人性上，这一面较容易发生，因为这避开困难不必深入，写起来快速而且舒适。

只把最美丽的那朵花、最好吃的上端部位给摘走，这是很功利性的，着眼于作品的顺利完成，什么样的作品呢？大体上会是朱天心形容张爱玲昔日作品那种七宝玲珑塔也似的精巧夺目东西，是济慈所颂歌的希腊人古陶瓶，是那种封存的、静物的、接近完美的、适合展示于故宫博物院恒温玻璃柜里的人间宝物，但也是博尔赫斯所说书写者为求完美，往往会胆怯会选择后退好避免出错的太过小心作品。这样写当然成立，也再再令人赞叹，但终究也只是一种作品、一种书写方式而已，而且展示书写的工匠技艺远高于内容，甚至为求效果不惜舍弃内容。书写远远不只如此，或者说，人"发明"了书写原来并非只想做出这个，这甚至是书写经历了相当时日，在技艺已成熟的某个末端才生出来的目标，带着点自娱娱人的游戏意味。书写，最根本来说，是人要发出声音，要说话，要尽可能完整地、不遗失地牢牢记下来他看着的、想着的、经历着的所有事。作品，只是成功或不尽成功、总打了折扣的一个可能结果而已。

我以为，一个够好的书写者（迟早）会要奋力去说出那一直沉在水面下的十分之九，这才是书写者念兹在兹的事，也是只有他会去做的事。说到底，冰山理论并不是书写的禁令，只是书写的不得已限制，主要来自人表述能力的不完美、语言的不完美以及文字的极度不完美，让我们的书写总是离事实不够近。这不是一道界线，而是一座大山，不是谁拦着路，而是前面根本没有路，所以不是突破无从解放，只能够一点一点硬生生地挖进去，这样匍匐前进匍匐救之的书写兼顾不起"完美"，这也部分解释了，何以那些最认真最好的书写者他最晶莹无病的作品不出现在最后，甚至早在前成熟期就写出来，而且，在世人的赞誉之前，会忍不住有点不安，有罪恶感，好像偷了什么却逃过惩罚也似的。加西亚·马尔克斯之于他的《百年孤独》（写成于他四十岁前）就有点这样，他满意也不满意，欲说还休，这些破破碎碎的感言收拢起来大致是，《百年孤独》是他最成功的作品，但不会是他最好的作品（有好几部，端看你相信他哪次讲的，《迷宫中的将军》是其一），加西亚·马尔克斯有回还忍不住说，《百年孤独》至少有五十七处"错误"，奇怪都没人看出来。

显然是先写成的《小团圆》一书，还带着颇强烈的"恨意"，但张爱玲很快平静下来，比她昔日的作品更不见情绪，像整个人进入了沉思，《爱憎表》延续着这样平稳的、沉思的调子——依我的理解，面对这些往事尤其男女情感部分，张爱玲有理由生气（我百分百支持她），而带着恨意书写也是正当的，这是人堂堂正正的心绪之一，包含报复在内，是我们对世界"正确性"很高的基本反应，当然也是驱动人书写的强大力量，太多了，不必一个一个去细数如格林、陀思妥耶夫斯基、D.H.劳伦斯、尼采、鲁迅等名字。这么说，我个人常觉得奇怪的反而是那种一辈子没流泻出一丝恨意的书写者，很好奇他究竟活在怎样一个世界里，以及他究竟怎么看这个世界几十年，只欢喜只赞叹，真的有在看吗？有稍微认真地想过计较过吗？

说来好玩，《小团圆》的恨意有点吓到我们大家，倒不是因为太强烈，而是因为我们并不习惯这样一个直通通的、认真爱恨的张爱玲是吧。一直以来,我们能看到的只是调笑、嘲笑、厌恶、轻蔑、远离云云,张爱玲从不使沾身,或者说她总是不逼近到有沾惹上自己风险的一定距离之内——好像说,年纪轻轻的张爱玲还比较懂如何"不必当真",比较古井不波,这有点悖理不是?

恨是正当的,也是认真的,如赫尔岑说的:"复仇之心是人直接的、正直的情感。"包含着人对是非、对真相的记忆和坚持。但在书写中却像是个硬块东西必须料理才行,而如何恰当处理恨意首先来自书写技艺的要求,只因为恨意终究是某种太快太利的东西,大斧头般劈开世界、劈开人,书写因此总是太短促、太单薄单调而且容易上当受骗并伤及无辜(比方乞援于错误的盟友),这样写走不了多远,也看不清楚说不清楚世界——这里,很容易忽略但其实正是书写的某一个见真章关键时点,分出来够好和不够好的书写者。往下,不是比道德而是比内容、比认识能耐;不是非得原谅人不可,而是书写者究竟想不想得下去、有没有储备足够东西可供自己想下去、书写者根本上是不是一个事事经心记住事情的人(《小团圆》三书和这篇爱憎之文证实张爱玲是)。比较像是这样,某个恨意、某种愤愤不平把书写者驱赶到记忆之前,但人沉入记忆里,便得依循记忆自身的路径,服膺着回忆以及书写的节奏和"规矩"前行。恨意是结论性的东西,它(暂时)和重开的回忆不相容,必须先噤声下来,耐心等这趟路走完。

会不会想完了还恨呢?非常可能,除非人原先的恨意本来就只是恣意的、撒泼的、禁不起问禁不起想禁不住事实揭露的恨法,比方台湾现在流行于网络和脸书的那种乱恨。但至少,恨意总是会经此"分解"开来,去掉了那些燃烧不完全的冒烟冒火部分,得到一个核心般的晶莹剔透形式;或者说,它精准了,像通过瞄准器对准而不是机枪扫射,恨得有目标、有依据而且和理性可联系可相容,恨"升级"了,或者我们不再称它为恨了。

张爱玲自己还恨如乍写《小团圆》当时吗？不知道也无从证实，我们只能说这趟回忆之路她重走了这么多年仍没走完，只是被死亡打断了——她回忆得可真是认真。

来试着想想张爱玲极不寻常的世故和天真，不少人因此被她吓两跳——年轻时日，她以接近精明无情的世故吓我们一跳；老去后，她又以屆临迷糊程度的天真再吓我们一跳。

这两者在她人生（其实是作品）里古怪地倒置过来，但我想到张爱玲并非唯一，我较熟悉的至少还有托尔斯泰和果戈理，另外，还有种种复杂的、变形的样式，比方格林——格林世故到死为止，并没回返小儿的天真模样好进得了天国，格林最受不了还忍不住恶言痛骂人那种一脸无辜的、四下闯祸如小孩跌跌撞撞一路碰翻东西的天真（"天真是一种疯痴病"），但格林一直欣羡那几个天真保有动人信仰，从而有堂堂正正利他目标并不疑不惑勤力实践的人，他不断说各种尖酸刻薄的话，但一再试着把在他心里早已不成立的依稀希望寄放在这样的人身上。

屠格涅夫有一句如此精准晶莹极了的结语："一个诚实的怀疑主义者总是尊重坚忍不拔的人。"

也因此，我不把如此一个张爱玲当浩叹奇观，我以为这是可分解的，分解开来不过是一个一个、一次一次正常合理的结果，有人性层面的，有书写原则的，有事物自身逻辑的云云。不寻常只在于它们不寻常地全发生在同一个人身上，像陀思妥耶夫斯基小说那样，仔细看没哪件状似骇人狞恶的事是匪夷所思的不可解的，但是，在现实里理应散落的、间间断断几年才发生的所有事，全挤在同一晚上爆开来，遂形成高度戏剧性到令人不敢相信的效果。

世故这东西,一般指的是一种综观性的理解世界能力,尤其是针对人性、人情、人心聪明愚蠢理性不理性所凌乱编织出来的总体关系网络,并运行于崎岖不讲理的生命第一现场。世故因此被认为无法专业教授学习,没有捷径,它偏于经验、实践,所以非常耗时,总是随人的年纪和阅历一点一点滴成;世故同时也是洞穿的、进一步成为揭发的,我们倾向于认定它的眼光多疑、不信、富破坏力,这一方面显示,我们的所谓人性图像、世界图像基本上是幽暗的,且愈往里去愈阴森森,你了解更多总是更失望更沮丧,另外一方面,我猜想世故的贬义正是始自于此,它因此总是和我们珍视的,以为该挺身护卫的好东西举凡人的理念、理想、希望、对世界的应然主张和期待云云对立起来,有一种堕落感、软弱感,政治光谱属于保守主义。

然而,一旦察觉出世故的这些个醒目特征,世故便仿佛可加速学习了,至少可以假装,你只要摆出某种怀疑的、不信的、见什么推倒什么的姿态,最重要的是永远用一种轻蔑的语气说话,记得永远别用肯定句,绝不用"最"这个最高级之字,这样就很像了(也不难了吧)。也因此,反之亦然我们很容易被某些自私自利但全不具洞察力理解力的很不怎样家伙给"骗了",自动帮他升级,以为他必有相当特殊的生命经历支持,以为里面有内容有哲学,赋予一堆一厢情愿的解释。

这一"世故／时间"的倒置现象,我自己不是从张爱玲而是从果戈理开始想的,只因为果戈理背反得更加夸张——果戈理二十五岁前写成的小说《狄康卡近乡夜话》二卷,其世故通达、进入形形色色人心的恢恢自由程度,把彼时全俄罗斯大小年龄层的人吓坏了(这么说没夸张);但十年后他理应更成熟写《死魂灵》时,却天真到令人厌恶的地步（也绝没一丝夸张），他完全搞不清自己的书写位置，不知道自己小说在彼时俄国引发的风潮和意义，他甚至要求沙皇拨一大笔钱支助他写《死魂灵》，他就连自己才写过《彼得堡故事》（鲁迅小说的原本）和《钦差大臣》这样必定让沙皇气得七窍生烟的作品都不知其意。

《狄康卡近乡夜话》里那个世故佻达的果戈理其实是"假的"，是小说书写一次美丽的模仿，最根本来说是一个"语调"——我写果戈理的一篇文字说过了，果戈理不是浸泡于乌克兰一地生活现场得来的，他是间接从当地的歌谣、俗谚以及人们说话的方式抓取的。《狄康卡近乡夜话》的作者署名养蜂人潘柯，这不仅仅是个笔名而已，毋宁更像是果戈理化身为一个上了年纪的、从小活在当地闲言闲语里的红头发养蜂人，用潘柯的位置看世界看人并和他们相处，还用潘柯的句型和语调表情说话。

"如果说如何看人想人并和人相处是民间生活的首要大事之一，那它就得把辛苦学来甚至支付惨痛教训代价得来的成果好好记住，并当田产房屋般传给下一代。不用文字不用书籍，或我们正确地把时间推远，没有文字没有书籍，人们除了一己的身体之外，大致上便只有语言可用，唯流体本质的、音波般暂存的语言如果要使用于记忆，那语言就得予以固化处理。我们前面所引用本雅明'编织在故事里的教训便是智慧'的说法，便生动地描述了固化语言（编织）以保存并传送记忆（教训／智慧）的此一过程。唯守财奴也似的、什么细碎可能有用东西都想办法捡拾起来、零乱堆放起来的民间习惯，编织成故事只是它井然有序的那部分仓库而已，它利用语言更无孔不入：编不进故事的，它用弹性更大的俗谚、掌故、歌谣韵文等照样可以保存；还有，更破碎更不规则更不成形的，它还可以收藏在话语的惯性句型句法乃至于声腔语调里——严格来说,这些每一种语言在长期使用中必定凝结成的特有的、固定的句法句型及其搭配的声腔语调,并不直接收藏记忆成果本身,它真正保留的其实是某种思考途径,某种开放话语里前人所踩出来的可依循小径,在人的个别经验前提和普遍记忆结论这两端,既提示着必要线索,又给予了限定和保证。我们该视之为某种'间接性'的记忆保存和传送方式,就像童年寻宝故事里常见的,它不直接(其实是无法)讲出藏宝地点,它只一步一步指引你自己找到那里。"

博尔赫斯也亲身证实过这个,他曾试着模仿他父亲生前朗读某一首诗的语调、表情和身姿,他说他是想要像父亲当时那样子想、那样子感受这一首诗。

我们所熟悉的"张腔"大致上就是这么回事,张爱玲年纪轻轻但奇怪世故的核心奥秘——但远比果戈理几乎是直接复制的"养蜂人潘柯腔"复杂,张腔还层层揉进了张爱玲自己的声音,这是受教会学校现代教育的、有远方异国异地视野的,而且年轻自由清亮的另一组语调、表情和身姿(可能还夹杂了英语不是吗?),在上海这个彼时率先打开来、先一大步城市化,且异国之人满街可见的世纪传奇大城。这是张爱玲聪明厉害的地方,极旧和极新,最固化的和最流体的。张腔因此极富现代感,有未来的领先向度,对稍晚发展的其他书写之地(其实不就是一整个中国吗?)充满吸引力和启示力,像三四十年后也逐渐打开来的台北,张爱玲小说仍读来熠熠如新,"如同今天早晨才刚写出来的"。我的老师小说家朱西甯自己是鲁迅式的浓墨深镌笔调,但对轻盈如风的张爱玲推崇到几乎超过了,我以为,一大部分是书写技艺的实质理由,老师看出来张爱玲的此一书写特质,是偏悲苦悲沉重的二十世纪三〇年代小说所没有的东西,更合适来写来捕捉来记忆接下来的台北。

果真如此。和如今的年轻一代不一样,我们年轻时最怕被人讲小讲年轻,学校里那种妈宝型的哭兮兮不断奶家伙谁都想揍他一顿如张爱玲说的必有可恨之处,张腔因此(仍)是一道书写的快捷途径,让人最短时间成熟,让人仿佛一下子就掌握住整个世界,小说乍写就"很像"、有模有样,是此一老腔调折射过张爱玲的 2.0 版再上市——一时之间,大家好像一眨眼就有年岁了、老了、苍凉了、点滴心头了、虚无了。此一腔调是万用的、穿透界线的而且一步到位,正因为不真的及于内容,人因此什么都敢写,什么专业跨行的东西都能拿来批评品味一番(等而下之的底线叫"只要我喜欢有什么不可以"),什么材料都毫不顾忌不迟疑地拆了用,小说变得太简单,也写起来很快。张腔"肆虐"的那良莠难分时日,应该就是台湾小说数量上的丰年,此起彼落如山歌对唱如回声,而且一个个看起来都像早慧的天才书写者。

也因此,明明如此年轻的张爱玲小说被遮盖住诸多真相,年轻的张爱玲被不当冠上"祖师奶奶"这个并不准确、也不好笑还字词选择品味很差的封号乐此不疲——乏味而懒的大结论当头罩下,一整代认真、取巧程度天差地别的书写者集体收押般划归张爱玲门下,张爱玲仿佛被封存起来,还真的变老了像达摩祖师那种样子,年轻张爱玲小说里最生动有趣的点,乃至于那些可疑的、不尽成功的、带文字巧劲的、不来自完整理解而是靠聪明硬跳过去的地方,那一处处极富意义的"空白"(或说暂时搁置),大体上就这么全没了死了。我们说,若非此番张爱玲自己再来波澜重起,我们对张爱玲小说的读法极可能这样懒怠地地老天荒下去。

"因为你还是不愿意用奇迹降服人,你渴求自由的信仰,而非奇迹的信仰。"——本来不都应该这样才对、才好吗?

有关张爱玲此一世故和天真的倒置，我以为还有一个更事关重大而且再明确无误不过的原因，那就是再来的张爱玲不拆东西了，而是想确认一些东西，甚至说想建构出一些东西，这样的小说书写意图，根本上和小说是极难相容的，书写都很容易出现种种笨拙、狼狈的样子，甚至屡屡显得幼稚。

小说，应该就是所有文学书写形式最苍老的一种，成熟期到来最晚，它得一个一个、一次一次侵入人心最深处、隐藏不肯示人之处，它的目光很难不是多疑的、否证的、揭穿的，以至于一部够好的小说读下来，满目疮痍，我们若还能看到一些孑遗的、不被摧毁掉的细碎发光东西，已感觉够安慰够该侥幸珍惜了，更多时候这甚至不怎么具体，只能是人一些顽强的希望和些许剩余的勇气而已，并没有保证。那些够好且已经写够多的小说家自己因此总不免懊恼，会想到自己终究只一直在毁坏东西、减少东西包括人们的心志、热情和希望，像个冷血的歹角人物；也感觉空虚，想自己一辈子到底干什么啊，当个木匠都还能造成功一张桌子一件家具，让世界多出东西不是吗？格林在他一部小说的扉页题词这么讲："医生并不能免于'长期一事无成的失望'，而作家更是一辈子都有这种感觉。"

但私下懊恼是一回事，起身决志而行那又完全是另一回事，这里便碰到小说最笨拙的部分，非常狼狈——果戈理想通过小说找到、建造一个他想望的俄国，花一样美、早晨一样干净清爽的俄罗斯；托尔斯泰想通过小说铺设一条救赎大道，大马路那样人人能走、又宽又平又直的救赎之路，其成果我们都看到了，人也像变笨变幼稚了，即便书写者是文学史上公认最狐狸的、书写技艺最完整的托尔斯泰。如果我们重返果戈理和托尔斯泰当时，还会看到和《小团圆》乍乍出版时极相似到接近重演的景况，人们最宽容的反应是惋惜、不忍心，能够的话真想把这本小说藏起来，像屠格涅夫和契诃夫，他们一前一后奋力想拉回托尔斯泰，他们知道托尔斯泰原来有多好，小说世界不该损失这样一个天才。

格林好一些，他小心翼翼把正面建构的东西缩小些，让它们勉强可和小说相容（如 D.H. 劳伦斯说的那样，小说仍是够顽强的文体，禁得住这种程度的异物"骚扰"），但这不是说格林够狡猾，而是他更细腻更富耐心（可能也更正确）的分辨和认识，他指出来（借由小说人物柯林医生），人们可能一直把那些美好正面的东西"想得太大太亮了"——即便如此，我们仍然不时看到一个怎然变天真变软弱、像学童一样认真聆听，并满心期待被说服的异样格林。

这可能只是小说家的不自量力，但一次两次三次，又都发生在这般层级、这样盛名已成人间神话，又抵达如此书写阶段的大小说家身上，应该有着观过知其仁的味道了，我们不会、不能因此多想一些吗？比方小说是什么？作品还可以是什么？是否我们对作品的认定和期待小了些、单调了些、太早放弃了些？而书写这个比作品更贴近书写者本人、更直指人心的东西，其全貌又可能是什么？书写非得相当程度"削足适履"（一个感觉好痛的成语）好完成作品不可吗？凡此种种。

书写世界远比作品所能覆盖的要大多了，且和人心的关系更完整，总得要有人一探这一大块沉默的、依海明威讲深广达十分之九的世界，不尽成功不很完满这有关系吗？

再来的张爱玲打算干什么？我以为，她只想好好回想她这一生，尤其她昔日小说曾予以变形过改造过的那些人、那些事和物，她必须依实复原它，这样才能得到一个唯一正确完整的记忆。小说把现实人物变形后使用，这有必要或意义（好挣脱现实的处处掣肘等），也是小说书写的 ABC，谁都马上会，不就换张脸、换副身材，换个职业或其家庭成员吗？——变形幅度大小不一定，粗糙来说，愈迁就戏剧表演效果，变形的恣意性愈大，像通俗小说里的角色人物，更进一步就是卡通人物了；愈具问题意识，尤其现实问题意识的小说，书写者对人物变形的拿捏也就愈谨慎、神经质，会考虑很多。用巴尔扎克的话来说，其根本原则是"小说中的虚构人物用的只能是真人的具体细节"，但问题正是在这里，所谓真人的具体细节这条线该画在哪里？家庭、职业、身材、长相、名字？

来讲个夸张的例子，阿加莎·克里斯蒂的《ABC谋杀案》，这部小说里有个活得很失败、精神状态恍恍惚惚分不清是现实是幻觉、总梦游般出现在谋杀现场的男子，名字叫亚历山大·波拿巴·卡斯特。阿加莎·克里斯蒂讲，此人的问题就出在这个极可笑的名字，他耽于英雄崇拜的母亲给了他这个又是亚历山大大帝又是拿破仑的名字，成为他进小学前就开始的沉重无匹生命负担，更多时候就是个笑柄而已，一辈子随身携带的笑柄，他硬生生被这两座铜像压垮。

而克里斯蒂可能是对的，名字真的不一定完全透明，我们愈往现实世界深究愈容易找出各种案例，人的名字往往程度不一地参与了我们的人生；脸呢？脸现在、将来多重要啊，没有这样的脸如何可能有这样的人生？要不然你以为这么多人跑韩国花钱挨刀子干什么？当然是借助一张不一样的脸来试图换取另一个不一样的人生；身材的情况和脸类似，只是对时间较没抵抗力，更容易走样毁损，往往让人得着又复失去，让人岔向不一样的人生结果，所以身材又是远比脸更需要每天二十四小时维修的，流汗和挨饿。

这会是认真的小说家的一个几近宿命性的"终身之忧"，愈深究下去就愈巨大愈感觉无法自由，理解和想象力是两个相互攻击彼此替代交换的东西，每多理解这个世界一分，想象力的空间就多被挤压掉一分——1 + 1 = 2，这里是没自由想象用武之地的。老年的博尔赫斯不时如自言自语地说（并没想说服谁，只是感叹），每件事都有它之前数不清的原因，又都会引发之后数不清的结果，人没自由意志这东西云云。整个眼前世界被这样密不透风地串起来，如此脆弱易失，却又如此严实、顽强、黏着、相互依存，像卡尔维诺（也是晚年）说的，仔细想想，这个世界差一点形成不了这样一个世界，我们差一点做不成我们自己。也等于是说，往往一个不经意的微小改变，就会是另一种完全不相干、不同形貌和难题的世界和人生。书写者的想象编造当然能更动它如飞起来，但要如何顺利降回来呢如乔丹说的？让你依然是对着这个唯一的现实世界发问、追究、理解（这也往往是作品的原来企图）？小说更动世界的困扰不在于太难，而是太容易，甚至一个字词的选择都可能让我们从此难以回头地岔走，这当然不见得破坏作品，事实上，这往往是好作品必要的，一如一个应然的世界总是比实然的世界要华美要良善公正，但如果，我们真正想追究想解答的是这唯一现实世界的某一个具体、迫切问题，如此，答复必然受着现实条件的重重约束，这些约束正是此一问题的构成成分，也是前提，答案只有硬生生穿过它们才算成立。从想象的、这些约束被愉悦绕过的另一个世界获取的答复，其意义于此很有限，骚扰的意义大于攻打，甚至只是安慰人心用的，是某种遁走，是"假的"。小说很简单就能写出也合理成立的更良善世界来，但仍无法因此救活眼前的这一只猫。

我以为这么说并不夸张，书写者愈写下去愈容易时时面临这样一个问题、自问自答：我是要顺利完成这篇作品？还是我要更认真彻底地想下去？

我也因此相信，想象力随书写的进行逐年减弱，更多时候不来自于书写者的苍老失智，只是因为他已经知道得更多。

但如果要由我来说，我会希冀书写者和这唯一的现实世界保持一种不太近也不太远的关系，像卡尔维诺提醒的那样，某种"折射"关系，否则现实很容易把书写压垮，也把我们人压垮——只是，我无法反对那些决志而行的人，对于他们，我心情复杂。

张爱玲昔日小说里的人物，我的老师朱西甯曾笑着这么讲——读小说，人往往自自然然地移情，让自己就是书中某人，但是，"还真没人想当张爱玲小说中的任何人物，包括已算最有可能的范柳原和白流苏"。

这极可能是对的。

一直有这个劝诫，要我们千万别认识写小说的人，远离他们。这真的是忠告，只是命运弄人往往由不得你——认识年轻时日的张爱玲尤其糟糕，你很容易发现自己以某种很不堪的样子现身在她小说里，像那种取笑的人像画家，她似乎只看，还放大你的缺点、你不愿示人的部位，哪里丑哪里是重点；或甚至，通过她的放大变形，就连你好的、沾沾自喜的部位都变成某种可笑的、还乔张做致的模样。

这个，冷血的读者也许根本不在乎，被写的那些人也许无法在乎，而且事隔多年皆已归于尘土还在什么乎，但张爱玲自己呢？她算是唯一知道事情始末的人，唯一知道这些人本来面貌的人，是最后一个还记得的人——这里，其实一直有个极微弱但去除不了的道德成分声音，最接近耳鸣（我有长达十五年的耳鸣经验），你管不了也难治愈，医生通常只劝你"学着和它相处下去"，大部分时间你听不见它，只感觉耳朵最深处有大约铜板大小的隐隐痛觉知道它还在，但夜阑人静打算睡觉时就响起来了，清晰，重复，渐大，无休无止。

一旦意识到自己是最后一个知道、记得真相的人，人的心思会起微妙变化，会想要为它做些什么。

但这其实是小说书写根本性的一个道德困境，即便在"你愿意当小说中人物"的那种小说书写仍存在，太多书写者以各式各样话语自省过，抱歉以及抱怨过。我最近读到的是小说家林俊頴的，在他《某某人的梦》这部应该更多人读的小说后记里，是一段应该让更多人听到的话，说得这么好："这本小说据以为蓝本的真人真事，放在我心上有若干年。而今写成，唯一令我悬念，几分不安的还是那一个老问题，自命拥有虚构特权的小说作者——真的吗？谁赋予的？谁认证的？——我是否再次肆意入侵了他人生活或生命的神圣领域，遂行窃盗之实？但我始终记得，在那些时间大河浩荡无声匆匆前行却无与伦比的时刻，我作为倾听者、旁观者也是见证者，我满心愿意作为那回头一望而成为盐柱的人。记忆的盐柱，爱以写出。"

把张爱玲往公共层面想会是错误的，她自始至终、彻头彻尾是个个人主义者，不是那种强调这个那个权益的个人主义，而是质地真实、生活中生命里无一处无一事不是的24K纯金个人主义。即便是文学声名，即便是作品，之于她的意义也是纯个人性的，其间，在意什么不在意什么，进退取舍如何，一般性的书写通则很难适用，它们唯一的依据就是"张爱玲"。

如果由我来说，我会讲，写《小团圆》三书时，以及写这篇《爱憎表》时，她心思集中于这一个个昔日故人身上（我相信，包含某种程度的负疚之感），远远超过她对小说、对作品样态的记挂。

小说家郭强生指摘得很对，回忆的书写的确不该只这样，更不该如此一再重复，应该每次都有所转动，一次一次试着从不同路径进入，应该有多重视角（尤其是小说）也应该寻求不同的表现，等等。这是文学书写的 ABC——我只是想,这些对得如此明白、一点也不难的东西,张爱玲会真的不晓得吗?事实上,她好像连小说人物不应该如实照搬都仿佛不记得了,这是不可思议的,也一定有其他解释。

我先简单这样试想,把《小团圆》三书和《爱憎表》看成同一部作品,但这毫不出奇的想法好像不大对,我隐隐察觉作品的意义对张爱玲(已)没这么重要;我于是放开作品,让这一场"还原"为同一趟持续的、只是被死亡打断的回忆旅程,独居且几乎无友的张爱玲的最后一桩心事,一个深深的沉思,她整个人身陷其中。《小团圆》三书和《爱憎表》的意义介于已完成的作品和暂时的、仍不够完整的备忘记录之间,所以据说张爱玲一直很犹豫,临去时仍不确定要不要拿出来;于文学,她这么多年来根本不想再证明什么、多获取什么。

张爱玲曾这么说过,她的祖母会死去两次,一次是祖母自己死去时,再一次是张爱玲也死去时——我再想起这话,不像从前只觉得是一句张爱玲式的聪明话而已。

如此,这一切应该就比较说得通了——这是张爱玲最后想好好做成的一件事,沾衣何足惜,但使愿无违,对她,记忆只是一个,事情真相只有一种,那些人那些事物只有唯一正确完整的模样,写下来也应该只有一个版本,我看见的,我经历的,"我的记忆应该由我自己来说"。这里,沉稳不惊的语调(也是心思状态)是必要的,也是自然的,就连文字都得尽可能让它们安静老实下来;一生的回忆太多太长太乱,文字任何"多余"的光芒和回声皆当去除,好让回忆的进行不被干扰,真相的显现不被太强烈的亮光盖掉,说者听者的注意力不被带走,让疲惫颤抖的手保持平稳。

昨日的雪而今安在哉?大地跳着死亡之舞,多瑙河上来往的船只载满着愚人⋯⋯

我相信很多人都陆陆续续发现此事但隐而未宣，那就是张爱玲的"无情"极可能不是真的，那只是博尔赫斯所说年轻文学书写的虚张声势和言不由衷而已——但现在我们看到了，真正写出情感的是《小团圆》三书，这才是有沉沉重量的、刻骨铭心的，甚至太强烈浓烈到小说本身有些不堪负荷，破坏了文学的"完美"。很久很久以前，我自己在说钱德勒《再见，吾爱》的一篇短文中写过这个：人的情感（尤其男女情感），有个永远不能避免的致命之处，一个极不舒服的真相，那就是两造情感永远无法真正"等值"，再真挚再契合的情感都无法正正好一样多（所以得绵密地以理解、宽容、温暖、感激等等为砝码来平衡它），从而，输的人永远是深情款款的那一个，就像法庭上要负责举证、什么事都得顾虑的一方总是输家一样。情感是很占人身心空间的厚墩墩东西，它会让人少了自由，少了选择，少了种种可用武器，还挤掉了一堆想象力。

这样，知道张爱玲为什么在情感一事上"输给"胡了吧！

张爱玲逐渐露出了她刺猬的本来面貌，时间让她生命这一袭华美的，但爬满了虱子的袍子缓缓脱落下来——狐狸千智，什么都会什么都能，包括聪明地提早察觉危险临身；刺猬一技，它只这么一招，浑身力气全集中于同一个点上。我自己一直多喜欢刺猬型的人一点点，尤其是上了年纪的一流书写者，我对他们有着特殊的期待。狐狸型的书写者太聪明了，他通常不会自讨苦吃，不肯头破血流替我们开路，就只能寄望一只只看似蜷着不动的刺猬，每一只负责撞一条路。

在《伊利亚特》和《奥德赛》这两部史诗里，古希腊的最大一只狐狸非尤利西斯莫属，这人聪明狡猾到应该遭报应的地步。但博尔赫斯喜欢的却是他唯一刺猬也似的那次航行，他人生的最后一次航行。

这在《神曲》里。多年之后，已老去的尤利西斯重新召集他昔日老部属（珮妮罗普还活着吗？），再次鼓勇率领众人出航，这一次，他们不再满足于只是爱琴海地中海，船穿过了赫克利斯劈开的直布罗陀海峡，进入了真正的无垠大洋，他们没说出具体的目的地，但仿佛下了某种决心，完全不回头地一直航行到南半球，在那里，他们抬头看到了完全不一样的星空，也就在那里，他们碰上了巨大无匹的雪山，船在大漩涡里沉没。

大概就是这样，也只能这样。剩下来的，就只是《小团圆》三书和《爱憎表》究竟写得好不好这个文学问题——张爱玲不怎么关心这个，或者说她的文学想法变了；而我的建议只是，有没有可能让我们文学鉴赏的判准稍稍再开一点、深一点、老一点、复杂一点也多贴近人心一点。

8. 没恶人的寅次郎国

　　　　　花满开，葛饰令人怀念不已的樱花今年想必依然绽放。二十年前，因为一桩鸡毛蒜皮小事和父亲大吵一架，被父亲打破了头，一气之下离家出走，发誓这辈子绝不回去，但是，每逢樱花漫天飞舞如雪的春日，还是会想想家乡……

这是寅次郎"出生"后所讲的第一番话，在《男人真命苦》第一作《归来篇》的黑白片头，抑扬顿挫到虚张声势的地步，然后，画面才恢复色彩回到当下时间，主题曲扬起，我人生至此最喜欢的歌曲之一。就如加西亚·马尔克斯所说的，第一句最难；这第一句话决定了往后整部作品的语调和看世界方式、读世界方式。只是，应该任谁都没有想到，这部作品会播演这么久，元气淋漓穿透过星辰岁月，整整拍摄了四十八作，从一九六九年到一九九五年，直到已和寅次郎叠合为一的渥美清在真实人间病逝才不得不停下来，轻易地成为人类电影史上最长的系列电影。人类电影史的一个奇迹，也许应该直接说是神迹。

我们总是会问，真实世界的寅次郎病逝了，但电影世界里那个我们更熟知的寅次郎呢？还无恙否？此时此刻又流浪到了哪里？

《归来篇》是寅次郎首次返家，循水路坐江户川渡船"矢切の渡"上岸，走过公园和堤防（短短几百米一路闹笑话），那天正好逢上柴又帝释天（题经寺）的热腾腾祭典。家里则是妹妹车樱的婚事，演车樱的倍赏千惠子是我心目中最美的日本女子，有一个漂亮线条的额头和最好看的眼睛，聪明但完全收敛，是不经意甚至不自知的美。樱是彼时工厂的生产线女工（亚洲资本主义发展的初期时日，稍后台湾地区一样经历了此一阶段，我一干小学女同学皆然），未婚夫老实人阿博则是后头小印刷厂的工人领班（寅次郎总半戏谑地呼叫他们"劳动者诸君"，此一左派意识当然是导演山田洋次自己的）。难题在于，阿博父亲是个有大学教授身份的顽固老爹。自认长兄如父的寅次郎当然第一时间就栽进去，满满善意但完全无用，一切依循日后的固定模式进行，由得意到忘形、闯祸到全家鸡飞狗跳，婶婶开始掉眼泪，叔叔一口气喘不上来躺在榻榻米呻吟，结局就是寅次郎再度狼狈逃走。出走始自于归来。

四十八作的持续出走，我手中一本名为"寅次郎大全"的书，有张附图，以葛饰柴又为心辐射出去，四十八道黑线合成的堪堪就是整个日本列岛的形状，但又不只，比方还有远至欧陆维也纳的（第四十一作《寅次郎心路历程》）。这真的就是日本吗？

这么讲吧，这里我马上想起来的是文学史里这个奇观也似的独特命名："格林国"，指的是小说家格雷厄姆·格林写过的全部土地，包括刚果、狮子山国、海地、中南半岛、蒙特卡洛、墨西哥云云，因为有格林，才熠熠浮现出来的奇妙之地。

格林以他鹰也似的眼睛俯视着这一块一块土地和人，这样一个技艺精湛无匹的小说家，我们丝毫不必怀疑他惊人的编织能力、想象能力和创造能力，但格林似乎更想强调的是他的写实。有那种这才真正是他心之所系、他一部一部小说真正坚实核心的意味。格林甚至曾经颇背反他一贯偏冷的语调，如此气急败坏地宣称："这是仔仔细细、正正确确描绘出来的中南半岛、墨西哥和狮子山国，我不但是小说家，还当过报社特派员，我向你保证，躺沟里死掉的孩子就是那副模样，尸体把运河的水都堵住了……"

但这里，我要提出另一端的说法，出自写格林评传的约翰·史柏龄："格林描写的这些事实本身可能并不那么地正确，但经过作者的挑选和组合，造成了所谓典型的'格林面貌'""这也不单单是详细的描写（否则好的游记作家或新闻记者也写得出来），而是像康拉德一样呈现出道德景观，描绘当地的情形和身历其境的人。"——道德景观，moral landscapes，我很喜欢这个说法，且完全适用于山田洋次之于《男人真命苦》寅次郎系列。

史柏龄这当然不是驳斥原书写者格林，而是要深究格林；不是讲你所写的不是事实，而是讲你写出来的不只是事实，岂仅仅只是事实而已。这里头有远多于、高于、深于事实的东西，作品是世界再加上书写者。

同样的，山田洋次也说了相似于格林的话，当然是温文不争的，两个大创作者脾气不同："我拍《男人真命苦》时，把日本人的日常生活感受收集起来，并在形象化过程中，塑造出寅次郎这个角色。"寅次郎电影当然是极写实的，我们都看得出来，实地实人实物实事，但也一样，绝不只如此。

在创作、书写的世界，有这个接近于通则的趋向，也许一般并不容易察觉出来——一个真的够好，尤其肯于持续盯住世界、盯住人的书写者、创作者，随年纪随着他认识的进展（因此任性、自我荒废的人不算）、随着时间作用于他身体的种种奇妙熟成，总会缓缓走向真实世界，从而调整他作品"想象／写实"的比例。毕竟，在如繁花如迷雾、处处引诱人又时时让人迷路的种种创作见解之中，其最深处，是这个不动核心，如此晶莹却又如此单纯，那就是，只有这个世界是"真的"，唯一的，只有在这里人才真的悲伤，真的受苦，真的不走运——以及，真的死去。我们不争气也不尽可靠的情感，也许会为小说中、电影里某个虚构人物流更多眼泪（包括为马尔克斯的奥雷里亚诺上校之死像个小孩般号啕大哭）。但仍然，只有在这个世界里这一切才是有沉沉重量的，没 ending，不重来，无可挽回。

莱布尼茨讲："我们所在的这个世界，是人所可能拥有的、最好的一个世界。"——这其实不是一句简单的话，毋宁是极苍老的、站在"人生边上"说出来的话，心思极复杂，也感慨万千。话中欣愉的成分真的不高，更多倒是人的疲惫，以有涯逐无涯，要让这个偌大的老世界还能更好一点，这不容易啊；甚至，这是对人的失望，人类的集体素质，也许就只配得如此水准的世界吧，就像唐·麦克莱恩歌咏凡·高的那一句冰珠也似的话语："这个世界不配拥有像你这么美丽的人。"

我以为，今天这已经是常识了，实地实人实物实事，进入创作者，再转为作品，这远比白光穿透过水晶化为七色彩虹更为繁富，因为创作不仅仅只是捕捉和分解而已，创作从没这么简单，写实更不是剪下来一块现实世界就成为作品。尤其，像山田或格林这样的创作者，他们在意的不仅仅是一个作品的声誉而已（也因此屡屡被低估，特别是那些封闭在专业技艺和理论的人），他们对人，对这个世界有更多想法及其期待，尽管一个温暖，一个貌似冷血。他们的信念，有意识地，以及不自觉地，总时时处处融进到作品之中，让他们所描述的现实世界产生微妙变化，并轻轻转动起来，这就是史柏龄所说的"格林风貌"（"山田风貌"）、不完全现实的"道德景观"。至于那些太好的、好得不可能是现实遂无法完全融化的信念部分，只能碎粒也似的遗留下来，散落于作品里，闪烁着晶莹微光，某句话，某个感受，某次凝视，某处徘徊眷顾云云，而这通常是最让我们动容、心思跟着飘远开来的地方。

来说这个既是日本，却又不全然是日本的寅次郎国。

不晓得是山田的有意设定，或这就是他太过温柔看待（更正确地说：期待）世界的方式——寅次郎国，明显比我们所在的现实世界少了个东西，那就是"恶"。这里，（几乎）没有一个恶人，不存在人的恶意。但说是乌托邦并不恰当，因为它并不奇特不遥远，也不用来对抗或嘲讽，没出现任何非现实的人、物种物件、机构和制度设计，更没有提出对现实困境的神奇解方。这是实实在在的日本，谁来看它都是，要稍后（一两部电影看下来），我们才会缓缓发现这处不同，通常仍不免狐疑、不放心（我们已被现实世界教训够多了，习惯于恶的遍在），真的这样子来吗？

这半世纪，也差不多就是《男人真命苦》所涵盖的这段岁月，日本这个社会成就惊人，不挑剔来说，他们的确创造出一个堪称富而好礼（相当一段时日还好学）的社会，若扣除掉近十来年的稍稍摇晃不安，甚至已有那么一点路不拾遗夜不闭户的味道（我的两个有钱朋友曾有掉了大钱旋即失而复得的感动莫名经历，一个发生在莺温泉的山区巴士上，一个在大阪市的计程车上），令外来者惊异不已，包括博尔赫斯和列维-斯特劳斯。但事情当然不这么简单，日本人自己尤其心知肚明，这同时是个极为辛苦、人压力山大的社会，建构不易，维护它不掉砾掉瓦更困难。人要付出很多、牺牲很多包括种种约束和自制；而且，在光亮到可以称之为光鲜的表层底下，当然仍暗潮汹涌，流窜着形形色色人的恶念恶意一样也不会少，公司里，社区里，学校里，家族里云云。我听过太多次类似的稍夸张话语：要去日本旅游我随时奉陪，要我长居日本那门都没有。

寅次郎国，我们可以这么设想——已八十八岁的山田，是完整经历了日本这一场的人（从战争的杀戮摧毁和废墟化开始，几乎是从无到有），深知这眼前一切来之不易，有太多值得珍视的，应该感激的。他看着这些辛苦但认真生活的人，这片土地，这个社会，慎重地不侵入不惊动乃至于尽可能不干扰它；山田唯一做的是，轻轻地把人的恶意恶念抽走，也许山田并不以为这样算是对人的奢求、算是异想天开，这一生，不过度挑剔的话，我们的确还见过不少这样的人是吧。

我们这么设想，并非说从一九九六年《归来篇》开拍就完整呈现出来，也许山田原来只是从某个点、某几个人开始，乃至于只是想为这个社会打气，让寅次郎这个人带给这个社会多点笑声，多点元气和安慰。但创作就是如此神奇，当你正确地触到某个点，它会生长，会不断吸收获取，直到整个缓缓地浮现出来，这是创作最好的地方。

只抽走恶意恶念，因此，并不是人人都变成天使，也不会就成了一个太过芬芳、玫瑰色的甜滋滋世界。我们看《男人真命苦》，是啊，生活仍得认真而且不免艰辛，印刷厂的章鱼社长还是天天为经营愁眉苦脸，亲人间如阿博和他父亲仍然冲突难解，夫妻如吉永小百合仍有噩运突然袭来，更少不了无可拒绝的生老病死，寅次郎也一再失恋一再闯祸并一再出走，真命苦啊。就只有人可信任依靠了，人不再那么孤单，或者说，也许我们都应该试着这样相信。

（这里，我想到马尔克斯对他《百年孤独》的揭露，他讲，布恩迪亚家族的悲惨命运来自一种深不见底的孤独，这个百年家族不懂怎么爱，都孑然一身，一直到最后一代才第一次因爱而生，但来不及了。）

抽去人的恶意恶念，另一端，于是也让某些更复杂，或者说更根本的人世真相得以显露出来。因为，我们再无法把种种困顿折磨，包括自己的失败只简单归咎给某个人。没有替罪羊担着，不被仇视怨毒之心陷阱般困住，我们的心思平和无挂碍，眼前开阔一清，一定会看到更多、更清楚，包括回头看自己。所以，这会不会也是一个隐藏的请求呢？——我们大家就别再这样了吧，生活本身已够多艰难了，实在再禁不起人多加的恶念恶意了。

《男人真命苦》里有一桩一再重演的小事让我很欣羡。流浪各地的寅次郎，经常付不出旅馆钱来，稍后（电影里可能几星期或几个月后），我们会看到旅馆人员出现在葛饰柴又的寅次郎家丸子店，完全不担心白跑一趟收不到钱——素昧平生，却如季札挂剑的承诺（包括那些并没说出口的）如此有效，用不着法律进来搅和。我一直喜欢这样可能的世界，不识之人的话可信可兑现，熟人可托六尺之孤，非常美丽。

于寅次郎国，我有一个更正、一个解释和一个好奇，只是不晓得对不对，恰不恰当。

我留意到一个相当普遍的误解，总是把《男人真命苦》系列说成是怀旧，也许是因为故事设定于下町的缘故，我们惯性认定那是个已消失或消失中的世界；又，也许就只是时间搞鬼，这个奇妙的戏剧延续了半个世纪，我们站在今天回望，当然这些人这些事物都是回忆了，我们跟着被叫唤出来的心思也多半是自身的回忆。你看，倍赏千惠子曾经这么年轻、这么少女不是吗？

其实，山田捕捉的是当下，每一年每一时刻的当下日常。最清楚的时间注记之一是寅次郎在旅途中层出不穷的梦，他的梦很好笑，总是应景的、奋力跟上流行的，像人类登陆月球，他的此一夜间飞翔便无接缝地化身为太空人寅次郎云云；还有，装酷成性地（但也是善意的），寅次郎总认定他绝对是整个柴又最见过世面的人，他得负责把外头大千世界的种种携回告诉这些不知今夕何夕的田舍翁乡巴佬，这就是丸子店老家晚餐桌上的著名启蒙谈话，寅次郎炉边谈话，几乎每一作都有，也必定以破梗吵架收场。真实的新鲜事物、新奇现象包裹在他的道听途说、他的胡乱解释，以及他不可能忍得住的吹牛编造之中，还有，当然一定挟带了没人听得下去的寅次郎式严正教训。

时间真是有着强大力量的东西，只要我们肯沉静地持续，这四十八次的当下，叠合起来便是一个厚厚化石层的日本，其然以及其所以然；时间赋予这些现象以来历、起源、线索和结果，这是谁都可以取用的公共资产。有山田这样的创作者为日本写"起居注"，日本可真是幸福——最不寻常的是，这很难是其他的记忆形式，尤其专业历史书写做得到的，这些人这些事物，细如碎片细如粉末，多是其他记忆形式无法，以及不觉得需要捕捉留存的，如从太疏太大的网目逸失；这太大太疏是形式限制，但也源自书写者的意识、理解和同情问题。一般来说，只有文学书写才可望及于微不足道的这些人这些事物，像是契诃夫，或是巴尔扎克的"人间喜剧"小说群，巴尔扎克想写成两三千个人物来记述一个时代，用小说写历史。不同的是巴尔扎克是偏横向的组合方式，《男人真命苦》没那么积极宏大的企图，但它持续下来了，纵向地，看下去地，追踪地，时间的存在，时间的种种作用（其堆积、其生长、其变迁、其流失……）更清晰；不是时间切片，而是一道长河。

"人间喜剧",这个题名显然也完全适用《男人真命苦》——巴尔扎克这个难以言喻的命名带了点苦涩,是人在某一个历史特殊时点回看这个人类世界的悄悄自嘲(老天我们搞出个怎样世界啊……),当然也较悲伤;《男人真命苦》没这么深沉,没这些弯弯绕绕,这里有直接爽朗的笑,很富感染力的,喜剧就真的是喜剧,这比较接近契诃夫。

再来,我试图解释的是,寅次郎的持续出走漂浪,足迹遍日本,这技术上如何可能?

我指的是,要能创造出寅次郎这么一个把大半生命时间抛掷在旅途上的人,理论上,得先有某个人同样这么抛掷生命,走完这每一次才行(搜集、寻找、选择、确认、勘景……)。事实上,若依海明威的"冰山理论"来看(创作者准备十分,作品只浮现一分),这个某人耗用的时间以及对日本各地的熟稔程度,还得十倍于寅次郎。电影分工也许帮得了一定程度的忙,但《男人真命苦》是作者电影,有单一作者的,所以这个某人在主体上又非得是山田洋次本人不可。而山田有很多事要做,也拍了不少其他电影(就一个作者论导演,他算多产),因此,光算时间都是个谜。

格林讲过诸如此类的话,如果你要报道人类的痛苦,你就有义务同受其苦。

我自己的回答其实是简单的,因为《男人真命苦》不是新海诚《你的名字》那样的,介绍景点甚至设计好最佳角度供观众追逐拍照打卡,选景本身一开始就是个商业行销企划云云。山田关怀的是人,尤其是中低下阶层辛苦认真生活的人,也就是据说上帝最喜爱所以一口气造太多的人,这各地都有,因此从北到南,从冰封拓殖的北海道到温暖海面熏人欲睡的冲绳（寅次郎最后出现的地方，第四十八作），其实拍哪里都对也都不陌生。固然，不同地点有各自不同具体细节的困难和其生活因应之道（像冰雪和干旱地方的屋顶形制得不一样），但就像人类学者列维－斯特劳斯指出来的，人的基本生存其实就是那样，人的基本生活方式惊人地相似重叠，具体的微差微调皆有简明的线索可循（冰热、干湿、高低……），并不难看懂，生活方式的多样全面呈现不是混乱随意，而是一种生命的坚实感和稠密感，有着动人厚度，因此也是一种风情，再再令人惊奇惊叹，令人玩味欣赏（原来他们这里是这么来的啊——）。最终，这可以是游戏，某种思维和感情可容身的正经游戏，人的好奇也就是人的关怀。有着对人的理解做准备、做指引，走到哪里都不会迷失。是的，风霜雨雪严酷，但就像我的老师胡兰成说的，人有了伞笠，就可以和风雪相嬉戏。

这样一张寅次郎的放浪地图，因此不会是那种观光旅游指南。多年前，我人在大阪心血来潮走了一趟寅次郎的新天地（第二十七作，《浪花之恋》），可想而知并没真找到那家他付不出钱却仍住得如鱼得水的小旅馆（也没真的去找），当然更不会遇见苦命的艺伎松坂庆子。新天地周遭其实是个繁华已落尽的地方，几乎是破败了，是"昨天"的模样（即使对我这个社会时间慢了点的台湾人），商家、商品、市街、人的活动方式和表情云云；这里还有我平生所见占地最广的蓝色帐篷带、最大规模的 homeless。可我真的听到了四天王寺的钟声，在黄昏满天的乌鸦大吵大叫声中，那是寅次郎坐在旅馆房间窗下吹风的一景，停格在我的记忆里。影片中，他当然又马上爱上松坂庆子，但这位名叫阿文的艺伎来大阪工作其实是为了找她失散多年的弟弟，寅次郎陪着她，好不容易问到弟弟所在的公司，才知道她弟弟一个月前已急病死去了。这不只山田，日本的电影电视极可能是全世界最不讳言死亡的，就连带童话意味的动漫皆是，这个无可拒绝的生命最终残酷真相，他们一直很坦然，也不怕告诉小孩。阿文醉倒在寅次郎房里榻榻米那晚，是最伤心的一幕。阿文回去了濑户内海小岛的老家、结婚，并打算开一家小寿司店。

跟着寅次郎走，你带来的、带身上的，比你在地能发现的更多，你大半时候在回想，电影里面的，以及你自己的。

最终，是我的无比好奇——我感觉最不可思议的是，像他这样一次又一次，一年复一年地盯着这个现实世界看，山田洋次如何能对人不失望？

应该连上帝都受不了的才是。这是格林讲的，在他《一个自行发完病毒的病例》这本小说里，借由柯林医生之口说道："你的上帝要是肯看一眼他所造的这个世界，一定会非常非常失望。"

这当然是个充满恶意甚至敌意的老世界。人的恶意，比人生存的种种自然生存考验难对付多了，而且来得稠密频繁，每天每时，我们耗用更多时间心力抵挡它解消它以及躲开它，疲惫不堪。

几年前，我已写过一篇谈寅次郎的文字，收在《世间的名字》一书里，少堆积五六年对人的失望，那时候的文字语调显得比较轻松。我说了个我的猜想（其实是期待吧），渥美清已逝，但山田会不会心起忧思再拍一次寅次郎呢？一部已没有寅次郎的寅次郎；一部这会儿人又到底去了哪里的寅次郎？只有樱、阿博、叔叔婶婶等所有柴又之人回忆、交谈、挂念和猜想的寅次郎？

居然还真有了，第五十作（第四十九作《寅次郎芙蓉花》因渥美清病逝不成），在二〇一九年这个也许更糟糕的年头（我们是亟须些好事没错）——名字真好，叫作《欢迎归来，寅次郎》，依然元气淋漓。我在YouTube看了电影记者会，台上只坐着导演山田和饰演妹妹车樱的倍赏,当然没溷美清了。戴了太阳眼镜的山田,我们都晓得他八十八岁了,但"眼目没有昏花,精神没有衰败",比我周遭这辈六十来岁的人感觉还年轻,至少更有气力;倍赏,如果我没看错,她好像穿的是球鞋,衣装朴实但好看不失礼,仍如、仍是寅次郎国里那个车樱。

朋友们都健康,只是我想流浪——那顶帽子,那件西装,那个老皮箱,很方便于我们的瞻望。

电影还没在台上映,只听说樱和阿博的儿子满男成了个写小说的人(真的吗?),这回主线在他身上。若真如此,那是个太好的安排,极合于我的偏见,我一直认定小说是记忆最好的书写、存留形式——所以,我们还可以这么想,一直以来,我们跟着寅次郎,通过他眼睛看这个世界、这些人,但原来,这一切,五十作,半世纪,极可能又都是诹访满男的回忆,是满男对他这个舅舅的怀念,以及依依告别。

乃至于,博尔赫斯会说(如果他也知道寅次郎),这只是满男的一个梦。

辑三 书写

1. 五百个读者，以及这问题：
　　剩多少个读者你仍愿意写？

一八三五年，年轻的托克维尔交出他《民主在美国》上卷，这本伟大的书不是缓缓被人发现的，而是第一时间爆开来，在彼时的世界首都巴黎，并迅速卷向欧陆各国。依历史所记述的那般热火火光景来数字换算，有经验的出版工作者会讲，能够堆出这种规模的惊动感、大地震撼感，以今天台湾地区，至少得上达二十万册的销量才行，在大陆，则是一百万册以上。

《民主在美国》上卷，当时实际上卖了几本呢？很奇妙——总共五百本而已。五百本的畅销书？

五百本如今是什么意思？今天我们会说，这是一个很凄凉的数字，一个虽未必得有人辞职谢罪，但总得好好检讨告诫一番的失败数字，以及，一个说明这本书根本不能出版的数字。

两百年前。世界变这么多了？或，世界真的曾经是这样吗？

很明显，人口数字的变动完全解释不了如此巨大的落差。或我们干脆以较恒定的空间大小来看，从巴黎这个点到整个法国再到大半个西欧包括悬浮于大洋之上的英伦三岛，两百年前和今天并没两样，甚至，我们该理解为远比今天"大"，因为交通配备和传播工具远比今天不发达不绵密的缘故。五百本书丢进这么大一片土地上，应该接近于一粟之于沧海，按理说应该连个泡都冒不起来才是。

同样是书、同样是人、同样是阅读，要稍微妥善解开这奇妙现象，我们可能得乞援于化学。比方，一定大小空间里要提高粒子的碰撞总数，取决于这两者，一是增加粒子的数量，另一是提高粒子的运动能量（即热量）。因此，我们几乎可以断言，当时人对书、对阅读的心思必定是郑重的、热切的，必定有那种"不断在人心和人心之间热烈传递的东西"，这才克服了人和人的散落，克服了外在传送配备的缺乏，克服了现实空间的道阻且长。只是，那得要热切到何等程度才算？对《民主在美国》这样不容易读、不容易懂，还不容易口语传递的书，对这样一本冷书和一个冷人（托克维尔是我们所知最冷那一级的人，从心性到思维方式、思维成果）。

五百本书就完成热销、就撼动世界，这个不可思议的历史事实，再一次（但以某个如此新鲜的视角），把我带回到这些年我一直观看、警觉、思省的老问题——一本书，究竟需要多少个读者？以及，究竟能够指望有多少个读者？

需要多少个读者？这指的是书的被阅读下限。我不会浪漫地，或哀凄地说可以是零，我以为，书写根本只是公共性的，即便在某种时代某种特殊时刻那种"涧户寂无人，纷纷开且落"的书写、那种藏诸名山好像不想让人看的书写，仍期待着它的读者，等待他日或许出现更合适读它的读者，这绝不是拒绝读者，事实上只是更苛求读者，带着某种绝望心绪（遂也显得对当下无比轻蔑）地试图挑拣读者。

汉娜·阿伦特讲得很对也很精彩（在她晚期的那本《人的境况》

书里），人的独特性只在人所建构的人类世界才成立才显现，这是原来数百万年如长夜的生物世界没有的，而公共性，正是人类世界的主要面向之一。

能够有多少读者？这指的则是书被阅读的上限。我也不会乐呵呵地说可以不断增加，书没有这样的弹性，书向上的弹性远比一般人（尤其行销人员）以为的要小，小多了。尽管，偌大世界并不存在一个百分之百理想的、密合无间的读者，再好的阅读者都有他不及和过之的参差成分，但每一本书仍有它一定数量的"正确"读者，再多，就愈倾向于只是误会了，只是增加经济收益而已。

我自己不成比例地在意下限这一边，因为下限关乎的才是"生／死""有／没有"的问题，决定了人的种种思维成果有没有机会被看见被承接被保有？至于五万、十万、一百万本地热卖，我（依我出版和阅读的经验和记忆）总会自然地、逐步升高地心生警觉，最通常的是，这不会是一本好到哪里的书，因为要符合几十万上百万人的公约数，书非得降低水平不可；要不，就是有些非关书的内容本身、非关阅读的特殊因素加进来，勾起人们的好奇并蔚为某种"时尚"云云。对书写者本人而言，读者"错误"的期待和阅读越过了恰当的、书的内容再无法承诺的界线，这其实不见得划算，尤其在当前这么个消费者意识社会，不当的、超收的利益往往就是负债，要还的。不见得划算的也发生在书的本身，众声喧哗中，首先被穿透的总是阅读所必要的，仿佛由书自身所限定、所围拥起来的沉静小世界，阅读很容易变得粗糙而且极浮躁，乃至于缩短了它的生命期，书提前死亡，提前"过时"（这是进入到时尚游戏世界几乎一定会感染上的传染病）。

这里顺带讲一下，较之其他所有商品（药物、食品、家电、汽车云云），我一直注意到书籍行销极可能是最多、最严重涉及"广告不实"的一种，包装上（封面、腰带）所显示的往往和内容物差异最大。法律对此的宽容，很可能是，一方面来自难以规范追究，另一面则是不忍心规范追究，把它移置到言论自由的庄严大价值的羽翼之下，这是书这个劣势商品仅有的优势。

如此两百年，书以高倍数的、远超出人口增加速度的数量成长，这是一个无可怀疑的亮堂堂进步过程，也是一个走向公正的过程。这么说，不在于人口增加，而是逐渐地，"人人都可以阅读了"，进步是障碍的一个一个克服，举凡财富增长、识字率提高、劳动形式改善、社会意识及其结构趋于平等、生活闲暇增加，以及阅读相关配备如照明、生活起居环境的进步（不必再去抓萤火虫、不必等下雪、不必冒痴汉罪名去墙壁凿洞）云云。确确实实地，每一种、一次进步，都又带进来一大批原来不知道、没能力、没资格阅读的人。

不少人知道，在这两百年的阅读历史里，有这么一个辛酸但甜美的故事，那就是"厨房女佣开始读小说"——地点是西欧，尤其是这一波进步核心的英国，事情总是从那里先发生的。豪门人家帮佣的女仆开始在夜间、在主人已进房酣睡时刻，躲一灯如豆的厨房也看起小说来，当然得牺牲点睡眠时间，也得拖着忙了一整天的疲惫身体。原来不知道、没能力、没资格阅读的人进入阅读，这个偷取了灯火和时间、在微弱光线下也兴奋也忘情沉浸于某本小说的女佣，正是第一颗小石子，带出来一批一批全新的读者，从而改变了书和出版的形貌，包括数量增加，售价下跌。日后（一九三五年）英国企鹅出版社著名的"六便士小说"（平装本、口袋大小）便是承接了这个，从概念到形式。

为什么是厨房女佣呢？其实事情不是由女佣而是由她的女主人开始的。十八、十九世纪的西欧上流阶层人家女主人，极可能就是彼时全世界最没事做最无聊的人，不方便出门，家事包括养小孩教小孩又全由仆佣包办，偷情也不是人人、天天能做的，读读小说遂成为她们每天生活的主要排遣之一。只是女主人数量有限，不足以单独拉动书和出版的改变，而且她们本来就有资格有能力，不必书和出版做出改变配合，这一切遂得等到女佣的源源加入。

又为什么不是其他下阶层劳动者呢？因为女佣有着彼时其他形式劳动者难以获致的阅读必要条件，或说机会——像是，她接触得到书（当时书十分昂贵，"一本小说的价钱相当于一个家庭一到两星期的生活费"，换算为今天台北市，约为惊人的两万到五万台币左右），也方便有照明（当时蜡烛也是奢侈品，整个世界夜里昏黑一片），还有，衔接着主人世界的阅读氛围、好奇和想象，在实际打开一本小说之前，她总先听到一些谈论，包括东一块西一块的破碎情节，直到今天，我们的阅读不也都是这样开始的？

相对地，很长一段时日，人们（包括上阶层人士和劳动者自己）普遍认定书对劳动者、对穷人是有害的，占用时间，浪费金钱，还徒乱人心。

如此两百年，便是由这个卑微但更美丽的阅读画面开始（至少我们很乐意这么相信）。

书的数量突破因此不是全面的、齐头并进的。大体上，经由两种书带头拉起来，一是小册子，尖利地对准某一现实热议题，用来攻击社会鼓动世界乃至于召唤革命云云，其数量可以一下子冲很高，十八世纪就不乏万册以上的销售纪录（如斯威夫特的《街头巷尾》或普莱斯的《论公民自由的本质》）；另一类则是小说，像狄更斯那样恩怨情仇的大部头小说，我们可部分地想成是提前出现的电视连续剧，也正是这部分让它可以从百到万地吸来新读者（这也一并说明了，何以狄更斯总是用那么重、重到狗血程度的字词和情节）。事实上，彼时小说的发表和出版也往往是连续剧形态的，会先连载于较廉价、容易取得的报纸上，并采分册出版的方式，比方《汤姆·琼斯》一书的散装本就拆成六册（这也是分期付款，方便于没办法一次拿出那么多钱的人）。台湾最后一种类似的拆册出版之书是武侠小说，动辄拆到三四十册，一直延续到我读初中、高中时为止。

我们这么一回顾，问题可不就来了吗？以小册子和连续剧式小说为突破书籍数量的领头羊，今天回想起来真感觉不祥，原因很简单，因为这两种如今都已不再是书了，或确切地说，这两种需求已从书的领域分离出去，改用其他负载形式来满足，而且不会再回来了——后者是电视和电影，前者则是大众传媒（是的，仍包含电视）。当然，载体不同会改变内容，比方由仍有相当厚度的小册子转换为杂志、报纸和电视新闻及其评论，很显然，两百年后我们对现实议题的思索谈论方式反而"轻薄"了，变成某种三分钟式的东西，变成某种只需浅浅一层刮起的东西，从事件本身到我们的理知和情感，过多的准备和投注用不上也"不划算"。这再次证实，书原来是太笼统太厚重之物，挟带着太多人并不需要的东西，其实并非能一整个穿越过大众化数量的窄门。

不祥在于，也许有太多的书不该跟着走上这道数量增长之路。

数量大幅度增加，价格下跌到几乎人人买得起，并持续普及向世界每个角落，阅读变得平等，而且自由（经济问题一直是自由最沉重的一个障碍，也是人从生物世界进到人类世界的关键）。这里，也许自由比平等更好更富潜力，平等比较是个道德目标，它完成了也就结束了，但自由是一种全面性的挣脱，开向未来，包藏着也激发着各种可能，各种我们还不知道、未拥有的东西和其天地，它好得没完没了。

总之，这是两百年前人们梦都难以梦想的事，在所有可知的进步事物，书的如此展开可能是最光朗、最没不良副作用的一种进步，光朗到几乎不见一丝阴影——但真的完全没有吗？

这么来看，价格和数量，正常或者说长时间来说，会呈现（或说逐渐调整成为）某种反比、交换关系，两者的乘积大致上是一个常数，随现实不断微调的一个常数，也就是成本再加上利润。其中，较可削减也随着竞争下调的是利润这部分，必要时可以归零（当然是不得已的），让这个常数就直接是成本，见底了，再往下就是我们所说杀头生意都比它可能存在的赔钱生意。

这两百年，数量和价格的交换消长，系由数量这一侧所拉动，这是有资本主义产销逻辑的。也因此，书的这一趟进步扩张之路同时也是一道不归路，几乎是单向的，已撑开来的数量形成新的生产规格、生产条件，把所有的书划一地纳入，从而书价持续下跌（实质的、对比于生活指数的），几乎完全失去上调的弹性；也就是说，数量成为关键，成为终极判准，不只小册子不只连续剧恩怨情仇小说，而是每一种每一本书都得服从这个数量要求，我们所说"书究竟需要多少个读者"这个原本参差不齐的下限问题，变得简单、生硬、一致，而且巨大迫人。这个问题已不再由书自身、由写它的人来回答（没资格回答），每一种书都得开始寻求它原来没有的、不该属于它的读者才成立。

问题是书这个很麻烦的东西，大概就是我们举目可见最难纯粹商品化的东西了，一致性和书写是扞格的、违逆初衷的，人类世界有多凌乱复杂多样，书就有多少种内容和面貌，除了最终的装帧形式，一本书和另一本书可以完全不相干不视为同类，从内容到读它的人没一丝一毫重叠。书因此不具备相同的、相近的数量上调弹性这理所当然。比较要命的是，这里大致有个通则，那就是内容愈扎实愈深刻的书其数量上调弹性愈小，理由是这对读者的要求愈多愈苛厉，也愈难借助时尚性的骤起暴风轻盈飞起来，在没大事情发生、没大灾变大动乱逼迫，以至于人无须多想的平稳社会尤其如此（比方台湾这近半个世纪），太多书免费送给人家看都没人要，也就是价格压低到零都刺激不起需求，凑不到足够数量出来。今天回看，我们这样的推断应该很合理、很接近事实真相的——在这趟书的进步扩张之路上，不觉不察中，不断有书跟不上来了、半途脱队了、消亡了；还有，一些书甚至还没写还在意念阶段就夭折了、知难而退了，仿卡尔维诺的聪明话语来说是，那些"原来可以有却终归没被写出来的书"。这必定是一直发生的，并没有多少人会做徒劳无功的事，也不能这么要求人。

这一书的掉队、夭折效应，很长一段被几乎完完全全地覆盖住了（可不只是抵销了而已），毕竟这一波浪潮太全面太巨大也太光亮了，从个人到世界，一切都是打开的、增加的，书的种类品项绝对可以用繁花盛开来形容。但这个效应始终是存在的、潜行的，这有更坚实更持久的基本逻辑和基本人性，只等潮水退去，只等水落石出。

这两百年，我们也可以这么描述它——进步扩张源自书、阅读障碍——克服，非常成功，成功到今天已几乎一无障碍了，再没什么拦阻在人和书之间，人拿得出买书的钱了（不就几百块台币？更何况还有公共的、免费的图书馆闲置着），挤得出时间了（一天一到两小时已经是很棒的阅读者了），而且谁家没照明没电灯呢（要不，走到外头街灯下、公园里，比昔日那种凿墙壁偷人家灯光或借助微弱伤眼的雪光反射要方便舒适太多了）？以目前台湾地区的景况来说，这几乎是所有人无一例外的基本事实，人若感觉还有障碍，不过是人不觉得需要阅读，把它排到生活安排选择的末端而已。障碍的成功克服，也就意味着这一波数量扩张停住了,无可躲闪地呈现人和书关系的直接事实真相,不再是人能不能够阅读,而是人究竟要不要、想不想阅读。阅读人数的涨落进退,再说有新的、"外来的"阅读处女人口一整批倒进来,那些好像可让阅读更舒适更方便的工具、配备改良也不再有什么助益有何意义(但这仍是我们的惯性迷思,或说某些精明的商人一直在利用此一迷思),所以说潮水退去,阅读的真相毕露。

书写这一侧,究竟有没有一种新的形式帮我们捕捉、存留这些不断脱队掉落的书呢?比方如昔日起居注也似的脸书什么的?——书写不是情绪的抒发,不是不拣不择,不是玩那种朝花夕拾、比打字速度谁快的游戏。写一本书是一个确确实实的工作,人把自己浸泡进去,专注于足够长的时间之中,几个月,几年,即使捕捉的、试图存留的是短瞬如春花如朝露的东西也得如此,在书写中,它一样得"长成"比第一印象更饱满、更富内容才够资格被书写,否则皆只是昆德拉所说"只配被遗忘的东西";它转成了记忆,转成了随身携带的东西,转成了人心里持续发着光、依依不舍或赶它不走的某个形象,苛求你得想办法找到一种最恰当的、明显超出你此时此际所知所会的方式和话语写出来。书写因此不是、也不可以是单纯的记录和描写(这是自然主义的谬误),书写是世界再加上人自己,或更确切地说,世界起了个头,但在书写进行之中,时光流逝,世界往往已经走过去了、遗忘了、连痕迹都拭去了,只剩人记得。书写因此只进行于人心之中,并一再地、一次比一次深入一些地折返人自己,所以书写同时也是人郑重的、持续时间最久的、累积的自省,超越了平常的、每天重新来过的那个、那一层自己。写一本书和写日记、写脸书文字因此是完完全全不同的两件事,也无法替代(妨碍和破坏倒是有,成为一种坏习惯)。书写者屡屡有这一经验,被某个特殊的、戏剧性的心绪抓住所瞬间写出来的东西是极不可靠的、危险的、日后一想到就恶心一身冷汗的，它包含了还夸大了太多不配被写下、记住的无意义成分、莽撞错误成分和虚假作态成分，那些在真正书写时轻易可过滤掉的东西，所以太多太多书写者如此忠告我们，前一晚激动写的东西，第二天醒来第一件事就是把它扔垃圾桶去。

但是，要如何凑足原来没有的、不属于你所有的读者数量好符合资本主义的生产要求呢？这真的是个难题，而且有愈来愈难的趋向，不只是因为再没有一整块一整块的新读者可开发而已，还有，人心缓缓变了，人和书的关系变了，其间某种荣光不再——相当相当漫长一段时日，这个问题被隐藏于，也相当程度消解于进步的耀眼荣光里，如某种庇荫。人置身在进步的浪潮之中，会生出对未来、对未知、对不可企及事物的极大善意，也往往乐于尝试，因此，读者的大量增加，不会只限定于热度较高的小册子和大连续剧小说，有一定比例会"溢"出来，旁及各种书包括那些他们其实不愿读、不能读的书，我称之为"尝试的"和"错误的"这两组读者。但博尔赫斯讲得很对，所有的诡计最终都会被揭穿，进步的源源荣光还是用得完，在此一进步意识不断被怀疑、已成强弩之末的今天，阅读的真相毕露，那些带尝试善念而来的读者或会弄假成真留下一小部分，但更多的，以及那些纯粹误解的则只会恍然离开，随风来随风去。

只是，这样并非绕一圈回到原点，因为没有原点了，永远不可能再发生那种五百本书就撼动一整个世界的事，新的规格、新的计量接管了世界——进步是美好的，但对某些书来说，回想这一场，却比较像是上了贼船。

于是，今天的书写者总是得多做点事，或委屈或欣然，随人不同心性而定——书写不再只是书写者一个人的沉静工作，像朱天心所说

"作者好好写，读者好好读"那样极可能不够了（但这仍是最恰当的，我们仍该当它是一个理想）。这里比较尴尬的是，由于这"额外"的纯粹数量补充基本上是面向着尝试性的读者和错误的读者，这一定相当程度扞格于书写者本心、扞格于书的真正可能内容，所以很多真话不好说了，或至少只能轻轻地、含混地说，往往还得把最重要但可能最不安全最冒犯人那部分话语藏起来（这两种话语重叠性之高非常惊人而无奈），免得第一时间吓走他们，同时，书写者也得学会书写之外的其他种种本事，乞援于其他行业的专业技艺（表演业、政治业、公关业、广告业……），让自己更多知多能。

也就是，书写不再是倾尽所有竭尽全力，而是控制力道。

滴水穿石的，我们很可能慢慢淡忘了，乃至于抽走内容地改变了这个书写者最本命的、反求诸己的寻求和询问——书找寻它的读者，找寻的方式原是遴选和认出，每一本书仿佛都有它独特的音频，只有同类、只有某些人接听得到，如同我们稍前所说的"在人心和人心之间热烈传递"，如同月光下海面上浮起的鲸鱼用歌声召唤它的同类；读者原是非常珍贵的，甚至是难得的，用较浪漫的话来说是，这是和你一样心怀同一个问题，看向同一个世界、聆听同一种声音，并做同一种梦的人，这部分，也许你的家人、你三天两头相处交谈的所谓亲友都不见得能够，所以小说家阿城讲，他是写给那几个"远方厉害的朋友"看的。

然后，一本书究竟需要多少个读者？或者说，剩下多少个这样的读者你仍愿意写？而且有责任有义务得写？

有点像是《旧约》日子里的耶和华，这世界、这城还剩多少个义人的下限就可以不击毁它。

一八三五年《民主在美国》的这桩迢迢往事，让我又想起来这些，复原了这个必要询问，还附带给了我喜爱的堪称振奋的回答——果然，纯就内容和阅读而言，一本书有五百个读者就很够了、太多了，乃至于震动天地海岳。

好像，就连那些"不断在人心和人心之间热烈传递的东西"都跟着想起来了，看得见了，变得可相信——曾经，这对书写者而言只是个基本事实，但这两百年来它不断被稀释，被闯进来的人群冲散，被生产线的噪声、被种种叫卖拉客的噪声给盖住，以至于我们时不时会怀疑它不再了、不这么来了。而这又实际地关乎书写能否、应否继续。

相信这都还在，对我个人非常非常重要，是吧，否则就连号称万能的神、连耶和华都受不了，要宣告失败放弃了。书写只能就此停止，就连书写者满心不舍不放都没办法，如果他意识到所有可能性已丧失，如果他彻底地不能再相信世界，如果不值得了，如果就连五个十个义人都找不出来。

我自己的状况呢？就实际行销数字而言，台湾已微不足道了（以至于有位极没品的书写同业不忘出言讥讽，言下之意是，该自己识趣不要写）；在大陆则堪堪还能以一万册为基底（总算暂时不必让出版社朋友老以做善事的方式狼狈工作）。而真正的、符合我并不严谨也不苛刻标准的读者呢？我猜，极乐观宽松地猜想，一百个吧。

其实相当不少（耶和华都只敢奢望十个），也值得认真再写——至于不达生产条件这个麻烦，事情有轻重先后，有绝不可让步的和可以想办法的，我们这里先确认书写还值得，再慢慢来想如何让它可以成立，不管是有效解决，还仅仅只是个缓兵之计。

2. 第二次庆祝无意义，一本八十几岁的小说

这几年，希望只是日本人的一厢情愿、只是我们人在亚洲的一个错觉——每年诺贝尔文学奖公布前夕，焦点总是村上春树这回得不得奖。二〇一六，这样是该开心还是沮丧，颁给了歌手鲍勃·迪伦，有着正统文学书写已一空之感，说真的，我还算喜欢、敬重鲍勃·迪伦，很不想因为这个不恰当的赠奖让我非得说些反对他的话不可。也许，这已是当前世界的一个通则了，我们不是满心兴奋地要谁，而是满怀敌意地不要谁，投票选总统选市长，只能投给第二不堪、讨厌的人来防堵（所以往往连不投票的自由都没了）。

不是还有个昆德拉吗？诺贝尔奖是活人的奖，而昆德拉确确实实也还活着。

不要昆德拉，也一直没要乔伊斯、普鲁斯特、格林、博尔赫斯、卡尔维诺和纳博科夫，神准到仿佛一再故意躲开来，这么多年，这很难再用失误走眼来解释了，所以里面必定有某些很稳定很确实如此的东西——纯粹从文学自身来看，诺贝尔奖当然一直是保守的，乃至于

平庸的，仍服膺着某种集体逻辑（从外部作业到内在心理、思维），基本上，较合适它的是那些不错的二级作品和书写者，它不太敢要、甚至畏惧那些一下子超过太多走得太远的东西，那些太过复杂以至于无法顺利安装回当前人类世界的东西，那些难以在第一时间就获得至少某一种"政治正确"名目的异心东西。只是，这个保守往往被它另一种选择给遮挡住了，那就是诺贝尔奖委员会，而且经常地赠予那些或激烈挞伐某个世俗权势、或不公平承受着某种苦难、或山中无日月地安静书写于某世界边缘（小国、小乡、小镇，或主流思维的远方）仿佛不思世俗眷顾的作品，然而，不从浅薄的世界权势而是从更宽广的人类真相来看，这当然都是些"更正确"的东西（有比直接背反如同和世俗权势对峙更明白无误的道德正确吗？），这样的书写在世俗权势世界里也许（只是也许，看地区看情形看书写者的聪明程度）是危险的或寂寥冷清的，但在文学里更多时候这是很安全而且容易的，甚至就在正中心，它们被道德很温馨地一整个包裹起来，在道德大地的松软沃土上愉悦生长，而且很快长起来。事实上，如今已进展到人工栽植了，已经可以是一种书写策略了（需要列一张名单吗？）

诺贝尔文学奖注意到"英勇"这个成分，唯不包含文学书写核心处的英勇，它总是往外找，最常在政治领域中找到。

真正的文学书写及其英勇，博尔赫斯曾这么讲："我不是一贯正确的，也没有这个习惯。"如此，我们或许就多听懂了这话的其中一层深刻意思了——文学当然有它自己的目标及其关怀，独特的、延续的、专注的，也是它擅长的，有它源远流长一直在想在处理的东西，不会和现实世界一致，否则文学干吗存在呢？通过文学所获取的最珍贵东西，如昆德拉强调的，是只有文学才能获取的东西，因此不会只单调地和现实世界、和集体背反而已（背反通常只是同一目标的两种截然不同选择而已),更多时候是岔生的,四面八方飞出去。

所以,昆德拉本人(还)在意诺贝尔文学奖吗?我不知道但猜想这只是他多少得忍受的骚扰,一年忍耐一次(颁奖前后总有好事的人和不平的人如我们这样;之前,格林总共忍受了二十几次),但小说本身看起来完全不在意——在意的、如排队等着领圣餐的小说绝不会长《庆祝无意义》这样子,我们谁都知道昆德拉更加知道。它会很厚,题材看起来很大或至少以某种虚张声势的框架和语调来写,像猫威吓对手(评审、评论家、读者以及同业)会所谓"宽边作用"地横身过来让自己看起来更大;它会积极地表现出"创新",以各种敲门但并非必要的,甚至有碍作品的技艺演出或题材选择方式(比方不惜选择自己其实不关心不熟知的题目),好让作品拼图般横向展开看起来覆盖面很大。书写者也得更富格局,它甚至会不太像是一个人的作品,而是一大群人、一个民族乃至于一整个时代的集体声音,并依此进行现实动员(评论界、文学界乃至于国家,作为一种仿佛可均沾的共同荣光),这些都是我们已一再看到的事实如此。

昆德拉的书写是直向而去的,头也不回,这一指向愈来愈清晰——不自这部《庆祝无意义》始(中文版字大行稀只一百三十页,估算不到四万字),昆德拉这么写已多年了,小说愈前行愈集中、专注如一束光,除了持续想下去不再携带(或说一路卸下)额外加挂的其他目标,小说仿佛逐渐成为书写者身体的一部分,只讲自己必须讲的话,唯不只是结语,没得出结语也一样得讲出来,包括并不怕显露失败但或许更重要的矛盾、困惑不解及其试探,从这里得到一种不断返回核心、一种近乎绝对性的精准(以及一种事物更精致移动、晃动的朦胧)。但从另一面说,这可不是书写者放纵的一人喃喃自语,这是一部部确确实实的作品,作品于昆德拉来说是这样:"所谓的'作品'并非指一个作家写出来的一切东西,连书信、笔记、日记都涵盖进去。作品只指'在美学的目的中,一长段时间工作可获致的成就'。我还要更深入地说:'作品'就是做总结的时刻来临时,小说家同意拿出来的东西……每个小说家都应该从自身开始,摒弃次要的东西,时常督促自己、提醒别人什么是'实质核心的伦理'。"

这本四万字不到的小说于是牵动着太多,像生长在"路的末端",根已伸得太长太深。往往,小说中的两句对话,或一小段描述,我们仔细看,其实都不是现在才说的,要真的掌握它们得寻回昆德拉一整沓之前的作品才行,包括小说和论述(如《小说的艺术》《帷幕》《相遇》等),它们只是上一本书到这本书这段时间里又获致的成果,是上一本书结束之后的再次追问。但这样写好吗?我以为这对那些仍相信小说认识、认知意义的读者是很珍贵的,他由此更抓得住一些隐藏的,或至少难以确认的思维线索,得到了亲切的引领如但丁如此感激维吉尔的带路和解说,比较知道怎么正确地,或说放心地(放心带来专注)读和想;但对于必须为他这部新小说写篇文章的人则显然不太好,不知道该怎么切断话题的绵延不绝,回溯不了恰当的起点,说昆德拉的这一本书,却不断变成说他一生的全部书写和思索。

哲学家阿甘本用一整本书(《剩余的时间》),来谈《圣经·罗马人书》这篇使徒保罗陷入他最深沉思、几乎是往后千年哲学思维起点(奥古斯丁、康德……)的文献,而他只讨论了第一句:耶稣基督的仆人保罗奉召为使徒。看来,我们这里一个章节大概只允许来说前五个字吧:庆祝无意义。还只能省略地、武断地来讲,武断是语言文字的局限使然,当然不是我的原意。

第二次无意义,第二次还庆祝吗?

庆祝无意义,这话也不是现在才说的,这个带着狂欢意味的五个字，我们会回想到拉伯雷和他淋漓酣畅到届临口不择言的《巨人传》，但更确认的无意义宣告是乔伊斯百年前的《尤利西斯》，这部百万言小说像是一个总的、最后的证明，以及自此定谳——这全是昆德拉最熟悉最爱讲的。人不会死得更死，世界不会没意义得更没意义，"一再重复真没面子"，昆德拉曾含笑这么说文学书写的必须持续向前，所以呢？他是担心人们没读或不再读《巨人传》和《尤利西斯》（这倒是真的），还是认为人们仍不够相信无意义这事加补一刀？

我们只能最简单地来说。根本上，第一次的无意义宣告，是在一个意义实在太多了、遍地是意义挡着人还不断命令人的世界说出的（十六世纪，神无所不在的中世纪），这几乎就是人重获自由的宣告，这样的自由，尤其一开始，的确是亮堂堂的，也是乐呵呵的，人取回了自己，还夺回了一整个世界，万事万事（又）悬而未决但很兴奋的、充满无限可能，人有太多事可马上去做，特别是那些想了好久向往了好久的（比方雅典人曾做过的，以及曾起了头的），世界可以放心拆掉再更好地建构起来，而且可以依自己的意志自己的喜好，人跟人、人跟万物的关系也可代以某种更亲切也更健康的联系云云；换句话说，这是"暂时"无意义，清空那些强加的意义好匀出空间匀出世界，无不是虚无，毋庸更接近是容器。而这一回的无意义宣告，却是在一个意义已太少太稀薄、还骨牌也似一路倾颓过去的不一样世界里说的，人已不劳动手，因此也就不存在"清理"这回事，大致上，乔伊斯是这前后两次宣告的折返点、雅努斯两面门神，又历经百年时间的历历在目验证，因此说是宣告（宣告通常是行动开始的枪响声音，但已没有行动了，不需要了也不存在了），不如说是一种描述乃至于一个大势已然如此的历史断言（不是那种恐吓预言，只是直言说出接下来会发生的事如我们说明天会转凉）。这里，依然是自由没错，每去除意义的命令一分人就多得到一分自由,也仍然给了轻快愉悦之感(意义总是带重量的),但怎么说?自由这东西似乎一整个地、每一面地逐渐显露出来了,有点叶公好龙的意味,这百年时间里,通过各种专业各种路径各个视角以及人的一次次生活实际结果及其贴身感受,我们看见了自由的正面,也看到了它的背面,看到了光和轻盈,也看到了阴影和沉重(或说一种人没料想到的、难以承受的轻盈),以及随之而来人的重复、疲惫、厌烦和无处驻足;是的,你非自由不可了,意义不再,没得选择了。我们总是一再察觉到自己身在这样的诡异处境里面,那就是自由已太多,却又不完整,真正需要它时不够还加上无用。之前,昆德拉在讨论卡夫卡(写出一个全无意义可能的迷宫世界)时这么讲:"'自由'的概念:没有任何机关单位禁止土地测量员K去做自己想做的事,可是话说回来,就算掌握全盘自由,他又真正能做什么?一个公民尽管享有各式权利,但他能够改变切身环境吗?他能阻止人家在他楼下兴建停车场,不准人家在他窗前装置刺耳的扩音器吗?他的自由不可限量,但也无计可施。"

所有人的完整自由,这是一个悖论。

昆德拉这段话,或许我们也能这么来讲——人终究(而且很快地)会碰到那些几乎不可能,以及完全不可能拆除的东西,不仅仅是停车场和扩音器而已(或说就连停车场和扩音器都拆不了还谈什么);我们能去除的只是人曾经赋予它、披它上面如一件华美外衣的意义(至善、进步……),回收它并表示轻蔑。卡夫卡的K所面对的,如果指的是某种具体的、人所建构的,但已仿佛自己会生长且愈来愈巨大的社会化官僚化迷宫体系,理论上我们也能一并推倒它但实际上几乎不可能,或说我们已错过了可能的时机了(无政府已几乎确定是人一个远逝的、不会再回来的大梦);如果是人生命本身、人包含着物理性存有的一个准确隐喻，那直接就是不可能如我们无法取消衰老和死亡，根本上，人是给定的一个自由生命（这听起来依然像个悖论，但却极真实）。去除其意义非常简单，只需一个决定一次宣告，伸手揭开它一样，但这些几乎，以及完全不可能拆除的东西，会以一种更确实也更森严、棱角尖利的毫无弹性样子直逼到我们面前来，这样，我们就知道了，意义，包括那些虚假的、想象的、疏漏的、矛盾说不通的，其实也还都是一种必要的解释、隔离和安慰，就像人用神话宗教来处理死亡这一狞恶却又完全无法躲闪的东西。我们看穿它，就得忍受它，这是人诚实英勇的代价及其赌注。

还有，意义消亡，而且是第二次这种已彻底看穿的消亡，还会有很多如昆德拉所说"自己想做的事"吗？其数量如何？是增是减？——一般而言，意义和行动是紧密相连的，意义消失，行动会往下降一阶，成为只是活动，再往下降就只能称之为运动了，像我们说分子电子的运动那样（也就是毫无自由意志的，但不察觉地顺从某个力量）。昆德拉之前也这么质问过："如何区分行动和惯常性的重复行为？"

时间流逝里，一个缓缓只剩活动和运动的静止下来的世界，一个昆德拉所说只剩"絮絮叨叨"的最驯服世界，隐隐地指向某种原始。

《庆祝无意义》书里基本只有四个人，都有点面目模糊，大致上，也依年龄序（年龄对昆德拉非常非常重要，以为这决定了人的位置和因此所看到的世界模样，之前他称之为观察站，这次他用的则是天文台，是的，不同年纪连看到的自然界星云都不是同一张图），凯列班最小，算是演员；夏尔玩剧场，自己编剧或仅仅止于白日梦；阿兰算是或曾经是诗人，现实里大概是某种文字工作者；拉蒙最老也最模糊，他似乎读更多书而且有着某种文学的、知识的家世，衔接着某个消逝时光消逝年代，还记得最多事情和人名，但已是个退休、逛公园的人。昆德拉给了我们这样一张年深日久、仿佛淡去了的四人合照,但我们依稀认得出来,这曾经是戏剧、诗歌、文学和知识,其顺序也许还线性地、垂直性地说出它们的时间处境及其消长。有趣(或心有不甘)的是,昆德拉让时间在阿兰和拉蒙之间打了个弯折,书中最严厉最强硬的话反而多由拉蒙这最老的一个讲出来如触底反弹,昆德拉不让拉蒙是那种我们这一时代快速繁衍到已成应然的驯服老人,相较于阿兰的宛如提前进入老年、事事道歉、一律用道歉来替代是非对错争议(如今我们要老人做的就是不断道歉);或说时间不是弯折而是更加速,如今的老人已下修到阿兰这年纪,阿兰才是真正的老人,呼应着半世纪前那句历史名言:"绝对绝对不要相信三十岁以上的人。"拉蒙因此被推落成只是个死人,如卡尔维诺所说"满怀怨气的死人",拉蒙说的是遗言,汉娜·阿伦特所说那种伴随着某一消逝时代的遗言。

有这一段,是阿兰独坐于他的工作室,那个用博斯·高更(谁啊?)的复制画海报隔成的一人私密空间,他当时心情其实蛮好的。似乎,历史不朽(我们曾以为如此)名画已成为立入禁止、有效吓退众人和世界的东西,类似于通了电的铁丝或某些猥亵危险肮脏的字眼符号,或仅仅只是告诉你这里面很沉闷很无聊不好玩而已。"他一直有个模模糊糊的想法,若早生六十年,他会是个艺术家。这个想法确实是模模糊糊,因为他不知道艺术家这个词在今天是指什么。一位改行当了玻璃工的画家?一位诗人?诗人还存在吗?最近几星期令他高兴的是参加了夏尔的幻想剧,他的木偶剧,这个正因为没意思而令他迷惑的没意思的事……由于对诗怀有一种谦卑的尊重,他发誓再也不写一句诗了。"

这是什么?这也不是现在才说的,长期以来,昆德拉一直在讲小说乃至于文学的极限及其最后模样,但逐渐地,转成为在现实(必然提前）终结的思索，他几乎是确定了，时间就是现在，我们已站在一个没小说、没文学、没艺术的时刻；也就是说，小说文学艺术并没用尽它的全部可能，只是人们先不需要它、忘记它了。唯一和之前不同的是，昆德拉似乎把死亡时间的鉴识又提前了不是吗？还不是现在，是六十年前，算起来大约二十世纪五六十年代之交，以法国来说，还在六八学运之前。

回想起来，人的第一次无意义宣告不真的是意义的完整思索及其破毁，这第二次才是。第一次针对的只是神，以及类似神的东西、神衍生出来的东西，人不要它强加我们身上的种种，甚至，连反对、不要都是可疑的，拉伯雷书写当时（十六世纪前段），极可能是人类书写最"淫荡"的时刻，而且往往出自虔信者甚至神职者之手，这和他们仍过着某种圣洁的、有德的、充满正面意义的生活并不感矛盾，实际上，这正是一直以来"民间"的生活方式，人一边咒骂、嘲笑神父修士修女（留下来最多精彩淋漓的笑话），一边虔敬地上教堂并聆听、奉行教谕，此后（又三百年后）我们在果戈理小说看到的东正教世界也依然如此。也就是，这种反抗，可以只是一种节日（假日，假日的设置源远流长），一种在意义过度充塞的日复一日生活里的必要呼吸，而且，极重要的而且，这是被允许的，累你六天，放一天假，再回头累你（变得比较甘愿）六天，大致是这样，我们得注意到其深处隐藏着的保守、至少没走太远的此一内核。

不要神（以及自然法云云）显示的、给予的意义，人就得自己来。这里有个关键性的认知转移，意义不再先存在于自然界如某种矿石（大自然是无意义乃至于无序的，如晚年的列维-斯特劳斯讲的，"无序"统治着一切，伴随着这样逐渐成形的怀疑），意义是人的世界才有、才需要的东西；用来建构意义的"材料"不再是自然物以及其他物种（其他物种只能提供某些纯美学的寓意），就只是人自身，人特殊的存有，人独有的死亡／生命意识，人的时间知觉，人和人的往复联系所搭起的网络，人的工作创造成果云云。也因此，这第二次的无意义宣告，就不仅仅是人进一步的解放、人从自身建构的世界再脱逃出来而已，这另一面来说是人的自省，人察觉到自己的失败，人撤回相关的行动，昆德拉所说人（欧洲人）赌在自己身上一个为期几百年特殊之梦的宣告终结，看似欢快如昔却颇清楚也夹杂了对人自身深深的失望及沮丧不已，我们甚至有充分感觉可如此怀疑，这一次的欢快还是真的吗？不会只是虚张声势地用以自嘲吗？

人成为立法者，意义的重新获取并不难（更多时候只是拿掉神，同样的话还原为由人自己说出来而已），难的是人如何再相信它。最简单来说，神的退出，留下了一个难以弥补的关键空白，意义始终找不到一个足够坚实的起点（或说人把无法建立的、从无到有的意义起点赖给神这一诡计被自己拆穿了），一个必要的第一因，也可以说是意义外部的、可以撑起撑住意义不坠的阿基米德支点。人对意义的坚持和辩护于是很难脱离某种原地打转的循环论证，更难稍长时间抵挡住相对主义的攻击，还抵挡不住人种种不诚实、别具用心的攻击。当意义缺乏足够的应然成分，失去了普遍有效的命令力量（对自己、对他者），它仍是意义吗？它人言人殊，很难不缩回成为个体之人某个难以言喻的也难以及远的特殊体认，某些晶莹的、闪着微光但很快复归消失的东西（在乔伊斯的《尤利西斯》里我们已看到过一堆），连记住它都很困难。时间不够，没有指称，从而也负载不起任何希望，只是偶然飘下来的一根美丽羽毛，并不是降临一个天使。人要相信它不想再漂流，像帕斯卡讲的，于是人一生总要"赌一下自己的迷信"；或马克斯·韦伯，不管是神是魔，你总得认一个，并专心侍奉，事情往往就会到这样。只是，这绕一圈不是又回去神那里了吗？

又回头找神？这真没面子。

人是立法者，哲学家们如康德这么宣称，这其实是相当深刻的话语，不应该因为日后太多人只说它不想它而变得简单浅薄（不就善尽公民职责地投票选立法委员、国会议员吗？），但这里我们仍最笨地来问，这是指一个人、一些人，还是全部人？——从个体的人到集体的人有一道（或该说不止一道）可惧的鸿沟，人在纯净的逻辑思索里这很容易飞过去略过去，概念是没实体没阻力的，然而一旦一样一样化为（还原为）每天的具体工作，人便发现自己和它的大小比例关系、力气比例关系完全变了，人每一次都发现自己被挡下来，从个人到集体，也许人还是不难泅泳过去，但前提是你携带不了什么，太多东西你只能留在此岸，而且每前行一步就得再减重再丢弃，最终，当你剥落到和所有人一样、只原子般顺利进入到群体之中，这样还有"意义"吗，除了安全、舒适、人不再孑然孤独这一层其实很诱人的意义之外？

我大学毕业捐给台湾那两年当的是陆军，当时谁都艳羡有人抽到空军，但陆军内部流传一种催眠性的说法，是颠扑不破的道理，只是一直被用来自我安慰——空军可以飞越打击，但真正要占领某一地，仍需要陆军确确实实的抵达，陆军推进到哪里，哪里才算数云云。话是没错，但要不要一并也说，所以累死、战死的绝大比例是陆军，人类历史、人类文学所记录描述的最惨烈战争景况，不成比例地说的是陆军不是吗？

最终，我们来谈这个，这其实是我自己作为读者和昆德拉之间的多年"公案"——性是答案吗？昆德拉一直认为可能是，至少寄予希望，我则不以为然。

《庆祝无意义》开始于阿兰对巴黎满街少女露着的肚脐凝视并陷入沉思，结论延迟到一百二十页之后才完整说出，大致是，女性身体的性感部分一直是大腿、胸和臀，最近这十几年得再加上肚脐，但不一样的是，"大腿、乳房、臀部在每个女人身上都有不同的形状。这三块黄金地段不但令人兴奋，也同时表示一个女人的个别性。你爱的那个人的臀部你不可能弄错。你爱的那个臀部，你在几百个臀部中间一眼就能认出，但你不可能根据肚脐去识别你爱的那个女人，所有的肚脐都是相似的。"

物理上是不是真这样再说。这里，阿兰要讲的是，肚脐没个别性，它不回头联系、不说出有这肚脐的女人其他事情，它只讲一事，那就是以脐相连的胎儿，也就是回返并限缩为原始的、纯生物性的生殖繁衍。阿兰于是如此结论："爱情以前是个人的节日，是不可模仿的节日，其光荣在于唯一性，不接受任何重复性。但是肚脐对重复性不但不抵抗，而且还号召去重复！在这个千禧年里，我们将在肚脐的标志下生活。在这个标志下，我们大家一个个都是性的士兵，用同样的目光盯着的不是所处的女人，而是肚皮中央的同一个小圆孔，它代表了一切情色欲念的唯一意义、唯一目标、唯一未来。"

终于。

这里，我觉得还是多少得提一下，不是找昆德拉的碴儿，更没反对他，事实上，我们这是加强他的论证——我们当然不必夸张地如此说，人的肚脐就跟雪花一样没两片是完全相同，但昆德拉真的相信可从大腿胸臀辨识出你所爱的那个独一无二的女人（男人）吗？就在我们谈话的此时此刻，通过化妆、塑身以及种种不可思议的努力，最终极当然是直接动刀整形，如今人的大腿胸臀的光荣已是同一性而非唯一性了，正大声地号召重复包括铺天盖地的广告。事实上不只大腿胸臀（阿加莎便不认为这有足够差异可言，这只是 body，肉体抑或尸体，都一样，见她《艳阳下的谋杀案》），还包括原来最明显，除了同卵孪生子我们不相信会误认的人的容貌五官。容貌极快速而且堂皇地趋同，从街头，到脸书自拍，到比方大韩民国小姐的选美大会（我相信很多人看到过那一惊人一幕，见了鬼一样），它一样不再回头联系、不说出有这容貌的女人（男人）其他事情了，它只讲出一事，那就是比方韩国首尔哪个技艺高超、得排队的整形名医。

一直以来，性爱在昆德拉的小说里非常醒目，而且总是置放在某种关键时刻关键位置，超越了寻常的放浪和抚慰，堪堪接近于某种"答案"，仅有的答案、唯一还确确实实存在的物理性温情（尽管也感觉温度不足，怅然若失）、人还存在的最后感知，就像他不止一次说的，人"只剩下身体"。

这和之前休谟的重新寻求、重新全面检查辨识人的感官毕竟很不一样了——同样找寻某个后上帝的、可替代上帝的坚实站立地点，休谟开展也似的观看人的全部感官，昆德拉则是什么也不信任地赌在性爱上。性不像人四面八方打开的感官时接收的、往复的，并持续追踪着外在世界的变化可修改可积累，人因此有更多事可做有更多东西可想，这是一种（一束）太单纯的生物性激情，太强大的本能驱力，它几乎是封闭的，也是吞噬的，只单向地喷出，而且几乎不和其他东西真的化合；它亘古自今没变，早已是完成品，圣贤才智愚庸皆然，只能一直重复，直到力竭或者厌烦（端看哪个先到）。因此，性甚至并不真的需要这个世界，它就是用来夷平世界替代世界的，或者说，它穿行过日后人的世界一如它百万年行于原初的自然世界如同行过旷野；也因此，性是取消意义用的，是一种庆祝无意义的最简单、最可随时随地实践的狂欢，或者说，性的"意义"几近唯一，尤其用之于思索人的世界时，它通常意味着决裂，是对人类世界这趟建构的废弃，折返原始，或说是某种挑衅、某种揭穿、某种激烈的纠正、某种不再商量不留希望的到此为止的宣告，而不是用以持续对话并寻求"解答"。

还有，性的激情其时间极短，也不能长，遂留下长日漫漫的空白时间，驱不走某种荒凉之感——如果性是答案，人的生命形成和构成就得全面配合才行，回到那种只有"永恒当下"的生物时间感，就像我们偶尔（比方看动物科学纪录片时）好奇而且不寒而栗的，这些狮子花豹牛羚河马究竟怎么忍受每一天如滴水如刀割的时间流逝？

就是原始，性是太快速而且几乎拦不住的东西，只这么一个去处，偏偏这是人再不可能回去的地方——可能吗？愿意吗？

但以我对昆德拉脑子和思维习惯的信任，我无法相信他如此赌性爱是直通通的、兴奋的。事实上，我一直读到他的欲言又止话语，其间最清楚的是《缓慢》这部小说的结尾，这里，昆德拉不留余地不抱希望地把世界截开两端，一边是全世界，是"一大群看不见的群众"（"公众的不可见性！而全世界又是什么？这是一种没有脸孔的无限！是一种抽象的东西。"）；另一边，是"没有听众"，昆德拉这么说："没有明天。／没有听众。／求求你，朋友，请你快乐一点，我隐约地感觉到，我们唯一的希望就寄托在你快乐的能力之中。"

意义，说真的，真正发生的地点是公共场域，是在人和人的关系大网络里，它偶尔也会退回到纯个人如私有物私密物，像我们总会这么说。"××事对我个人有特殊的意义"云云，但这比较是带着某种难言复杂心绪的防卫，不想开启一场令人疲惫又状似无望说服的语言争端，我愿意稍退两步但不打算弃守；这也是某种保留，通常是我们意识到外头世界的状况有点不妙，某种敌意或者冷漠总之不是一个好的生长季节，我们（暂时）诉诸一己像是把它化为种子的形态收存着、等待着（等待较对的世界、较对的人），让我们做着的事得以继续，不要求立即可兑现、有成果，大致如此。

　　人的如此书写因何发生，我指的是它的幅度强度稠密度已远远超出纯个人所需，比方早期人们在陶器上做个记号（不必让别人看懂）、或现在人们仍会做的记账写日记云云，只作为人生活记忆的辅助性注记乃至于偶尔心思流动如起风的抒发，人不必这样投注下去大半个人生，人也无须、无从提前做准备（读书、搜寻资料材料、殚精竭虑地想、一一磨利各式书写技艺甚至发明……）。书写远远超出个人的部分是向着外头世界的、意识着别人的，公共的乃至于有着公益成分的。我们察看书写的长段历史的确如此，书写一直用为（试图）改变世界、启蒙人心、传送知识和见识、提供建言、指出某个迫切的或关键性的焦点形成必要的认识对话讨论云云，但在这里，书写过大而松垮的可能目标寻求和书写者总是有限度的能力自省之间，遂常有着某种尴尬、羞惭，尤其对那些较容易脸红、知道书写种种限制、多拿人家一点名利酬报形同窃占的书写者（当然也就是品质较好的书写者），他们宁可把书写这一工作说成只是个人的生命、生活选择不及其他，我写，是因为我想、我快乐（一种较复杂意思和其限定的"快乐"），或如博尔赫斯说的，幸福。

　　好的书写者如此宣称，我以为，这与其说是书写意义的坦白揭示，其实更多的是书写者人格、心性，以及认知程度和其谦逊（对世界、对书写这门行当）的曝现。

　　我个人，比较喜欢这么说的书写者。

　　但如果到了这么一天，世界不再听你讲话了、听不懂你讲的话了（昆德拉早已引述过大画家弗兰西斯·培根的此一感慨之言；依《礼记》，老去的孔子也这么对子贡说），或者更糟一点，书写者开始想这一切不值得了，这样一种世界、这样的人不再值得你这么做。书写截断了通往世界的这条路，书写的意义丧失殆尽，你还要不要写、还能不能写呢？如此，书写下去的理由便限缩到真的只剩这一个了，已无关世界无关他者——只因为书写让我快乐，书写正是我生命的一个幸福形式。

"没有明天。／没有听众。／求求你，朋友，请你快乐一点，我隐约地察觉到，我们唯一的希望就寄托在你快乐的能力之中。"——原来如此。

顺此，我们一样一样在这部《庆祝无意义》中找到，思维持续，只加进了时间加进了年纪，有扬长而去的味道——

像是，那根羽毛和那位天使（夏尔的斯大林荒谬剧本来想以一位天使的降临收场）——这是救赎的依然赐下抑或只是人的叛逃和堕落？而且，都破灭了吗？所有宴会狂欢人们停下来仰头看着的，究竟是信物？是残骸？还是从头到尾就只是一根鸟羽而已？

像是，那个康德所居、被改造世界的红色政权易名加里宁格勒的城市——纪念加里宁这个毫无意义的人。却也因此，这个命名得以不随红色革命的退潮而复归消灭（如列宁格勒又改回来叫圣彼得堡）。是否，没有意义，所以才能没失败、不瓦解破毁？所以长存？

像是，阿兰那位生了他就逃走的母亲，阿兰为她的空白想象各种故事和对话，并由她回溯到第一个母亲，那个唯一没有肚脐却"创造"了所有有肚脐者的女人，无肚脐者是第一因，是神。

以及，这番对眼前世界感觉太凶也太绝望的话，这当然交给满怀怨气的死人拉蒙来说："我们很久以来就明白世界是不可能推翻的，不可能改造的，也是不可能阻挡其不幸进展的，只有一种抵挡：不必认真对待。但是我看到我们的玩笑已失去其能力。你强迫自己说巴基斯坦语寻开心，也是白费，你感到的只是疲劳和厌烦而已。"

至于最暴烈的骂人的话，则通过斯大林——夏尔滑稽剧里的狂人斯大林来说，也许是为了遮掩悲伤，宁可像是疯狂也不愿被看成柔弱："同志们，我用自己的眼睛整天看到的又是什么呢？我看到的是你们，你们！你们还记得那个盥洗室，你们关在里面大吼大叫不同意我的二十四只鹧鸪的故事！我在走廊听你们吼叫感到很有趣，但同时又心想：我浪费了自己全部精力就为了这些傻瓜吗？我是为了他们活着吗？为了这些可怜虫？为了这些极端平庸的白痴？为了这些小便池边的苏格拉底吗？一想到你们我的意志就松懈了、衰退了，一蹶不振了。还有梦想，我们美好的梦想，再也得不到我的意志的支撑，就像一幢大房子断了顶梁柱一样塌毁了。"

以及，清清楚楚的标题："他们个个都在寻求好心情"——再不是以往那种积极的、可联结意义和行动、哲学家（不只边沁）用以加总计算好解释人类行为及其可能的那种"快乐"，就只是不必有头有尾的快乐、无来由也没关系的快乐，一种大而化之的好心情就行。

这样说话的一部小说，以及八十几岁的书写年纪——我们一定会想，昆德拉还会再写下一本小说吗？

《庆祝无意义》，我自己的阅读感觉是，这部小说的狂欢没那么像他喜欢的拉伯雷《巨人传》，更不像他也极喜欢的昔日故国之书《好兵帅克历险记》，而是像《十日谈》——《巨人传》更狂放、欢快，想象力跑得极远；《十日谈》则比较靠近、几乎是紧贴着死亡。

我希望还会有下一本，但谁知道呢？

3. 将愈来愈纯粹

有关文学，我现在换了一个想法——它将愈来愈纯粹，纯粹到逐渐装不下人的其他企图，最终核心也似的只留下文学自己的目标。

如果真这样，其实相当不错。

现在，任谁都能一眼看出文学处境的冷清，而且这还不是静止画面，是一道曲线——一方面，书写本身就愈来愈难，低垂的果子老早被前人摘光，书写只能一直往更高更深更稀处去，这是必然的；另一方面，曾经无所不在而且看似无所不能的文学书写早已不是事实，太多东西已从、正从文学分离出去，尤其是那些比较华美热闹吸引人的东西。今天，专业的问题不必文学回答，远方的新鲜事物不靠文学描绘递送，革命不需文学吹号，好听怡人的故事再不由文学来讲，甚至，人们已普遍不自文学里寻求生命建言，不再寄寓情感心志于文学作品之中，文学早已不是人的生活基本事实。

近年，我不断从好莱坞，从比方日本的影视动漫乃至于流行事物里看见一些很厉害的东西、一些闪闪发光众里藏它不住的东西，我以为我知道这从何而来,某个图像如此清晰无误——这是文学失去的,在曾经有过的某个文学时代,这都是一个一个可以成为一流书写者的人。

文学经济报偿的不断跌落,乃至于像在台湾已不足以成为职业的此一现状,一般会说这是文学如此清冷的原因和其征象,文学无力和其他行业抢人;我的看法稍有不同,我以为声名的快速熄灭或说移转(比方《安娜·卡列尼娜》已远不如《哈利·波特》重要,更远远不及某个踢足球的人、唱歌跳舞的人、在脸书自拍的人重要)才是致命的,是文学光与暗切换的关键那一点。有足够多的历史经验显示,文学书写其实没么怕穷(我们或会想起来福克纳讲的,书写真正必要的不过是"纸和笔,香烟,和一点点波本威士忌"),它较耐不了的是寂寞,让它掷向世界宛如掷入大海只去不回,不被听见,没有回声,不感觉被需要(也记得格林说的吗?被需要的感觉是一种镇静剂而不是兴奋剂),感觉这全部一切从世界到自己如此荒谬,乃至于建立不起持续书写的某个"说话对象"(亚历山大·赫尔岑说:"完全无回应的劳动让人疲惫、厌烦"),这才是文学普遍较软弱乃至于虚荣的一面。

会清冷到大家只离开、不见有人再来吗?有可能,但这我选择相信弗吉尼亚·伍尔夫,有巴斯卡所说"人总要赌一下自己的迷信"那种意味的相信——伍尔夫以为,人会想,会感动,会对美的新奇的事物心悸并难忘,会在比方黄昏时刻身心微妙地起变化,会抬头看满天星斗,会想象还会入梦,等等。这都是人自自然然的,无可遏止也不会消失,就是人自身的一部分;伍尔夫讲,人不是只生活和记账而已。

转个角度说,如果这不真的是人的一部分,只是某种身外的矫饰东西,那文学书写的消失又有什么关系呢?

志业和职业终究是两个东西,志业"幸运地"也成为职业当然有它的好处，这让志业的进行安定、持久、较舒适较容易专心，让它像构筑成那种循环性自生自养的生态平衡小世界一般不必依赖。这里，就不多说成为职业也带来我们熟知的种种盲点、拘限和异化风险（是啊，文学书写就是这么奇怪、别扭、不安分的东西），我们要说的是，安定、持久、专注仍有诸多其他的获取和保有方式，并非只有成为职业一途；安定、持久和专注也从不是文学书写的全部要求全部可能，文学书写也屡屡寻求完全背反于此的东西；甚至说，文学书写还不知餍足地要求比职业性的安定、持久和专注更加安定、持久和专注的可能，以及比职业圈起的自由空间更大幅度的自由、危险和独立。

仔细看，志业和职业侍奉的终究是两个不一样的神，诸神冲突。也因此，不必回想人类历史更长期只有志业不成职业的往昔文学岁月，即使在"职业／志业"最重叠的当代，所有认真的书写者仍清清楚楚地、时时处处地感觉出这两者的难以和解，也一再诉诸抉择，所以，有人松手让自己顺流靠向职业，有人则顽抗地回到更纯粹的文学来。

这半世纪时间，黑人，尤其是领头的美国黑人（正式的语汇是"非裔美国人"），其先天体能和运动能力一再惊动世界，诸多研究领域各自提出他们的专业解释（如肌肉成分、如骨骼构造云云），其中一种说法是演化的，听听无妨——他们注意到黑人长期处于最严酷的、等同于生物性天择的生存处境，尤其黑奴时代，像是从非洲运送到北美大陆这样一趟航程，那是人间炼狱，从食物到疫病，把人暴露在所有可能的死亡锋芒之前。冷血地来说，这已不只是天择，还再加上为时几百年的优生学反复淘汰，只有最强壮、生物条件最顶尖者才活下来。

类似于这样，当然不罪恶不恐怖，我把文学书写的现况想成一趟变形的优生学作业——尽管留下来的不会是最富天赋的人，但可以留下来心志最纯粹、最"不东张西望"（陀思妥耶夫斯基言）的人。

天赋和心志的纯粹专一哪个较重要？我自己不确定，但长期看，我赌后者；至于人数少一点，这应该不是个困扰。

4. 重写的小说

我的老朋友钟晓阳写成了一部奇特的小说叫《哀伤纪》，即便在各种千奇百怪的文学书写里，这部小说仍是很特别的——事情源于有出版社重新出版她一九八六年的《哀歌》一书，所以《哀伤纪》原来只是一篇事隔近三十年的再版序文，但最后终成了一部比《哀歌》还长的小说。

小说为小说作序，用这部小说来说明另一部小说——时间差是二十八年，时间可真是个奇妙的东西，接近无所不能。

我承认，我乍听此事时心里一紧，我当然不是不放心现在的晓阳（相反地，我非常期待她如何回望这一场、这一特别的爱情），我只是单纯地怕她"改写"，从而让《哀歌》降为只是某种原稿被书写者本人抛弃，我非常非常喜欢《哀歌》，这三十年如一日，我以为损失不起。

这是真的可能发生的，愈负责任的书写者概率愈大，或说是那种负责的、保有记忆的书写者才会犯的"错误"——这里，书写者和读者是不一致的，他们眼睛里的刻度不同。书写者忍不住会钻牛角尖，明明也知道这是牛角尖。作品是他写的，即便书写是满意的，甚至书写当时有宛如神助之感，但书写者对自己作品仍难有那种读者才有的惊若天人、字字句句都像天外飞来的晕眩感幸福感（"他到底是怎么想到的？"），相反地，书写者会记挂作品中的某处失败失误、某个黑点，挥之不去如梦魇，严重起来像自己曾做出某种伤天害理的败德之事一心想补救（或遗忘，连同一整本作品，仿佛这是有裂痕有瑕疵的NG品），而所谓黑点，可能只是一句没说好没说准的话，可能只是一个数字或年份记错了，甚至就只是笔误乃至于不干他事的打字校对失误，也可能是事隔几年书写者于此有更周全的相关知识和理解遂察觉到原作品的某一空白和其鲁莽，等等等等。这些，其实是"破坏"不了作品的，对读者而言（除非是那种检查、一心只想误解的读者，那种读者界的奥客），都只是拦路羊而不是拦路虎，他一脚就跨过去了什么也不会发生；不管阅读时察不察觉，读者的目光和心思集中于整体，尤其是那些熠熠发光的地方，他愈掌握好作品本身并抓住那一道思维细线（得之不易，你不会想松手分神的），便愈有能力自行校正补满，字错了数字参差了自己把它改过来不就好了？我作为读者的经验是（尤其天天读翻译作品），我若无聊到在意这些，那什么书都不必读了，尤其那些最英勇、最惊心动魄前行的作品（可想而知开拓最容易犯错）；我此时此刻是享受的读者，不是出版社领钱的校对员。

所以，在真正的书写／阅读世界里，读者喜爱一本书的程度总是超过书写者本人的，这是通则——除非是那种极度自恋的书写者，而如此自恋的作者又是不容易写好作品的，他自我喧嚣，听不见昆德拉所说各种细微的事物声音。

还好还好，晓阳做了这件我始料未及（或没敢奢望）的好事情——她没在《哀歌》上拆解修改,她整个退回去,回去最原初的记忆始点,重走,重看,重写;出版社也极正确把这两部作品并举,合为《哀伤纪》一书,买一送一。这很熟悉不是吗?这像是博尔赫斯那个动人想法的一次彻底实践,让年轻的和老去的自己相遇并交谈,三十年前和三十年后的自己相遇在这趟感情的路途里,看同一个东西。

回来说《哀歌》,我居然有一点点激动。

我猜,除了晓阳自己,我可能是第一个读《哀歌》的人。那一年,晓阳人在美国读书,我已结了婚,儿子谢海盟年初出生,并接下"三三书坊"的编辑工作。我读的《哀歌》还是手稿,也记得晓阳的字躺在微微透光稿纸上的模样,一切安安静静,但小说却是惊心动魄的,小说望海书写,文字如绵延不停歇的海浪一波又一波,可又天地高远洁净。在那个情感占生命中最沉重分量的年轻时候,我当时想,如何能把一种感情写成这样?我当时最接近的阅读经验是读《楚辞》里的屈原。稍后,我负责编辑成书,并设计封面。

《哀歌》是几近完美的作品,今天事隔三十年我以必然更严苛更多疑的眼睛重读它,也仍完美无从修改。《哀歌》"正正好",是一个二十四岁书写者能写,而且把她全部所有恰恰好用到极限的神样作品。

《哀歌》是小说,但我们看到的却是"赋",屈原宋玉那时那样情感那样书写 2.0 版——《哀歌》的文字完全是诗的,包括最简明的白话乃至于小说中也出现的人物对话,都在这样的情感里统一起来,融化开来,都自自然然地回头成为诗,无一物一字浪费。

我们读到的《哀歌》正是这样,它是一次竭尽所能的询问,问情是何物,连续不绝如海浪的文字进行其实就只是书写者(询问者)的专注乃至于执迷向前,眼前的世界一分一寸打开,举凡能得到的知识、传闻、神话乃至于只字片语,有根据没根据的,都不再是事不关己的异物，而是被赋予希望的可能线索可能解答可能启示，皆得深深记住它。这样的旅程，如屈原，最终一定会上达神前，我们想望中最后一处有全部答案的地方。《哀歌》的开头（其实是已达旅程尽头的回望）和结束之处，说的正是这样神也似的、终于一切可明明白白讲出来的允诺话语，包括可以和不可以的，是情感的神谕。

原来是我们忘了，或正确说是不清了，人的情感可以好到这样，你非得相信才能到这样。

这回再写的《哀伤纪》，则是朱天心先我一步看了，我问她如何（她的直观一直是我信任的，经常帮我开路），朱天心讲，晓阳那黄金也似的东西依然还在，真不容易，整整二十八年以后。

《哀伤纪》改一条路，走的是你我都在、挤满了人的人生现实之路，也是这之后二十八年在《哀歌》原小说中可终止不管，但人活着就还继续进行的路，我自己试这么想，晓阳答应重新出版《哀歌》，也许还有点难以说清的不好意思，察觉这仍留有个疑问，像是——这样纯净的少年情感，不保护不紧紧攫住，放由它穿越过每一天的人生现实，穿越过据说什么都流逝的时间，它会是什么模样？还在吗？还成立吗？

二十八年后，《哀伤纪》等于是把完好的《哀歌》重新抛掷到人生现实里，像是进行或揭示一个更严酷的试炼。《哀伤纪》，从原来只是一篇说明《哀歌》的短序，到最终成为一部五万字以上的彻底小说，于是是一趟负责任的书写，为自己爱过的、信过的、做过的（但隐约不放心的）负责，不管人们是否还记得还在意；这于是也是一本很勇敢的书，我指的不是晓阳写它而已，更重要的是它的内容和结果，不论如何，记忆的宁静总是会被打破，记忆重新装填内容，总有某些不容易收拢好、杂音杂语杂物般会四面飞出的东西。

《哀伤纪》，这很容易看错，顺从一种流俗成见，以为是晓阳人到中年，正从时间大河上岸，回头对自己半生情感的悠悠翻阅和伤逝，由此得到某种制式的人生彻悟及一堆"智慧"话语，晓阳谦和不辩争的、柔美的文字印象更容易加深误解（但你没注意到《哀伤纪》的文字有着她不寻常的速度和急切感，以及某种棱角裂纹吗？）。我得说，我读到的以及我认识的钟晓阳从不是如此，小说中的金洁儿也不是如此，她们都是认真到难以跟世界和解的人，她们的困难不真的来自生命际遇（这她们能忍能舍，往往比寻常人能忍能舍），毋宁是某种怀璧其罪，身体里多了某个和世界并不很相容的东西，也从不打算放弃好让自己舒适怡然，即便年纪渐渐大了，用的保卫它的体力和精神必然缓缓流失。我宁可说，《哀伤纪》（最终）是一本言老之书，从"歌"到"纪"，时间的痕迹累累，但并没要改变自己，或者说再穿越过这二十八年人生现实，情感所面对的，也从《哀歌》那样诗化的人还原为《哀伤纪》里实体的、会一一磨损的人（星光、占、蒋明经……），仍"欣慰地"证实它依然堪称完好，它还成立，仍可以而且值得性命相待。小说中，金洁儿直直地讲，"二十年没多长，不够我们脱胎换骨，只够我们世故些、困顿些、幻灭些"。这是不容易错过但非常非常容易读错的一句话，重要的是前半句的来不及脱胎换骨，加了后半句，只是很礼貌拒绝我们的劝告，她执意如此。而更清楚不过的是，晓阳说了劳伦斯·霍普这位奇异的女诗人，《哀伤纪》以她开头并以她结束，抄录她的生平和她那首诗《柚树林》作为全书收尾，并定义哀伤。这也是个不寻常的小说书写方式，故事不在结束时散开归位，而是凝向一点，如同宣告，一个决志而行，晓阳告诉我们，霍普的丈夫是大她整整二十二岁的军人，从年纪到生命气质，这是人们不容易相信、放心的情感，人们以为这不成立，但却完完全全是真的（以至于几乎所有人都偷偷在猜霍普那些热情的诗究竟写给谁）；霍普只活三十九岁，那一年八月她丈夫病逝，十月她喝氯化汞追随他而去。

从《哀歌》到《哀伤纪》，晓阳（或金洁儿）没退回半步，事实上，她应该还默默做了个新的决定。

为什么哀伤？哪来的哀伤？我们会说时间的本质本来就是哀伤的，光阴在我们珍视的东西流逝时流走。前天晚上我读巴尔扎克，看到这么几句，大意是——我们最自然的情感以及我们最炙热的希望，总是遭到社会法则意想不到的反对，哀伤来自我们想起来自己曾犯下那些最可原谅的错误，那些我们甚至仍不以为是错误的错误。

这里来说一下世故。一般我们都说张爱玲世故，打从年轻就世故得不得了。但是，如果世故意指人懂得洞察人心、懂得怎么应付世界、避开伤害并获取可能最大利益，张爱玲一生，尤其是晚年，却并非如此。我们甚至很惊愕她怎么不懂利用她的声名和地位，那些远不及她而且又没有她聪明的人不都很会吗？

我想，世故的确是我们对世界、对生命真相的不断察觉和认识，褪去侥幸（所以也去掉了不少希望），可以用来有效地保护自己，但保护自己的什么？一般当然是身家性命财产以及各式利得。但张爱玲要保护的东西不一样，小说家阿城曾动容地说，张爱玲一生，竭尽所能就是要保护她自己的生活方式，她认知的生命方式。我以为阿城说得对。

也可以用来保卫我们认定的某个更有价值东西，某个内心纯金之弦一样的更不容易东西——只是，这当然更困难，也往往狼狈，因为你相当程度得弃守掉人生现实利害那一面，以至于倒过头来像是个笨拙的人。

晓阳没世故之名，除了她二十岁前惊动文学界地交出《停车暂借问》三书，写到了不少她年龄理应不该、不容易察知的东西。世故有一种约定俗成的、想象的不好面貌，好像得有点冷血、得恶狠狠得起来，还非得显得苍老才行，这我们在张爱玲那里看得到，晓阳没有。但我稍微知道这多年来晓阳的生活种种，她不是孑然一身静坐一个人的房间，她有逐渐老去的父母，有多年不幸病痛缠身的钟爱妹妹，这些我不愿多说（光透露这几句我已经觉得很对不起晓阳了），我要说的只是，她不闪不躲，也从不自怜自伤地做了太多事，包括奔走跑动，有很多是较适合男性的体力活，但晓阳没兄弟，她得撑起来、撑住。《哀伤纪》书成之后，我听一个封闭于大学校园的文学系教授讲晓阳不够世故，当场差点大笑出来，晓阳也许"不愿"世故，可是让个这样连最简单真话假话都分不清、谁谄媚就听谁的人来说你不解事、不懂人心，还是真的很好笑。

我最后一次见晓阳是她带父母到台湾玩，那个晚上，我们大家笑说，晓阳还真有着一家之主的味道，尽管她依然话很少动作很少，而且白衬衫黑长裤（钟晓阳的制服？），除了有了点白头发，她看起来还是十七岁那年出现在桃园中正机场入境大门的那个钟晓阳。

是的，加进了岁月，加入了现实一切，这个感情还成立，可以成立。然而"可以成立"，意思是有条件的，得投入很多东西，必得排开很多东西，才堪堪成立。因此，在欣慰的某个深处，你知道这也是脆弱的、哀伤的——你得舍弃很多，纯属一己的舍弃也许还没那么难，至少不需负疚，可这也必然事关他人，那些你在意的人，那些你也钟爱的人，那些你感觉自己负有责任的人你取回了一些他们该有的，你知道自己再很难为他们多做什么了，你甚至想这是抛弃了他们强迫了他们背离了他们。

也许，最后、最难说出来的哀伤是在这里。

我想再抄一次《神曲》里的这个故事来说《哀歌》和《哀伤纪》，这是我确确实实的阅读感受，我尤其喜欢维吉尔（说这故事给但丁听的诗人）这一句："但是，在这个最弱的支点上，却担负了最大部分的重量"——在那大海之中，有一个荒废的国，名字叫作克乃德，那里曾经住着世界尊敬的国王。那里有一座山，伊达是它的名字，从前山上是青枝绿叶，现在却老枯了。……在山中立着一个巨大的老人，他背向达米打，面向罗马，好像是他的镜子一般。他的头是纯金做的，手臂和胸膛是银做的，肚子是铜做的，其余都是好铁做的，只有一只右脚是泥土做的；但是，在这个最弱的支点上，却担负了最大部分的重量。这巨像各部分，除开那金做的，都已经有了裂缝，从这裂缝流出泪水，透入池中，经过山岩的孔隙，汇归地府，直降到无可再降之处，在那儿便成为科西多这一冰湖，成为忘川——

5. 请稍稍早一点开始写，趁这些东西还在

这样，我们便又转出了这个问题了：某个书写题材，该什么时候动笔写较恰当？

这个有点模糊的问题如果由我回答，我会有点模糊地这么说，稍稍提前一点开始，在你感觉自己已完全准备好的稍前一刻就出手。

这样子写，会感觉有点冒险、有陌生可能迷途的地方，人因此有点紧张，甚至害怕，还挥之不去有某种"试水温"、知道也允许这趟书写会有失败不成的可能——带着这样不确定的、瞻前顾后的心思写，我也以为是好的；我也一再发现，有点奇妙的，这比完全准备好，所谓胸中已有成竹地写，往往会写出更多东西，包括幅度和深度。可能是正因为没完全准备好，书写遂有着拼搏之感，人整个动员起来投身进去，使用的是全部，而不仅仅是动手记录心里已想好东西这条窄窄单行道而已。

一直以来，我知道我总是劝人慢，慢一点开始，也写慢一点，书写是一整个人生的事——终究，一个书写者一生能好好掌握的有意思

题目很有限；而且，书写这东西有它"很可怕"的一面，这诸多书写者都深深知道并且讲过（纳博科夫、加西亚·马尔克斯、朱天心……），写成一个作品往往就是告别作品，书写者本人会感觉自己这一块记忆，这些人这些事这些物，你珍视不已或困扰不已的、时时记挂却又生根也似赶它们不走，甚至让你失眠还让你反复做梦的，随着作品完成封面合上，仿佛一整个远掉了、透明掉了，很像梦的遗忘方式。纳博科夫还说，这个记忆会被作品"吃掉"、替换掉，作品因应着书写的要求修改、微调、移动、混合、演绎了记忆，如同新的记忆刻痕覆盖住原有的记忆，以至于最终就连书写者本人都不确定了，哪些是真正发生的？哪些只是书写？

书写者便是这样不断交出自己，所以按理说人随着年纪应该更丰厚更稠密、知道更多，但书写者（也许只限于够好够认真的书写者）的主观感受不是这样，更多时候，他会不断感觉自己空掉了，什么也没剩下，什么多的也不会（这和谦逊、和所谓的"智慧"无关），人像一张薄薄人皮，飘荡在世间。

卡尔维诺讲得再对不过了，"快"自身很有魅力，也许深深源自人的身体人的基本感官遂如此真实、普遍。速度是欢快，是自由，是聪明，是一道光，是吹人身上的长风，还往往是一连串让人惊呼出声、来不及看清的风景和演出，我自己想，速度最迷人的可能是让一切显得如此简单，我们原来屡试不成、百思不得其解的困顿不前，原来就是这么一句话、这么一个动作，我们看着不可思议却又好像自己也跟着会了，像乔丹的过人飞起，像费德勒的冷不防变线致胜球，像舒马赫的弯道超车。

但文学书写不只这样，文学远比这个大，也更复杂更郑重认真，快绝大多数时候并不是文学书写的终极要求，"快"通常是演出是效果而非内容，满足的是感官而非心智，所以卡尔维诺津津有味地讲快这个题目，却用了接近一半篇幅讲慢，讲书写的深思熟虑（书写准备）和步步为营（书写执行），并隐隐把慢说成是个更根本的东西，大地也似的是快的基础，快的前提，快的着力蹬脚之处。我自己从朱天文的小说书写最感觉出这个，朱天文极可能是当前小说家中文字速度感最好的一个，文字快得更接近诗（《巫言》后她开始试着放慢一些），但我再清楚不过她的书写执行，朱天文其实是那种一句一字笔笔送到形的书写者，也是那种沉静坐书桌前日复一日如地老天荒的书写者，而且还反复修改（看过她原稿的编辑都知道，剪剪贴贴，没几张稿纸是完好的）。她的文字速度只是终极呈现而非书写事实，来自她对自己的东西敢于、肯于大量舍弃（愈来愈珍稀的书写美德），也是因为她习惯不多解释不寻求说服人压迫人，她只专注好好说出她要讲的话。

我们赞叹快，是因为快让一切看起来这么简单；而我们担心快，也是因为快让一切看起来这么简单——看看外面世界，想想如今的书写实况，我们是该多点担心了。

快的成绩，偏向于演出效果而非实质内容，便是在这里，让书写世界有了、多了一道联通外面感官世界的便捷道路，一条轻轨，顺此，书写容易逃出去（好躲掉书写种种必要但沉重不堪的要求），外面世界种种也容易入侵进来。

今天我们可一样一样仔细检查，对书写种种直接的、间接的加速要求，从内容的简单轻薄到作品数量增加乃至于进入量产，几乎没有一个是基于书写自身的恰当需要，而是外头世界无关书写的利益命令声音；书写者写太多太快，也不是卡尔维诺所说文学书写如风吹花开一刻的那种最美丽的快，就只是顺从非书写的利益要求而已，人各有志各自承担这其实也没关系，我们这里在意的、得防卫的只是文学书写这门行当，尤其是年轻的书写，别让乍乍进来的人误以为文学就是这样，从来都这样，养成坏习惯。

文学书写的速度及其停停写写节奏，总的来说是恒定的，不论是个人或整体，弹性其实很小，而近几百年来，外面世界却是不断加速的，两者持续脱离，这个时间差的极尴尬状态，我们别无他法只能视之为当前的文学基本处境，哀怨没用，抱怨也没用（每个时代的书写者都有他不同的限制、困顿和危险，仔细想过，你愿意交换人生吗？和卡夫卡、或福克纳、或索尔仁尼琴？），如何在这样如高速列车的世界中坐稳自己，已是文学这门行当的一种必要修养、德行以及技艺，这当然并不容易，可也并非不可能，毕竟这个世界还没真糟到那种地步。而且，当前世界的种种侵入性要求，更多是诱惑的而非镇压的，是女妖塞壬的歌声而不是海神波塞冬的三叉戟，我们仍有一点可自主的可贵空间，事实上，光是降低贪欲、不觉得恶衣恶食是可耻的是失败者的印记，大概就能免疫于一大部分的诱惑，这，不好说不能自主吧？

资本主义时代，还多一个麻烦东西，那就是其市场及其生产机制，书写这一行当纳入其中，如果书写者自己不稍加抵拒，的确会像上了生产线也似的停不下来，像卓别林在《摩登时代》默片中滑稽辛酸的那一幕。

所以，我们会听到作家的如此控诉（很奇怪，炫耀成分明显地大于悲愤），把自己讲成打工仔甚至奴隶，好像同时开四五个专栏无须他本人同意似的；我们也一再看到，作家不断交出没好好写的作品，然后交出没准备好、根本不该就开笔的作品，再然后活回去般重出理应努力遗忘掉的少作幼作（想想博尔赫斯整个布宜诺斯艾利斯挨家挨户回收、销毁他的第一本诗集，世界真的变了），最终如阿城说的，连练习本、笔记本、日记本都拿出来了。讲着这些事真叫人心头沉重，本来已够晦暗的书写世界变得更不好看，少了好作家，多了丑态。

有一种心思状态一直不宜地流动着——我晓得不少作家每年总要想办法挤出一两本书来，生怕自己卡不住某个莫须有的舞台位置，生怕被替换被遗忘，我很想说，书写世界并没有也不应该有这一虚幻位置，只有你用影视中人、政治中人的眼睛才看得到它。

我是那种津津有味察看书写者作品年表的人，看作品的书写年龄、耗用时间、其顺序以及其间隔，还有他书写一生始于何时终于何时，这说出了很多我想知道、想证实的书写奥秘之事。这里可以断然地说，没有一个够好的书写者这样一年一本地写、禁得住这样一年一本地写。巴尔扎克可能是最接近的一个，他杂以历史记叙、杂以过多良莠不齐的作品来组合一幅人间大图像，其代价还包括，好作品不好作品几乎都以同一平面、同一视角、同一路径、同一文字密度地展开，就更深刻的文学书写要求来说，重复性太高——拜托拜托别说还有阿加莎·克里斯蒂，以及类似的名字、等而下之的名字。我喜欢阿加莎，但她不在我们这里说的文学书写名单里。

二〇一六年印刻文学营，我选了这个话题讲，题目配合文艺气氛是为"问最简单的问题，再慢慢地回答它"——我有过和台下学员一样的年纪，事隔才三十年这也差别不大，我们参加的不是时尚营流行服饰营，根本上，书写世界尤其是文学世界的时间有一种接近永恒的，或说生命本体性的大背景在着。年轻时日，我们"超前"学得的东西（没实际通过身体，而是通过阅读、听讲、锁定目标的搜寻研究等种种途径，这是有志气的书写者一定得做的事），暂时以一种知识的、概念的远端形态获取，还不够稠密不亲切，仍有身外物之感，很难立即成为恰当的文学书写题目，书写要求离自己再近身一点的东西、感官能触得到参与得了的东西。也因此,年轻的书写或可不必太急躁,尤其心境心思这部分,毕竟他同时得"弄熟"两个东西,都需要点时间:一是书写题材的熟成。书写者自身得设法丰厚起来,让自己大过它,才能把它拉近过来而不是被它拉着跑,才能把它占为己有;另一个可能更长远也更急不得,那就是书写技艺这玩意儿也需要熟成,从文字到其形式一整个,让它缓缓由外而内,由工具而肢体化,由时时分心意识着它(我正在写一篇小说云云)到几乎不感觉到它存在,由你配合它到它驯服地配合你,让它说出你的话而不是你去说它要的话。

这里想起一桩少年趣事,朱天文写了她生平第一篇小说《强说的愁》,年仅十七岁年轻得一塌糊涂——当时和平初中三年级的朱天心崇拜地指着舞会那泼洒开来的一段:"这里好像是大人写的。"中山女高二年级的朱天文知心地点点头:"我也觉得。"

有不少书写者写了一辈子还是这样,你始终觉得他是另外去做一件事,不是自己写,而是某个想当然耳的角色扮演者在写、在说话;有一种"隔",像张爱玲所说的"蝴蝶停在白手套上"那样带着点虚假、还乔张做致的隔,隔在书写者本人和作品之间,也隔在作品和读者之间,是不会怎样,就只是看着难受而已——书写者玩角色扮演,我们阅读的人也只能跟着角色扮演,仿佛我们两造都在上班。

倒没反对年轻时日多写,阿城说得对(我很记得,阿城说这话时人在车上,车子正要右转建国南路,好些年前了),肯多写很好,让眼睛、手指头和心思保持热着、灵敏着专注着,所有认真当回事的工匠职人都这么做,要是能不把作品全拿出来那就更好了——可以试着写各种不必成功、不必拿出来的作品,这是自由,托克维尔所说那种让人的行动——成为可能的自由。在书写世界中,这样的自由只有在年轻时日才完整,随着年纪,它会一直减少、缩小,举凡身体、时间、知识累积、人在世界的位置变化、人和世界的关系，乃至于世界对你这个人的设定和要求云云，人处处发现限制，人如博尔赫斯说的"得开始考虑到更多事"。

这里，我则多提醒一个必要的比例分配，读和写的恰当比例分配，读应该一直相当程度大于写才是，毕竟，我们谁都先是读者然后才可望是书写者；而且，始终是读者只在每天一段固定或不固定时间里动心起念是书写者。读贯穿着写，读是阿尔法也是欧米伽，从最初到最后。

读的空间也必然远大于写——博尔赫斯讲，我可以读所有最好最高最远的东西，但我只能写我那一点点我会的可怜东西。所以，读和写的比例不恰当，意思是，你泰半时候封闭在窄迫的、只那么一点点可怜东西的小空间里。

是以，我想对他们说（有相当的请求成分）你该稍稍提早一点开笔的，只是那些个一流的但心思已复杂难言、想得太多以至于往往过度慎重的书写者。这些人通常有点年纪了，也相当程度淡去了名利争胜之心（我晓得，那一大群犹满心欲望的书写同业很难想象甚至打死不信，但这是真的），少掉了一堆生物性的驱动力。书写遂愈来愈接近自省，好像可以只用想来替代写，另外一面，书写一事也愈来愈像公益活动社会服务，不是非做不可，还会有点闪躲。

写和想是不一样、不能相替代的，即便说的只是思考这部分。

我这么想，书写是一种创作性活动，这意思是，它超出人其他活动"正常比例"地多面对、渗入、周旋于种种未知之物，而且，其工作场域延伸向大面积的未开发之地，书写遂无法有完全准备好这回事，这是前提。因之，所谓完全准备好的书写大概只有这两种，一是无谓的延迟，书写者明日复明日地等待，就这样一直等下去，原来不是借口但不知不觉就只剩借口了；另一是退缩，书写者把未知排除出去，书写只剩执行，把已想好的东西原音照录，书写过程干燥无比，什么也没能再发现，什么也不会多生长出来。

说到底，你能够为未知这部分多准备些什么呢？在书写里，除了一点勇气，我以为就是为它留出足够的空间，如同老子讲的，无是一种敞开的空间，由此联结着可能性，或更奢望些，向着无限；无和有（已充分准备好的坚实部分，这绝不可少）合起来就是个容器，不去塞满它，才能随时用来承接那些捉摸不定的新东西包括好运。

写是想的直接延续，但不只这样，写无法完全用想来替代，写是一个新阶段，在仿佛已想完、已想无可想的末端时刻，山穷水尽，柳暗花明——以前我一再说，我确确实实的经验是，书写是更专注更精纯的一种极特别思考，现在，我要多说书写是突破式的、穿透式的一种思考。书写时，笔尖指着这一个点，仿佛瞄准它锁定住它，笔尖把你一整个人带进去。这里，同样确确实实但可能说不清楚的进一步经验是，相较于书写，前书写的思考通常仍处于一种悬浮着、屡屡原地徘徊打转的状态中，只想不写的思考，其决定总是暧昧的、不坚固的，随时可取消更经常遗忘。书写把人从这个进进退退的不够当真状态带出来，书写正是一连串不断做出决定的过程（这确实是它最辛苦也最提心吊胆的部分，选择最难，如吴清源说的），化为文字的思考便成为某种"准现实"，人可以站上去了，可以卸下来一些悬而未决的东西如尘埃落定，人眼前一清，一部分心思解放出来，人重新站稳脚跟，有着前进一步的、不同以往的新视野，便是这里这样，人才有机会发现和发生不同于原来纯思考状态的新东西新事情。如此，在未知的世界里，书写不断但步步为营地把人推进到全新的站立位置，如昆德拉所说的新观察点，有连续性但不尽相同的眼前景观及其触发，既熟悉如同来过却又陌生惊异，这是一种很好的、人心为之一热一满的感觉。

我们说，冥思式的纯思考若要顺利开拔前行，通常必须通过概念化来固定好思索中的悬浮东西好结束心思的纷纭反复状态，如此，人也得跟着抽离，通常得封闭掉视觉嗅觉听觉触觉等其他所有感官，好堪堪抓紧思维里那一条捉摸不定、好不容易的细线；而文字让人放心地随时可把这条细线画出来标定下来，不怕遗忘，不担心新感受新念头的冲击，不必时时分神跑回去抓它。文字让思索"准现实化"，意思也是，通过文字的实现，人想的东西不再只是个概念（只是原事物的一层，或其中一个点），而是有了（复原了）"准实物"的状态，有着实体性的细节，细节多重要啊，细节多样多重多面向，细节是卡尔维诺所说马可波罗枫木和黑檀木棋盘的镶嵌木头纹理，以及那一个节瘤那一个没开成花的花苞，细节藏收着其时间来历和其故事，细节才是思维的新生长点，人放心启动、敞开来他的全部感官，可以完整地、四面八方地又观看它感受它，人和周遭事物恢复了稠密的、亲切的新关系，整个世界真实起来，或说又活了过来。

概念式的思考让人心思得以集中不飘散，但只用到推理演绎，人紧紧裹住自己，像是进入隧道，及远但往往愈深入也就愈窄迫；书写的思考则只像是进入山洞，通过一个个山洞发现一个个新世界、桃花源，柳暗之后是花明。

所以，当博尔赫斯讲（他一再讲）他只会实物性的思考，他学不来概念式的思考，我以为他说的正是他的书写经验——博尔赫斯谦逊，常真诚地看轻自己，但我想这回并不是，他很得意自己的实物性思考，他只是礼貌，我有看错吗？

书写得不断做出郑重的决定，这当然生出了强调和固着的风险，但良好的书写用心和习惯仍可相当程度避免掉它补救它，让人在强调和舍弃之间、在决志和保有想象与自由之间维持平衡——好的书写做出决定，但牢记着某个初心仍随时回返出入于原来悬而未决的、充满未知瞻望乐趣的思考状态。文字从来都有如此弹性，文字保留了一整条思考的来时之路，书写的思维通道因此是双向的，好的书写者因此也必定是反复修改甚至屡屡重写的，尤其在作品交出去、敢于交出去之前。

很多年前我就听过朱天心这么说，渐渐懂了——在锁定好一个小说题目之后，她会要自己沉着下来，延迟一段足够时日做成准备，但偏向于外围的、相关具体材料资讯的沾黏采集，仿佛把这个题材最大限度地往外张，人浸泡在里面，看看它的潜力、它的可能性能到哪里；或这么描述，以这个题目、这一意念或这个呼之欲出的生动图像为核心，携带着它，仿佛什么也没发生地照常生活、阅读、行走，一种不为人知的高度外弛内张状态。这一核心是个大磁铁，会不断吸出来它感觉需要的、可能用得上的东西，没错，朱天心说的当然就是她所钟爱的《百年孤独》首章老阿尔卡蒂奥那个大磁铁，他拖着它想吸黄金，却荒谬但充满想象力地吸出地底下埋着的一具十五世纪的铠甲。

至于小说内容本身，朱天心说它总是先避开，绕路一样不进入、不去想，把要写的小说包裹起来也似的暂时搁放于眼角余光处，她经验性地知道这两个阶段的思索有不同的节奏和稠密度，她担心会"想坏"它，进入内容的步步为营必须更专注，她得带着笔、借助文字的标示才敢上路，才敢于一步步踩实地前行。

写到这个年纪（我的书写年龄比朱天心小多了），我几乎完全同意她的想法，唯一的意见仍是，在这样必要的延迟熟成基础上，我以为还是应该稍稍提早一些开笔，早一步进入到书写这无可替代的新认识新发现阶段。准备工作地老天荒没完没了，而且太迷人了，有时还遍地花开似的这也可能那也可能，整个世界和你如影随形如声响应（小说家林俊颖说，这一刻你多爱这个世界），又不必真正接受书写执行的冷冷"检验"仿佛所想的都成立，人总是流连忘返。所以，还是得主动喊停它上工吧，心思飘浮得太远太久太愉快，我不免想到时间，更担心最原初的那个心中火花会熄灭掉。

当下的火花——最早点燃、照亮起来的那个珍贵东西。

我不确知每个书写者私密的正式想法，于此，我自己是——每想起自己五年十年前的书，第一感总是冒冷汗，最记得的永远是咬到沙子也似的没写对、没写好乃至于笔误的地方，以至于重读自己的作品仿佛读全世界最恐怖的书（比起来，斯蒂芬·金的小说有什么可怕的呢？），我难免会想，比方《文字的故事》《阅读的故事》若忍住现在才写，一定可以会好不少吧。但最近这三四年，我清楚知道自己的心思微妙地，但难以回头地变了。

也许是因为自己离死亡、离真正的苍老枯竭又靠近了好几步，知道可用的时间更少，不可能把所有能写的东西全挤在生命最后时日才写（更何况，书写有相当相当严峻的体力要求）；还有，思维能力尽管不亦步亦趋跟着身体折返衰颓，但再明确不过了，它再前行的速度幅度终会变小，这是无可避免的极限"右墙"效应，同时面对两个大右墙，人身体生命的右墙，以及人思维最大可能的右墙。

曾经，说每天太夸张了，但每一年、每一回提笔再写时，都发觉又把上一个自己相当一段距离地甩在身后。以我自己来说，这大约发生在四十岁以后，四十到五十五岁大致上这十五年时间（我大概是慢了点开启的那种人）。这段生命时日，我每每感觉世界在眼前奇妙地打开了，所记所学所看着的东西（包括之前从未见过的陌生新鲜事物）都心知其意，原来它们是这样、在这里；它们各自的来历，它们的企图，它们可能的去向和结局云云。在书写中，这些东西进一步归结也似的——找到自己舒适的位置，彼此聚拢并通透地联系起来，可以不相侵犯，不生矛盾，也慢慢不再存在单子那样不可击破、不能纳入、不可解的孤零零东西。整个世界变得很"紧"很完整成形，手中的笔也相应地精巧好用起来，轻悄悄地切开世界，还仿佛若有光地照亮它，让黯黑一分一分退走。这样，以至于写着写着甚至偶尔会心生如此错觉（当然绝不会是真的，只是一种私密的、不知不觉的奢望），觉得世界最终是可以都弄懂的，只要你一直这样沉静地、一天一天读下去写下去，假以时日。这是书写／思维的美好时光，进步仿佛看得见如日影移动只可惜终究会缓缓停下来。

近几年，一写一想就知道了，昭然若揭，我很确定自己仍稍微地在进步，我的读／写习惯也没改变没懈怠，但怎么说呢？这么一种、或说如此微妙的进步方式，我猜想，文字这人造物没这么灵敏，没有这么精密的刻度，所以几乎显示不出来。我进一步猜想，若不从书写者如此逼近到近乎计较的方式看，而是回到读者总相隔一段距离的方式看，让作品回到公共层面来，我们通常只感觉这些前后写成的作品是平行的、并列的、横向题材选择的，很不容易看出它们垂直进展那部分。我努力回想，并一一回头察看诸多书写者的这一成熟阶段作品（福克纳、汉娜·阿伦特……），果然是这样。

由此，我感觉释然了，上本书上上本书也不再那么讨厌，我也这样去理解老年博尔赫斯的此一书写感想：这本书没写得比上一本书好，可大概也不会比上一本书差。我开始可以、敢于回头翻看自己写过的书，感觉可以看轻地掠过那些刺眼的失败之处，从而留意到某些微光闪烁的很特别段落，我努力回忆，当时鬼使神差地怎么会想到可以这么写？怎么会注意到这条路，居然能够发现有这么一个洞窟可探进去？

晋太元中，武陵人捕鱼为业——这个只此一次的洞窟，是他日后再没能找到呢，还是只开一次的随时间合上了、消失了，永远没有了？

老实说，就连更早的、出自那个程度不够好书写者之手的《文字的故事》《阅读的故事》都没那么讨厌（只是我仍无法再读它），我想，如果多年后今天我才来写它们，十年长进或许内容还可望稍好一些（以相当不同的面貌），但我自己再知道不过了，更可能的是我就不会写了，这个题目得而复失地将从指缝中流掉，一些基本的话语、基本的想法仍会化入其他作品说出来，但这和为它全力拼搏般写成一本书是不一样的，那些唯有深入到此一洞窟之中才发现才想得到的东西是绝对不会有了。我想，每一个书写者应该都有很充分的类似经验，谁都有几本曾经热切想奋力一写的书，但悠悠时间里，触动止息了，世界状似又平静无事了，书写者自己也改了心思，年纪愈大尤其愈容易生出某种看轻看淡之心，这一个捕鱼人洞窟在犹豫中、等待里，遂没真的走入就又合上了。

我们不断在离开、不断在失去一个个或一次次当下，博尔赫斯喜欢说赫拉克利特之河，但这里我想的是人自身，尤其是人的记忆，这也是个不改流逝、由不得你的东西——"人真的是会忘记事情的。"当年说这话好躲掉司法调查的美国总统日后果然成了个失智老人，谎言成了预言。但遗忘其实是个缓缓的过程，记忆从历历在目感同身受到全然消失，绵延着或长或短的时间，书写发生在、挣扎于这中间。书写仿佛有个最低限度的记忆临界点，不等到全然遗忘，而是记忆黯淡到、透明化的一个程度，它就无法写成如加西亚·马尔克斯所说的"不值得写了"；比较不像是失去，而是远去。或我们分解地这么说，我们身体每一种携带着记忆的感官其时间性不同，让人有点无奈的是，愈直接愈生动的感官部分似乎退走得愈快，以至于，颜色、声音、气味、触感（最通常就是某种痛觉），以及那跟着生命潮水而来而去的微妙感受一样一样复归消失，很快地（总是比我们一厢情愿认定的要快），真正能留下来的只是某个大图像、基本线条勾勒的图像，甚至只是某个剥开来的核心概念，无声、无味、不具实体细节，而且是灰黑色的。

书写的必要准备及其延迟，书写不是写生而是记忆重现，因此是个矛盾，而文学书写又比其他任一种书写更严重地被逼向这个矛盾——颜色、声音、气味、触感，以及事物的实体细节和人的微妙感受（那些个几乎是不成形的、不成立的感受），这是文学非得保留不可、不能让渡殆尽的东西，比起诸如历史的、哲学的书写，文学书写者因此没有那样的时间允诺、时间自由。水落石出是其他每一种书写的最完满时刻，但对文学来说却不恰当，文学书写得更早一步，得不等流水退去，它写石头也写流水，写露出的石头也写犹浸泡于水里的石头，写石头仍在活水流过时、淹没中、撞击下的种种晶莹剔透模样。

好的文学作品，因此我们总察觉得出字里行间的某种热切、急切，有着某种流动，扬扬美哉，有时间的汩汩声音。

这个矛盾，没有一次性的简单解决办法，至少没有公式。近几年，于此让我眼睛一亮的是朱天心的说法，"作品配方"，我喜欢"配方"这个两端俱到用心周全的词。

朱天心说，她喜欢的是"现实和虚构奇想成分比例配方恰当"的小说，喜欢那种"现实的地基打得好深，抓地力十足的奇想虚构，那样的角力于现实（无论落败或基于自尊不愿驯服地翩然返身离去）的飞翔离去之姿是动人的、可观的"。大概这样。

这样，朱天心所认知的当下，便不仅仅只是文学书写专业、文学书写效果的必要成分而已，她强调这应该是作品的地基，而且是书写者角力来的、拼搏来的，她赋予了此一当下成分一种道德深度，一种文学技艺之外的普遍关怀，甚至就是一个任务，让书写者和当下现实的关系"动起来"。

在月明如梦泛舟于赤壁古战场的那个奇妙夜晚，苏东坡提出来一个其实大家都已这么做了、不知亦能行的人心诡计，快速而且很有效果地改变了事物的形貌也改变了它们之于我们的意义，好解消巨大的、人宛如掉进里面出不来的生命哀伤。逼近或拉远，当下或亘久，时间和空间合为一个——从天文学的恰当远距来看，地球极可能是全宇宙最美丽的一颗星，蓝色的柔光流动如云如一层光晕，又如此干净安宁，实在很难相信这就是我们每天居住的地方、我们每天咒骂不休的地方。我们一直看着的可能是，总有那么多难看卑鄙的人，那么多讨厌的事，那么多不公不义、诈伪、势利、残酷和悲伤，那么不存希望如卡尔维诺（这么温文安详的人）都说你只能期盼明天没比今天有更多坏消息传来云云；你愈认真愈介入，就看到更多这些糟糕东西。我相信昔日的希伯来人也只是正常地有感而发，《圣经·旧约》里至少有两处，一次是全世界耶和华只找到挪亚一家是义人，另一次规模略小索多玛蛾摩拉城只罗得一家是义人，耶和华一次水冲一次火烧，承认失败销毁发明物实验物重新来过。

说我们大家不知亦能行是因为我们就活在时间之流里，时间一直把我们带离开、带远。真正杵在原地不随时间流水的人其实非常少（那种偶尔想起、享受、利用这类流逝哀恸情调的人可不能算数），那要非常非常用力，或人心里人格构成里有罕见的极特别成分，我们也通常认定这算一种病，应该寻求心理医生或药物的帮助。

我年轻时服兵役在步兵学校受训,步兵教战手册里整理出这样一张表,三十多年后我依然印象深刻——这张表列举,多少米距离内你可以很完整看出人的五官,以及全身各处的不同颜色;多少米外脸孔消失,颜色开始混成一块并失去光泽;再远颜色单一,并且只剩无差别、无高矮胖瘦之分的人形;更远就一律是个灰黑色剪影,而且融入于各种地形地物之中,人消失了,除非正好背景透空,或你先知道那里有人聚焦地盯住他分离出他。学这个当然是该死为着换算距离微调步枪瞄准器用的。

总而言之,事物细节随空间距离地拉开不断消失,从时间看这就是失忆,记忆细节在时间沙漏中自然然流掉。一个无差别的人形、一个剪影,你能在它(已经是它了,不再适合是他了)上面加挂什么东西、黏附寄情什么东西,除了作为一个概念,你如何可能饱满地、稠密地、实在地思索它关怀它?用格林的话来说是,你如何去爱一枚剪影、一个无?所以,人的哀伤(以及举凡所有正向的、难受难忍的情感)总是比我们原先认知的、预备的,并愿意承认的要消退得快。苏东坡"睿智"劝人从远端看、从事物亘古不变的那一头回看,不过是催促时间的效果催促本来就会来的遗忘,让人尽早恢复平静。这像什么?我以为最像退烧药,不是对付病本身,只是避免人在当下太剧烈袭来的高热内悲恸中遭到无可弥补的伤害(烧坏脑子什么的),为受苦的人争取足够时间,让时间不疾不徐地可以顺利发挥其清洗、自疗的作用。

但文学书写做的不是这么舒服、如此顺流而下的事,这样是把文学书写这个工作看得太容易也太无足轻重了;这还有某种霸占之嫌,把本来就会发生的效应及其结果据为己有,想成是自己的成绩。文学书写者应该有一种"自豪"(我取用了硬颈小说家纳博科夫的此一用词），不管今天看起来如何灰扑扑的，这终究是一个不多人"愿意／能够"的动人工作，或进一步说是个任务，有着某种无可拒绝的授命之感，包含了禀赋，以及一个并不寻常的心志——相对于时间的不仁和其无限长无限远，文学书写最终仍不能不松手离开，但朱天心强调，这是充分角力之后，是书写者倾尽所有之后，"无论落败或基于自尊不愿驯服地翻然返身离去"，这两者大大不同，而其中最大的不同是生出了、留下了作品，这才是原来没有的、不会自然发生的，是书写者加进来这个世界的特殊成果。

也正因为最终文学书写仍必然会离开会消散，对于抵拒时间抵挡失忆这事，书写者便不能自大、不可以只赌自己不可尽信的意志如任性。

人真的会忘记，而当下现实，万事万物如尘埃如神佛漫天飞舞，确实像昆德拉讲的，尽是些"只配被遗忘"的东西，若有什么好的、善的、有意思的东西跳入人眼里，也总是一闪而逝，所以文学书写者总说，触动他的、长留他心里的只是一个图像，是图像而不是故事，意即没之前没之后稍纵即逝，书写者得伸手抓住它，而真正意义乃至于堪称神奇的事发生在书写之中而不在书写之前，只有通过书写才让这个图像有来历有结果，让它从这个方生方死的现实世界分离出来。

书写者怎么能不信任不仰靠书写呢？我们这么来看，《战争与和平》记下的是拿破仑挥军俄罗斯，并成为这一趟狂暴人类历史折返点的集体大事，而《安娜·卡列尼娜》写的只是一个寻常的，就连情感的挫败都只算寻常的女子（如果我们试着刮落掉托尔斯泰的神奇书写，露出安娜的"原型"，那就更寻常了）；也就是说，托尔斯泰写《战争与和平》是"使用"了一桩历史大事，人类世界已分离出它并相当充分记下它（只是仍会归于遗忘），写《安娜·卡列尼娜》则是托尔斯泰一个人的辨识、捕捉、思索和发明创造。而其书写结果，绝对是神奇的，我想，除了那些读小说如读报只看标题的人之外，宛如大卫 vs. 歌利亚，神奇胜出的是这个寻常女子而不是这桩历史大事，《战争与和平》当然是上达伟大小说层级的巨著，但《安娜·卡列尼娜》则几乎是人类所写过，以及所能写出的一部最好可能作品。还有一个小小的神奇是，论作品重量甚至论尺寸，《安娜·卡列尼娜》感觉半点也不会比《战争与和平》要"小"不是吗？

这是只有通过书写才可能做到的事，我们所说书写能发生的神奇，书写者该更相信书写正是这个意思——书写通常并不跟从大世界的看法，书写更多时候自己看、自己选择并且逆向于一般选择，甚至堂而皇之开这样的玩笑：如果他们都觉得这件事这么重要，正说明它一点也不重要。书写更经常的起心动念来自某个惊讶、不能、不平（意即那些被忽略、被排除、被不公平对待的人和事物），它时时感觉人们的漫不经心，感觉集体选择的粗暴和浪费无比，它重新捡拾、选择如同奋力做出补救，好让这个世界更完整更恰当以及（能够的话）更公平。

往下，我们把话讲得稍微感情用事一点，这种年纪这样子说话，对我个人来说的确是困难的、尴尬不已的——孟子讲昔日周文王为匹夫匹妇之怒而兴师，我不确知历史事实是否真的如此，但在书写世界里，这确确实实是天天发生的事，匹夫匹妇，比方或不真的就叫安娜的那个、那些个俄罗斯已婚女子，正是书写的基本型点火装置，她的遭遇，甚至只是她当下的一个表情、一个身体姿态、一句话一个声音云云，奇特地刺入书写者猝不及防的心里，被携带着进入书写甬道里。

应该就是二〇〇三年秋天，快十五年前了，当时北京前门大街那一带尚未真的拆建，大国崛起的经济起飞方兴未艾。那天，我和朱天心、我们的主厨朋友老萧走路走到很晚（快半夜十二点），店家早都关门熄灯了，便是在那里，我撞见了那一趟行程里对我而言最悲伤也最懊悔不已的画面——暗夜里没办法看得很清楚，应该是个三到五岁的小女孩，她放声大哭，声音不是哭闹而是很单纯的伤心，手里举着一把打开但破烂不堪的油纸伞。她有父母在旁，但一家三口极可能就露天睡这个店家丢弃堆放垃圾的空地一角。

我是那种听不得小孩，尤其小女孩伤心哭声的人（干号的、耍赖的不在此限，那种如今更典型的哭法你只想代他父母扁一顿），这是我冷漠一身的罩门死角之一。我的懊悔来自我当下什么也没做，或确切地说，犹豫中尽管放慢了脚步但还是这么走过去了。当然，我完全知道我其实做不了什么，唯一能够的是，我身上带有人民币，几百块钱人民币在十五年前的北京也还算是个钱，或可以稍微救个急，或可以给个小女孩带来惊喜。这样做当然相当冒失冒犯（正是这个冒犯之感阻止了我），也无助于他们根本的困难处境，但至少可能让她不哭吧，化解开那一个晚上的伤心。多年来，我愈想愈知道是这样、该这样，我还想好了该怎么讲话。

北京现在是个昂贵的城市了，生活指数甚至已超过了台北市，欢快的、哀伤的、更哀伤的故事遍地都是，每个人有他一路过来的记忆，那个举着破纸伞伤心大哭的小女孩，极可能只有我一个人还记得（但愿就连她自己都已忘了）。

知道吗？我有一点点痛恨一种说法、或痛恨喜欢这样说话的人，比方我早已拒绝往来的我家二姐就是——你为台湾的外佣外劳讲两句公道话，她就跟你讲本劳；你谈动物保护，她就质问你是不是吃素；你若还真的也吃素，她还会讲这个谁不晓得的基本常识：难道不知道植物和动物一样都是有生命，甚至也有感觉的吗？凡此。是的，人类世界人类历史永远有更受苦更困难的人，但天知地知你我他都知，这个质问不是要把问题和人的思维开向更广阔更深刻之地，就只是质问者从不、也不打算关怀任何人任何事而已，这个纯否定的质问，只用来掩盖无感和自私，只是想把别人拉下来，降到自己的低水平而已。

比起毫无意义的质问内容，我其实更讨厌那种"逮到你了吧""这下你没话可说了吧"的扬扬得意愚蠢表情。

有太多东西只能存于当下，再完整鲜活的记忆都无法全然替代全然弥补，我们愈怀念、愈不舍某个记忆愈证此为真。书写的必要延迟（准备时间加上书写时间），因此一直是书写者的基本苦恼之一，一个在必要的宁静中一直响着的催赶声音，急不得的急。我想，诸如此类的感受是求书写者普遍有的，非我一人独是，每每写成一本书，并不是得意于自己把某人某事某物从流逝一切的时间大河里救出来，就只是来不及了而已。只有一个人能听能讲的语言不再是语言只是声音而已，只一个人记得的是毋宁就是遗忘；你仿佛书写于某个废墟之上，事实上，眼前就连废墟都流逝了，此地已重新长出来花草树木，有新的人家，这些人连废墟都没见过遑论记得。我想，那些比我有更多现实期待、有更浓烈现实纠正拯救企图的书写者会更恍然若失，书写姗姗来迟什么也未能帮上，遭受了不公不义的人、倒霉的人、受苦悲伤的人已各自承受不知去向（举着油纸伞的小女孩差不多长大成人了吧），世界面不改色地走过去了，因为没谁发现没谁记得，所以类似的糟糕情事必然会在某处仍一再发生。

这个"来不及了"的书写经常感受，在格林惯于追根究底的心里，进一步被堆成为"一事无成"，格林说一个书写者终其一生时时都有这样一事无成的荒谬之感——也因此，终其一生书写者会一再生出转行的念头，想换一个更"实在"更即时的工作，或至少，他反而让必要延迟的书写更延迟下来，把它为第二顺位之事，投身于社会行动、人道救援，去示威去抗争，甚至去作战去革命。

这不是个三言两语可理清楚的真实问题，我也不想用某种巧妙的话语来盖住它扑灭它，我甚至不主张书写者二选一，to be or not to be，这是终身之忧，得用一整个书写人生一次一次进退取舍地回答——我会说，人身没这么娇嫩，人生也没这么迫促，人其实是可以同时做不止一件事的。而我真正想说的只是，书写的确不是不可侵犯不可搁置不可丢弃，但自反而缩，书写毕竟才是书写者最会的，甚至仅会的、千锤百炼的那件事，而这门古老的行当，所能够做到最好的、最神奇的事，只在进入一笔一字的书写时刻才真正发生，《安娜·卡列尼娜》的书写救不了昔日那个绝望的俄国女子，我甚至也不想说《安娜·卡列尼娜》这本书让这个俄国女子的一生有了价值乃至于让日后类似的绝望情感、家庭悲剧得到理解抚慰可望稍稍减轻减少（尽管这大概都是真的），人的生命是独立而且完整的，尽可能不要玩这种纯数字性的替代游戏，这一不小心就让人心变得又自私又残忍又蠢。我说，《安娜·卡列尼娜》就是《安娜·卡列尼娜》，一本对我们所有人（也许那位俄国女士除外，托尔斯泰欠她不少）充满各种价值的书，一部很可能就是人类有过最好的小说，一个接近奇迹、托尔斯泰不写就不会出现的东西。

我百分百相信，这些我期待他们提前一点点动手的一流书写者谁都已充分知道了，有些书写题目会在悠悠岁月中熟成、愈放愈香醇饱满如酒，但较多一点的是，另一些书写题目在置放中就只是单纯地流失掉而已，这一点无须阐述，只需要直直讲出它揭发它即可。最后，我还要说的是，感觉自己还没准备好、带着点心虚、带点危险之感来写有什么不好呢？在动手和完成之间还是有不少时间、更专注对付它的时间不是吗？费里尼（一个最华丽层级的大创作者）讲"害怕是人一种极精致的感觉"这完全是对的，心虚（有限度的、很健康的心虚）让人心有空间，让书写者会更安静也更警觉，由于站立的位置压得更低遂可望看得清、触摸得到更多东西及其更具体细节的模样；这会是一种不完全封闭起来的书写，世界就盯在一旁时不时渗透进来，支援你也屡屡攻击你打断你，你又要消化它又要抵拒它，书写于是变得更多面也更困难，书写者非得竭尽自己所能不可。而所有的答案不就在这里吗？"竭尽所能"，竭尽所能地准备，以及更决定性的，竭尽所能地写。

　　作品不够完美，甚或留下几处小小的失误错误有什么关系呢？有太多东西只有在完美之外、在人不存完美奢求之心时才得以发生、存留。更何况，已写到这个年岁、写到这种地步，你还需要证明什么呢？防卫什么呢？这是经历了漫长而且不懈的书写岁月才得到的一种书写自由，包括不被作品声誉所限制的自由，不使用它真的太可惜了，在我的阅读记忆里，如果要选出对书、对作品最动人的一句赞美之语，此时此地，我想到的正是吴潜诚教授对卡尔维诺《未来千年文学备忘录》的赞词："这是一本毫无防卫意图的雄辩之书。"

　　试试看吧。

6. 字有大有小·这是字的本来模样

我常这么想，字有大有小，之所以会这样，是因应着我们复杂的、有大有小的书写需要——就跟任何一种工匠一样，不会只有单一一种尺寸的工具（也许港式鲍鱼之王的杨贯一例外，据悉他永远只用一根小汤匙），它们琳琳琅琅，光摊开来看就非常迷人，愈内行的人愈觉得好看，甚至兴奋，因为他们最能想象出来这各自能做成什么，工具有情，蕴藏着种种可能。

文字也得这么看，文字职人，不会只使用一种尺寸的文字。

文字的符号化，使得文字的大小被遮住，但即使这样，我们看卡尔维诺仍这么说，在他稍年轻、仍肯辩论的这篇文章里，《关于〈烟云〉给一位批评者的信》——"纸页不是可塑性材料的一个单调的表面，它是木头的一个剖面，在这上面，人们能够跟踪线索是如何走的，在这上面人们打结，在这上面派出一个分支。我相信批评的工作也是——或者也许是首先——看文字中的这些区别：在哪里堆积了更多的劳动，以及在哪里劳动最少。／现在，在这些写得最多的部分里，有那些我称之为写得小小的东西,因为在写它们时正巧(我是用钢笔写作的)我的字变得非常非常小,字母 o 和 a 中间的孔都没了,被写成了两个点;还有我说写得大的部分,因为字变得越来越大,有的 o 和 a 里面竟然能放进一个手指头。/那些写得小小的部分,我在它的当中倾向于一种动词的浓度,一种描写的细致……然而被写得大的部分恰恰是那些倾向于词语稀少的部分。作为例子有一些非常短的风景,几乎就是些诗行:那是秋天,有些树是金的。"

字被他自自然然写得有大有小,卡尔维诺觉得这里面显然不简单,他以为这可能体现着文体的变化问题,也就是说,体现了文学历史里人的认知和思维方式的变化:"总之,轨迹也许是这样的,意大利二十世纪——诗和散文——的词语稀少的倾向必以某种方式穿过了我所写的东西。在我们所观察的这些小说中,这个倾向与一种对立的因素相伴随和对照,这就是词语的密度。这种倾向有多少?这个遗产意味着什么?我不知道,但是我觉得这是一个贴切的历史文体问题。"

这个,我们从汉字,没彻底符号化、保留了问题的核心形象、更贴近人心的、有温度的文字,则可以看得更清楚——不是从硬被弄成个头大小一致的印刷纸页上,而是从人手的书写里。我们看比方王羲之的《丧乱帖》,或颜真卿的《祭侄文稿》,或黄庭坚的《松风阁诗帖》,再明显不过了不是吗?每个字大小参差不同,而且并非单纯追求美学效果(当然一小部分也是),是自自然然源于内容,或更确切地说,美学是一种恰当的、尽其可能完好的呈现,以之呈现书写者内心的高低轻重疾徐起落、呈现各自在人心中占据的空间大小。

我们可模糊地先归结出一些通则来——诸如,比较重要或说内容含量较多的字总是比较大;又,比较想让人一眼先看到的字总是比较大;以及,表示具体东西的,所谓名词性的字总是比较大,乃至于就是最大的一种，凡此。而这些也可以看成是同一件事。

有点像是商家、百货公司的摆设作业，比较名贵的、想优先诱人买下来的东西总是放在醒目的、任谁都会先看到它的位置，乃至于有所谓的橱窗设计云云，额外的光、额外的搭配衬托，不只要你先看到它，还期待你（或试图影响你、限制你）从最恰当的角度、最正确的思想准备情感准备看着它，拜物教也似的。

有这么个无聊故事，说训练中心的连长要某新兵整队，没想到效果极完美，最英挺最雄壮的兵员都正确置于前排。"你以前当过兵吗？""不，长官，我是卖水果的。"

所以说，人同此心，各行各业，包含我们这些文字工作者。把字的大小放进历史的时间大河流之中，就恢复成为一个过程，文字的打造（书写、使用）过程，也正是人认识和思维的前进过程——基本上，字必定是由大而小的，因为这正是人认识世界、认识事物的必然程序和其路径，眼前，我们先看见什么，然后再看见什么，再然后看不见但察觉什么，再然后更幽微的"猜想"什么，最后我们想象以及希望、奢望什么。文字的由大而小变化重叠于、亦步亦趋于这个认识由大而小、由近而远、由有形对象到无形对象的进展。

保有"原初形象"的汉字，自自然然的有大有小。

卡尔维诺所想的历史文体大致是这样——书写的各种文体形式中，诗最古老，直通于文字之始，也就是文字数量较少、每个文字都较新未有种种记忆刻痕（亦即文字的指称较明确绝对，说一是一说二是二较少歧义），以及文字书写较不便利成本较高的时日。这当然原本是一种高度受限制的书写，人其实已经想了、认识了不少（在懂得拿起笔或刀之前，人也许已经活过百万年了），但只能运用极少量的文字来记述。某种意义来说，诗因此"被迫"重现了，乃至于重演了此一认识过程的起点仿佛一个古老遗留的信物，也许正因为如此，诗遂也多沾染上光也似的一层神圣性，大时间的、人直面偌大世界的，直通于宗教或说人惊异于、震颤于第一次看见、第一次面对，并第一次投身参与的一种激情。在文字的词性选择上，诗遂也挺大量极不成比例地以名词为主体（最容易的例子仍是这个，"枯藤老树昏鸦／小桥流水人家／古道西风瘦马"），而名词正是最大最厚的字，因为它对应的正是具体的、最占空间的、任谁都会先看见的那些东西。

弗吉尼亚·伍尔夫以她的方式也想过这个大小有别的问题。伍尔夫讲，现代文学书写不断在失去某些东西，或者说只剩下诗还能恰当表达的那些东西，她用的词正是"巨大而简单"，也补充说是某种神圣的、崇高的东西——从另一面来说，也就是明确。不忧不疑，地老天荒，人的情感可被牢牢钉着，放心相信神，放心爱某个人，放心寄情寄心志于某一物某一对象；它里外如一，元亨利贞，没有幽暗的隐藏的流动的什么会让你担惊受怕，不会背叛先你一步掉头走开，甚至它不会比你先死亡消逝云云。人感觉失去，正意味着人企求、怀念他和世界和万物的这种坚实关系及其联系。相对地，散文书写（这里说的散文包括了小说）则是日后文字全面开向生活现场，文字已"几乎"可以覆盖人的全部所有，包含现实里以及人心中的所有隙缝和死角。这非得也使用较小、更小的文字才进得去，如木匠换了工具处理细部，也不得不是朦胧的、误差的、不确定和没有把握的，人的目光遂变得多疑，甚至变得"有点淫荡"（伍尔夫令人印象深刻的用词，大胆但很利很精巧），人屡屡发现自己置身于一个浮动的、还不断变动流逝的世界，回不去或说复原不了已被"污染"且处处裂痕的明确、崇高和神圣。

所以，应该没有人会用小说祭神（用以亵渎倒是很常见），只能用诗；也应该不会以小说求爱，世间只有情诗，没有情小说——在宗教和爱情的神圣王国里（这两者高度重叠），怀疑、犹豫、不明确不坚定是首要的不赦之罪，罪莫大焉。

由此，我们来好好面对这个文字书写问题——一直有一种极有意思的说法，或谆谆劝诫，要求书写只使用名词和动词，形容词能不用就别用像诱人但有碍健康的东西如甜食，副词则根本是个错误的、不该有的东西如保丽龙，至于子句纯粹是"外国的"，不是中文书写，接近于禁止进口的违禁品毒品，是一种犯罪行为，凡此。作此呼吁的通常是老练的、秀异的书写者，挟带着令人动容的年资、经历、实战感受感想，以及诚意，也绝对是真的精巧触到了"某物"，但，我以为这仍然是一个迷思。

而人云亦云传到才刚要打开文字世界的人，事情就变得比较糟糕，他们不明所以，很容易把单点的深刻质疑，简单转换为全面的否定——但凡想偷点懒时、想为自己做某种开脱时。

既然明确地提出文字的词性，这里，先记下来波德莱尔（以及德·昆西）这番话，我以为是对文字词性最精美的说明之一——波德莱尔说，即使你眼前只是一本摊开来的文字之书，枯燥乏味的语法本身也变成某种类似招魂术的东西（意即语法串起了、唤醒着一整个句子里的每一个字），词语皆披载着血肉之躯复活过来，"名词有了威严的物质实体，形容词成了遮饰名词和赋予名词以色彩的透明外衣，而动词则是动作的天使，是它在推动着句子……"

可惜波德莱尔没有再说更小的副词和连接词（最小的字，汉字书写时几乎只写成半个字大小，或说可想成是文字里的螺丝钉），但他不只说文字的大小有别，而且是以如此美妙、准确、进一步赋予内容和形貌，遂充满启示力量的方式描绘出来——如果形容词真的是这么一件"透明外衣",赋予穿戴它的名词实物以光影以色彩,我们会要粗暴地扔掉它吗?只因为有人外衣穿错了、穿坏了、穿得很恶心?

当然是,波德莱尔记述的是人进入麻醉幻境时"看到"的,这毒树毒果理论也似的让它的证词效果受损乃至于不被采信,但我不以为这是另外的、欺骗的,如波德莱尔一再说这些幻觉"并没有多出来人本来的东西",这只是人感官的极精致化,让人原本就有的记忆、原来就这样的感受,以一种不可思议的夸大、微型方式呈现出来,我们或可理解为像是通过一具高倍数的显微镜,还附设了可供调快调慢时间进行的特殊装置,让我们的观看对象可以连续性地呈现它们一系列的、一连串的变化模样(即动作),如波德莱尔所说的"复活过来"。是的,我的意思正是,这一切都是本来的、可信的,不必借助犯罪行为的麻醉物协助才可获取,也许损失一点点活灵活现至此的特殊效果,但每一个够好、够专注细腻的书写者和阅读者同样能捕捉到、一再确确实实察觉出类似的东西。

只打算使用名词和动词,这不管我们附带了多少动人的解释,最终仍不免就是自我设限,不只最后的书写成果如此,而是像关掉水龙头也似的一开始就把我们的目光、我们的感受只开向那些够大的东西(而且不打算分解它,分解得动用"小"工具;也不凝视细部,凝视细部得恰当地把其他部分遮饰起来),并逐渐成为一种稍懒的习惯(人性上,懒是高感染性且高自发性的病),一种事事淡漠的人生。若再加上时间,这一设限便成为"退回",退回去往昔岁月的某一个点,退回去文字工具还不发达不完备以至于很多事还不能做、无法想的那时候——我不以为这么做是睿智的,抱歉,甚至我觉得这有意无意地有点傲慢,对不起日后难以数计那些认真"使用/发明"文字(常是同一件事)的人。

临帖写字的人常常只动眼不动手地读帖，这有时是针对性的，人细部地仔细查看某一笔画某一接续转折怎么写乃至于某处运笔的"痕迹"（哦，原来这里米老是这么处理的）；但更多时候，相对于实际临帖时的进入单字笔画、像被吸入到难以截断的书写节奏里面，读帖则是抬头、脱离，是把自己给拉出来、拉远，让视野宽广，面对某一个大书家的整体，乃至于由此上达字的整体，包括所有的字，包括人写字这件事、人和字的一切可能关系，以及，已无从知晓但依然感觉如此惊心动魄的、人活着活着怎么忽然拿起笔来（或树枝、石头、手指头）那开始的一刻。

类似地，我自己偶尔也会"进入某种状态"地翻看起《辞海》《辞源》一类的大字典（其实我很推荐书写者偶尔这么做），我们所有的字都在这里，它们原件的、备用的、以自身原始完足的样子全躺在这里，构成一个真难以言喻的图像乃至于一个天国也似的奇妙世界，我们心中或也升起某种宗教的、崇拜的情感；或者说，也许最原初的宗教崇拜便是人看到了、察觉了类似的东西。这比我们熟悉的现实世界多了无尽的记忆和无限的可能，时间也仿佛被驯服下来，不流逝不破坏，这是一次的、几乎同一张画面的全景呈现，天堂不就正是这样、这个意思吗？天堂不遗漏地包含着无数的过去和无数的未来，这是博尔赫斯的定义。这一刻，我也很知道博尔赫斯诗里为什么说一本静静躺着的书又同时饱蓄着风雷。

多年以前我也尝试说清这个（应该是在《尽头》一书里），造字的整体结果仿佛一个神迹，但字其实是一个一个分别造的、写的、理解的，不同的人、不同的时间地点和临场，现实，针对，费思量。那一刻又一刻，人究竟在想着什么？想讲什么？心里的真正完整思维和画面是何种状态？——一个一个字去想象它怎么造出、怎么一次一次使用（用字不断发掘它新的可能，是完整造字的连续性阶段，是造字深刻化稠密化的重大一环，造字永远不完成），这是无望解答的但非常有意思。人造之物当然不完美不尽理想，字有大有小、有美有丑、有饱满有枯瘦、有机敏有笨拙，不论如何，试图用点状的、断续的字来描绘人心中稠密的、连续的思维绝不可能圆满无憾，严格来说总是"失败"的，事实上，我们也很难一一说清楚，这究竟是字这个东西失败（柏拉图和中国禅学皆有此倾向）、某一部分字失败（所以主张形容词副词皆当消灭如销毁不良品），抑或使用者自己失败。我们能做的，只是竭尽所有、所能。

唯如果我们胸怀宽广地知道"失败"是这个意思、这么回事、有这样的内容，我们便不至于贸贸然只归罪其一，做出某个还是太快速找替罪羔羊式的单薄主张，尽管这样看起来确实很帅，很利落，很聪明夺目，还语重心长。

我们说过，这些够好的书写者对某一部分字、对形容词和副词的高度不信任甚至要求废弃，是有极大数量凭据的（但极大数量不等于充分），的确有太多因此写坏的作品和养成坏习惯的书写者没错，让我们警觉此处有陷阱存在。像台湾现在便"瘟疫"（卡尔维诺用语）般流行一种虚张声势、已虚张到造假程度的书写，整本小说没超过两句真正想说的话，也不想下去，只是把文字当色块来丢，文字脏兮兮全混一起糊一片，书写者还自以为这是进步的、大书写者如博尔赫斯卡尔维诺都不会不敢的最顶级书写技艺（怎么办？还真的厚颜如此公开宣称）。乱世用重典，如果当下一口气没忍住，我也会主张直接废弃，岂止形容词副词，干脆就禁用文字禁止书写吧。

其实，主张废弃，是更深向地触到了某些很根本的东西，这意思是，并非真的只针对形容词副词而来，至少不会停止于此。最终（或最深处），如两千年前的柏拉图（可见源远流长），仍是文字和表述对象永远无法完全叠合为一的根本问题、文字的不完美问题。我想，只是形容词副词的相对较高失败率给了这个难题一个较特别的警觉，一个想它的特殊方式或说途径。

我试着来说说看，大致上是，形容词和副词的失败，最凸显的不良后果便是"过度强调"，而形容词和副词之所以是较容易失败的字（材料、工具），因为它们本来就是较"小"的，负责处理精密性的细部工作，且动用到视觉之外更多复杂的、并需要"练习"的感官，准确度的要求十分灵敏苛刻，不良率升高遂无可避免；还有，形容词和副词的加挂让文字变长变重，势必会拖慢文字的前进速度，多一条罪——文字是快是慢本来并没关系也不涉内容好坏，但卡尔维诺说得很对，人对速度有一种难以说清的、执迷的、像是与生俱来的向往，快总是能让人轻松、欢乐而且认定这比较聪明，天才只能是快的云云。也许，更是因为人还意识到我们是活在一个移动的、稍纵即逝的、得时时跟上它的世界，慢是落后、不知死活。

副词之所以比形容词更不堪更该死，极可能因为它正是"形容动词的形容词"——它瞄准的是更难打中的移动活靶；而且，用波德莱尔的话是，它拉扯的、拖慢的正是那个负责"推动着句子的天使"。

"过度强调"，这果然如此地把书写者内心的某个惴惴不安摊现开来，有一种噩梦成真之感——选择最难。而如博尔赫斯讲的，书写就是选择，是强调和忽略的不断交换，肥了樱桃瘦了芭蕉，强调的另一面当然就是舍弃，你写这个，不写那个，凝视这里，其余的就逸出眼角余光之外消失了。所有的书写都逼迫着我们（暂时）放弃整体搁置整体，愈细腻距离愈远，愈深入舍弃愈多，高倍数望远镜显微镜都是根管子，以管窥天窥物。这些，书写者自己心知肚明。

过度强调，其另一面便是过度舍弃。

书写的持续前进，于是时时有"断桥"的风险，所以卡尔维诺这个讲究平衡的天秤座人说书写时得不断在这两端玩折返跑，每当感觉自己就要掉进到极细的一端如坠落深渊，便赶快冲向整体这边来，忙得，累得。这事没完美解决的方法，这就是书写本身，书写梦魇似的本质。我们还能做的，便是努力在心中保有一个整体图像，不被文字催眠，清醒地、谨慎地、精确地选择文字（书写会变得较难、较累、也较受约束），让文字可以"透明"，让文字灵动不固化不沾黏，每次使用都不理所当然，都知道我们还有一堆文字可挑拣（有书为证，如《辞海》《辞源》），都保有临即感和现场感，都重新选择一次，让文字有某种一触即收、即退回之感。事实上，这本来就是文字和事物、和世界的正确关系，我几乎要说是唯一一种关系，文字只能指示（伸手去指），它和事物的真正接触就只是这一个点，空间的，更是时间的，变动不居的时间会又旋即把它们分开，刻舟求剑。文字根本上只能是隐喻（包含名词其实都是），如轻纱引风，它不占领事物本身；文字也只是火花，能燃起来的还是我们心里本来就有的东西，如果我们有的话。

书写者为自己担忧，负责任的话他还更担心读书的人能否察觉他暂时性的舍弃，因为所谓暂时性的舍弃只限于作品的此次舍弃而已，他仍藏放于自己心中，这次（受限于作品形式和叙述方式）没法讲出来。

当然，还有更多是文字总是抵达不了的，文字的表述不完整等于事物本身，这是唯名论的迷途。

这样吧，我们改用隐喻这个词来替换（说明）形容词和副词的使用会不会好一些、不敌视一些？不至于要我们连隐喻都禁用吧？隐喻这词给了我们一种无形的、不固着不沾黏的轻触之感，也漂亮如波光粼粼，有着光晕般的延展性和想象力，更接近波德莱尔讲的那件"透明外衣"——形容（不管形容实物或动作）当然就是比喻，要不然它还能是什么？

两千多年前的孟子曾被人挖坑设陷地要求他放弃用比喻说话，这大概是历史上（起码中国历史）最早一次的弃绝形容词、副词主张，尽管只是因为当时有人妒恨他的能言善辩滔滔不绝，关水龙头也似的。孟子说这是不可能的啊，这是唯一可进一步说明事物、让人的已知可扩大到未知、搭桥让人进入陌生世界的办法；孟子（还是比喻地）讲，只说弓是弓谁听得懂呢？已经知道弓的人没有因此多懂，没见过弓的人永远不懂，这样不是傲慢是什么？

对主张弃绝形容词和副词的人，有一点我衷心赞同而且很欣赏，那就是——文字的确不可尽信，宠不得也溺不得，它海妖般会媚惑、带走书写者，你得防它、恨它，只是不要怀疑到、恨到赶走它，这样就又太懦弱了，一种外厉内荏。

以下，我借用托克维尔这几句话试着演练一下。这出自他《民主在美国》一书，较难读但更深沉精彩、每处见解几乎一一成为日后历史预言的下卷，可怕的历史洞见能力——"我认为我在任何时候都是爱自由的，而在我们这个时代，我甚至想崇拜它"。

这段话显然可以寥寥几个字、只留一动词一名词地快速说完，我猜很多人也以为太绕、太啰唆了（就像张大春对我文章的固定感想和收尾词，你太啰唆了），应该把形容词、副词连同一堆枝枝叶叶全砍光，让主干显露出来——"我爱自由"。

四个字（原文甚至只三个字），但托克维尔为什么这么煞费唇舌呢？托克维尔不是文学家，起码没有文学自觉、习惯和想象，而在他身处的那样一个风起云涌乃至生死攸关的特殊年代（法国大革命、美国独立建国……），他显然是个急于直言而且尽可能把话说简单好让更多人听得懂、相信的人（尽管他太非比寻常的洞察力、他走得太快太远的思维，往往让此事变得不可能），因此，较正确的解释是，这就是托克维尔认为最简单、实在不可能再简单的说法，否则意思就不对了、跳掉了。

托克维尔想着什么、忧烦着什么呢？我猜是——"自由、平等、博爱"，这是法国大革命的三大动人诉求，如法兰西共和国均分均等的红蓝白三色国旗，但托克维尔（提前）知道，这其实是三个不同的目标，它们只在最初始而且极短暂如稍纵即逝的时刻能这样盟友般并列、并肩作战，很快地，它们必将切线飞出也似的分离，有各自的路途、行为、限制条件和历史破坏力；而且，作为三尊大神，它们势必会彼此争吵甚至直接打起来，尤其是各自锋芒太露的自由和平等这两个。

以下我们只能简单说（届临意思走样边缘的简单）。纯就历史走向来判断，托克维尔毫不保留押平等，认为平等的走势将最快、最生猛，直接单一胜出成为主神乃至于最终判准，并直接侵入、瓦解、一步步吞噬掉自由；而且，这关乎、深植于普遍人心之中，遂有着无可阻挡而且源源而来不耗竭的历史推进力量，包含着妒恨、仇恨这样暴力攻击的力量。这里，我们跳过托克维尔小心翼翼的推演查证，直接说出他的结论：托克维尔以为，平等浅而显，是一般人可快速察知好处并享用的好东西，其成果立即而明白，实践起来也容易（和人的自私心有极大比例贴合，不勉强），它还让人大量聚合一起，那些一直被欺负被侮辱被忽视如不存在的人们，安慰人心并汇集力量，包括那种最简易的道德力量；自由则幽而远，除了乍乍而来的过瘾解放感受，自由的好处在远端，在遥遥未来，而且并不确定并不保证，当下，更多时候自由对一般人较接近折磨，它给人的感觉是无序、困惑和危险，人宛如迷失于其中，还把人分开来，人孤零零的，却又事事要自己负责（从想、到做、到后果承担），以至于人会想逃离它，交出它来换取庇护，换取同伴和安全。这个"逃避自由"现象日后不断被各国各社会历史证实为真，也是大心理学者 E. 弗洛姆最重要一部著作的书名。

一般人以为自由有着种种暴力倾向，但托克维尔在平等里头察觉出更多更大的暴力（这点实在太厉害了）；或更正确地说，自由的脱序型暴力是个体的、个别的，往往骚扰远大于实质的破坏，更多时候其实只是人看它不顺眼（或稍加一点妒忌）而已，平等的暴力则是集体的、民粹的，这才是铺天盖地人类社会承受不起的。托克维尔的《民主在美国》下卷几乎是以此种平等末端的新极权政治／社会形式为结论，呼应着小弥尔（约翰·穆勒）集体暴力统治的相似忧虑（小弥尔说，一千个人统治一个人，是比一个人统治一千人更坏、更难以遁逃且残酷的专制迫害形式），这两位相隔着英伦海峡的先知人物，语调同样冷静偏冷漠，他们也忧虑得太超前世人了，一百五十年，在经历了世纪灾难之后，汉娜·阿伦特才在此一历史废墟之上悲伤地写成她《极权主义的起源》一书，而这已经是整整一百五十年后的事了。

在此一终极的集体暴力到来之前（可能不至于发生，或说不完全的发生），平等先一步会把社会拖入一种状态，这则是铁定发生的，那就是平庸，也就是小弥尔讲的沉睡，所有人像是睡着了——整个世界的程度陡然下荡一大阶，人的品质尤其如此，人变得很难看（其表情、其行为举止、其不遮不修的赤裸裸贪欲……），所有人类曾有过最尖端的美好东西一个一个从人手中流掉，还一个一个变得可笑（人用不屑来掩饰自己的懒和弱)。这种仿佛被抢走的得而复失,好不容易成为可能的重又退回成不可能,很令人难受也感觉很愚蠢,但真正让人沮丧的也许还不是这些,平庸是个森严的铁笼,以无知加上相当程度的妒恨铸成(也因此始终掺着、预备着集体暴力),它想把所有人拉回来和自己一样,不可以不一样,不放人自由,尤其那些个体的、其实于谁都无害的、只孤独探勘远方本来可让人类世界扩大并得益的必要自由。"他们说我疯了,我说他们才都疯了,妈的,结果他们人比较多……"这段生动无匹的话我引述过一次,出自昔日法国的一位年轻画家之口,此人最后果不其然被送进了精神病院。

　　托克维尔(以及小弥尔)对自由的热爱和期待,日后,人们也审慎地指出来它的风险,代表性的说法是英国下一代自由主义大师以撒·柏林的"积极自由",同样把人自由的过度积极实践要求,联结于欧陆革命和纳粹云云这一连串灾难历史,所以柏林小心翼翼把自由限制于个体,即所谓的"消极自由",人绝对不可以交出、不允许被侵入的最后私人空间云云——这是有据的、负责的。但这么说,把自由和集体联系起来还是很奇怪,几乎是悖论。现实里,被纳入集体性的(泛)政治领域里的,其实不是自由本身,或最多只是某种暂时性、策略性的手段,只有在为自由呼吁请命的此一特殊时刻、特殊行动(如寻求立法保护),自由才和集体短暂地搭上线。用白话来说,"所有人都该得到自由"这堂皇的话,真正的意思是每一个人都分别领回、各自保有属于他一己的空间,就此回归个人,而不是要求所有人从此得"自由地"绑在一起做同一件事;自由(在个体里)的成果或无可限量,然而再怎么美好的成果都只能带着无比宽容之心来说服人,不能拿来压迫人,更不可以说人不积极实践、不长成这样美好的样子就不配称之为人,很多革命团体犯这种残忍的错,而这所谓的最终成果根本还只是空中楼阁，还只是某个人、某些个人的想望和推论而已。

说到底，柏林式的现实忧虑，真正出事的其实不是自由，而是"集体"，也就是托克维尔所说平等所召唤起来的那一无可阻止的力量，我们极有必要在集体和个体之间更用力更深镌地画一条线。

大致如此。

当我们只留一名词一动词地改成"我爱自由"，这像是讲一个真理，真理到仿佛什么都没说，就连"我"都不必是真的我，没时间没空间，是任何人；但我们再耐心读一次托克维尔："我认为我在任何时候都是爱自由的，而在我们这个时代，我甚至想崇拜它。"——这里面满满是讯息，而其实中文译出也就多二十六个字和两个逗点而已，自许是读者，我们会连多读二十六个字的耐心和细心都没有吗？

"我认为"——这番话以自省开头，这是把事情好好从头想过的审慎语调。托克维尔知道，他和一般人对自由的热爱程度和价值体认并不一致，这刚开始像是可忽略的程度微差，但随着世界进展，尤其来到某个考验和抉择时刻、诸神冲突时刻（一定会来的），这不一致可能就是鸿沟了，让人分离甚至彼此仇视对抗。

"在任何时候"——这有预言和警示的成分，事情不会一直顺风顺水，我们得有所准备才行。尤其自由这种东西，它必将遭逢种种艰困的处境，这躲不掉，因为人性的缘故；也可以说，人们并不像他以为的，或人云亦云的那么喜爱自由、乐于自由。托克维尔仿佛看着所有此时此刻为自由请命拼命的人，心知肚明有多少人会在下一刻嫌恶地抛开它。

"而在我们这个时代"——然后，托克维尔把目光拉回到当下，他做了个历史判断，十八世纪末当时，整个眼前世界沸腾开来，自由的进展看来才方兴未艾，但对托克维尔而言，这一切如此明白几乎已成定局了，人爱自由但茫然，人更爱平等而且知道怎么爱它、完成它，历史的此消彼长其实已经开始了。

"我甚至想崇拜它"——对性格偏清冷、字词偏低调的托克维尔，这么说话是极其不寻常。这当然就是誓词，还有点和世人对抗的味道：我把自己连同所有的信用都押上去；或平和点说，我永远把自由置放于价值首位，不管世界将变成何种模样。且这很显然不是初次宣告的语调，而是再再重申；不是在自己欢快披靡时刻讲的，而是充分意识着自由的脆弱、（提前）站在忧患处境之上的一个庄严承诺，我不离不弃。

于是，这个"我"，才是真人的我，不像"我爱自由"的我只是一个代称，只因为文句需要有个主词，没人心温度，没认识刻度，没空间差异和沾惹，没时间侵蚀变化——这个我就是托克维尔本人，丰盈地包含了他的存在、经历、理解、判断和期待；却也是托克维尔认为人面对自由的应然模样，他当然期待能说动我们，让这个"我"也是"我们大家"，也许得这样才护卫得住他以为人间不可或缺的自由，但我们不听从也无妨，我们不听从可能才是"正常"的。

人自身就是不安的、浮动的、进进退退的，尽管我们喜欢和任何对象保持一种明确不渝的关系，但这通常只适用于我们已不在意了、已远离、如封存于记忆琥珀角落里的东西（比方从此再没见过也不知所终的小学一年级老师），愈是重要、愈长期相处如携带着的东西愈一言难尽，它必定和人发展出千丝万缕的种种联系，并随时间和现实世界的牵引不断增减起伏，只用一个字、一个粗大的名词是没办法正确表述的。

文字的表述因此有着"刻度"的细腻要求，好随时跟上我们的眼睛，我们的脑子和情感，也唯有如此，文字才真正为我们所用，不会一整个异化、固化，变成某种身外之物如柏拉图所指责的"栩栩如生的假东西"。

《圣经·创世纪》里说上帝把亚当带到世界万物面前，由他来一一命名（亦即先都是名词），好让人和世界、和万物很快取得一种秩序，一个让人可以安心的稳定关系——人类的这一趟认识历史之路似乎是这样走的没错，大致依循一个"模式"，即"农夫／行商"（本雅明）的消长和交换，而这也正是人基本生活形态的进展模式。人总是先整个地、粗略地、穷尽地掌握世界，这其实比一般以为的要容易完成，相当快的，世界再没有秘境，没有新颖夺目的异物，远方也所剩不多只是些不毛之地；人的认识进展由此折返，认识的要求转向细致和稠密，以逼近地、并各种光影时刻各个角度地重新凝视已发现、已命名的事物，还尝试不断分解它打开它，不满足于只是表层的视觉印象，更多时候，认识是填补空白，是在孤岛般悬浮着的已知事物之间找寻联系，以及彼此的种种牵引推斥；也就是说，认识的对象已不再是发现新事物，而是找寻、组织、确认事物的关系网络。

个人的认识之路也重演着这一历史——固然，太短的人寿让人无法恣意穷尽世界，个人的折返来自人对自己生命可用时间的警觉。人到中年，或欧洲人曾试图较精确计算的所谓"生命正中一点"（当时设定为三十五岁），感觉时间已不够，人通常会减缓对新奇事物的追逐，认识逐步增加反省、整理的成分，大致如此。

文字回应着、追随着人的这一认识要求——文字当然不凭空发生，它因人的认识而生、而变化，这是它的任务。因此，文字的发明和使用，同样亦步亦趋地先大后小，由外而内，由视觉而内省，由指称事物转向确认关系，由描述人日常生活经验转向"人思想上经验着的东西"（列维—斯特劳斯）。从数量上说，文字得大量增加，从品类上看，文字得更多样、多功能、多分工才行，亦即，文字大致上是这样出现和使用的，由名词而动词、而形容词副词、而接系词、而难以言喻只记录感叹声音的虚字虚词（最容易失败恶心、该节制到无可节制才行的一种字词）。

三十年前我们都还年轻时，我一个聪明早慧的老朋友曾说，他只写他已弄得一清二楚的东西，还补了这一句，他有个牛脾气，非弄懂不可。年轻时我们都有大致如此的豪气，既严格要求自己又无比自信。但多年之后，我们逐渐发现能完全弄得一清二楚的东西并不多，首先，疑问繁殖的速度就远快于理解，疑问更不挑生长地点，丰饶之地贫瘠之地都野草般冒出来、不像理解是如此精致柔弱、各种条件都得到齐的作物；更经常的是，很多年轻时日以为已确知归档了的东西，在时间里在经验中逐渐展露出它的其他面向，重新生出种种疑问，也变得不再容易讲清楚了。

更确切地说，我们的理解很少"完整"，我们只是局部地、程度地知道而已，即使是每天操持的事物（如书籍），最接近的人（如父母妻子儿女）。投票选总统，除非热狂到已无法用脑，应该没有任一个人百分百赞同甲候选人、百分百反对乙候选人云云，这是我们生而为人的生命真相。无可避免地，我们的书写若持续下去，必然愈开向疑问，处理那些（自知）理解并不完整的东西，也得不断尝试性地、有限地、有刻度地讲话，不敢给人那种永恒的、没但书没保留的过度承诺。

你当学会远离那些轻诺的人，年轻时日很容易误会为是慷慨是豪情。

你需要所有的字所有的词（但恰当选用）。只留名词和动词，文字的表述总是严重倾向于绝对、完整，像真理像神谕，太快速穿过得小心翼翼才行乃至于无可逾越的各种时间、空间界线，适用于生命处境几乎无一交集的各式人等，仿佛人类的漫长历史，是同一天、所有人是同一个人。这会是一种太"满"的文字，难以保留疑问，难以正确地表达刻度，难以携带着人心里的温度，难以放进去个人的价值信念和抉选，最终，是具体的人完全无法加入包括书写者自己。这会是危险的，过度承诺的危险，书写同此容易走上截然的两条路，两条都不太好，一是不负责的就让它危险，把读者化为信众，二是负责任的退怯，只敢讲那些没棱角没裂痕、平稳到就只是平庸的话语。

最无法确知、最处处是疑问、最得商量程度的说话，我想，正是当下现实世界，因为我们知道它最多，也因为它未完成，更因为我们是整个人和它相处敏感得不得了。还有，就是文字语言和人行为行动距离最近，即知几乎可以即行，弄错三千年前牛骨上的某一个讯息和弄错当下某一讯息，其风险是截然不同的，更正它挽回它的可能性也完全不同。

而书写的真正位置连同它的所有意义可能就是当下，不在这里还会在哪里呢？就像博尔赫斯讲的（可能有人质疑他的思维和书写跑太远），我当然就是阿根廷的当代作家，这既不必强调证明也无从拒绝抵赖——尽管有时候我们的思维像是飞得很远，话题拉得很开，书写者本人也像是背向着、远离着当下如博尔赫斯也说他会想自己是十八世纪之前的英国人（这是他大量阅读、浸泡于早年英国诗歌文学时说的，彼时他双眼已盲，迷醉于那铿锵作响的诗行，喜欢那些没有任一句丧失勇气的话语），但根本的来说，这是寻求一个更宽广的视野、寻求理解所必要的比较和补充，（暂时）站到外于当下也外于自己的观看位置，此外，就是偷取和携回，把远方的珍稀东西弄回来，"安有斯人不作逆／小不为霸大不王"，这些，最终蜿蜿蜒蜒地全归于当下、注入当下。

　　我们说，书写在每个时代每处地点都发生，算是持续而且稠密，很容易感觉已被前人写完了，我的书写究竟有什么不同、有何必要、有何独特性可言？这是每一个像回事的书写者迟早会要自问的，也不止一次地问，这个难题若有稍可安心的答复，那必定是——因为我在此时此地，赫拉克利特之河意义的。我的此时此地必定有某一些不重复不回返、也不全然重叠于其他书写者的成分，无法全然地用卡夫卡、乔伊斯、普鲁斯特云云的书写来替代、来代为回答。这最终模糊的合为某个当下的神秘性，即使在那些思维、心志殊少神秘成分的书写者身上，我们仍可隐晦不定地察觉出这个：时间中、空间里，我为什么独独生在这一刻、这一地、这个家庭，由眼前这些人围拥着？让我独独知觉到它们而非其他是为着什么？要我发现什么？我的闯入我的观看和知觉像根小蜡烛般照亮大时间长夜的这一瞬这一角落究竟是不是一个安排？……

　　你看，一样的，自许和自大只一线的、刻度性的微差之隔，但两者多不相同，也真的不容易说清楚。

　　也许每个书写者有他不同的主张，我自己想留在当下，和我的此时此地相处，我不想绑着双手般只使用名词和动词。

7．不愿解释自己的作品，却得能够解释自己的作品

稍稍延伸一下，来看这个问题——书写者该不该解释自己的作品？

这是个意见趋于两极的争议问题，我，昆德拉也是（《相遇》一书中），认为一个好的书写者应该能够很好地解释自己的作品。

这里有个真实故事，人物是拉面老职人、一风堂的创办人河原成美，几年前他接受电视公司委托，负责鉴赏名古屋市拉面激战区如雨后春笋冒出来的新店。其中一家，河原成美显然对其面汤是很满意的，"是不是用了苹果？""是啊。""为什么想加苹果？"年轻的师傅有点耍帅，"没为什么，就加啊"。就是在这里，原本好心情的河原成美当场翻脸，痛骂了好几分钟，以为这是不负责任的，场面很尴尬。

河原成美气什么？我猜是这样——说是志业也许太沉重了点也太窄了点，但如果你对拉面足够认真，你就得不放过它的任一处，不可以糊里糊涂地错，还不能糊里糊涂地对；经历不直接就是经验，经历得再加上一个反省思索的过程才是经验，经历的验证。试着加苹果熬豚骨白汤，仍得是一个叩问，你对苹果的基本食材特性已先有所掌握

（其香气、酸度、甜度、色泽、果肉果胶……），感觉这里面有某些你需要的成分，所以这是一个有预期目标、有线索的尝试，在这样思维准备的基础之上，熬汤的结果才是可精准检讨的、可积累的，你也才知道怎么进一步微调它（苹果数量比例、放入的时机、可否改用更恰当的品种好加强其酸度或甜度云云），让下一锅汤的熬煮更好更准。退一步说，就算加苹果真的是纯偶然的、灵机一动的，但之后你仍得以同样方式追踪它、验证它，纳入你的常规作业里，如此，幸运才能够驻留下来，真的被你这锅汤所吸收。

书写大致上也是这样，即使有幸运，有谁敲了下你脑袋的宛如天启一刻，那也只是就那一瞬、那一个点，顶多撑一篇不长的作品（它持续不了那么久），重要的是，它既然来了就不能放走它。

争议来自语义，书写者不解释自己作品是"不愿"而非"不能"，是意愿而不是能力，这是两回事。书写，从思维到文字执行，有诸多我们一生难以完全了解、彻底掌握之处，但那只是我们生而为人的正常限制和困惑，书写没那些装神弄鬼的神秘。

我应该算不愿解释自己作品一族的，能够的话，不接受采访，不公开谈话，不安排活动，当然更没染上那种开外挂似的恶习，想方设法为自己作品添加并没有的意义和重量云云（这一糟糕现象愈演愈难看，遂让我们更加远离、不齿于解释）。首先我以为，作品的基本解释场域仅限于作品本身，书写时不期待日后能有再解释的余地，这样的假设我想是有益的，它要求你在书写时得想更清楚并设法说更清楚（经验上知道，这往往还是同一件事），作品有机会长得较沉实稠密，乃至于把自己都不知道有的某些能力和记忆存货给逼出来，惊喜，并且不留遗憾。

此外，不擅长于想书名、不愿书名有超出内容的"美丽"成分、总是以某种大而化之不强调的方式命名（如《阅读的故事》《世间的名字》），我自己想成是，这同样源自我不愿额外解释、添加的基本心思，尤其是书名这种单一强调的解释方式，好像只要读者看这里、看这个点。常说，好的书名是画龙点睛让内容通体活过来这没错（我自己极欣赏、欣羡那种既恰如其分又绮丽充满辽远想象的书名，洗心般给你预备一个极好的阅读氛围如斋戒沐浴过，比方朱天文就一直做得到这样），但一本书动辄几十万言，不是只说一件事一句话，往往，需要点的眼睛实在太多处了，放马桃山，倒不如就让它们各自在内文里它们最舒适怡然的地方睁亮着，这都是书写时奋力找出来写出来的，我没偏爱。

但事情不会这样就圆满。一本书、一部作品终究不可能是全然自给自足的小宇宙，一个身外物，可以这样干干净净地、不沾不染地自此从你生命连续之流里切出去。首先，它很快会碰上这个——向着谁，并解释到哪里、哪一步？

我喜欢把解释想成就是书写的一部分、一环，解释就是内容物，解释就在书写里完成。书写这一有意为之的行动把思维的"混沌"状态凿开来，书写本来就是一次（再）思索、说明和解释；然而，在书写的实际执行时，你仍需一个基本设定，也许只是习惯的、模糊的、不多知觉的，你仍面对着某一个或某一些"读者"如同你说话进行得有一个对象。问题是，这个对象贤智愚庸有不同等差和听话能力，你把这道解释的线画在哪里才好？无论如何，你都抛弃掉了一堆人，但凡，你多生出种温柔心思（寻求名利、想多得掌声和崇拜之心也成），垂下蜘蛛丝般想多拉起作品本来不该触到的某一层人，书写和解释原本的重合为一便开始出现了裂缝，步伐不再一致甚或去向背反形成拉扯，也就是，解释成为书写一个"多出来"的要求，是得另外分心分力去做并得特别为它找出安放位置的多余之事——解释本来就是内容中最吃重、步履最迟缓的东西,是书写大军的辎重,书写要保持方向和速度顺利前进指向远方,有它难以超重的携带总量,好的书写技艺安排可扩充一些,文字愈精准也能让负重的效果极大化,但限制仍是在的,《三国演义》里,目的地荆州寻求刘表庇护的刘备一行,便因为不舍跟来的黎民百姓,拖慢了军行速度,遂被曹操大军追上,刘备因此折损了兵力、牺牲了老婆,还可能摔笨了儿子刘禅,代价不小。

把解释放内容里,但书写者自己心知,书写如轻烟上达,要往高处远处去,解释如石头要回到地面,和更多人在一起,它们最舒适自然的位置最终是背反的、诉诸选择的。

朱天心也是不爱、几十年下来仍不习惯公开谈话的人(这和她太赤炽的现实关怀之心背反,有点难办),她的克服方式是想办法在众里找到某一个,乃至于三两个看来可接上谈话频道、有"正确"表情变化的听者,她看着他们如同一对一地说话,并随着他们的表情变化微调自己的内容、速度和用语,尽可能解释到他们的脸会生出亮光来。朱天心说,这样才能保护住她的谈话不四分五裂,她才讲得下去。

没有任一种解释能下达到所有人,再简单体贴的解释都对听者有要求。

每个书写者因此都有他设定的对象,从程度到数量不一而足,这上头,我自己和朱天心相似,我书写时得有一张脸,一张会随着我书写进行或恍然或疑惑、明暗交换的脸,当然,这个设定性的对象不可能是实存的,只是某个"理想读者",因为实际上和技术上都不可能有这么一个人——技术性上是,我必须假设这个对象是影子般一直跟住我的,简单说,我写每一本书、每个字他都奇妙地在场,第一时间而且顺时间(这很重要)地读并做出反应,所以,这只能是想象的,如小说人物般由好几个人所合成，我猜，其核心其实就是我自己，另一个读者身份的自己（无疑地，我有足够的经历和记忆不难扮演好这角色），一个两面神雅努斯般看不同方向、不朝着自己而是朝着外头世界的另一个自己，这让我的书写不会一直陷落到"自我"里面，时时响着现实世界杂语式的种种质疑提醒校正声音，这样两面作战的书写当然比较辛苦，但去除掉太多封闭的、单薄如一意孤行的陷阱，这比较健康。此外，这个假想的读者多黏附着一些可思议的真实反应及其表情变化，这则是四面八方取自于好几个真实存在的人，我的"厉害朋友"（这是小说家阿城说的，"我是讲给远方那几个厉害朋友听的"），这几个厉害朋友，他们和我有持续且时时与时更新的对话，或可稍微恶心称之为心智的旅伴，我极熟悉他们对我的信任和不安之处，我猜得到他们会说什么如同他们时时在场，摆得平他们大致上就算过关了。

是以，一本书装不下装不完所有的解释，对书写（或思维）而言是必然的、本质性的，这会随年纪愈来愈严重愈明显——年轻时日，人的书写题目比较像是散落的、四下抓取的，这本书写完跳去写下一本书，彼此不相联结甚至毫不相干；或者说，彼时人认识某事某物总是单面的、单一视角的，话一次可说完，说完就可以抽身离开，也不余下足够分量的材料可供想下去。但现在，一本书写完愈来愈像只是"暂停"，书写停了下来而思维仍是持续的、翻动的并大步向前（所以书的结尾愈来愈难写）；而且，一本书有它限制性的行进路径（我的书写已经被说成是最横生枝节的了），强调了这一条便暂时封闭了另外那一条，相对于思维日渐扩大的范畴，书写能涵盖的比例愈来愈小，书写愈来愈像是"抽出"，是选取其中一条路（猜想是最富潜力的一条）的探险行动，看它最远能带我们走到哪里。

正因为这样，才出现了这个有点吊诡的解释现象——书写者得能够解释自己的作品乃至于有再解释再思索自己作品的"习惯"，这甚至是自然而然的、每天每时都进行的，因为那些没选择的路径、那些被搁置的关怀和被中止的可能，往往正是他此时此刻想的，和已完成的这本书拮抗、对照、补充，由此构成书写者的完整思维；但在现实里，这样的再思索再解释往往并不说出来，书写者像是个不回头看、不回头想自己作品的人。我个人的经验和理解是：正因为需要解释、补充的东西实在太多了，超过了某个临界点，便不是那种单薄的说话形式（如采访或公开谈话）所能负载得了的，你不愿意就这样轻易地、粗糙地把它"说掉"，或更确切地说，这已可不称为解释了，这极可能就该是你下本书或下下本书（如果你需要更多一点时间和冷静来丰富它来熟成它的话）的书写题目。

这也是我和朱天心常有的对话，相互扮演提醒者——每当谁懊恼自己已出版已追不回的书写遗漏掉重要的什么，另一个就负责讲，没关系，那就从这个好好再开始想，下次把它给写回来。

当然，能够解释但不愿解释，也是因为看多了看厌烦了的缘故——书写联通着外面的繁华大世界，逐渐养成、无法戒除还一直强化这个"恶习"，那就是想尽办法在自己的书上头再堆积一些重物、饰以它并没有的字词性意义和光辉、并摆放它到没抵达的位置上云云，这也许合法甚至合情但总是让人不好意思（这样的羞惭之感油然而生但始终不晓得从何而生，也许只是同样身为书写者的负疚，或同样身为人的负疚），你想远离这个、装作不认识这个；你宁可你的书被误读误解，也不要变成那样的书写者。

8. 文学书写作为一个职业，以及那种东边拿一点西边拿一点的脱困生活方式

书写怎么开始也许并不重要，我们每个人一生都"开始过"不少事，如春花如朝露。问题在持续。

据我所知，也依据我的记忆，文学书写很少以"职业"的模样始生于人心，倒是，对心生文学念头挥之不去的人而言，职业这东西反而常是一片乌云、一堵拦在不远处的厚墙、一个最不共容逼人二选一的沉重抉择，且屡屡真的成功说服人放弃文学书写。也因此，文学书写的"全职"时光常发生于就业之前，它的自在天地是校园，不是因为这个空间最合适它生长，而是因为这里还没被职业这东西侵入，它"人为"地延长着我们的童年，自由，而且通常有人喂养你。这于是也为文学书写的面貌加了年轻感、游戏感，好处是轻盈富想象力，糟糕的则是太轻盈太想象，屡屡出现加西亚·马尔克斯所说那种"最难看"的东西（"没有现实为底的凭空想象是最难看的"），除非带着年龄差距的宽容，很难真禁得住有足够生命阅历、足够成熟的眼睛。

我不以为这只发生在我活过的台湾，台湾没这么特别。根本地说，

我想这就是文学书写，就是文学书写和职业的关系，文学书写和人类社会、和人类世界的"正常"运行有着种种的、处处时时的、之前想都想不到的扞格，大概永远也找不出一个一劳永逸的、就这样的舒服位置来——这个根本认识，有心持续文学书写的人顶好都先这么想，当自己人生选择的一个前提。

朱天心很喜欢《美丽新世界》这部法国人狂欢回想他们高卢人早年历史或说前历史的电影，里头一个太有趣的人该说是疯子或就说是文学家，他当然不事生产，他游荡、爬树上四下张望，岔开所有人的生活安排和节奏。电影中，其他高卢人祖先对他非常宽容（真是幸运，或者说法国人把他们祖先想得这么好），几乎是疼爱了，他们喜欢听他讲故事，不当真但哈哈大笑很开心，也常又温柔又嘲笑地抬头问他，你在那上面又看到什么了。而这个长挂树顶如望向另一个世界的人，竟也是第一个看到恺撒罗马军团入侵并示警的人，所以说，现实世界延伸而出的边界究竟何在？现实世界和所谓"另一个世界"的界线究竟该划在哪里才对？

文学书写的历史非常非常长，长到无从追溯只能描述。广义来说，也许还更早于文字的发明、早于人类世界的建造；也就是说，文学书写独立而且提前发生，并不是社会的产物，也并不回应着社会的一般需求，文学书写如小说家纳博科夫说的，发生于人还穴居时"高高的茅草堆里"。而文学书写成为一种职业也才不过几百年而已。这一真相，我以为，饶富深意，应该要牢牢记得它。

之前，文学书写的生活依据，与其说是一种极笼统极松弛的经济交换（意即以作品来换取生活所需），倒不如说是"接受豢养"，那些其他高卢人祖先、国家、社会、统治者、上流贵族世家、新兴富豪，以及（最经常的）书写者那几个不幸的家人，还有，他自己。

所谓书写者的自我豢养（已是并将是文学书写者的主要存活方式），意思是——我想起已故星象学大师古德曼女士的说法，她原是劝告准备嫁个南鱼座人丈夫的英勇女士得认命如此："找两份工作，一份养他，另一份养活你自己，两份都由你来做，做得跟个鬼一样。"

文学书写终于还是成为一个职业这并不理所当然，这是件历史大事情，也是文学书写的一次大型扩张。很简单，道理上来说自主当然就是自由，不再有任何人掐住你喉咙（或食道），你从此可以只听自己命令行事；实际上也是如此，文学书写至少少了一种牵制，多出来一大片空间，过去豢养者不喜欢的、不懂的、不在意的、不知道有的东西就此排闼涌进到文学书写里来，其中最震撼当然是下层的、庶民的这一整大块，巴赫金干脆就称之为"第二个世界"，他想得对，这确实像一整个世界没错，它成立得更早直通上古，它人数压倒性地更多，它也占地更广而且崎岖起伏变异性更大；他们的生活、他们的遭遇、他们的欢乐哀伤和愤怒、他们的情感和希望云云都一样真实，我们会说也许更真实，或者说更直接，没掩饰也难以掌控，遂曝现着更多真相、呈现更完整的人性可能。过往，文学书写（文字）远在这个世界之外，只很偶然地、很片刻地、几乎只点状地碰到它，来自外来书写者极可能一闪而逝的触动和同情，来自某种真诚但所知不多的善意，以及单纯的惊讶，而这些都是很快会收回、会离开的。现在，文学书写进来了，书写者不是外来者而是自己人，他们可以安定地学着由自己来说。

在此同时，文学书写也少了些教养式的外在规范，但实质加重了它自身的道德思维成分。

文学书写成为职业，过往我们或会很土气地说这是自己当老板，下命令的就是自己，现在我们大概倾向于描述为这是直接诉诸社会集体，面对市场，隐隐感觉到有另外的命令声音传来。这两种说法的微差，透露着我们认知的实际变化及其调整，前者较接近理想，后者则直接感受着现实（如现在年轻人爱讲的："理想是丰满的，现实则是骨感的。"），意即在单纯的欢快里开始不断渗进来苦涩和不祥，纯净的自由原来还是隐藏着种种拘限力量。

很奇怪，按理说人们早已知道不是这样，但太多时候，我们还是不知不觉、有意无意忽略地，总是把集体当成全然沉默透明，外面世界仅仅是个场景、是个舞台，这怎么可能是真的？

人从全然自给的自然经济，走向有限的、可不依赖的早期交换，再到我们现在已无法不相互依赖如绑在一起的交换，这应该是已再无法逆转回去的人类历史，也正是我们每天的现实。我们看李嘉图他们那个时代的伟大经济学著作，你生产一蒲式耳小麦交换我一公斤铁云云，基本上，交换被说成如此对等、平坦、自主自由而且干净得像是一个算式，童叟无欺，贤智愚庸谁进来都是同一个结果，但这很早就不是真的，也许从来就不是真的。市场是个处处不对等的绝不平坦东西，其大小不对等，资讯不对等，意识形态的亲和／排斥程度的不对等（这直接影响着交换价格），生产物于时间的抵抗力承受力不对等，人对不同产物的缓急所需更不对等（你可延迟一星期读托尔斯泰，但无法延迟一星期不要食物饮水），凡此种种。市场因此不是透明的，这是一个机制，感觉横向呈列的商品，是愈来愈森严的垂直整编。我猜，古典经济学者之所以把市场描述得平坦而对等（两三百年后今天依然有些倾向，某种不假思索），除了仿效科学式原理式的思维，也是因为他们太意识到当时的政治层级体制，政治高悬头上决定一切，紧紧钳制着经济运作，政治是老大哥，经济的当下急务是政治解放，从这个垂直性的森严统治秩序里逃出来，所以强调自由对等云云，好援引彼时所有要求政治解放的沛然力量，以便和当时的历史浪潮同步。但我们从日后逐渐露出的经济真面目来看，自由对等云云并不适用于经济自身的内部运作，大白话来说是，在经济"统治"的领域里，它并不给人也给不了此一自由对等的承诺。马克斯·韦伯才是对的，经济本身当然就是个垂直层级系统，每个接触点转折点都有权力严重涉入，其痕迹清清楚楚。

经济市场，和政治权力竞逐场域，自古以来就是人类世界两大块最多诡诈、最多不公平和残酷情事之地（有关这个，政治学者一直比经济学者坦白诚实不是吗？），哪个更严重些呢？如果由我来回答，我会选经济，也许过去曾经不是，但现在已是、将来更是，经济垂直整编的规模、效率和其细腻程度，早已远胜政治，这应该是我们今天的常识。

市场，也因此很快不再是人可只身一人进来的地方了，就连那种呼群保义式的松垮垮结盟性合作社都只是某种初级形态无法稍长的持续、难以成立（合作社的典型成败，或更确切地说，合作社总是快速成功、展开但紧接着无以为继，要不就异化为同样的上下垂直体系，要不就瓦解消失，这一而再再而三重演宛如宿命、宛如历史单行道，是个很有意思的思维题目，不限于经济学），而文学书写作为一个职业，要命的是，从来都是孑然一身而来的。

文学书写只身走入市场，转身面对着很多人或所有人。很多人或所有人有两种可能意义，其极致两端大概是这样子——一端非常美丽，那就是权力的消失，再没任一个人可下决定性命令，书写者不必再听从任何一个特定的人，这几乎就是完整的自由了；另外一端就阴暗了，其最恐怖但极生动的描述之一是霍布斯，他把很多人或所有人想成（凝聚成）一个仿佛有意志、有很初级偏狭爱憎、发出终极命令声音的单一巨大东西，借用了利维坦这只古老大怪兽来命名，而这也正是他《利维坦》（或译《巨灵论》）一书的著名封面图像，一个巨大君王模样的人形东西，拿近点看，其实是由难以计数的微粒小人聚起来叠起来的。

现实里呢？现实芜杂凌乱总是摆荡于这两端之间，端看你所为何事、你想成为怎么样的人。大体上，我自己倾向于把它想成一个沉睡的怪物，好保持警觉，我以为这样做比较安全，也比较不容易灰心失望，比较不至于一厢情愿做错事情——如果你没一定要做什么，尤其不心怀特殊希冀，只贴着时间的流水起伏过日子，那你几年可以不（必）感觉到它存在；可一旦你认真起来，开始多想事情多做事情，朝深向处去，朝细腻精微处去，朝某种"人生的边上"去，朝更相信自己的地方去，你大约就吵醒它了，你很快会发现有个远大于你的东西挡你面前，仿佛就在你眼前凝聚成形遮住所有光线，巨大、粗暴、平庸、毫无耐心，而且几乎和你不使用同一种语言无从讲理无望说服；再如果，你喜欢穷尽事物真相，你信赖理性，你对人对事的善恶对错美丑有追究判别的习惯并屡屡有所坚持，你生命里有一堆应然性的主张，你对人类曾经有过最深刻最辽远最精巧的思维创造成果珍视不已并努力想把它们置放在最恰如其分的位置、你希望更多人能知道这些感受这些，凡此，如果你这样，那你顶好就直接相信这个大东西与你同在，如影逐形，一直就站你对立面，你每个转身每次动心起念一定撞到它，它是你的终身之忧而非一朝之患。

今天，如果我没弄错的话，这个巨大东西睡得愈来愈少，有太多、更多当代的声光和配备一直在唤醒它，随时助它凝聚成形。最深刻的，像是托克维尔预见的无可阻挡平等思维及其必然效应（平等总是选择把高处弭平、把人拉下来这个较容易的方式，绝少采取把自己提升上去这个远较艰辛的做法；它道德满满，却也屡屡流于懒惰甚至妒恨）；最粗鲁普遍的，则是购买力所带来当代神话般的"顾客"身份及其凌驾性权益意识（顾客即便不永远是对的，也仍是说最后一句话的人），而它最进步的配备，当然是二十四小时无休串联的网络、脸书。

文学书写极可能就是最早充分感受这巨大东西拘限力量的一门行当，远远在它正式成为职业之前——文学书写一直抗拒着，或至少不那么寻求"群众"的支持，这日后还是它一个陈腔滥调型的道德罪名，几乎每个左派人物都曾长挂嘴上地这么指控过它。已故的萨义德把这话说得比较沉重坚决，他讲文学书写的最重大使命之一便是抵抗流俗成见。那种凡井水处皆歌柳词的当下热腾腾现象的确有其过瘾之处，必然带给书写者一定程度但小心上瘾的"虚荣"，大概也不乏一些实质的酬报（端看不同时代不同社会的样态），但长期来说、根本地来说，这不过聊记的文学佳话而已，文学书写自有它独立的、不为压倒性人数所劫迫的判准，它高山流水的宁可信任有精确鉴赏力，仿佛看着同一个东西做同一种梦的清澈眼睛，所以当然是苏东坡乃至于朱淑真的词好，胜过远较妩媚畅销的柳永。人交浅就无法言深，进一步的话语得有基础有准备，有不少话只有背过群众，人置身于一种澄明的隔离状态才想得进去、才说得出口（跟自己、跟仿佛就是自己的那几个人有什么话不能说呢？），这甚至需要一直练习，需要成为一种习惯，最终还是一个能力。这些，尽管在松动流失之中，但仍然确确实实保留到我们今天，像是，我们仍把所谓的畅销书和好书分开，而且仍相信这两者背反的多亲和的少，几乎是两种风马牛的书写态度和阅读选择态度，几乎是两个不同职业、两种人。

知道当年但丁《神曲》或乔伊斯《尤利西斯》卖多少本吗？别问我，我也不知道，不以为需要知道——我们一样，不认为在考虑它们是否堪称人类伟大文学著作同时，得去察看它们的销售数字以为佐证。

事实是，文学书写一直抗拒着，或至少不那么寻求"群众"的支持，它正是这样子成为职业直直走入市场的——这稍想一下便会觉得蹊跷，奇怪还有其他产品是这样吗？这当然背反市场游戏的最基本天条，如此不信任数字（一谈起数字总让它狼狈不已），注定了先天不良。今天，我们也许可勉强解释为所谓的分众行销云云（意即我只取某些人某种人而写而印而卖），但分众行销是极成熟市场才逼生的概念，也是一种进取性的、更设计性的策略（以一种更精密的数字换算方式，控制成本，以效益的极大化来取代纯销售数字的扩张云云）。文学书写不是，也没（能耐）想这么多，它听从的首先是非市场性的另一种声音，该说来自于这门行当的所由来之地或书写者自己心里，它打从市场还是一整大块、还纯数量追逐的粗暴年代，就尝试着分离出两种读者（当然无法从购买金额来辨识，和房屋、汽车、首饰珠宝云云不同，好书烂书基本上一样价钱，意思是市场机制无法分辨，或不觉得要分辨），也不是什么聪明"方法"，是很后来不得已才勉强说成是一种策略，好让它在市场的讨论中体面一点而已。文学书写，始终是一个异心的、别扭的"商品"。

把文学书写当自己"一生最主要做着的那件事情"，对我个人来说已超过四十五年了，我从十二岁以后就没再怀疑过动摇过。这四十五年，我在着的、看着的当然是台湾，我一个名字一个名字点过去，可有任何一个是全职的，就像社会其他领域从业人士那样的？即便在稍早那一段文学算相当光辉、书写成果亦堪称惊人（从质到量）、我老师朱西甯他们盛年的岁月。我勉勉强强想到的那寥寥几个名字，都并不符合我心中的文学标准（并不严苛），举凡武侠小说、言情小说，或我们称之为"传播现象"的煽情性书写、鸡汤型书写云云，也

辑三　书写　291

就是那些听从、投合社会集体命令声音、下修到社会大公约数层次的作品。这人各有志，没不对，就只是不同而已。

也就是说，文学书写始终无法恰当地、舒适无悬念地找到一个"职业模式"，而且还逐步的远离中——也许我们可归因于台湾地区太小、只二千多万人口，但日本呢？一亿多人，且曾经是出了名好读书的国度？

命令，其隐藏的、紧跟而来的就是一套奖惩，这是无法躲的，基本上，我们能够做的只是自我态度的调整，比方接受、忍受，或设法不在意。

想继续写下去，给文学书写和自己足够长的时间，其必要的经济支撑，依我多年看到的（也是我自身的经验、我家人朱天文朱天心的经验），最适的应该就是这种方式吧——"这边拿一点，那边拿一点……"。这来自《悲惨世界》音乐剧里的那段小偷骗子之歌，旋律有点逗，鬼鬼祟祟和其歌词叠合，夹在庄严慷慨的主旋律（《最后的战役》）里有趁乱浑水摸鱼的味道。

至于怎么东一点西一点地凑足相当于一份"正当职业"的完整薪水，那随个人能耐、个人际遇、个人的选择判断而定。比方到大学兼课或任职，打工族般接文学评审或各地演讲，去杂志社出版社当编辑，客串写广告文案，乃至于完全不相干地当个体力劳动者如搬家工人，让心智休息，让赚钱的事和想做的事彻底分开不相渗透妨碍，等等等等。

以上的举例都是有据的，我能一个人一个人填上名字。

如此，听起来是有点悲惨，也的确有几个定期性哭哭啼啼做悲惨状的文学书写者（在网络上、在脸书里、在任何可以公开说话表演的场合），但就以台湾现状来说，这种东边拿一点西边拿一点的解决办法其实还成立，用来喂养自己身体和文学书写心志是够的，除非你成天想的是"更够"。像是，你开进口休旅车，你乔张做致非得到那种很贵的咖啡馆乃至于开饭店个人房才能写，你住台北市地租房价最高那一级的住宅区，并以所得最高那1%人的夸富方式养小孩（双语托儿所幼稚园以及一科一私人家教云云），购物狂般一屋子当季超级名牌穿不了用不了，这样就没办法了，非得牺牲掉文学书写不可了。"更够"，这是个无底深渊，这种贪婪，也是人各有志没错，我们纯理性地说（绝不掺杂一丝道德嘲讽），问题在于这和文学书写几乎无法相容，你非做出取舍不可；或我们进一步说，古典经济学认定这种贪婪正是人最强大恒定的驱动力量，你既然服从它，就应该让它把你驱赶到更恰当的其他行业去，依亚当·斯密"看不见的手"，这于己、于所有人都更有利，不是很好吗？所以，哭哭啼啼无济于事，只徒然让文学书写的面貌更寒酸更难看，更让人看不起我们这门我们其实仍感觉光荣、自豪的工作。

东边拿一点西边拿一点，这也许不是唯一的方式，但我认真比较过，我以为这应该是最佳方式，如果我们真正在意的是书写——代价最小，需要的妥协最少，不仅有望克服经济问题这个所谓的"自由最后障碍"，还能在克服障碍同时得到有相当弹性的自由。理性、柔软、平和如镜。

说来，文学书写和职业的关系如此别扭如此紧张，这绝非个人性格使然（有太多好书写者是沉静不争、甚至并不自恋的人），而是因为书写这门行当对自由的要求实在太高了，没有任一个其他行业需要如此，我也想不出有哪一种职业工作供应得起——文学书写对自由的过度要求，并不是用来享受（或说已远远超出了享受到自找麻烦自寻烦恼的地步），而接近于让自己随时身处一种"待命状态"，住哪里都像是旅店，行李不打开，人尽可能让全身感受张着，因此，一种已届临依赖、更改不了也损失不起的生活会是麻烦，一种过度投入、无法辞职的工作也会是麻烦。

也因此，在同时做着的、用以喂养文学书写的工作里，通常不容易做得太好、升成最高职位、取得诱人的薪水，甚至，无法累积太长的年资。

得再稍稍说明一下，文学书写，有格林那样走遍世界走到地极的人，可也有福克纳那样只一乡一镇的乡巴佬，更有普鲁斯特那样拉起窗帘躺床上的人。文学书写从单一职业的分神、不安定及其"出走"，指的不是空间移动，而是抵拒着（很快）已成自动循环、人心智进入到某种封闭状态、从而人和世界也只剩、只需要一种固定关系的生命方式——现代的职业分工尤其容易且通常很快就变成这样，包括那些移动距离最大、打交道的人最多的职业（船员、空姐、快递送货员、路旁发广告传单者……），不出几个月，你会发现自己走的就是这么一组路线，见到的就是这些个人，讲的就是如录音播放的那些话，就连出状况多是重复的、模式性的，人几乎不用带脑子出门；而且往往，那种走最远、见最多人的职业工作反而最接近这种自动循环，只因为浮光掠影，人用这样薄薄刮一层的、不驻留没焦点的眼睛来扫，世界哪里都是一样的，尤其今日全球化的、没秘境的世界。所以说，不见得是空间出走，而是人得从现代职业工作的"单维度人"（马尔库塞）挣脱出来，和世界恢复成完整的、歧路的、千丝万缕的、符合文学书写稠密要求的关系。

这么多年下来，我依然如此喜爱梅尔维尔《白鲸》的一开头。兴高采烈，就是这个词，这样的兴高采烈是真的，很合适用来驱散那种讨厌的哭兮兮气氛。这是我的召唤，我的自主选择，我当然知道出走有危险，但感受到那种有着沁人寒意的危险让人脑子清醒，而且如大导演费里尼讲的，害怕其实是人一种极精致的感觉，感官灵敏、警戒、开向四面八方，冷天清晨出门的精神抖擞。我上回引用这段话已是十几年前了（老天，可真快），当时我的诗人老朋友初安民辞去了原来极顺手的工作出来创办《印刻文学生活志》，我用这个"有个叫以实玛利的要出海捕鲸"的故事来祝福他，也期待他携带着做此决定那最原初的兴奋和想象力——"就叫我以实玛利吧，前些年前，且别管究竟是多少年前，我口袋里只有很少的钱，或者没有钱。岸上已没什么让我觉得有劲的东西，我想我可以出去走走，去看看那一整大片都是水的地方，这是我的习惯，用来驱散愁闷，调节血脉。主要是因为我发现我的灵魂愈来愈阴郁，像那种湿冷的十一月天气；发现自己总驻足在棺材店门口，看到送丧的行列就不由自主跟上去；更因为发现我的嘴巴愈来愈冷酷，以至于需要强大无匹的道义力量才能阻止我走上街头，有条不紊地把人家头上的帽子一顶顶打落。每当这种时候，我就知道我该出海了。"

都知道了对吧。此行结局是场灾难，捕鲸船裴廓德号被大白鲸莫比·迪克拖入海底，每个人都死了包括人人最喜爱的高贵野人鱼叉手奎奎格，还殃及船舷旁等着捡便宜的几只倒霉海鸥，就只有一个人，当然就是以实玛利"我"本人，这家伙抓着棺材改成的浮子逃出大漩涡，为我们带回来这个故事。

自由，我们这个时代最庄严、最堂皇的允诺之一，仿佛与生俱来不假外求。是否真的如此这可以讨论，但在真实生活里，自由通常是"换取"来的，有种种代价尤其是经济代价（要不然你以为那些乖乖朝九晚五上班的人干什么？），所以说，自由绝不通体完好如不可分割的粒子，不可能平滑如镜没瑕疵，自由是多层次且多节瘤的，我们永远在切割中拉锯中取舍中，多换一点少换一点，不少时候甚至得靠蛮力或种种欺瞒手法才能多挣得片刻（在职场中、在婚姻里……）。二〇一七台湾地区的"大事"首推劳动时间改制的一例一休之争，每星期差那几个小时，就够让上上下下、政府地方、劳资两造打成一团到动摇社会的地步，我们也再一次见识到当前高度整合、收束、依赖的经济体制之下自由论斤论两的多么"昂贵"。文学书写需要的自由、习惯的自由，可远远不只每星期这几小时而已，这当然无法嵌合进当前的经济体系里成为通则得到保护，这只能是某种"被遗弃的自由"，如本雅明在他《发达资本主义时代的抒情诗人》书里说的，逸出资本主义机制之外那种自生自灭的、"朝不保夕"的自由。

然而，自由真那么可欲吗？其实应该很接近这样——如果自由免费、自由是赠品，那何其美好当然愈多愈好；但如果自由得换取、得花钱买，那么，这可能就得再好好想想了。

因此，现实里我们一直看到的正是：大历史走向里，人们一开始热烈欢迎热情拥护自由，但逐渐收束转向要稳定和安全；个人的生命时光里，人年轻时日向往无羁，随着年纪随着身体的种种变化，地心引力拉下来也似的，寻求的是安适和平静，如晚年纳博科夫所说，用来装下他胖大松弛身体的"安乐椅"——从不自由毋宁死的戏剧性，滑向可以稍微少点这个那个自由但千万不可以死、不会被罚钱的现实感。

集体如此，个人亦如此，我们可以把这个同向变化过程看成是人对自由完整真相的逐步认清，由一个远方如此诱人的光点到真正置身其中的一点一滴确实感受，也就是说，这样是比较理性的，甚至是一样一样实际数字加减乘除演算来的。这几百年，人们对自由的态度变化大致上就是这么一道缓缓下探的曲线，由光而暗，由飞翔而爬行，甚至开始感觉不堪忍受了（于自己。其空虚、其不确定不安全、其沉沉责任），也不想再忍受了（对别人。其侵犯、其狂乱无序）。我想，自由这东西应该已通过了它历史荣光的最高点开始折返了，我们得改成说，曾经有过的那个奇异历史高点（愈想会愈觉奇异），居然会有那么多用不着这么多这么完整自由的人们会如此魂萦梦系，会闻听自由这两个字或这词激动到全身颤抖，会肯为它抛下一切赴死，这何其壮丽，却又多么"不现实"，垫高它的基础里必定多出一大部分是抒情的、不那么理性的东西，是人沛然被挖开的冲决而出情感，接近于人们曾经在某个懵懂历史岁月和自由谈了一场轰轰烈烈的恋爱不是吗？明朝梦醒又何妨，那样的年代，人们还真是年轻。

所以我们才说，文学书写要更多自由，逆向着这一趟历史大潮，不是寻求特权，倒是比较接近自讨苦吃，这是侍奉文学大神的代价——当然，人永远可以说不，这很简单，离开就是了，太多人做过这事，也愈来愈多人这么做，不会怎样的。

这里，我们何妨来多想、多谈一下自由，机会难得，毕竟自由太重要了，而自由又如此滑溜如此诡谲——人们好像每经历一段时日、一个历史阶段，都对它有更多的、不同以往的认识，爱憎之情也一直在变化在调整，感觉还不到下结论的时候。

好。于此，平行于这道自由认识之路的现实走向是，人多起来了，人靠得更近遂更容易感觉相互妨碍侵犯；又因为得喂养这么多人口（但拒绝下修生活水平），整个世界于是非更紧密更追求效率地高度整合起来并精密管理不可，人的彼此宽容每一天、每一处遭到考验，失掉了有益躲开让开的足够物理空间，潇洒不起来，也浪漫不起来。总的来说，自由的外部现实处境是在恶化，自由的实践不再像稍前那么容易了。

自由的荣光折损，不再高悬于人们价值选项的前几顺位，这意味着，人们对自由的损害警觉降了下来，不复信念式地、无私地共同防卫它，自由变得像是"私有物品"，自由于是可割可让可拿来交换可任意处置，只要有人允诺生活会更舒服，经济会飙升，工作机会如雨后春笋冒出个不停，保证将可能的犯罪者一一监控起来，乃至于只是，可以不要让我看到我会紧张的人我不顺眼的人，别满街是来自贫穷落后国家的异国人、移民（国民年平均所得超过三万美元国家来的不在此限），别让我闻到一丝烟味云云。不管这些允诺多荒谬到稍有理智的人都晓得只是骗局（比方在美墨边界竖起一道新万里长城而不仅仅是柏林围墙），我们都亲眼目睹了，仍然有压倒性的、数量有效的人乐于交出一部分自由（包括别人的自由）买它——选出这种货色的总统，或允许通过这种水准的立法。

一句话，我要这么多自由干吗？——确实如此。这趟自由的历史折返之路，根底地来说，正是人们不断发现自己真的不需要这么多自由，我何必帮忙出力去防卫我不需要的东西呢？如果我并不打算做什么特别的、异于常人的事，或者，如果我察觉这较特别的事并不是非做不可，不做并不难受，相反地，不做反而轻松安全，更何况，一定有那些比我急比我想不开的家伙会去做不是吗？这部分的确是高度理性的，届临狡猾。是韦伯所说那种无光的理性，也是奥尔森名著《集体行动的逻辑》所揭示的那种群体的、极度现实功利的、现实到有点堕落之感的理性。

《白鲸》的以实玛利想做的特别之事是"出海捕鲸"，当时，谁都知道而且书末也证实，这是非常危险的——就集体思维，这非理性，甚至疯狂。至少，人但凡还有其他选择都当丢弃。

人不需要这么多自由，但文学书写需要，愈往深处去、愈当真的文学书写愈需要。文学书写于是有着大麻烦了——这些自由，集体世界不供应，法律不保卫，社会不支援甚至不允许，文学书写者得自备，自备可能是稍稍乐观稍稍息事宁人的用词，因为它其中一部分比较接近违禁品，罪名不大可以睁一眼闭一眼的违禁品（比方像大麻之流的），靠欺瞒靠遮掩靠挟带。

也许是，人们一开始把自由描述得太自然太浑圆了，Born Free，自由不仅与生俱来，还像是一种怡然的、风吹在脸上如此舒服还清爽的生命状态（稍稍观察过鸟类行为和生态的人都不难发现，鸟并不喜欢"自由自在的飞翔"，它能不飞就不飞。所以博尔赫斯很质疑那种人类一厢情愿的动物寓言）。而且，那又是人们自由太少而非自由过多的人类历史时日，人不仅时时可被侵犯，人还时时被要求去做太多种非一己意愿的受苦受辱受害之事，因此，自由低落到、陷缩成只是抗拒，只是想不被找到不被点名（"军书十二卷，卷卷有爷名"）。更多时候，"做"意味着不自由，自由遂是人有权力说 NO，自由是坐着躺着酣睡着，自由是不缴交那些苛捐杂税（美国独立战争的导火线是茶叶税），是不一纸命令下来就得去修国王的坟墓，是不用冒死去打一场对自己绝无任何好处的战争，是不必见到谁就下跪请安，是不必遵从教谕上教堂或斋戒饿肚子，凡此种种。

但其实，自由是"做"，不是"不做"，它真正联结的是行动，是人行动的保证，为人的这个那个行动先开好绿灯，提前一步解除所有可能的障碍、疑虑和争执，这才是自由的核心价值所在及其意义（所以，我们大而化之地说，规定可以做的才做，这不是自由；没规定不可以做的皆可做，这才接近是自由）。我自由，超级大白话来说就是，我可以做任何事，高兴去做或不怎么高兴去做全都由我，其种类、时机、强度和幅度我自己说了算——时机选择当然是自由无可割分的一部分，我现在不抽烟，不意味着我下一分钟不抽烟，我不抽烟时仍保留了我随时抽烟的权利。所以说，自由的核心状态是"动"的，预备着，伺伏着，即便暂时呈现全然静止，仍满蓄风雷藏放着可能。今天（意即人又累积了几百年自由实践的经验和教训），我们仍说人是自由的，但这已不再是说人像非洲草原狮子那样的素朴生命样式描述了，而是某种意味的宣告，甚至不排除有所行动。我们站在人挤人、处处是限制处处是障碍的人类世界里带着强劲意志重申，不觉得此事容易，但仍相信人"应该"可以依自己意愿做这个事那个事，唯数量太大无法也不必一一列举，只有不自由的、没那么自由的事才是特殊的、例外的，才需要列举出来。

以撒·柏林著名的"消极自由"之说也许字义性地加深人们的此一错觉，仿佛又把自由从行动降回静止，但事情并非如此——柏林是小心翼翼没错，自由也的确锋利，或说有两面，对承受这些自由行动的他者和社会而言，这便是侵犯，极致点一如我们常说狼的自由便是羊的末日，因此自由有界线如昆德拉所说一个人的存在限制了另一个人，也必须设法画出界限，否则自由在彼此不断相互穿透之下就瓦解了、消亡了。柏林的"消极自由"便是这最终底线的郑重确认，看似退缩的字词选择之下是对自由的坚决防卫，至少，在这最终底线的范围之内，人的自由是百分百完整的，做什么都可以包括自杀，不受任何挑战和质疑（即便对他者仍有"微量"的影响），人必须彼此承认、保证并忍受；也就是说，自由依然就是自由（并没有另外一种七零八落的自由），自由仍是人可以做任何事，也完整保留他做任何事的权利，只是不得不限制于此一范围之内。

如果说柏林的消极自由之说对行动有种抗拒，正是抗拒着那种集体性的、奉自由为名的强制性诱导性行动，行动是人的权利，不是义务——这在偏左翼的思维里一度相当显著，自由变得太激情甚至已接近宗教，并由集体接手。柏林试图把自由从集体那里拿回来，交回给个人；自由不可以离开个人，自由离开了个人就变质成另一种东西。

柏林当然也注意到他自身所在自由主义传统里的此一危险，在托克维尔、在小弥尔身上都有——托克维尔和小弥尔都清楚知道自由的强大可能性和力量，由此我们可寄望会有更好的人类世界，自由也由此变得更华美更可欲，但这样华美的"应然"图像如果太急切太积极，一样会发生某种集体性的强制力和道德性的强制力，当然，托克维尔和小弥尔都是极冷静且本来就心性偏冷的人，但人类世界从不是这样，不管暂时看来如何冷漠，瞬间就可以疯狂起来。

人究竟需要多少、多大幅度的自由？这于是取决于人对行动行为的想法以及对人类世界的想象，这是各异的，也不免是变动的——如我们所说的，托克维尔（以及小弥尔）便对人的可能行为、行动有较丰沛的想法，也有着较为深远的期待，他是相信人类世界可以更好也应该要更好的那种人，而自由正是释放出这一切的关键之物，所以自由得尽可能地扩大，别动辄限制住人，好容纳、支撑这些更困难的，其实其最终成果更多归于众人而非行动者自己的行为行动。至于现在，像愈来愈多人挂嘴上也如此行的小确幸，人尽可能把自己缩成最小，把行动减到最小，把行为弄得最透明，生命的基本样态是躺着（所谓舒服还是躺着），万事万物于我如清风如朝露，都只是短暂一触而已，人躺着占不了什么空间，所用得到的自由也可以非常少；这原是某种乱世之学的末梢泡沫，是不得已的，我们在衰败过后的古希腊雅典，在战乱杀戮时刻的古中国，或在种姓制度森严、人只受苦无力改变外头世界的印度佛家那里都找得到类似的想法乃至劝告，只是欣喜或无奈、不愿或不能、才华不足或才华横溢的程度有别而已。

猜猜，最高兴人们讲小确幸的是谁？当然就是掌权者，因为这意味着人们要求的自由很少量，而且压根不想争取。

如今，有两件事清清楚楚发生了，或说趋向（意思是尚未到最顶点）：一是大众的胜利，意即较没事要做、自由需求量较小的人们成为现实尺度，证实了托克维尔平等必将压倒自由的历史洞见；另一是人对特殊行动行为的不断怀疑、惧怕和退却（其意义，其必要，其成本和代价。意思是，即便我仍承认这是好事但还是感觉不值得不舒服也不放心），应然性的东西包括人的价值信念一块一块被抛下来，人转向当下现实，人"再没有远方"——两者都是不容易再逆转回去的进展（会吗？），有的只是其起伏和微调而已，有历史埃尘慢慢落定的意味；这也必定反映在公众社会的每一具体层面上，举凡法律、社会规范及其机能云云，也因此，在人类公共领域所划定、承认、保障并支持的自由样态大致就是如此，限缩一点，下修一点，但也安定了。

和我们一般认为自由将缓步进展的惯性思维不同，自由转向于收束——这一点，一个文学书写者会比一般人容易察知，不因为比较聪明敏感，而是因为他的工作"位置"，那些不再被主张、支持的自由，正是书写者所需要而一般人没感觉甚至嫌太多的自由。

别误解我的意思，尤其千万别故意误解，我对如今人类的基本处境并不悲观，甚至不忧虑。内心深处，我完全信从托克维尔，人该更自由才对，世界应该更好，这里面有着多少可能多大天地。但我以为，从一般人的层面来说，当今这样的自由是"够用"的，保卫得了人的，支撑人的基本活动、让人平顺过每天生活绰绰有余，事实上是有余到让人有点不安有点烦恼了；这样程度的自由也是务实的，极可能才是人类集体配得的、较恰如其分的，是人的真相（这里，我想起歌手唐·麦克莱恩如此说文森特·凡·高："这个世界不配拥有像你这么美丽的人。"）。而我也不认为人们真会无限制的下修、弃守必要的自由底线，像霍布斯或像陀思妥耶夫斯基他们说的那样全数交出来以换取安全和确信（这毋宁只是措辞强烈的警告）。当然，挑战的、渗透的、媚惑的力量不会停止，一定要说的话，我以为稍微危险的威胁来自经济而非政治，从大历史大时间来看，政治对自由的攻击已呈强弩之末了，只剩一种"词穷的蛮力"，而且政治，即便最坏的政治，仍躲不掉它的基本道德义务，仍受着应然性思维的约束，有它非做不可的事、非负责不可的人，这是它的必要构造成分，也已深植人心让人们一直保持着要求和警觉。倒是，资本主义的经济体系打一开始就成功说服世界它是百分之百实然的，它没有自身利益之外应该要做的事这种东西，没有非理会非服务不可的人，而它也确实一直能绕开人们的警觉，以舒适、便利和享受渗透进来。仍然，我以为自由的底部坚实不动，到最终考验仍有相当一段距离，近几年来全球一连串颇醒目的自由逃避、反挫现象，从俄罗斯、日本到美国、西欧（也就是说所有老牌自由民主国家几乎无一幸免），包括糟糕的领导人选举结果和一系列糟糕的立法，我以为这比较像某种宣泄、某种愚蠢的捣蛋和报复，也是我们这个大游戏时代典型的恶游戏，人们其实很任性、很不认真（认真干什么呢？），人们有恃无恐，人们觉得还"玩得起"。我们看，美国人抢先一步选了特朗普，西欧各地看似锐不可当的右翼无脑势力应声顿挫下来，仿佛气泄掉了，或者说，我们感觉这里仍有一道墙、一个底线；而我更喜欢说的是英国的脱欧公投，这个民主睿智纵深远胜美国的老国家，人们投完赞成脱欧的历史决定一票，才蜂拥着上网查看欧盟究竟是个什么东西，我他妈到底是反对了什么？

  所以，没有谁真的感觉困难，失去足够自由空间的仅仅只是这些异于一般人的特殊行动行为，不幸的是，文学书写始终是其中一种——文学书写成果不是人们生活不可少的"第一类需求",文学书写人口的总数量也远远不足,历史上从来都是少数人的事,是凭借人们相信这是好东西,意即人的价值信念、人的应然性、人的鉴赏力以及更多的附庸风雅,这才得以成立,取得在这个世界的一席之地。当这个部分的"善念"开始瓦解,其狼狈起来的结果便是,它数量更少了,一直在减少,政治上构不成压力,经济上凑不足有效需求(需求得到达一定数量、一定购买规模才构成"有效需求"),其实倒没谁真要消灭它,它仍是自由的,脱离开一般人公共世界、爱干什么就干什么反正没差的那种自由。

我的小说家老朋友钟晓阳曾这么写过自己:"人不理我,我不理人,于是我甚自在。"

这部分的自由不足,只限于文学书写这一特殊行动行为,不及于书写者人身,我以为这是书写者该清楚意识的,有助于心思清明。书写者和所有人一样,享有着基本自由的保护和支持,也就是说,退回来所有这些相关烦恼应该就瞬间消失,你非写不可吗?这于是成为选择、成为一个拉锯状态——这么多年下来,我实际看到的是雷蒙德·钱德勒所说的,选择"总是每次死去一点点",这是文学书写的"漫长的告别"。说真的,断然封笔改行让身心安泰的例子倒不多,也许,这本来就是自由经济学制造出来的一则假神话,人即使只服膺自利之心也无法想跳哪一行就跳入哪一行,人没这样的弹性,世界也没这么光滑无摩擦无阻力;也许,文学书写终究是个相当特殊的"工作"或说技艺,它和书写者的身心联系得太多太稠密还太真诚了,藤蔓缠绕般很难一次干干净净斩断,更也许,文学书写本来就如我们讲的以"东边拿一点西边拿一点"的方式支撑,它于是不会感觉一次被逼到绝境,好像只需要有限度的退让和转进;也许,书写者就只是单纯的舍不得。

是以，文学书写的减量，遂以两端截然不同的方式同时进行——减量大而快地发生在入门这边，新的（可能）书写者看大事不妙不再轻易踏进来；减量小而缓地则在书写末端，老书写者在一次一次退让中转进中个别地凋落，以某种往往连自己都成功骗过的离开方式。

四十年前了，也就是我二十岁上下当时，台湾的文学书写风吹花开会传染也似的涌进相当一批秀异的人如一场小小盛事（文学书写的景气起伏总是这样不均匀的、脉冲式的；但这里我深深记得一个名字，马各骆学良先生，他短暂代理《联合报》副刊主编时推动了这个风潮，历史正确时刻的一个正确的人，尽管他的作为部分被继任的诗人痖弦废掉了，但仍成果斐然），这就是今天我们习称的四字头作家，里头有好些个依我标准堪称天才作家的书写者，也好几个是我一路相处的老朋友，我知道他们很多，包括禀赋、书写景况和心性倾向，但四十年是一道不改流逝的大河啊，很多隐晦的、压抑的、不想让人知道的东西终究会水落石出般清晰起来，我大致也一一记得他们何时离去，如何并交出什么样的成果离去（我一直有心记住这些）。最终往往是再写不出好东西没错，但说是"枯竭"乃至于"衰老"不是个确切的说法，因为有人还不满三十岁，然后三十岁人、四十岁人都发生，像破了个洞的袋子一路撒落连成某一道路径。我宁可说这是"转行"，即便还握着笔工作，但已渐渐不再是文学书写了，也不再为文学书写做准备（以为生活着就等于为文学书写做准备，这个"谎言"害死了很多好书写者，这世间没任一门技艺可以只靠"生活着"来预备来支撑），朱天文的说法是"你这么长时间不理小说，小说怎么会理你呢？"所以这是选择，知觉不知觉揉一团的连续性选择结果——从选择文学书写开始，到终于选择了"生活"。

就文学书写，起码在台湾多年来如此，我相信这也是普世性的趋势，时间表问题而已——文学书写是自由的，而它是够自由的最关键一个障碍，也往往力竭于此的，正是"生活"，也就是经济问题。

但应该还不至于是饿死冻死的经济问题，就只是持续地往下沉落，下探社会较底层、温饱可以奢华不行的那种生活。

文学书写者并非一个个都很笨，都拙于生活事实，像只刺猬，或阿斯伯格人；相反地，他们常异于一般人地聪明灵动，甚多人更博学多知多能如狐狸，尤其在少年时刻、求学时刻总是轻易地高出同侪一头——这一点是较尴尬的，尤其日后参加小学初中高中同学会时，黄金交叉（或死亡交叉），他很容易成为那种"混得较差"的人，特别是在今天文学声誉已低到不为人知、声名基准已是财富数字时。

从需求面来说，今天，文字能力在当前经济体制里依然是"很有用"的一门技艺，不少行业仍需要这样的人才。也就是说，足够的聪明加上文字技艺，就光靠这两点就好，要说他们无法游刃有余地应付这个世界（即便起步慢个几年，"浪费"在一己的书写世界里），不能过超出一般水平以上的生活，是不可思议的。书写者之所以屡屡以显得笨重、显得迟疑恍惚，正是因为文学书写携带在身的缘故，这绝对是个够沉重的、时时占满人心思的异物，让书写者总是哪里格格不入，成为小说家林俊颖所称的"异心之人"。人被自己拉扯开来，同时要攻打两个目标、侍奉两个难以和解的神，这真的非常非常难而且磨人心志；我们说逐二兔不得一兔，而文学书写者的生活基本事实便是两只都抓，也都非抓到不可，只是，这样可能就没办法追逐那种大只的、跑得快跑得远的，他必须设法让自己满足于那种小只的。

也因此，文学书写者对自身的生命处境、经济处境通常呈现某种"顺服"（尽管渐渐不然了，而这正是文学书写的衰颓现象之一），不那么积极寻求改变它，幸与不幸，有点听天由命的味道——有遗产没遗产、生于富豪人家或被命运抛掷于赤贫之地云云。事实真相终究是，在最起码的生活底线水平之上、也就是大经济学者凯恩斯所说的"绝对需求"得到满足之后，书写者个人生活水平的再提升基本上已无关于文学书写；或确切地说，这里面错综复杂，有正向的、负向的种种可能拉扯效应，不容易说准往哪儿去更有利于书写，唯明白且立即的是，你要积极改善生活，首先你就得丢进去一堆时间和心力，人性上这往往是一道不归路开始了就难以喊停（生活得好到哪种地步才就"够了"呢？），像加西亚·马尔克斯所说这如同上了一艘奴隶船工作，这一人性效应所有书写者自己心知肚明，也因此，尽管辩说理由并不难找，但太积极寻求生活改善的书写者总面有些许惭色（也渐渐不会了，如我们说的，文学书写是在衰颓），支吾其词可做不可说，当然不是那种安贫的、淡泊的老式道德负疚，就仅仅代表你把时间心力从文学书写里大量抽出来，你没好好写了。我们这个时代，人最能用为自我夸示、证明自己高人一等的是经济上的成功，可以过最昂贵的生活，而这又都是看得到的，眼见为凭，我们总是直接从生活具体之物（房子、车子、衣装、在哪里用餐……）来分辨人，但颇诡异的，一直到今天，在文学书写世界里这些依然是偏负面的讯息。

所以，这是个值得热爱的世界不是吗？——我当然晓得同意我这个"所以"的人不多，但我相信还有，我不至于像加西亚·马尔克斯那样为之热泪盈眶，我感觉很安慰。

文学书写者当然也会想过好一点的生活，这是正当的，也还不至于因此到羡慕妒忌恨的地步，毕竟这一行当真的能好生活到哪里？也确实，文学书写在宽裕和窘迫中都能写也各自有东西可写，如朱天心说的，吃饱有吃饱的文学，吃不太饱有吃不太饱的文学——但有点气人的是，这两者很难彼此替换满足，只因为文学书写对"真诚"有极严苛、愈写进去愈感严苛的要求。这里所说的真诚不是，也不能只是道德意识，而是实实在在的、整个身体的认识和理解才行；其最深刻处，文学书写是无法"代言"的，它必须自己从中生出来。假装有困扰、想象有困扰、竭尽温暖同情地试图去感受困扰可成立但有其限度，和那种真正稠密的、完整的、日复一日每天二十四小时活于某种困扰之中，就文学书写的精微刻度是截然不同的（尽管两皆成立，也都可以写得好，如有钱的屠格涅夫和没钱的契诃夫分别写农家农户），躲不过有基本鉴赏力的文学眼睛。所以两位书写技艺精湛无匹的文学巨匠，普希金惊异于乌克兰乡间冒出来的果戈理，托尔斯泰惊异于穷到生活底线下的契诃夫，他们都看到了一个自己没有、大概此生也不能拥有的文学书写世界，无法单靠技艺来攻克它占领它，只能鼓励地、给予种种协助地让果戈理和契诃夫一定要写下去。

无私，在这里的意思是，只有他能，我不能。

一定要再说的话，穷一点的、困窘一点的文学书写成果总是广于、深于舒适富裕的生活（但精致度、完成度不免稍差）。这么说不是源于某种偏左意识形态的蛮横文学判准，而是因为这正是人类世界一直以来的普遍真相，穷人、困窘的人据说是上帝所爱的所以造得比较多，也是因于我们对人性一个很无奈的正常理解——人被迫认识、被迫分辨、被迫无法松懈地思索，人在穷困里、在危险中，要不是狂乱失措穷斯滥矣，便是更认真专注，不放过任何细微可能，以求自保、自救、突围脱困乃至于救助他人，也就体认更多更深。所以，所谓的颠沛造次，总是把人四面八方逼往各种极限，人会出现最糟糕最恶的模样，但也会被激出最深刻最好的模样，文学的视野一再被拉开，文学书写记录这些，比较容易写好，因为材料够好。我们说，材料的品质够好，便可以不那么依赖书写技艺的表现，一如最顶级的食材应该低烹调。

再来说另一个正常人性问题：遗忘——人真的会忘记事情的，而且，往往远比自己意识到的忘得多且彻底。穷困的记忆稍稍好于身体痛觉（汉娜·阿伦特讲痛觉是纯私人的，无法在公共领域开显，因此几乎无法记忆），但仍会不知不觉在时间中模糊、抽空、透明掉。我们一再看到，尤其我们这一代颇完整经历了台湾地区大环境由普遍贫穷到集体脱困的过程，二十岁前、十五岁前谁没穷过，除了极少数人，大家不过是大穷和小穷的差别罢了。今天，在某些书写者身上，少年的贫穷记忆已远到、小到不复任何文学书写的意义了，甚至已没"功能"，只成了某种"生命勋章"，类似战士身上的伤疤那样，用来吹牛、用来骗道德声誉，更好用的是，用来掩护自己的种种抢钱行径和优雅生活。这种"贫穷书写"当然是假的、洒狗血的，是的，富裕起来的文学书写还有着这一道人性风险。

所以，应该就让文学书写者尽可能留在生活底层是吗？我不是这个意思，也没这么坏心，我以为这完全取决于文学书写者自己的选择和决定，包括他怎么最适自己书写地分配时间、心力和其聪明才智。若多说了些什么，那是因为人总是得提前做出决定，十五岁、二十岁、二十五岁云云，支撑此一决定的理由里掺杂了太多流言、神话和想象，以及事过境迁已不再回返的现实。说真的，今天有志文学书写的年轻人，相当意义来说，是远比我们当年承受较大风险和限制，终极的成果必悭吝多了（社会集体不再给予够好的回报，包括声誉和财富）。所以，马克斯·韦伯在他《学术作为一种志业》的著名演讲里这么说，每个行业的老人老兵有告知后来者事实真相的道德责任，尤其那些不舒服的、看似浇人冷水的真相。隐瞒不讲、先把他们骗进来再说这毫无意义，短暂的迷雾一消散，他们还是会一头撞上这一块一块铁板,一块也少不了。

知道文学书写不容易了仍然想写,这样的选择是珍贵的、认真的,也才保卫得了书写者自己。

同理,这种"东边拿一点西边拿一点"的解决方式,比起正常的社会职场,当然是较辛苦也没保障的,我自己有着长达四十年的"从业"经验可证此为真,我自忖从不是个自夸自饰的人,但这四十年来,总的计算,除了比方说像郭台铭那种工作狂人,我还真的极少见到比我工时长、比我耗用更多心力的人(当然,自寻烦恼如团团转的人不论,而且,世界很大,我认得的人终究不多),我以为这是完全合理的,你比别人多追一只兔子、多要一份自由,使用者付费,你怎么可能只要这边不要另外那边呢?

这份多饶的、自然代价不菲的自由,基本上是心志层面的而不是身体的,是拿来使用于志业之事而不是用来游戏休息的。年轻的本雅明称之为"被遗弃的自由",又用拾荒者来比拟,他所描绘那个宛如拾荒者的工作节奏、工作身影,以及讲人们酣睡时仍劳动着的工作方式、工作状态令人印象深刻,唯诗意满满之余,也多少有一点点哀伤哀怨,乃至于轻轻的自怜和控诉是吧。本雅明的生命悲剧之一,我以为他是那种连"东边拿一点西边拿一点"都不肯的人,他有一种古老的任性,因此也是那种飞蛾扑火型近乎完全燃烧的人,确实,如今我们也看到了这样孤注的、把全部生命只赌在一件事上的成果有多绚丽光辉如献祭,但也就燃烧到四十几岁就成灰,这里,得失之间真让人心思复杂沉重,无法计算(计算了也没办法证实为真),更不是三言两语说得清的。

我认为,本雅明隐隐约约相信(因为他心思往往飞得远了,不会多想这个),他这样的人应该接受某种供养,确实,人类历史普遍有过这样的岁月,但已远得看不见不记得了。

我不行,我绝对做不到,我喜欢自己事自己解决。所谓受人一滴云云,对我来说是非常非常难受的,这绝不是道德实践,倒比较像是一个怪癖甚至一个心结,也许是始自于我那个荒唐的父亲,他所留给我的一个沉重的教训甚或生命阴影——我父亲半辈子四下借钱欠钱(直到我们出了学校为止),有好几年时间家里每天有债主上门长坐不去,最糟糕是亲戚邻居里那几位上了年纪的姑婆阿姨,这是生活过得比我们差、至少过得远比我们俭省的人,这种钱怎么可以借可以欠呢!这样的理亏无话可说无可遁逃,我以为已经是道德错误了。这么多年来,我身边始终不乏极温暖极慷慨乃至于想太多的朋友(如我一位律师友人黄国钟还支吾其词怕冒犯我地跟我商量,他有间空着的房子不愿出租又担心荒着容易毁损,不知道方不方便让我去住),但我得在届临不近人情之处小心地,但坚决地画一条线。

自己来,东边拿一点西边拿一点如打工如派遣,因此对我来说这反而轻松,胸无悬碍,我一直认定,人心神上的重负比身体的劳累要麻烦些也较难解消,只是现在,不晓得随年岁老去,还能不能再这么想?

但最终,我要说的是这里面的某种时间效应时间优势,当然不是因此你有了较多空闲时间(这种两端工作的方式工时往往更长,超过法定的每天八小时以及一例一休),而是时间得以错开来,时间节奏不被世界带着同步,时间有了弹性有了长短疾徐变化有了纵深,时间里屡屡裂开某个缝隙、露出来东西,从而出现一个又一个新视野。

至少,因此你看到人更多——也许不全然是数量,而是不同的、更多种的人,以及,人的更多面向及其行为、习惯、姿态神色,甚至秘密。

世界愈来愈快，人因此生出并不断强化一种焦虑，得奋力跟上世界轰轰然前行的脚步，这样基本上是对的、有出息的，唯差不多就行了，真做到完全和大世界亦步亦趋可能就得考虑了。物理学常讲一个最基本最生活化的相对效应，举用的例子是火车，当火车行走极平稳时，人在其中感觉自己是不动的，和周遭（火车里）的事物关系亦是恒定的，只除了车窗外唰唰飞逝的景物，而这景物又是单一节奏、单面向、几近无厚度无细节可言的，人很快就失去注意力、失去焦点，以及睡着（火车的固定节奏一直是治失眠的良方）。稍后，物理学把这效应用到至大至远的天文学，星体，及其引力（最难解释的一种力）。

导演王家卫在他《2046》里，把如此轰轰然前行的世界拍成一班高速列车，极快、完全封闭、直线朝着无光的未来——枯荒、无事、缺氧、绝望。

相对于此，我曾写过一篇名为《如花美眷·似水流年》的短文，讲到这个：你如何能确认有人跟踪你？——最简易的方式是立刻跳上一辆公车，公车走走停停，其节奏和其他车辆不同步，跟踪你的人，不论他是步行、骑脚踏车摩托车或开车，当场非常尴尬（要保持行进超过去还是毫无道理地跟着停下来呢？），马上露馅。这是我的屠龙之技，学会二十年了从无施展余地，估计此生大概也不会有派上用场的一天。

走走停停，让世界显露，让人显露——就光说不动坐咖啡馆里吧，每天不同时段活动着不一样的人（馆里、窗外市街上……），一批换过一批，特别是早晨九点过后，几乎是戏剧的，上班族集体退场，整个世界瞬间更换成另一种模样，而且有一种莫名的尘埃落定（但并非比较安静，因为一桌桌冒出来的人妻主妇永远是咖啡馆音量最大笑声最响的族群），你好像可以从容地、细节地、一次一个有焦点地慢慢来，察看这个主流节奏之外、多多少少是隐藏着掩盖着的另一个台北市，其风情、其面貌、其装载内容及其关怀。更丰富琳琅是朝九晚五职场之外，这时候你感觉平常被忽略的各式人等，老人、主妇、小孩、闲游者流浪汉……

你呼唤山不来，那就走向它。

理性点、不胡思乱想点，钱应该是够用的，只除了并无保障（本雅明的讲法较接近"朝不保夕"），至少有两种类的毫无保障——你可能会年老力竭，以及，这个大世界的经济游戏会不会进一步收束你东边拿一点西边拿一点地腾挪空间。依我看，这两事大概是一定会发生的，或说都正在发生，以一种不疾不徐的坚决脚步。所以，没错，我们这是和时间在拉扯、在赛跑。

辑四 年纪

"瘟疫"时代的爱情·在日本

  昨日之雪而今安在哉？大地跳着死亡之舞，多瑙河上的船只载满着愚人。

  二〇二一，当然是很黯淡的一年，人在台湾，要做到一天不生气不厌恶说真的有点难，但也许这才是台湾的本来面貌吧，灾变一直有这样的无情力量，让平时还可以遮得住的不舒服真相一个个显露，我们就只是些这样的人而已，这种水准这种高度的人，我们辨别是非、分清好歹的能力如此有限，甚至，如今连意愿都没了。我想，那些犹有血性、犹存某些不合时宜价值和善念的人一定很失望、很处境艰难。

  说来惭愧而非得意，我发现，在我有限的生活圈中，我永远是所有人中最心平气和的几近冷血，我因此知道我真的老了，从外到里——年纪让人一步一步靠近事实真相，自自然然知道了何者可能何者绝不可能，世界水落石出纤毫毕露，驱散了幻想；由此，你和世界、和世人（包括家人亲友）的关系缓缓拉直成单向，你仍竭尽所能，也许少了不当幻想捣乱甚至还更专注更准确，但就像日本名主持人松子·Deluxe讲的，不再听人信誓旦旦，不求人回报，不期待世界有回应，你做某事只单纯因为这么做才是对的、是该做的如围棋的"只此一手"。松子说："什么都别期望，就连一点点幻想都不要有，这样，偶尔有个小小惊喜，我就很满足了。"

意外的是，二〇二一我的惊喜竟然来自异国日本一则突如其来的陌生之人婚讯，远方的雷声——有吉弘行和夏目三久结婚了，おめでとうございます（祝贺）。

我看到不少人说，很奇怪从来没因为别人结婚这么开心过，"看到他们结婚，让我对这个世界恢复了点信心"；我的奇怪则是，仔细回想，这辈子我还真没这么"大众"过。

四月二日，有吉和夏目仅以一纸手写传真，宣告两人已于前一天领证结婚了。依当红后辈艺人"霜降明星"说的，这应该是一场"国民婚礼"才对（当天全日本的新闻关注度为大爆炸等级的60%），但没有婚礼，没有记者会，也不上任何节目（有吉常用来笑人的所谓"卖名行为"），简单、坚定、寸步不让但彬彬有礼，这种逆向而行的方式及其内容，必定来自有吉，"不愧是有吉"；三百六十五天偏偏找愚人节这个日子，大概也是有吉选的。很多人或会笑骂有吉搞事，又来了是他的恶趣味，但依我对有吉的理解，这应该更深沉是他回望着自己这半生、带着点告别意味的自嘲吧。结婚，可以很简单，也可以很不简单；可以什么都不想，也可以想太多；可以像是什么都有了，但也知道一定有什么东西悄悄消失了。有吉一直说他要结婚，至少从三十六岁讲到如今的四十六岁，甚至把结婚认定为是他如何过后半人生的唯一"答案"，他是那种想到神经质地步、想到已届临不近人情的人，想到甚至会错失已水到渠成的情感。

我想，有吉知道自己的踯躅，他需要"缓解自己对幸福的恐惧"；松子很理解也很心疼她这个朋友，因为她也是这样的人，她点点头说："我们可以快乐。"

"A——"，这是四月二日当天日本列岛的声音，从北到南，自西徂东，没一人想到，没一人预见，事前也没任一丝征兆没一点讯息泄露（所以称之为日本八卦杂志及其狗仔部队的一次空前完败）；但，大家又都晓得，这不是一则新闻，而是一个故事，一个绵亘了恰恰好十年的故事，大家原本已差不多放弃了，但结局从天而降，如梦相似，"十年哪，夏目酱""你看我们那时候都多年轻啊——"（松子·Deluxe）。

有吉弘行已四十六岁了，如今是日本站最尖端的主持人、（搞笑）艺人，手中握有十二个冠名节目，还横跨日本全部五个无线电视台加NHK（这个一统是"史上初"），所以前辈艺人东野幸治干脆直言他已"夺取了天下"，媒体文章也开始以"帝王"称他。四十六岁，在太注重年资辈分、上头仍有一堆二十世纪五〇年代、六〇年代乃至于七〇年代老头霸住的日本电视圈（并非完全靠才华靠能力），真的是年轻得一塌糊涂如同造反。

夏目三久也忽焉三十六岁了，她蓄起及肩长发（年轻时夏目的短发造型变化，一直是节目的风情之一），回归较纯粹的知性女主播之路。当然没有吉红，可也主持着三个节目，稳稳地，而且经久不退地居于女主播的第一领先群。

都太成功了，我们有些话反而变得不容易讲。

但十年前，我们认得的两人不是这样，三十六岁的有吉，二十六岁的夏目，就连稍长的松子也才三十八岁，路随人茫茫……

有吉和夏目的相遇，是二〇一一年四月五日开播的午夜谈话节目《松子和有吉的愤怒新党》，一切由此开始。我们晓得，节目的录制得稍早于播出几天，因此，这个神样的节目也许还真是愚人节那天开录的。有吉和夏目选定的愚人节婚姻，于是又多了一层色泽、一个内容，称之为深情款款。

三人中，我是追着有吉进来的。

我心中一直有一幅图像，来自写哲学史的威尔·杜兰特。杜兰特指出，哲学原来是人类思维、人类一切智性活动的总和，哲学是女王。但随着思维的不断进展、知识不断的细分和成熟，每一门学问陆续取得自身独立的地位和命名，于是，蜜蜂分巢也似的，数学飞走了，物理学飞走了，文学政治学经济学社会学一个一个飞走了，杜兰特说，如今哲学女王仍高高坐在她的宝座，只是城堡空了，孤零零的，只剩她一人——应该出自他另一本书《哲学的趣味》，我初中二年级时存钱为自己买的，五十年前。

近年，一个相似的、衍生的图像重又浮现出来，这是因为我一次又一次确认了昆德拉所说的，如今我们已身在一个后文学的、后价值的时代了——文学，在我们才抬头看世界的年轻时日，也仿佛有过一个小小王国的样子，持续吸引着相当高比例那些早慧的、敏感的、桀骜不驯的，以及那些困在一己世界里挣扎云云的年轻人。但世界终究变了，人们的价值观缓缓位移了、重新排列了（就不说萎缩消亡如昆德拉），他们有更多华美的去处，一只一只飞走了。我记得几年前台湾有这样一则新闻，说一名北一女中的高才生，已取得美国最好大学的入校资格，但她还是想当歌星，她于是给自己两年，"如果实在闯不成，我就死心去念哈佛。"

人各有志，这我不纠结。

于是，百无聊赖的，也还是隐隐有点哀伤的，我断断续续跟自己玩个私密游戏——《麦田里的守望者》主人翁霍尔顿的傻问题："冬天池塘结冰，那些野鸭子都飞哪里去了？"我会在文学之外的其他领域寻获某个人，通常不是我找到他，而是这个人排闼也似的自己"跳进"我眼睛里来；也不一定因为他多成功（我没那种势利眼，而且，太成功宛如站聚光灯那一刻反而不易确认），而是这个人不一样，这个人某种难以言喻的工作方式，好像多出来些什么，有着我再熟悉不过的某种光彩和气息，如史蒂文森所说的"魅力"，如加西亚·马尔克斯所说的"每一行都带着闪电"云云。偌大世界，人海沉浮，我一厢情愿地认定，这一定是了，这就是失落了的我族之人。

每确认一个，看他还欣然活着，总给我一阵子的好心情，这种好心情，如格林讲的比较像镇静剂而非兴奋剂——和这个很不怎样的世界纠纠缠缠也六十几年了，我已完全晓得，这不容易啊，人多出点什么，举凡才华、念头、心志、情感、梦想、道德、价值信念，乃至于就只是多出一点善念，更多时候并不是祝福，而是极沉重的负担乃至于危险如怀璧其罪，因为这通常是我们这个世界不要的、排斥的，甚至妒恨的东西，你要养好它，还往往要藏好它。

  那人比别人高出一头
  在芸芸众生中间行走
  他几乎没有呼唤
  天使们隐秘的名字

《松子和有吉的愤怒新党》，我敢说这本来是个"就这么试试看吧"的节目。二〇一一年，彼时日本仍深陷政经泥淖之中，政党的拆解结合跟开玩笑一样并没比一夜情正经多少，制作单位想抓这股沉郁的国民怒气，想当然耳地找来两位当时公认最彪悍的"毒舌"，让观众写下他们心里某一愤恨难平之事,再由松子和有吉"任意"谈论回答——午夜时段,半小时,廉价布景摆设,没来宾,没外景,没VTR,也应该没剧本,最费神准备的可能是桌上那一小钵零食。

所以有吉和松子第一集就掀桌翻脸(当然是表演),说这是鄙视,而且"好像强迫我们生气"。

但正如日本一位评论者指出的,结果盖子掀起来,不是怒气,里头满满都是笑声,自由的、流动不居的、那种你在电视里不可能听到的确确实实笑声——东方渐高奈乐何,结果这是个太快乐的节目,或日本人爱说的幸福,而且还不仅如此。

"干事长"松子,时年三十八最长,她(他)算是我相对熟悉的人物,因此她的厉害令我屡屡叹服,但还不至于太惊讶。松子原是专栏作家,走的是类似于她敬重的前辈黑柳彻子的路(名电视谈话节目《彻子的房间》,已持续了四十五年),起步较高,也多一点自由不那么受电视圈规矩的重重束缚。二〇一一年当时,已转战电视好几年的松子是三个人中地位最稳的,而且这趟电视之路成败于她并非唯一没那么输不起,但松子有她的哀伤,以及孤单,这是一种几乎无望解除的终身之忧。松子曾说自己是"从地下室爬出来的",她是 Gay(应该不算性别跨越者),或直说是"男大姐"(这个完全公开的,甚至已隐隐有着职业身份味道的性别群体,在偏保守的日本社会,是很有意思的探讨题目),而且高一米八,三围各一四〇,体重三百磅,是个体形魄力十足的巨汉,或松子自己平静自嘲的"怪物"。于是,在男同志这个相对最计较外貌、最不容人不年轻的世界里,松子遂站在一个啼笑皆非的矛盾不堪位置——大家如此信任她,视她为导师,明知一定被臭骂也还是想得到她的建言,连着四五年在"全日本你最想听他教训的人"调查排名居于首位不动;但另一方面,她没有伴侣,孑然一身，一直喊要结婚但不成的有吉最害怕的那种孤独终老，甚至死了三天一星期才被发现云云，松子现在就是了，老早就开始了几乎命定。"没有人那么奇葩会爱上我。"松子说这是荆棘之路，不会有幸福，只有自由，人心头滴着血但无际无垠的自由，连性别情欲都不再构成困扰的完全自由，"你知不知道，也有人非逞强不可才活得下去？"在《愤怒新党》节目里他们两个时不时含笑、大笑、爆笑（可真是逞强啊）谈论这个，二〇一二年七月二十五日那集松子还这么问有吉："公开招募小白脸会不会很怪？""是有点怪。"

而此番，松子还有个小一点的困扰，一朝之患，这个抗拒之心倒是我非常熟悉的——听起来会奢侈但千真万确，二〇一一年她的势头应该完全起来了，她将会更有钱更出名，但她的作家身份，以及她真正在意的，那种横眉冷对权势世界的生命位置，或许不会消失（这可操之于松子自己），但必然变得隐晦、暧昧、难以辨识遂失去绝大部分的公共昭示意义；而这很可能也是平庸化，松子厌恶的那种平庸（松子有一个华美的老贵族灵魂），如此如此这般这般。这样浮士德也似的交易真的是自己要的吗？电视是一道不归路。

"政调会长"有吉，二〇一一年春天，他差不多已走到自己这趟"地狱归来"之路的最后一里了吧。有吉有个极不可思议、也太不堪回首的人生，这今天在日本已近乎"家谱化"人人背诵得出来——有吉出身广岛乡下，很奇怪年少即慨然有成为搞笑艺人之志。他十八岁就一个人坐电车到大阪拜入巨人师匠门下，但事事别扭才七个月就遭破门逐出。又再跑去东京，和年少友人森胁组了"岩猿石"，这会儿，上帝点名了，搞笑似的让他以《像白云一样》这首歌一夕暴红（单曲卖了一百一十三万张），又参加了《电波少年》节目企划完成了搭便车横渡整个欧亚大陆的艰苦旅程，旅行日志又大卖了两百五十万部，就这样，不是搞笑艺人而是偶像歌手加励志少年英雄，单月最高收入两千万日元。但"上帝走过去了"（《悲惨世界》，雨果），有吉旋即直坠深渊，下去远比起来快，月收先锐减为七万日元，并迅速归零，正式进入他"七载长夜"的这段地狱日子（"活在这条黯黑甬道你会以为这是无尽头的"），在世纪之交的繁美东京，这个也才二十出头的广岛踽踽少年，整整七年，没工作，没收入，不仅没友伴还唯恐人家仍认得你。有吉自尊心太强（还是很奇怪，自尊心这么强的人怎么会想当艺人），没办法去打派遣工，没办法在人家或悲悯、或鄙夷，乃至于"这下能够欺负你了吧"云云的各式目光下工作，他甚至白天不出门，因此能够想的都不免荒唐。有吉想过当"汁男优"（只提供精液，不必真露脸的 AV 男优，日后成为他给艺人山里取的绰号），也想过干脆自杀算了，说不准究竟哪个较绝望。他又想到当漫画家，且在见底的最后日子，用掉他储蓄的最后一点钱买了全套漫画用具生死一抛——

也都晓得了，垂下蛛丝拉起了他的人是老好人谐星上岛龙兵和名主持人内村光良——前者请他吃饭，给他零用钱和计程车费（有吉收了钱，然后走路回家），让他活下去；后者给了他工作，让他回到了艺人世界等待风起。

公认的转捩点是二〇〇七年，人称"おしゃクソ事变"。*Ametal-k* 节目里谈论到艺人的世间形象，对品川祐这个才华横溢、唯目空一切四下抢话大家敢怒不敢言的当红艺人，负责回答的有吉讲："おしゃべりクソ野郎"（大致上是：真他妈多嘴的混蛋一个）——主持人宫迫日后回忆这震撼的一幕："整个现场，包括台上艺人和观众，轰一声瞬间炸开来。"由此，"おしゃべりクソ野郎"成为绰号紧紧黏住了品川；也由此，开启了往后三年有吉的此项一人绝技之路，偕大电视

圈旁及政界，没几个名人没被他取过绰号，还一一排队请他也赐给一个，最完整的统计数字为四百三十五人，应该还是有遗漏。

但公然取绰号真的很难很难，走钢索一样，尤其有吉这种的，所以无人继承成为绝唱——他只抓一个点，必须完全精准而且奇特，却又要够明显，大家"哦——"一指就恍然大悟而会心大笑，如同帮大家讲出来；他得机智快速，匕刃一闪，毕竟在番组里会忽然被问到，而陌生之人是没办法取绰号的（只能最初级地剥削人的外貌），因此必须带着足够厚实的准备而来，对世界、对举国可见之人有好奇、有记忆、有足够细节成分且时时更新微调的了解；要命的是，对象里总有诸多并不好惹的人，包括举手就能把你按地上摩擦的权力者，包括那种一碰就哭、其粉丝马上蜂拥而来讨伐你的女优女偶像；但我以为最痛苦的仍然是时间，为三个人取个好绰号并不难，但三十个、三百个呢？当它成为一个工作，你很快会发现，每多走一步都踩入更深泥淖，都更朝向地狱。有吉日后自承，绰号三年让他精疲力竭，挺三年不逃走，他都忍不住要赞美自己了。

在毒液和笑声中有一种极度精致的平衡。那个多嘴混蛋的品川没有生气，他指出，有吉的毒永远是附带解药的；日后，他还在Ametal-k"最爱的艺人"那一集讲，他最喜欢最佩服的正是有吉，世人以为有吉把他当跳板踩，但其实有吉不是踩他而是救了他，让他在被世人所讨厌所抛弃时（日后品川雄踞"最讨厌艺人"排行榜多年如钉板）不会消失，"おしゃべりクソ野郎"替他牢牢粘住一个位置，人们一定还会想起这个绰号来，一想就响起笑声，笑声会赶走那种死亡也似的遗忘。有吉讲过，因为他取了绰号真生气的人完全没有（《闲谈007》）。也许有一个吧，菊川怜；再多一个，黑柳彻子。

最根底的，这样取绰号的人得是个天才，不是天才如何可能？

也因此，绰号是最不好译的，比诗还难。因为绰号是更安土重迁的羞怯东西，太依存于原语言的微妙触感和种种谐音歧义，依存于太多只飘浮于在地空气中细如粉末细如气味的东西，依存于那些上不到文字记录层次、没啥意义没啥价值但偏偏人们总会记得好一阵子的无聊东西云云。但这里还是来看几个——

大泽茜，嫁给有吉好友剧团一人的女优女模特，绰号为"丑女界第一美女"——不晓得"丑女界第一美女"和"美女界第一丑女"究竟谁美？

Becky，英日混血，以青春、开朗、欢快如女大学生啦啦队的异国风情博得极大好感度，有吉说她是"强行推销的健康（元气）"，又冷不防换为"仔细一看是丑女"。

芦田爱菜，国民级童星。我们晓得，暴红童星很容易提前染上一些大人的坏毛病，出了事又能狡狯缩回"我是小孩"的保护壳里。但有吉以为，正如他修理早安少女组偶像道重沙由美一样，毕竟这还是些小鬼头的小心思、小恶小坏而已，也不必太较真。所以，有吉给芦田的绰号有着极精准刻度，在伸与缩之间：披着小孩外衣的小孩子。

再一个，中居正广，男天团 SMAP 解散后混最好的一个，有吉给他一个极危险的绰号"假的 SMAP"。当时五人还没解散，唯愈了解 SMAP 种种风雨欲来内幕的人愈晓得这个绰号的精妙大胆，所以二〇一〇当年现场，坐来宾席的松子肆无忌惮地笑到几乎从椅子上掉下来，现场只有她敢大笑。

（我注意到，因为品味而显得最严苛难讨好的松子，有吉似乎是最容易让她开怀大笑的人，几次笑到如无物如断气节目几乎进行不下去了。这早在《愤怒新党》两人搭档之前，像是《恶魔契约》有吉奉派去硬挑暴力派国会议员滨田那一集，有吉早年的"永不褪色名作"。）

带着绰号和他火力四射不留活口的毒舌而来，的确有《基督山伯爵》复仇使者的假面味道。但我以为，起飞之点应该稍迟到二〇〇九年左右，有吉眼中的那抹悍厉之芒也才渐渐隐去。这两年是有吉的徘徊转身的日子，他要完成证明"自己是毒舌"然后再证明"自己不只是毒舌而已"——毒舌两面，割人割己，容易把观众红海般驱赶到两端，而较大的一端，我们知道，直送到家里起居室的电视，观看主力永远是胆小如鼠的中产阶级，会只因害怕诌出各种堂皇抗拒理由，你逗笑他五次但只要惊吓到他一次就够了、黑了。因此，以纯毒舌为技，可能爆发得快，却马上会撞到天花板，从此困在"非主流"里、小众里。我们看，在 *London Hearts* 诉诸观众调查的名单元"吐嘈大排行"，有吉的名次还要更延后到二〇一一年左右才稳定上到前段班——但有吉的"不只是毒舌"其实不是策略不是人设改换，而是回归事实，是无可避免的水落石出真相。番组里，大家一再发现（熊田、几山、野吕等族繁不及备载），被有吉毒好像不是坏事，它带来特写镜头，带来接下来的通告，仿佛找到使用方式也似的成为某一搞笑桥段的必需品，而且，镜头不在时，这个人内向、谦虚、基本教养良好且笑容真诚；工作人员眼睛里，这个人不看上下、不挑拣工作大小，知识幅度之大全日本艺人第一，记忆力之强近乎妖人（我喜欢记得事情的人，这有着人格意义），又永远全力以赴，而且绝对提早半小时一小时来；也一再有观众亲身经历或目睹，大街上，有吉总是优雅富耐心，尤其对上年纪的老太太（偶尔也来一下："喂！老太婆，给我好好活着听到没有？"）。他私下，就是点到点地从家到电视台再回家，仍过朴素如昔日的生活，租平价公寓，开国产车（艺人博多大吉曾"吐嘈"他："看他开那辆车，我在想他家里是不是还看黑白电视？"清瘦儒雅如学者的大吉，其绰号是"大病初愈"）。*London Hearts* 的固定特别节目"20XX年他们私下竟做出这种事！"，笑点是艺人不堪隐私的揭发，但有吉被爆的料，四面八方而来但几乎永远只指同一个点：这是何等温柔何其孤单的一个好人。

所以，名艺人、主持人千原弟说："这是个人格者。"

二〇〇九年左右，有吉开始稳定且频繁地出现于先 Ametal-k 后 London Hearts，恰逢这两个以艺人为核心节目的黄金期，中坚世代艺人相互催生也似的纷纷步入成熟，一堆人玩得又自由又开心，宛如一个已逝的盛世。其间，很容易注意到，有吉系以一种异于、高于、快于、不可测于众人的节奏和速度穿梭其间，灵动如狐狸，带进来一种"有吉流"的独特紧张感。也包括座位，后排→前排边→前排中，然后成为 London Hearts 的唯一固定班底，并裂土分封也似的主持冠名单元（"有吉大师进路相谈""有吉受害人反省会"云云）。在这堆都厉害得不得了的谐星艺人中，我们会感觉，好像同时有另外一个有吉单独站在外头，拉开某种可看到整体、知道今夕何夕的视野，从而源源带进来未知的、新颖的东西；有吉有绝妙的创造、引领话题能力，不只是所谓的"铺梗""抛梗"而已，不是这么短而浅的，而是每每贯穿一整集还成为这个艺人未来一年可主打的东西。用篮球的术语来说是 Leading pass（超前传球），球不传静止原地，而是引导的传到前方的、未来的但恰恰好伸手可及的那准确一点，这是最舒服的，节奏自然如流水，接球者顺势就上篮得分了。能理解能预见，于是几乎没有不可用的艺人，像是出川哲朗和狩野英孝这两大天兵，别人认为天然到不可测，但有吉掌上玩偶般似乎完全知道怎么使用他们，知道他们会回什么话，知道坑要挖在哪里，应声掉进去，百试百灵。

有吉这样带话题，最精彩的极可能是 Ametal-k《怕生艺人Ⅱ》那神奇一集，有吉一个人凭空开拓出两个从主题设定根本想不到的劲爆话题("风俗业""吉田荣作")如狂欢,后半场连在场观众都加入如声响应,还让坐后排接话的"三明治人"富泽("哀伤的怪物")意外拿下当年的流行语大赏。有他在,当主持人还真是轻松。所以优秀的"吐嘈"艺人后藤("生病的乌鸦")曾心有余悸地说:"我感觉有吉桑从主持人脑后俯瞰着全场,俯瞰我们所有人,我不晓得他看到我们什么。"

至此,稍有理解的人都知道了,去意浩无边,有吉不会停在这里了,不可能久坐来宾席满天飞舞,这捎来了杞忧和烦恼——杞忧的是观众。主持人和来宾终究是两种工作,也受着不尽相同的约束,MC有吉势必得收敛他某些最富想象力濒临危险的毒舌,有吉会不会变无趣?而拿一个称职的主持人来换取这样百年一遇的来宾席天才,划算吗?凡此种种;烦恼的则包括有吉自己,他知道眼前这般好光景仍有可能一夕就消失如昔日。但毒舌和好感度一定得是消长交换的吗?两者要如何平衡如何微调?或者,观众接不接受某种更高处的共容、一种反差更大、空间因此拉得更开的共容?一个说着最恶毒话语的温柔之人?凡此。有吉也许有着更深刻的自知乃至于自信,但再低比率的风险依然是风险。我看到那几年有吉的有所徘徊(尽管他知道自己的毒舌不是一般人认知的那样,替他忧心的人远远低估了他),像他在 *London Hearts* 半开玩笑说的:"现在把我弄成好人还太早,至少也等到我四十岁以后吧。"

其实我都有类似的疑虑,甚至,一直延续到有吉主持了更多节目时还挥之不去。我始终感觉主持的有吉少了很重要的一个什么,比诸 *London Hearts* 的田村淳和 *Ametal-k* 的宫迫和萤原,稍后我恍然大悟了,这注定无解——有吉番组,来宾席上永远少了一个有吉弘行。

二〇一一年《愤怒新党》。有吉弘行也不会敢百分之百放心,这就是他地狱归来之路的最终一里。

"总裁秘书"夏目三久,原来她远比这两人都幸福,父亲是大阪上市公司大老板级的大富豪,她自己聪明也应该很用功,人生之路铺得平平的,从摇篮到坟墓,单行道。一流大学,各种比赛该第一名就第一名,短期留美,精通英文和越南文,千中挑一进NTV,立刻被当未来的王牌女主播培养而且已近在咫尺了。但这一切忽然全毁了,噩梦一样,她没做错事,只因为人渣劈腿男友让他们几张生活照片公开出去,不是什么了不得的照片,但对于娇矜到有点恶心程度的日本女主播要求来说,这样就足够是丑闻毁掉一个人了。夏目退社,等于丢了全部工作和前途,转入田边经纪公司成为自由主播。还好据说新老板很疼她,设法给她找了这个新工作。

因为有吉和夏目结婚了,回首重看二〇一一年四月五日《愤怒新党》首集,大家想重温的也许是有吉和夏目的初遇。剪了短发如告别厄运的夏目,似乎还收不起委屈之感、落难之感,而且有点搞不清楚状况,太过用力扮演着所谓干练助理女主持人的角色,是她唯一有点"吵"的一集。她当然不可能知道这一天的特殊,不知道这个寒酸还有点俗丽的摄影棚会是流满牛奶与蜜的应许之地,也不晓得眼前这有点可怕的两个陌生怪人将何等程度地介入她的往后人生,更不会晓得这极可能就是她一生所能遇见最温柔待她的两个人;当然不知道,就跟我们每个人都不自知自己的某一天一样。但其实,这里真正惊心动魄如饱蓄风雷的是有吉和松子的乍乍相遇,松子试探了一下,旋即都松开来(松子显然很满意,这个有吉果然是"本物")。两大高手,两个生命历练丰硕心智充分成熟的绝顶聪明之人,长日迟迟,话不必一天说完,最重要的事不可能一天就搞清楚。

第一集,结果是四位写信来的观众都被臭骂一顿——有这种电视节目吗？

松子三十八岁，有吉三十六岁，但加西亚·马尔克斯完全对，《迷宫中的将军》小说里他写到，人身上的每一处伤疤都再加两岁——这是两个伤痕累累的人。

二〇一一年，也许最令我感觉惊讶的应该是观众大人们，居然这么快就鉴别出来，一般来说不是很无脑很浑浑噩噩老是选到烂的吗？——收视率能有3%、5%，大概就庆功祝酒了，但只半年，便从午夜档前移为十一点档，跟着，收视率噌噌噌直上两位数不再下来，最高一集应该是14.6%。这难以妥善解释，我只想到的是海，这是任何人都可有可体认的生命经验，奇妙但寻常。我们会先闻到或身体直接感觉出空气中某种非比寻常的气息，越来越浓郁几乎成形，令人莫名兴奋起来，知道大海到了，就在前面不远，"一种即将获得自由的奇特感觉在大家心里产生的无情的力量，无须看见它才去承认它"。

朱弦疏越，大羹不调，扫地为坛，制作单位误解地给了一个最正确的素朴形式，一种只能以本质取胜的形式，以及一种清空一切无依无靠的自由，把整个世界丢给这两个人，呃，好吧，这两个半人，困在这里，时间滴水穿石，他们会（被逼着）一点一点讲出来那些平日不说出来的，更不会也无法在任何电视节目里说的话。

博尔赫斯很喜欢《一千零一夜》，这个神奇的阿拉伯人传说故事，山鲁佐德要堵住死亡，驻留下时间，整整讲了一千又一个晚上——有吉和松子已完成了约一半。

收视率说出广度，唯很难同时显示出某种异乎寻常的深度热度，抓不出来那种"不断在人心和人心之间热烈传递的东西"。《愤怒新党》的爆发是美丽的谜，倒还不至于想复制（得先复制出松子和有吉各一名，世间无现货），但真的想知道答案啊。成功当然是松子加有吉，所谓"不可思议的默契""毒舌和笑声的绝妙平衡""彼此无与伦比的信赖关系"等等一大堆，但这样好像并不够而且太任谁可见了，少了神秘，一个神奇的谜，一定对等程度地藏着个神奇的理由不是吗？所以只剩夏目了，X-factor 就是神奇的夏目，从外形到内里，有评论者还说夏目是铂，稀有的贵金属，在"氧的有吉"和"氢的松子"化学反应扮演着无可替代的催化剂。松子和有吉当然热烈欢迎人们朝这方向想，事实上，率先点火的嫌犯正是他们两个，还计划着收视率上到哪里就推出"夏目三久弗朗明戈舞专集"庆祝（夏目真的长期学过，但因为有吉打死不肯就范担当舞伴而消风）。有吉曾这么说："我和松子出奇的温柔，因为我们都很弱，真正强大的是夏目。"

其间，有吉还做过这件英勇的事——夏目被曝光的照片已成禁忌，只少数心存些许恶意的人才重新提起它，以至于逐渐封锢异化为恶。偌大日本，就只有他一个人直面迎战，把真相释放出来。在《愤怒新党》才开播（稍后又在他 Sunday Night Dreamer 广播里），有吉当然以嘲笑的方式重看这几张照片，这是有吉大师的独门驱魔作业，把禁忌化为笑声，笑声大风起兮吹散走幽暗，太阳底下，这哪来的恶？这原来就只是个单纯的不公平而已，对一个没犯错年轻女子可笑的不公平而已。夏目听懂了，收下它，当场掉了泪。

又一身清爽了，或说，有吉把本来就属于夏目的清澈之美又还给了她。清泉石上流，"禊袚"这一美丽仪式，在中国已不复，但日本人还在执行，用清凉的水洗去尘埃洗去不洁，有吉用的则是清澈的笑声。

夏目这一次较惊怵些，但其实这是有吉一直做着的事，之前、之后。他对那些令人不舒服的无谓禁忌，对人们可宽容的失慎失败以及失德，乃至于那些他以为惩罚已经够了的被禁锢者，有吉总是以仿佛落井下石的嘲笑试图笑开它。于此，我不确知他究竟自觉到哪种程度，有多少诉诸感觉、"不知亦能行"的成分，但理解人类笑的历史的人都知道，这笑声直通上古，直通那种"神圣小丑"的亘久传统。人类学者告诉我们，人们仰靠着小丑、凭借着笑声，在人类世界的千年万年建构路上，才得以一再避开那些无处不有的僵局、绝境和陷阱，并重拾健康、平静和勇气，以及，仅有的公正；不笑，人类这趟历史是毫无机会的。翁贝托·埃科这位恶魔也似的大嘲讽者（知识界有吉？记号学界有吉？）也说，尤其对于那种入了魔的神圣、那种没理性的激情、那种虚张声势的不公平不正义，那些真的不好正面碰撞的暴力，以及信奉以上这些、已算是丧尸了的潮水般涌现的人群（以上，也正是二〇二一年台湾再次展现的面貌），笑是最适用的，而且说穿了，我们往往也只能笑了不是吗？最起码，笑让我们还有下次、下下次、再下下次，勉强留住时间和希望，不至于当场碎为齑粉。所以孔子也赞成笑它就好，且笑三次就赶紧走人自保，因为它已差不多听懂你在嘲笑它了，"吾从其讽谏"。

年轻的夏目也许还真是已够强大，她有日本人所说但已逐渐失去的那种"凛然之美"（而且年复一年更美，到二〇二一年四月她宣布秋天引退后的这最后半年，我以为这已是全日本当前最好看的一张脸了，开在最高岭的那朵花），这不完全只是她女主播的装扮而已，甚至不单纯来自好家教，而是存于中形乎外的更本心处生出来的。这位狮子座女士（我想起已故星象学大师古德曼夫人说的："这只小猫咪尽管收着爪子不用，但并没忘每天晚上仔细磨利它。"），很快就从慌乱中稳下来，我们看，差不多到二〇一一年六月左右（也就是才两个月），她的表情就已完全对了、跟上来了；再来，她愈来愈知道如何躲开两人挖的语言陷阱，并且能够不改优雅地、少量但精准地反击（仔细看，有吉陷入尴尬的次数远比夏目多，也应该比他生涯加总的次数多，只是他很会掩饰脱逃而已），以至于松子屡屡惊呼，"完了完了，这个人愈来愈进化了——""夏目这个回答是最高段的、最牛的——""现在是怎样？是说我们两个都比不上夏目三久了吗？"然后，便是二〇一三年夏目的那句定谳名言，在谈论手作咖喱遭两人联手围剿时，夏目从容地含笑以对："我想，你们二位的确是一双人渣。"

夏目被赋予的首要任务，除了赏心悦目坐在那里"增添必要的华丽感"之外，是挺住成为大树主干，莫听穿林打叶声，在这两人必定肆无忌惮的蔓生枝叶届临危险之际把节目拉回来。但这可是松子和有吉啊，面对这两人，制式训练那一套根本不管用，也没谁可当前例参考。只此一途，你必须勇敢跟上他们，更要有能力真听懂他们说什么，不只语义，还有其节奏，话语危微，时机一闪即逝。这一切虚虚实实，有吉和松子赞美她究竟是真的还只是调笑？但无论如何，我们的确没见过（包括日后）有任何一名有吉的或松子的助理主持能做到这样，更何况是松子加有吉，两倍以上火力，且时不时恶向胆边生地联手暴走砸店，忽然跟两个不良少年也似的。

夏目聪明、专注、对两位严格但不正经的师父无比信赖，敢于放掉那一堆自己原来所学的陈腔滥调，沉静地日复一日看着听着学着。但另一面是，夏目自己如此回想这五年，在阿川佐和子的一对一访谈节目里。夏目说她经常紧张到彻夜失眠，经常在节目中呼吸太浅而缺氧，经常性地头痛欲裂。

陈腔滥调，小说家格林一生最痛恶的东西之一，松子也差不多痛恶，"又来了，又是一句陈腔滥调。"

《愤怒新党》哪一集，或松点，哪一阶段最好看？因为有吉夏目结婚，我猜会集中于二〇一三年之前的第一阶段时日，这里的确有最多可供主观印证这一趟谜样感情的历历私密风情，All you can eat，想象如花绽放，尤其《夏目之梦》那集（有吉入梦，两人如家人共餐，松子兴奋大叫，如今被视为神奇预言的"正梦"）。我也说是这一阶段，是没有二〇一三以后那般收放自如，我们放心飘浮于这三人如流水如行云的欢快话语之上忘返。我们看，二〇一三前的狂欢仍时不时"失控"，会忽然掉进到某个难解心事里（尤其松子），一再越过电视节目所可允诺的边界扬长而去，谁看都一身冷汗，"电视上真的可以讲这个？"毕竟，三人当时都更年轻，都带着重重心事而来，未来也还茫茫令人生畏，而且，受伤的记忆犹新，对世间那一股愤愤不平之气没那么快就止息。来日大难，口燥唇干；今日相乐，皆当欢喜。也因此，那一段时日三人的欢快，我们感觉得到，总有着一层哀伤徘徊不去，难放心，也难以置信。

  松子的心事大爆炸于二〇一三年新春拜年那一集，被观众来信"下辈子要当男人还是当女人？"这话题所引发。松子心里最深处的悲伤，自弃也似化为一长串一长串的暴言（其实内容极好极深刻），潮水般淹上来。本来已很沉稳的夏目慌张起来，偷瞥现场导演的次数比她青涩时日任何一集都多，不像求助，倒像只是担心松子闯祸并为她求情。在这里，我们便见识到了有吉无与伦比语言反应能力、控制场面能力，以及他对两位伙伴的深情。有吉不抢话不截断，他干脆让松子说到底，还唯恐不够乱地处处出言附和，和松子并肩而言仿佛分担他日可能袭来的批判炮火，我想他对松子有信心，松子讲完自会收拾妥当回来，而且，收拾不回来那又怎样；更好的是，有吉由此把话题拉更开更广，于是，松子的暴言遂像是那种尖刻刺耳的鹰唳，退到杳远的长空里化为苍凉但极好听的声音。最终，三人劫后余生也似的完全松开，笑得停不下来，夏目眼睛里的水雾都要凝成泪水滴下来了。

这是我最喜爱的一集,也正是松子更换成那张"四面楚歌"背景大照片的一集,多年后(二〇二一年)我们会再看到它并想起这一晚。

我会说,这样仍多杂质的、像没滤干净的、偶尔还会打痛你的快乐,才正是快乐的更为实在完整模样;这不是给电视的,而是人世间里的,无法停格,不改流逝,其间,时间的形影如此清晰仿佛可数。我不晓得他们仨日后是不是也最怀念这一时日——

  今夕何夕兮?搴洲中流。
  今日何日兮?得以王子同舟。
  蒙羞被好兮,不訾诟耻。
  心几烦而不绝兮,得知王子。
  山有木兮木有枝,心悦君兮君不知。

我所想起的这首越人之歌,不是只说的夏目和有吉,《愤怒新党》小船上坐着三个人。

但松子和有吉,这些话如何能够一直说下去?我的这个第一感杞忧,其实松子早早就公然讲出来:"这个节目大概就两三年吧,能讲的差不多就讲光了。"——是啊,这么纯粹地、高质量地、稠密地不断输出,谁禁得住呢?我自己不说话但书写,完全知道这种耗损有多可怕。要再多写一本书,要再多讲一晚上,除了持续阅读补充(但永远快不过耗损),技艺讲究帮得上点忙,某些特殊的设计配搭也可望多拖点时间,但核心之道,我很开心看到松子和有吉的做法和我的想法一致,只能够是:正直以对。

正直,这里使用的是我们中文的最普遍意思,也用的是日本汉字

336 求剑:年纪·阅读·书写

的意思（我一直对日本汉字兴味盎然，像多知道人对某个字的异样微妙体认及其想象，多看到某个字落入异国土里的不同生长之路，摇曳生姿）——在日本，正直就是我们说的诚实；我们也可以说，日本人在指称人诚实时，多赠给他一抹道德之光，拍拍他肩膀地多一点赞成，或可以励来者。日后（二〇一三年），有吉的冠名散步节目，东西好吃就说好吃，不好吃也直说不好吃，是为《有吉君的正直散步》。

我一直想好好跟那些犹努力诚实的人们说这些话。没错，诚实很不容易，如有吉在二〇一三年新春那集收不住嘴说的："世间处处是谎言。"我们活于今天台湾地区，对此哑口无言——但诚实是"有用"的，并不仅仅只是个纯自损的、有点痛苦自虐的德行而已，有不少东西你不诚实就得不到，尤其是人在思维、书写乃至于像《愤怒新党》这样的言谈领域里，而谎言是会内化的，很容易成为习惯把你带走。我们知道，追索罪行的刑警神探，以及曾经认真盯着某人某事不放的人更知道，谎言，或只说纯虚拟的话语是最露马脚的，因为谎言随机，和世界、和人自身没有真正联系，无线索可循，因此不沉入人心，没有记忆，今天的谎言和昔日的谎言各讲各的，搭建不起来；也就是说，谎言是无根的、没生机的，用后即弃、即死。只有真话是活生生的，即使事隔多年你才又想起它来，依然可解，甚至可能还种子也似的发芽，和当下世界、当下的你开启新一轮的对话。我在想，书写不也是这样？你想起某个真实往事，以此为核心，让它再演化，让它由此再伸枝散叶出去。

套语有时而穷，真话引出更多更深的真话，源源而生。

真话，当然非得足够好够分量的真话不可（不是那种假冒真话的顺口陈腔滥调），如果听话的人对，会有一种撼动人心的奇妙力量，召唤出相衬水准、相等重量的真话来如响应。也最好回以这样的真话，否则就逊了，糟糕了，尤其面对的是有吉和松子，只会被修理得体无完肤，下场凄凉。所以松子讲："在这个节目里想伪装自己真的很不容易，这里好像有一种你不说实话不可的气氛。"如此，真话日复一日年复一年往返交织，形成螺旋形的前行路线，其结果，只可能一再朝某个深处而去，指向那些平常不说的、没机会的、不记得的，以及还不知道的话语。像有吉这样的专业职人，好的话只使用一次太浪费了不是吗？得设法让它化"梗"，这是搞笑的SOP；但，《愤怒新党》里他听着，也说过这么多精彩无匹的话语，我们却几乎从不见他在其他番组使用过（倒是有些其他节目的大成功话语，有吉会拿回《愤怒新党》里说，如他在意的"天然"和"笨蛋"之辨），非不为也，不能也，没松子坐对面，没有这个他们用一句一句真话叠起来、围出来的奇妙说话空间，有太多的话只是开一夜的花，非常寂寞。

其实，要说有吉和松子毒舌，还不如直说他们诚实；他们远超常人的恶毒，绝大部分来自他们远超常人的实话实说（另外一部分来自才华。很多人不是不恶毒，而是才华不够）。这是诚实的惩罚力量，有时候甚至是很可怕的，诚实说话的人必须时时有此警觉。

真话永远比谎言伤人更甚，所以集权政府防真话远甚于防谣言，镇压真话比驱散谣言要凶狠，这已算常识。真话穿透虚幻，穿透伪装，穿透人的乔张做致，有一种带着原始气息的夷平力量，一种平等感、无政府感，天起凉风，人赤裸裸地回复他最原初的尴尬模样。真话，于是与层层叠叠的科层结构及其权力使用，有着根本性的不相容，但不幸，我们这个人类世界，如韦伯说的，好像只能科层地垂直建构起来，真话日稀，也非节制不可，世界禁不住百分之百的真话。《哆啦A梦》卡通有一集的道具是让人只能讲实话，果然，马上是核反应式的一连串大灾难，是很好笑，但不能要也不敢要。

在讨论衣装是否也是武装（盔甲）时，松子含笑这么告诉夏目："这个人（指着有吉）的武装是一流的，这么长时间不就是我们三人聊天吗？都接触这么久了，还看不透这个人，有时候真的好想痛扁他一顿。真的很难判断，这个人的言行到底是发自内心呢，还是为了电视效果才说的？这人武装超一流……比起来，我除了把自己打扮成个怪物一样，根本就只实话实说而已。"——乍听奇怪，畅所欲言的松子会佩服，甚至羡慕起有所防卫、有所限制真话的有吉，以为他做更困难的事。松子另外也讲，于《愤怒新党》，有吉才是最尽心也最辛苦的人，尽管说的话没松子多。我想，松子以为自己多少有点"任性"，可以任性，因为有吉时时竖着耳朵、边境牧羊犬也似的紧紧守着真话的最后必要边界。

所以，当然不是痛快说出真话就行，这笨蛋做得到，坏蛋做得到，小孩子更几乎个个做得到。而是——真话必须是有"刻度"的。该如何把真话说好，直入人心？以及，该如何把实话准准地说到那个不大闯祸但也不胆小浪费的边际之点上？

真话危险，但更多时候真话其实很无聊、平庸、让人昏昏欲睡。我实在不相信松子和有吉这上头如此得天独厚，从小到大尽碰到有趣的事、有趣的人，整道人生之路笑声不绝于耳云云，要倒过来才对，是他们绝妙的说话技艺赋予了这些事这些人以神采、以笑声，尽管它们本来或许都是悲伤的、沉痛的、绝望的。我自己特别喜欢这样，我相信这会慢慢内化为一种生命习惯、一个生命位置。意思是，不知不觉中你会以一种带着笑的、兴味盎然并因此宽容起来的眼光看世界看他人，也以一种自嘲的眼光回望自己，如昆德拉说的那样，站到自己远方，对这个忽然陌生起来也滑稽起来的自己感到有点惊讶。如果说人生命里头有哪一样时时处处绝不可少的东西，如《圣经》里耶稣所说的"盐",我会说是笑声,不一定要笑出声音来的笑声,这样的人不会残忍,不会自怜,不会虚无,以及,不会愈来愈愚蠢。

我永远无法信任那种不会笑的人。

松子和有吉的说话技艺,不用来编造虚言,而是用来想办法编织实话,让实话美好动听。我会一再重看《愤怒新党》里的某一段对话,纯技艺欣赏,叹为观止,如同观看那些日本国宝级职人(木匠、刀匠、和果子师傅……)的究极技艺,只除了这两位语言达人比较好笑,也不会悲情地讲出:"我是把我的人生赌在说话上——"这些对话一次又一次刷新我对语言负载容量及其限制的固定认知,我一直"不信任说话"如卡尔维诺书里老去的帕洛玛先生,但原来事情不全然如此,所以这也是我的反省时刻。

事实上,"笑"正是他们说话技艺极其重要的一环,两人都善于笑,笑得真诚、童叟无欺,但也永远是狡狯的埋伏的。松子胖,一笑起来毁天灭地倾国倾城,极富感染力;有吉得天独厚的则是他驻留时间的娃娃脸,他总是在讲完恶毒话语后自己先笑出声来,一种人畜无害、恶作剧小男生的笑,话愈恶毒就笑愈灿如阳光。而这个顽劣小男孩,总是一直去欺负班上最漂亮的、他偷偷喜欢的那个女生。

我记忆深刻一位锯子老师傅讲的这神来一句话:"总得想尽办法让妥协极小化。"是的,不是绝不妥协遂如冷战对峙如化为一尊不动石像,也什么都得不到,而是动起来,竭尽技艺一切可能让它最等于不妥协、最靠近事实真相。技艺是一层一层深入的、逼近的,因为它要对付的是这一层一层构成、剥开的世界;层次愈丰富,意味着人技艺愈卓绝心智愈成熟。我曾看过奈良的神社木匠随手刨出厚度小于零点一毫米的一整张刨花,透亮晶莹如宝物,还真的就是宝物,在那些专业木匠同行眼里,相互传看,啧啧称奇。但能不能又再更薄一点呢？这就是纳博科夫说的："我们距离事实真相永远还不够近——"

但极有趣的是，松子和有吉的"正直"，一不小心误入最深处的一次如晋太元中武陵渔夫，竟然不是发生在自己的《愤怒新党》，而是跑去《夏目聆听》这另一番组。有吉恶口地说（又去欺负班上那个女生吗？）："我本来以为在《愤怒新党》我们已经够坦白了，这个三流节目一定没我们这么诚实的来宾。"

《夏目聆听》，时为二〇一二年，夏目"人气急上升"独力担任MC的新开节目，当然想抓的是夏目在《愤怒新党》里专心听话的美丽身姿。这一步应该不算太成功集数不长，但有吉和松子两人包办了连续四集（四周），有吉2.5，松子1.5，这两大怪物可真疼爱夏目。如今，大家津津乐道的是有吉和夏目单独、话题被夏目定为"假如我是有吉桑你的女朋友"那风情得危哉危哉的一集，但我想还原的是三人会师、宛若《愤怒新党》番外篇这集。

谈中岛美雪。松子和有吉都尊敬日本这位不可思议的传奇歌手，都仰着头看她。两人各说一首最撼动自己的美雪之歌，松子是 *Taxi Driver*，有吉是《月台上》。

那一夜，是音乐可怕的力量使然对吧？

松子仍平稳地、如旁观自己的语调说话，这也是小说书写的方式。她人生最糟糕的那个晚上，几乎和 *Taxi Driver* 歌词一模一样，"正是我当时自暴自弃伤心欲绝的心情"。所以中岛这首歌遂像是提前写出来放着，为着拯救日后那个才二十八岁的年轻懦弱松子——那是一九九九年末世纪之交，松子辞了杂志社工作，成了无业游民，仅靠写时评过日子，"在交稿的除夕夜，我交往了十一年的男友把我给甩了，街上刚好是从二十世纪跨入二十一世纪的狂欢倒数时刻，我召了计程车，被人甩了还是得回家……那时候我什么都一团糟，工作也是，私生活也是，想到这里我就哭起来了"。完全如歌词，这个有了年纪的司机，"对后座忽然哭起来的胖女生、对我的眼泪假装没看到，但他不真的是那种视而不见的人，开始跟我聊天气、聊今天巨人队的战况，尽是些无聊的话题。你知道吗？这种辛酸的感觉。"

由此，松子把主视角换到计程车司机。中岛所说"苦劳人"模样的这位司机，松子想他是个饱经风霜、也有着自己沧桑记忆的人，"这个人对一个莫名其妙哭起来的女人，还想去鼓励她，去跟她讲话"，尽管也会因为不知说什么而畏怯，尽管也一定知道就只有这小段车程、只是擦身而过永远隐没的两个人云云。这里，松子真的把散文变成了小说，人心打开来了，不再那么自恋地纠结于自己的悲伤，而是温暖起来地记住一个失恋女孩和一个计程车司机在一个世纪末夜晚的故事，而或许这才是中岛美雪真正要告诉我们的。

我最喜欢松子这番话，她在中岛的一段歌词上轻轻加进了自己："这街上走着的人们，都笑得这么幸福是真的吗？傻不傻啊，我不想成为他们其中一员，虽然坦白讲，大家都笑得开心、都觉得幸福就够了，我是不是可以也加进他们呢？但我总觉得不甘心、觉得自己输了。"

我在《声誉：我有关声誉、财富和权势的简单思索》书里，说过类似心思的话，在写我自己置身日本百货公司生鲜超市的那几个章节。

有吉则早早就不行了，这是我们从没看过，极可能也不会再看到一次的有吉。本来，他嗓音极好，干净、光亮、及远，但这个异样夜里，有吉从头到结束涨红着脸，努力控制着肌肉，声音卡喉咙里带点用力过度的颤音；还有，有吉的话语从没这样一个节奏、一种情绪到底，他收起自己的全部说话技艺，不防御、不武装，甚至不管节目效果。

听《月台上》，这首歌，讲人不知道为什么总回不去故乡，有吉直接坠入，说出两个他更年轻时的往事——这其实他都讲过，尤其第一个，但都是以搞笑的、自虐的、装傻供人"吐嘈"用的方式讲，只有这一次是真的。

第一个是他自己。"我也是抱着大梦去大阪的，入选了弟子，当时真的是很大的人生之梦才去的，然后，我被逐出师门，那就只能回老家了，那时候的感觉，非常不甘心……，我回到老家，勾起了很悲凉的回忆，所以听到这首歌我就忍不住了。"

第二个是他弟弟，有吉隆浩，如今在广岛开花店，也有了女儿。"弟弟当时也有当艺人的想法，和我一起来东京，但弟弟也是中途梦碎，各种各样的梦碎，最后只能放弃了。他在东京车站坐车回广岛老家，我去送行，那一刻，我相当了解弟弟的心情，很悲凉，就想到了《月台上》这首歌。"

有吉深深地以一句"让你们见笑了"的道歉结束说话。

很奇怪，最想伤心的回忆竟不是那地狱七年最受苦的日子，而是梦碎的那一天。

得说，这是夏目最失败的一次，可能因为她是唯一主持人只能硬上，但更大部分是猝不及防，没料到这两人忽然超出《愤怒新党》的认真和赤诚，也一直等不到笑点。夏目表情不对眼神不对，回应的话乱七八糟已届临灾难了，有吉早早抢过主持工作救她，但歌声响起，有吉自顾不暇。夏目应该清楚了，一玩真的，二〇一二她落后有多远，还有多长的路要走。

最终，松子对夏目说了这段我们听了都有点怕的话，有观众留言："松子为什么要跟年纪轻轻的夏目主播早早讲这些话呢？还是说她太心疼夏目，把话提前说了？"——松子指这段歌词（《诞生》）：

"我可以一个人活着,只是说和谁在一起的话,我的人生会大大不同。"松子一字一句跟夏目讲:"中岛说的是一个人过活,就一个人,明白了这个道理后仍选择一个人独自承受……所以,你就一个人往前走吧,不需要谁陪伴。"(有吉点头),"你以为你需要帮助时,就会出现救星吗?"(有吉重重点头),"所以你靠自己一个人活下去吧。"(夏目偷看了有吉一眼)。

用我们文学古老但长新的著名譬喻,有吉是狐狸,松子是刺猬,狐狸千智灵动,刺猬专此一技。《愤怒新党》的谈话走向很呼应这个——话语起始,基本上由松子主导,因为刺猬更在意更有决心非说不可,而且如屠格涅夫指出的,狐狸总是打心底钦慕,甚至尊敬刺猬,格林小说显示的也是这样。但慢慢地,直指本心的话语会渐渐说完,新话题得由狐狸四面八方而来负责补充,狐狸外出打猎,带回他们这个洞窟来。

能有个人这么说话可真是好啊,尤其发生在已过了交友年纪的此时此地。我不知道这两人会不会偶尔感慨没能在更年轻时相遇,没发生在那种"一起同过窗、一起扛过枪、一起分过赃、一起嫖过娼"的年纪,而是人已中年,总是各退一步小心保持距离(一起合作十年到二〇二一,松子仍不知道有吉电话号码,更不知他家住址)。但仔细想想,也许这样延迟些更好,此事冒险不起,年轻鲁莽岁月,各自棱角峥嵘割人,也还没能力精准刻度地鉴赏出人,人和人相处基本上只是听从命运理所当然,不见得能这么珍惜,这么知道难得。

要说有所忧烦,我觉得会是松子,毕竟,这个洞窟的意义,对狐狸对刺猬终究不尽相等。松子好几次反对甚至嘲笑有吉的多学多尝试(打草地棒球、登山等等),我想她知道这个朋友仍持续在演化在试探,他会走到哪里去呢?还能一直这么坐下来说话吗?时间是如此可怕的东西，时间就是流逝；另一方面，她心疼的那一面（松子一直心疼有吉的受虐和自虐），最内心深处松子不见得那么看重艺人世界，这终究是个天花板太低、永远被集体性平庸拉扯住的世界，她这个天才横溢又坚若磐石的朋友理应不只如此。

松子忍不住揭穿有吉戒烟的那一次谈话，端倪已露，有吉已打算开向另一种人生是吗？——我想松子会把它当一个征兆吧，她终究留不住这个朋友，而且，开始了。

但不是艺人世界，那会是哪里？我想松子自己也说不清楚——我们已来到这样一个大游戏时代了，日本又是一个如此丰衣足食，再没有大问题的国家，人们如昆德拉说的再没远方了，或说远方变成只是某个人的嗜好甚至怪癖，其意义其重量流失殆尽。《愤怒新党》里我们看，日本国民一封封如此怒气冲冲的来信，原来都只是生活里无尽的絮絮叨叨而已，连"义愤"都谈不上，世界原地打转。

松子比较不甘心，也更常驳斥来信——更多时候她是在同意来函时依然驳斥如所谓的"恶魔辩护者"，我想，松子是不要人只粘在这一端，粘一端愈久、愈理直气壮，很容易变成某种毫无意思的真理，某种陈腔滥调，这样的人出来义愤填膺骂人，通常是灾难，压缩了那些有着复杂层次的深刻，压缩着自由，压缩着那些更珍贵的例外。

二〇一六年三月世界不变，或说夏目三久不变，好端端忽然辞职了——彼时，收视率居高不下，个人评价好到失真，而且，这么自由这么快乐的谈话如何舍得，所以，绝大多数人表示不能接受，也任意怀疑。但无论如何，经受了两位师父五年时间的严酷敲打一身青紫，如今的夏目主播已能从容地独立面对世界了，吓不了她了。三月三十日告别时刻，*Con te partirò*，或说 *Time to Say Goodbye*（多好听的歌），如今已三十而立的夏目没我们预想的悲伤，甚至还不到仪式性、礼貌性的程度，她优雅地——谢谢大家，昂着头走出去。

往后，夏目成了人们说的"不哭的女主播"，成了不想掉眼泪的人。

《愤怒新党》，当松子和有吉要大段讲话，特别是较感情用事得让汩汩时间噤声下来时，温柔响起来的歌是列侬的*(Just Like) Starting Over*，这几乎是制作单位一开始就做对的唯一一件事。如今，有吉和夏目成婚，我们想回去这十年，尤其是三人一起的这幸福五年，你们看，一字一句你会发现所有这一切如预言如谁已先都知道了。歌词英文不难看懂，也很值得看懂，有吉英文实在烂（都看过 *Kika Knight* 节目里有吉一干老牌艺人被逼说英语的惨不忍睹画面吧），那就由妻子夏目一字一句翻译给他听——

Our life together is so precious together

We have grown, We have grown

Although our love is still special

Let's take a chance and fly away

Somewhere alone

It's been too long since we took the time

No-one's to blame, I know time flies so quickly

But when I see you, Natsume-chan

It's like we both are falling in love again

It's be just like starting over

确实，我们都长大过来了，在谈话中，在笑里。我只是想，那时候真正 take a chance（冒险）暂时飞走的人究竟是夏目呢，还是有吉？

夏目的位子由海归派主播青山爱接手,但职称改为庶务(保留秘书一名如永久欠番吗?),这有点悲催,因为她往往被迁怒成为"那个不受欢迎的人",人性在这上头很难公正。青山爱只坐了一年,如今在联合国工作;二〇一七年进一步把愤怒党旗撤下,节目名改为《松子和有吉的短暂天国》至今,女助理主持由年纪较长的久保田直子担当,这是个很开朗、笑起来往往不掩嘴巴的人,是以节目气氛更轻松了,连某种两性的男女张力都彻底消失,收视率依然稳,只是再没回到两位数,这要等到——

二〇一六年八月,也就是夏目离去后四个月,《日刊体育》忽然独家大爆料,说夏目怀孕,父亲当然就是有吉,两人已决定年内完婚云云,但马上遭到夏目和有吉两家经纪公司的严厉驳斥,《日刊体育》只好撤回并道歉,一堆相关社员被处罚降职。此事,回应最暧昧的是有吉,为什么呢?"我感觉好像被狐狸掐了一下。"

这样子对人心脏不好地再峰回再路转,我们,"该怎么正确反应才好?"——夏目怀孕,很多人不当这是丑闻,而是"果然如此""太好了"地松了一口气。从古到今,怀孕怎么会不是喜讯呢?这么想并非无脑,而是甚有道理,一并解答了夏目的诡谲辞职。

有吉桀骜不驯,但其实比谁都严谨服膺艺人世界的一般教养,因此,和同台演出的搭档发生恋情,是很尴尬也得断然处理的事,日后谣传他和伙伴生野阳子(《有吉君的正直散步》)的恋情,有吉的断然回应正是:我不会和一起散步的人约会;但一脚站艺人世界外头的松子,她才不管这什么不成文天条,矫情个什么?感情之事天大地大,所以二〇一一年三人才刚见面,松子就怂恿有吉和夏目去约会,三天两头要两人凑一对、扮夫妻一起买礼物云云,这一直是《愤怒新党》的狂欢亮点,所谓的"神僚机"作业。松子还说:"我有点憧憬那种,明知道你们两个在交往,还装一副什么都不知道,和你们一起演出的自己。就让我过过瘾吧。"只是,二〇一三年后松子忽然收手了,断崖式的收手,这里其实也留着一个很大的为什么。

二〇一六年夏目屋骚动,结果是感伤的,甚至是关门的——夏目辞职,有评论者写道:"我知道夏目桑永远永远不会再回新党了。"而看了两家经纪公司的冰冷启事,有吉和夏目,原来只是我们大家一起做了一个梦。

这是两个无可驳斥的感慨,但奇妙的是,多年之后,居然全错了——也幸好都错了。

夏目(暂时)退场,而我的有吉之行仍得继续,事实上,我感觉真正困难的才要开始,我心忐忑。

我能厚颜说这有点像是维吉尔和但丁的地狱·净界·天堂的结伴而行吗?近两年,我有一天骤然发现,除了朱天心,有吉弘行极可能是我这一生听他说话最多的人,但我旋即合理地这么想,我是长年困在静默文字世界里的人,跟我讲话的人用的都是文字,有吉是唯一用言语工作的人(我读完他三本书,那也都是说话式的文字)。于这些了不起的书写者,我总尽可能读到他的每一篇文字不舍遗漏,所以这只是我的日常,我以我和阅读完全一样的心思听有吉讲话。

但他一定是让我笑最多次的人,尤其夜半无人、身体螺丝全松开的时段,笑得跟神经病一样。

有吉用话语工作,他是我所知最把搞笑艺人工作当志业的人——其实我想说的是全日本唯一一个。所以高杉晋作那句名言:"让这个无聊的世界变有趣吧。"我相信是有吉真心信守的。只是他千不该万不该在二〇一二年七月二十五日《愤怒新党》节目里过度郑重念出来,现场顿时结冰,那绝对是他被夏目坑得最凄惨的一次,我很记得夏目狡狯而且得意无比的"抖S笑颜"。那笑容，让我对有吉的婚后家居生活有一点点不寒而栗。

日本艺人是个很奇特的群体，人数之多，应该是全世界仅见，自成一个金字塔层级结构，堪堪和明星（俳优）、歌星这两大鼎足而分，其尖顶甚至还可以高出明星和歌星，毕竟，他们长相是不如人甚至吓人，但智商绝对稳稳胜出，尤其顶尖几个如有吉，你可以直接想成就是电视荧幕上可见最聪明那几个人。人脑子是比人身体、容颜更耐用也用途更广的东西，不仁的时间站他这边。但下到底部就不是这么回事了，艺人世界是冰山，比明星、歌星更沉重坠底的冰山，那是一大群散落在最底层生活的人，朝不保夕的人。要命的是，当艺人比当明星、歌星没门槛可以自不量力，是以，举凡那些毫无希望的、想错事情的、秀斗的、懒惰的、变态的、败德的，各种奇形怪状的人都可以到我这里来，这是个大废料收集场。当然，新近冒出来的YouTuber有着抗衡、隐隐胜出之势，这是另一个废料收集场。

二〇一六年之后，有吉的上升之势仍不见缓下来。穿过窄迫的重重权力结构，人很难不被挤成某种扭曲的形状，至少得一路丢东西，不得不地，也慢慢会以为这才合情合理的——我并不期望有吉攻顶，如同曾站上另一种尖顶的海明威在诺贝尔获奖时的真心话"成功毫无意义"，我只是想看有吉这样特别的一个人，会以什么样我不知道的，以及我不敢奢求的方式走这一趟路。也许脚步慢一点更好，慢镜头让我可以看得更清楚。

根底上，志业工作并没有所谓顶端，志业是每天的工作，没尽头没退休，所有可能的意义、可能的获取都在持续的工作中发生，而不是凝结成最后一个大奖并就此收工。

另一面，我始终不相信一种话，从很年轻时就不相信，句型是：

"等我×××，我就×××"，在我熟悉的世界便是：等我出版社赚到足够的钱，我就会开始出好书。——又三四十年活下来，我从未见过使用此句型的人兑现他的豪语，也许有，但没见到过，我们常把"贫贱不能移"和"富贵不能淫"并列，但这其实是难度很不同的两件事。我想，如果这真的是你很想做的事，应该从第一天就开始，也许只能是一种微不足道的方式、一种护持自己心志不失的方式；你不必就捐一亿，但你可以捐十块钱。

有吉对他所在的这个艺人世界始终保有一种整体性的全景视野和关怀，不仅要学会"知其然"，还要弄懂它道理它来历的"知其所以然"，这是志业之人不得不有的特征或说宿命。因为志业工作没得换，生命太短，通常一生只容你做一个，所以你甚至得时时出手修护它防卫它，让这个世界成立（也是让自己成立），可能的话，或让它更欣荣更宜于人居。我猜，有吉那七八年地狱日子非常有意义，那是个外部位置，且时间够长，长到什么东西都逐渐显露出来，可以看清楚艺人世界的通体实整模样，并且人体实验般切身体认人一旦被这个世界放弃、逐出会何等凄惨、何其不忍。进一步，他的必要求生，他的可能希望，以及他异于常人浓度的"不甘心"，更要他非得把艺人这个东西想个一清二楚，来日有硬仗要打——有吉的猛烈批判／温暖同情的冰火二重天现象，在日本一直是个议论题目，但我们从志业者来看，这再简明正常不是吗？

这一切，从他地狱归来、所谓"毒放题"的日子就展开了。London Hearts 节目里，有吉修理熊田曜子的大谈性爱，告诉她的是写真偶像界一点一点建立、如相濡以沫大家赖以生存的"原理"（包括"私底下大家什么都敢做，但不说出来这是规矩"，把主持人小淳笑翻了）；戏弄那个一脸没出息的水果酒村上，有吉揭示的是"吐嘈／

装傻""欺负／被欺负"两端的搞笑工作依存及其运作关系；骂原AKB48胖偶像野吕，有吉教她的是电视节目说话、抢话的深层理由及要求，其内容，其时机；那个三三八八的男大姐春菜爱（曾在泰国全球变性人选美大赛封后）想去跑马拉松大赛提高好感度，有吉以为可行，但他要春菜爱注意这种健康清新好感度的可怕反噬："但是千万千万记得，跑过之后就不能做你那些坏事了，你餐馆不可以再偷斤减两……"

还有，面对一排衣服愈穿愈少已换成细绳、贝壳或蜜柑的所谓写真女星，完成前途咨询的有吉大师，他最后的谆谆叮咛是："记住，上下两张'嘴'，至少有一张一定要非常非常紧。"

所以说被有吉"吐嘈"，傻笑就好，不要过度反抗过度挣扎，不仅是你毒不过他快不过他，而且是，他话语背后携带的这个结构性、原理性说服力量，望风披靡。你会发现，现场所有人包括"士大夫"(staff)的大笑声里，清清楚楚有一种醍醐灌顶"懂了！"的主成分，大家边大笑边点头如捣蒜，你孤立无援——这场面我留意过不止一百次。

Ametal-k 征求艺人自己提节目企划，完全不同于所有人的纯搞笑着眼（"运动白痴艺人""长相吃亏艺人"云云），有吉提出来的出奇地严肃：一个是"艺人选秀"，四个虚拟节目，仿职业运动年度选秀各找七到八名来宾，这题目至少做了五集，是难得的内行人意见交换，果然有不少被低估的艺人、被闲置的才华因此获得注目、讨论，也真的因此多了通告；另一个是"电视节目新规则"，当然就是冲着日本人特多特烦的圈内繁文缛节而来，说是建立新的，不如说是扫掉旧的，这算造反了吧。这题目做了三集，集集精彩无匹，但最棒的画面永远是，讨论到最敏感话题时（如何对待又不红又不好笑的前辈、如何吐嘈上节目打片又不肯配合的大牌女优……），所有人憋着笑低头不敢

接话，只有吉一个人坚持要讲个明白。

Ametal-k 和 *London Hearts* 的制作人皆是加地伦三，圈内出了名的才华横溢兼恶毒，他也是最早认出有吉的人之一。

有吉长时间自嘲，没办法，我就是喜欢"废柴"（可不可以就译为我们文学界常说的"被侮辱者、被伤害者、被遗弃者"呢？）。上《夏目聆听》时，以"影响你最大的人"为题，夏目要他画出脑子里的人物图，有吉对切，一半是废柴恩人上岛龙兵，一半是他那个据说一辈子不工作的谜样父亲。有吉的神色如此柔和仿佛沉入回忆，他说父亲教会他的是："不能成为像他那样的人""不能像他那样对待女性""不能不听别人的意见"；上岛则当然是："不能成为像他那样的艺人"，以及，"他看到人家成功，真的会很开心。所以我要更努力工作，让他能心满意足地死去"。

于是，多年之后我们就看到了《有吉之壁》这个节目，也就是说，有吉先生的废柴回收作业，至此进入了大生产线全新阶段。

《有吉之壁》，依华文还是译为"有吉之墙"对些，所以婚讯出来时有此一说："只有夏目三久能越过有吉的婚姻之壁（墙）。"主持人做很少的事，有吉只是边笑边走，以〇、╳ 判定表演者是否合格，是否突破素人／专业这面墙；也就是说有吉搭好大舞台，让出来，给这堆残兵败将多一次机会，再多一次机会。我自己不怎么看这节目，这种摆明的搞笑总有点尴尬，但据悉有吉自己十分在意，说不管发生什么都要做下去。二〇二一年九月二十四日夏目公然泄露他们新婚生活时说，她和有吉会一起咯咯笑着看《有吉之壁》，这当然不是自恋，自恋的话应该看他多说话的《短暂天国》。夏目问他就这么喜欢这工作是吗，有吉喝着酒回答，不，我是喜欢人。

事实上，《有吉之壁》发生过一次非有吉典型的小波折。原先的助理女主持不是这个笑得很好、如今人气爆棚的佐藤栞里,而是圈内圈外评价极佳、仕事非常积极的女偶像小岛瑠璃子,但小岛只做了开始特番那一集(意即尚未常规化)——稍后,有吉这么讲了小岛:"她总是看向世界,而不是看着眼前跟她说话的这个人。"

典型的有吉是这样——《有吉君的正直散步》共同主持人生野阳子,二〇一九年怀孕生产,生野请产假这个空当,一般就是换人了,但有吉决定一人散步,带着生野的钱包自己付钱,自己撑过来。可生野实在太超过了,二〇二一年初又生第二胎,这次制作单位安排了新散步伙伴,但采用的是一次性的轮番,河北麻友子、滨口京子云云,有吉坚持等生野回来。

私生活,也依然有吉。他的年收当然已达艺人峰顶,估算从五亿到十亿日元随便你,但就像他在"岚"的节目上说的:"生活水平提高了要再降回来,这更困难不是吗?"有吉说保持这样人最自由。所以,依然租那种公寓,依然开那种车子,在东京这个世纪奢华大城,每月生活费不到七万日元,到便利商店买高丽菜丝拎回家……有吉还戒了烟(原来一天四包),也不再喝大酒,每天一个人走路超过十公里——我心中参照的人物是已故的渥美清,导演山田洋次讲之所以拍寅次郎,是因为先知道了有渥美清,这个人,成了名赚了钱仍然"不坐大车,不住大房"。

有吉的清操厉冰雪,我猜想,另一方面是防御,要像松子所说以这样"跟整个世界吵架"的方式回归,他必须毫无弱点可乘,必须不让自己的铠甲有任一丝裂缝。

松子起哄过,说NHK大河剧应该拍有吉这一生——但如今该试着松弛才对,如此的生命态度,有着割人的道德锋芒,愈身边的人愈容易倒霉割伤,而且也不公平不是吗?所以,有吉也许该学着用钱了,在不改他的自奉甚俭之上，给夏目恰当的温度，恰如其分的自由。

车子撑到二〇二一今年才升级，租屋一事则事有蹊跷——二〇一四年有吉忽然搬家，大出血搬入广尾月租三十万的某豪华社区，可疑的是，距离夏目家只十分钟步行路程，跟着夏目也搬了，更贴近有吉，据说地下停车场还是通的……直到今天，寻宝一样还有一堆人在找这幢花园大楼，锁定的有两处，二选一。

当然有一堆人各色心思、各种办法的会靠过来，比较良性的，像是同样广岛出身、有吉挺他十年如一日的恶心好人田中，擅自喊他"师匠"（师父）的吉村崇和池田美优，经纪人公开宣称人设是"有吉妹妹"的藤田妮可，或有吉带着做广播、但好像永远红不起来、钱包被偷无法带小孩去迪士尼的平子等等一串，但这些人，一样不知道他家、不知道结婚一事如你我。

多年前，有吉在工作和生活之间深深地画下一道线，如今已经变高变厚为一堵墙。

这不近人情了，但我宁喜欢他这样且佩服。有评论者看出来，有吉和后辈，完全没发展出那种"军团风格"的关系，也就是那种我猜始于黑社会、再到政界、再泛滥到各个权势领域的所谓"××会""××组"这玩意儿，纠众结党吆喝而行，很威风，连起哄艺人藤本都靠请客吃饭搞个"Maharo军团"。有吉的人际始终如水清澈，同为毒舌派主持人，也就不再是北野武（多讨厌的人，如温厚的大小说家大江健三郎在他《换取的孩子》书里写的）、岛田绅助以及坂上忍那种风格化的、以评为直的、仗势欺负人的父权硬派作风，日本传统里最讨厌的东西之一，极右翼的温床。

也没有绯闻，这么多年这么多人盯着，连一张照片都没拍到。但这得解释一下——有吉身价日高年岁日增，也是因为他自己一直嚷着要结婚，还狼来了地说"应该快了""大概就今年"云云，坊间遂流传一纸大同小异清单，擅自列举有吉的热恋、结婚对象，除了夏目，大约就是小岛阳菜、生野阳子、水卜麻美、高桥真麻等等，有时还加超级大女优绫濑遥，只因为同为广岛出身且大龄，闺密女星中谷美纪在《夜会》节目亲口拜托有吉，无论如何请和绫濑遥约会，一阵哗然。

但这胡思乱想系建立在一个坚实无误的事实上，也就是日本业界已成定论、已是神话的说法：有吉身后，是女艺人的最佳"站位"——很明显，这里除了绫濑遥，全是有吉番组的女主持、女助理主持，又多为女主播出身。女主播通常柔美有余但单维度，人形立牌般只给看一面，但到有吉这里，这个人最知道如何让她们隐藏的面目和才华展露（或说开发）出来，这由不得你；最特别的是，有吉的调笑总是在禁忌的最边缘一线游走、试探，一点一点破坏进入，像云霄飞车，很惊险但基本上安全所以只是惊喜。有吉抢出来的空间最大，我们于是看到她们更多样更摇曳的他处不见风情，《愤怒新党》的夏目不就是这样？是以站在有吉身后，包括太年轻、来不及列上清单的佐藤栞里，每一个都快快上升一两个档次，风吹花开似的陆续接新节目。

此外，地位已太高不再方便坐来宾席的有吉，仍一直上 *Ametal-k* 和 *London Hearts*，仍然是昔日那个挣扎中、奋力搞笑的有吉，这是有吉的季札挂剑。

这一路，一关又一关的，有吉都"正确"地走过来。真的像松子的感慨（有吉学鸟叫惟妙惟肖那次），这是一个"素质很好的人"——只除了对夏目一个。不管他们情感萌生于何时？谁先？（我以为挺早的，早到超乎一般人以为的），夏目不得不委屈（"在不减损有吉弘行价值的前提下想办法幸福"）。志业之人的"坚持"，独独在那几个最亲的人那里有一个完全不同的名字叫"任性"，以年为单位的不休不止任性，他投注、耗用于志业工作的东西，绝对有一部分不得不取用于最亲的人，这是通则。但我们晓得，这极可能仍是要还的，苍天饶过谁？

所以为什么结婚的人是夏目？当然是夏目，从来都是夏目——固然，最理所当然的不见得就是最终答案，所以我们估算出人生不如意达十之八九（也就是 Happy Ending 只 10%、20%），所以我们把应然和实然分开，以为甚至是对立的，所以智者们都说，上帝的人设最像是疯子，"人类历史是一本疯子的日记"。但是但是，但凡还肯讲点道理，当然只能是夏目。

四月二日晚上看到结婚消息，我第一件做的事是快速重看一次《愤怒新党》，彼时网上还没被扫一集不缺——我顺时间，而且这回只看夏目。松子和有吉都接近完成品而来，变化太精微，而二十六岁的夏目，二十七岁的夏目，二十八岁的夏目，二十九岁的夏目，三十岁的夏目，历历分明。

我也真的猜到了，有吉和夏目冷处理一切，但这件事他们则一定要做的，因为这才正确而不是要成就风格——他们要回去《愤怒新党》。四月二十二日再结党但一夜限定的预告，是一张三人合照，夏目和有吉都一身黑，只松子身披白婚纱，还展示手上的婚戒。大爆笑声里，我注意到有一则怯生生讲话的留言是这样的："怎么有一种哆啦A梦、和长大的大雄、静香的感觉？"

这是久违了首次，可也极可能就这一次了的狂欢，当晚，收视率 16.3%，最高瞬间收视率 20.3%。全场，夏目幸福，有吉四下搞笑逃窜，生怕被某些太甜的东西黏住，我最留意的是松子，松子前所未见地激动甚至不安，眼睛都不直视她这两个朋友。

"怎么办只有我一个毫无长进——"我想，松子当然是满意的、最安慰的，但他们三个人的关系是否就此永久性地变了呢？某种不好说的位移和失衡？有吉和夏目成了夫妻，有了他们两个人的世界，她是不是被留在原地又孑然一身了呢？

但有吉说了："你就是我的搞笑搭档。"——这松子太清楚了，她这个shy boy奇怪朋友不轻易说出心底的最后那句话，要说，也是用最不经意、最开玩笑的方式讲，用一听就知道是谎言的反话讲。但这一句，声音虽低，却是一字一字的。松子眯着眼，再一次展示她的婚戒："今天晚上我要抱着这句话入睡。某种意义来说，我也结婚了——"

惟恐誓盟惊海岳
且分忧喜为衣粮

差不多了，我想我这一趟乐呵呵的有吉之行该告一段落了，还有很多其他事得做，即便仍在这个动弹不得的"瘟疫"时间里——近一两年，我缓缓修改了我一个基本信念，我一直说志业工作是做到生命最后一刻的、至死方休的，但现在？我在想，世界已经变这么多了，让人失望的事也这么多，而且，我还想到我们现在普遍活更久，这意思无非是，如今我们不得不以前人未有的最苍老身躯、最干涸体力来撑，这样就有点太苛刻了不是吗？所以也就允许像职业工作那样退休吧，已经很棒了，六十岁，五十五岁，五十岁……如此，很多人留我记忆里的，遂多是他们犹神采奕奕的很好看样子。

最后一番话由松子来讲——松子说她事前也想了不少，三个人再这么聚起来、一起演出会是哪种光景？毕竟，夏目也好久好久没见了，但，很神奇不是吗？事情完全不是想象的那样，你一踏进到这个空间，好像瞬间就回到那时候了，好像我们根本没有离开过，"那时候我们三个多好啊。"

这有点令人恍惚,是啊,你搭建好这个空间,发一个通告,所有这一切就全找回来了,多简单,还预算低廉;但我们又都心知肚明,这应该是最后一次了,还像是偷来的一次,我们宁可就此松开手让它得而复失,我们这又是在听从什么?意识到哪个无可抗拒的力量?

事实上,九月三十日秋天夜里,三个人又紧急聚会了一次,这完全为了夏目,夏目任谁也拉她不回地就此隐退,最后一夜,大家为她铺设了花道,始于此终于此——我当然看了,整个两小时,由于没有上次的新婚报告压力,这一夜,毋宁更接近昔日《愤怒新党》地进行,只除了夏目变了,或正确地说,夏目完成了,所以,整个节目最光辉的这回就是夏目,这一夜的夏目三久真的美得惊心动魄。

完成的夏目,我的意思是,《愤怒新党》的第三个人终于真正出现了,连最后那一丝所谓助理主持的分隔感觉都拭去了,这才是真正完整、平等的三人谈话,如夏目自己都讶异的,"真的完全是闲谈"。这一夜,不露痕迹地,全场系由夏目主控(生放送,没剪接可救场),有吉和松子野马般自由。夏目严正,和有吉、松子构成绝妙反差,这一直是《愤怒新党》独特的空间及其趣味所在,通常止于夏目被欺负;但如今不一样了,夏目严正还要加上她清澈的、刻度精准的聪明,阳光般射进来,让松子和有吉话语里总有的那一点点阴暗、脏污以及欺负人伎俩无法遁形,最终,恶有恶报,大快人心,毕竟,松子和有吉倒过来被人欺负,这是其他地方看不到的。所以,松子这么说夏目,"你今天的眼神怎么轻蔑成这样?你这还是我们节目团队里原来那个人吗?"还说,"你以为最后讲一句好话,就能把前面那些难听的全补过来?"

假设,完全是假设,如果顺此让《愤怒新党》常规性重开那会怎样?——我想，那会有我们尚未知道的化学效应，非常非常令人向往。可以确定的只是，有吉会稍稍收敛，威力减损一到两成，但或许会开发出他全新的"丈夫／毒舌"技艺也不一定；松子极可能会更多地扮演她那种问无知问题的、耍赖的、哭闹的幼童，近年来她愈来愈爱玩这个；节目中心智年龄最大的一定是夏目，有加西亚·马尔克斯所说那种"花岗岩般沉默但坚实无比的力量。"夏目愈稳，有吉和松子就可以更无法无天；夏目愈聪明，有吉和松子就可以更无牵无挂。当然，最终那些更动人、更深沉的话仍得由孤单的、依然距离幸福最远的松子来说。

但我真正期待的仍是年纪，如今，松子四十九、有吉四十七、夏目也过了生日来到三十七了，大家都先后走到人生的折返点上，这又会是怎么谈话的《愤怒新党》呢？

刻舟求剑。

所以，这只是船身的一道又一道愚人刻痕对吧，我们想用它来找掉落时间大河里的某物，而如今这样究竟算不算找到了呢？我想，至少至少，这些历历刻痕可以让我们记得，曾经有这个东西，于是，我们也一直记挂着这个东西。

夏目·有吉·松子

以上

附录

千年大梦

侯孝贤的《聂隐娘》，之前我知道的是，侯孝贤打算用快速的、短切的、逼近的镜头来拍，连摄影机都换，编剧（一如以往或说侯孝贤式创作的必要，侯孝贤也是编剧一员）也收到这个，很配合还颇兴奋地试着打造出一部严密的、环环相扣的、飒沓如流星的本子，是的，有点像杰森·伯恩三部曲那样。

最终，仍然，云天高远，侯孝贤"将这个民族自诗经以来流淌在血液中最美丽的诗意展示出来"。

尽管并不出所料，但"何以总是这样"这个问题仍在、愈在——逐渐地，我相信这里面有些很根本的东西，不只是影像选择问题，更不会是惯性的"拍不到就剪回去""躲回那个最舒服、最有把握的侯孝贤"云云，后面这几句话只是我们没事用来嘲笑嘲笑侯孝贤的惯用语而已。

我认识多年的侯孝贤，这得庄重地来说——从不是个胆怯、在意自身、对安全有足够要求的人，这随着年龄愈发有水落石出的味道，拍电影是他"这一生主要做着的那件事"甚至就是"唯一会做的事"，其他都只是跟来不跟来的东西而已。这样想事情的人是我很熟悉的、多年来在心里一个人一个人默默收集的，我完全确信他们所认知的成功和失败不同于、不重叠于、无关系于一般人以为的成败，甚至因此不再信任"成功""失败"这两个词语，一定要说，也会像老去的海明威（诺贝尔奖致辞，世俗认定的生命巅峰）讲的"运气好的话，他会成功"；或加西亚·马尔克斯跟着说的，"成功毫无价值"。

侯孝贤不是个会躲回去的人。都这个年纪了还躲吗？

侠义世界的真实模样

武侠，总让人从遥遥的司马迁想起，《游侠列传》《刺客列传》云云。但事情不会从他才开始，他是个记史者、旁观者和思索者，稍慢于实然世界一步——司马迁对这样的任侠杀人之事，想法已经相当复杂相当犹豫，只是他自己忍不住着迷，乃至于有些不太成立的希望好像除此而外无处置放，不得不期期艾艾地写下这些人、记住这些人。

往后千年，这一切反而变简单了，关键在于它离开史书、离开有现实沉沉负担的正经书写领域，跑到传说、戏曲和单纯的想象里，梦境化了。这是另外一个世界，可以几乎不受我们生活世界的干扰、牵制以及驳斥，包括最无可躲闪的经济问题，最黏如蛛丝的道德思维，以及最无时无处不作用的物理法则。在这个依稀仿佛有点像我们所在世界的另一个世界里，聂隐娘这个唐朝女子可拧身（意即不助跑）纵跳过破奥运、破世界纪录的二米五以上高墙，也可以把匕首藏收在后脑勺里（"脑后藏匕"，但别追问两者的尺寸大小关系，就认定匕首会自动缩小吧），必要的话，她还能跳更高，或放进更大家伙。侯孝贤的《聂隐娘》编剧朱天文是我们所在世界的小说家,在她自己写的小说如《荒人手记》如《巫言》,我们绝看不到这样的人和事,也不允许,想想,如果《巫言》里的老爹忽然聂隐娘一样从院子跳上二楼书房拿他的书和笔,我们还继续读这部小说吗?

千年后的现代,我们也称此为"类型化"。我的一位老朋友曾把它解释为讲故事人、书写人和读者的特殊约定,说好大家先不追究这如何可能,"你信其为真,便能得到一个好听的故事"(博尔赫斯),以及更多其他——

"人对'正义'的渴求永远无法满足。在他的灵魂深处,对于不能满足其正义需求的社会秩序,始终有着一份抗拒感。不管生存何时何处,他都对那个社会的秩序,或整个现实生活环境不满,认为它不公不义。人,就充满着这股奇特、固执的驱策,对过去、现在、将来的种种事物,永远不肯忘,永远在思索,永远要改变。在此同时,内心还随时想望明明得不到的东西——即使用神仙童话的形式,获得区区幻想式的满足,也算一种解决办法。也许,这就是古往今来,不分阶级、宗教、民族,一切英雄传说的基础吧。"

这段话是奥伯拉契写下来的,当代大史学者艾瑞克·霍布斯鲍姆以为"他对盗匪(或义侠)现象所下的注解,无人能出其右",特别把它抄写在他自己《盗匪》这本书的最后一页以为总结。

霍布斯鲍姆是世故的真诚左翼学者(世故和真诚左派,相当难以共容的两个东西),《盗匪》这本书,和司马迁当年做同样的事,那就是把这些活于传奇另一个世界的义侠盗匪拉回我们所在的世界来;也和司马迁很像,他内心深处是喜爱他们的。也因此,写《盗匪》这本必定让他有点难受有点沮丧的书,不为着揭穿和驳斥(已不必再揭破了,如今我们谁都已晓得那是假的、是梦工厂产物;或者说,还分不清此一真实和虚拟界线的人已不多了，幼童以及有精神方面疾病的人），这如博尔赫斯讲塞万提斯写《堂吉诃德》是一种"依依道别"；以及，我自己坚信的，霍布斯鲍姆是倒过头来询问，并仔仔细细检查，其中还有哪些有机会是真的，是仍可在我们生活世界里保有、生存的，不放他们只活在好莱坞电影、类型小说、电视剧里全然虚拟不实的世界里，不让他们"全是假的"。

《盗匪》一书果然有太多煞风景的部分，像是，这些义侠全身上下几乎都是最陈旧保守的，如果还有所谓"思维"的话，难能有一丝"进步"的迹象（左翼的霍布斯鲍姆最敏感这个）；他们的正义也往往只是初级的、粗糙的、反射性的正义，更多只能够解释他们落草成盗匪的来历，而无法解释他们的行为本身，如此同情他们的霍布斯鲍姆也只好承认，所谓好的盗匪、社会性盗匪不过是心肠尚未完全变硬、"心里仍有那一点微明"而已，这说得非常好而且悲伤；还有，"说也奇怪，各种长期观察与调查结论均颇一致；那就是所有做强盗的，都身无恒产，没有职业，他们所有的，只是一些私人物件"。包括最成功最显赫的、人们总说他们大把抓银小把抓金的盗匪，像巴西史上排名第一的"大王"蓝彪，应该算是这一行里洛克菲勒级、比尔·盖茨级的，他一九一四年被捕处决，警方清点过他的全部财富，只是一些身上口袋装得下的东西而已，这纸清单霍布斯鲍姆把它保存在书中注释里。书中还说到一批秘鲁盗匪，因为实在太穷了，所以根本没余钱可救济穷人。

孑然一身的盗匪，于是有一丝原始生物世界的影子，让人想到比方非洲草原的猎食狮群。它们在自身领地里威风凛凛，但同时，在这顿饱食和下一顿饱食之间，狮群其实经常性地处于饥饿状态，镜头拉近，我们看到的其实是有点狼狈，还瘦弱不健康的大猫。

另外，盗匪的聚合人数也远比传闻寒碜，只十到二十人，"这是一般盗匪队伍最常有的人数，不分时代地域，一致程度令人讶异"。二十就到顶这个数字其实非常有意思，可供我们察知、联系到许多更深层的真相。比方他们的能力限制，他们的群体构成方式和层级，他们的基本性格和作为，还有他们和一般人、和周遭环境、和当下社会的种种相容相斥弹性云云，击破不少幻想，包括那种呼群保义如四方风起云涌的幻想。

这些，于是也就预告了他们的下场——一般而言撑不过两三年，成气候不成气候皆然，失败了无声消灭，成功了惊动"中央"，只引来更强大也更现代化的镇压力量。霍布斯鲍姆心痛地说，要不处死，要不接受收编（对穷而没进一步意识的盗匪而言没什么抗拒理由，很多盗匪还早早就转为地方财主的武装警卫和打手），至于霍布斯鲍姆想望的汇入革命大军、成为真正进步正义力量的一环呢？现实历史里，这事远比想象中的稀有、困难而且不相容，最多只能短暂地、外围地扮演消耗性的死士角色，老行当老技艺，在总是得超过二十个人的革命动员里，他们无法指挥不受约束的基本性格处处扞格，如若不是快快战死，也就只能快快脱队，大家误会一场。

《盗匪》一书，如今我最有感觉的是这一段："一个社会里，总有一些群体居于特别地位，拥有走上强盗之路必须先有的自由行动条件，其中最突出的一群就是从青春期起、一直到成家之前这个年龄层的青年男子，也就是在人生的家庭重担开始压得人直不起腰背前的一段时光……总而言之，强盗匪徒八九不离十都是青年男子，这是毋庸置疑的了。二十世纪六〇年代南意大利卡塔地方的强盗，三分之二年龄在二十五岁以下。秘鲁兰巴耶克的五十九名盗匪里面，单身者即占四十九名。安达卢西亚的传奇绿林人物奇利安提死时才二十四岁，地位与其相等的斯洛伐克好汉雅诺契克则是二十五岁,巴西东北地方的大盗蓝彪,打出天下时只二十岁不到,十七郎当岁,真实世界里的荷西,十八岁就扬名立万。小说家往往观察敏锐:土耳其某部绿林小说的主人翁'瘦子阿蒙',十来岁就上了陶鲁斯山脉。"

盗匪世界的新福音是——你若不回转年轻人的样式,断断是进不得这个盗匪天国的。

年龄真的太有趣了。年龄的基本构成材料是时间这个最诡异、最富变化的东西;不只这样,年龄还是仿佛染了色的、仿佛看得见的时间,借由人在时间大河中的浮沉挣扎调整,给了时间一个阶段一个阶段的可感内容细节。昆德拉说年龄是观察站,人在不同年纪的观看位置看到世界的不同模样;而观察者也是被观察者(人观看世界的方式,也呈现为他的生命态度和日常行为),这是双向的——以下,我想试着从年龄这道小径走进去,侯孝贤的电影,尤其是如今的《聂隐娘》。

电影里,舒淇的聂隐娘几岁了呢?侯孝贤自己的年纪我倒是一清二楚,他是一九四七年四月的白羊座人,也就是,怎焉"已经"六十七岁足足了——相信星座之说的人会感觉更富张力,一个忍不住年轻的灵魂,和一个缓缓走入老年的身体。

《风柜》之后的侯孝贤

最原初,侯孝贤说他不要拍那种轻飘飘的、人满天飞来飞去的武侠,他要人踩地上踩水面踩树叶或刀刃上有地心引力、有反作用力;也就是说,他要放弃和观众的这一部分类型约定,召回基本物理法则,给自己限制。没事自找限制是为什么?简单的答复是,这样才像是真的,或说至少有一种质感。

但一旦开始，叫回来的就不会停于物理法则，整个真实世界会一块一块跟着回来，这几乎是必然的——其实，在武侠的真实和虚拟界线问题上，物理法则极可能是最容易也最无所谓的。

只因为事情不自今日始，此事有更长的时间来历——我们一直稍带诋毁地说侯孝贤有"黑道情结"，像《悲情城市》这样的大家国题材，他放入一个三代人的黑道家族之中来看；像《最好的时光》，他选的（或说深深记得的）是早年仍属"不良场所"的撞球间、更早年的酒家，和现今的夜店。侯孝贤也笑着说大概是自己年轻时混得不够，没完成，五体不满足，遂像是人生命中一直悬空在那里、会伸舌头去舔的一个缺口。这当然是侯孝贤式的稍稍谦逊说法（证诸他多年来游侠般四下支援弱势者的持续作为），要逼他讲社会正义云云这一套可能不大好意思吧。

对创作者而言，当真的从诸如此类的特殊角度进去不见得是坏事，至少相当长一段时间不是，只因为这个驱动他的力量是真的、确确实实是他一心想弄清楚的，真的就能持续、专注、稠密，能如本雅明说的耐心等到那些隐藏的图像慢慢浮出来，这是机智性的、策略性的创作设计做不到的。特殊角度的代价是局限，锐利切入的另一面往往是偏颇迷执，会牺牲掉一般性的东西，接触不到"一般人"，这对只想完成一两部好作品足矣的创作者不是困扰，但对侯孝贤，其中隐藏的不安必是不断累积的。

如此拍出来的最好电影，至今侯孝贤自己仍说是《风柜来的人》，理由是一切都"正正好"，什么意思呢？——《风柜》是四个离岛少年（都不到二十岁）进入到大城市的典型故事，四个少年很像本雅明说的听任城市的风把手里纸片吹走，纸片吹到哪里人就随之走到哪里，唯"最终总是通往犯罪"；但同时，他们能走到的地方也就不会太远太大,像格林说的一座大城市对他们而言不过就那几条街、那几间房子和那几个人而已,并非(或说还不是)真的一整个世界。"正正好"的意思也是指四位少年和真实世界乍乍相遇的此一接触面,暂时止于这里,不追问"娜拉回家了怎么办"云云的进一步必然问题,两边还可相互成立相安无事;而我们可能也会想到,不是"正正好"了吗?如同卸下一桩多年心事、一则少年荒唐之梦,成为一个幸福题材,舒舒服服完成了不是吗?

我比较想说的是才上一部的《咖啡时光》,这原是侯孝贤日籍工作伙伴小坂史子的记忆,最先抓住侯孝贤目光的"那个画面"是夜间跨城市电车上酣睡的大叔和一旁紧张兮兮盯着行李架上包包的小女孩——破旧包包里永远满装着万元大钞。大叔是小女孩亲叔叔,带着再没其他亲人的小女孩,他其实是黑道组织负责一地一地收账的,大部分时间活在电车上。叔叔告诉过小女孩,愈像随手扔在那里愈安全愈不招人注意,这是诀窍,但小女孩就是忍不住去看。

距《风柜》都二十年不止了,依然是黑道,还是有些东西并没完结并没平息。

"那个画面",创作者徘徊不去、因此才缓缓生长成一部作品的某一具体图像,一般会放在作品的最重心处、最富说明力的位置,就像福克纳的《喧嚣与骚动》小女孩爬上树、浑然不觉露着脏污内裤、看着她祖母丧礼进行这一场,《百年孤独》里老人带着小孩去看去摸一块冰甚至就亮在第一页、第一段、第一句,但启动《咖啡时光》的此一画面则根本没留下来,连叔叔这个人物都消失了,怎么舍得呢?好像这个人连同他所在的黑道世界种种被排斥了出来,完全进不了长大后小女孩的一般人世界(尤其还"恢复"成有父母家人……),连只作为她一个偶然袭来的回忆都不成,就算有过也已遗忘。一青窈演的多年后小女孩走向神田神保町的旧书店街一带，若有什么多出来的，是另一个以文字厚厚堆叠起来的世界，结尾的一幕很漂亮，是不远御茶ノ水駅（御茶之水站）JR电车的交会穿行，水道桥画面宁静完整到像一张大画，每个细节清晰饱满到仿佛都成了隐喻，但却又停驻不了、固定不了如一瞬，刻舟求剑也似的，人脚底下的世界是移动的奔流的。

我想提出这样毫不出奇的解释——这不真的只是侯孝贤一己的少年之梦而已，也就不会因《风柜》的完成而完成；或者说曾经是的，但随着侯孝贤的年纪，以及在时间中不断展开、不断触及他者的理解和关怀，已难以再是了，毋宁更像是（归属于）奥伯拉契所说"古往今来，不分阶级、宗教、民族"的人类千年大梦，回到人普遍的世界里来。一个人的梦很容易成立，它甚至不必考虑现实乃至于可以背反现实条件，有时只凭着一股血性、一些误会和无知就行了；但"人对正义永远无法满足的渴求"，除非继续把它封存在梦境里成为单纯的安慰，否则我们只会不断遇见一个铁板模样的世界，处处不成立、不相容、难和解，站在光天化日的真实世界里，就连要把它顺利描述出来（再描述总是得带着解释）都变得困难重重。

《风柜》之后的侯孝贤大致如此，缓缓走向司马迁和霍布斯鲍姆，更多时候是在找寻还在的、还幸存于真实世界某一角落或某一瞬的这些人。问题是侯孝贤使用的是影像而不是文字，这（将）大有差别。

电影装不进去

很多人十八岁以前相信有、相信它成立的东西，不会五十岁以后还成立，生命经历不知不觉教会我们很多事情，逼我们注意到很多事情,也要求我们得忍受很多事情;太多东西在人的世界里都是脆弱不堪的。所以博尔赫斯才说,很多书、很多故事得趁年轻时候读,到一定年纪你就不相信了、读不进去了。

"这是一个再无法杀人的杀手故事"——为着让欧洲人也能够顺利进入古老东方的这部电影,《聂隐娘》曾被简化成这样一句话、一个疑问。一个杀人为业(职业／志业)的人为什么再杀不了人呢?这其实是寻求最大张力、更尖锐方式的反向追问,其核心仍是此一普遍性的大哉问:人究竟可不可以杀人?

(这几天,台湾又一次泥淖般在吵死刑废除的问题,这还会继续吵下去丝毫不见尽头。废死的意思是,再怎么该死的人都不可以杀他,如《圣经》十诫的庄严命令、犹太人也从未遵守过的:"不可杀人";或者说,从至大的神到至小的细菌病毒分子原子再到无形无体的噩运噩耗恶意都杀人,大自然从没好生之德,好生之德是人尝试着给自己的一个严苛道德要求,整个自然界独独只有人不行,是"人不可杀人"。)

《聂隐娘》这部电影当然不只面对这个疑问而已,但光是要好好回答这个就够让人口干舌燥了。

基本上,这是个较合适以文字来负载来处理的题目(影像并不具备足够的解释能力,或说不具备文字双向的、反复的讨论能力),而且还是足够数量的文字才堪堪可以,比方一整本书(如霍布斯鲍姆写《盗匪》),乃至于很多部书(《盗匪》一书显然并没解决我们的全部疑问)。

而一部电影,多年来我们一再讨论确认过了,一定要换算,它的全部负载量也只到一部短篇小说的幅度而已。

新闻报道善意地说,《聂隐娘》有一个"很豪华的编剧阵容",包含两位文字世界的大小说家阿城和朱天文,这其实也不自这部电影才这样;还有,侯孝贤自己也是编剧(最重要的一个,不管挂不挂名),从头到尾在场。《聂隐娘》耗在咖啡馆里的文字性讨论时间应该达实际拍摄时间的三倍以上(姑不算其稠密度。剧本讨论不必等光、等云到、等工作人员处理好现场,以及永远不断发生的突发状况云云)——很多人不会知道,多年来侯孝贤浸泡在文字里的时间远远多过于影像,平常生活也是如此,尽管看起来也许不像,他的确是我所知道读书最多的导演。

电影装不进去,愈来愈装不进去,随着侯孝贤的年纪以及跟着年纪而来的东西——《聂隐娘》当然是到此为止的极致,这关乎一整个倾颓中的王朝而不是高雄市那两条暗巷子,你得记挂着以万为基本计数单位的人(尽管电影里不会出现)而不是四个年轻人的求职和薪水多少;再加上,侯孝贤说这回要贴近地拍,意思是他要更逼近每个个体、每种情境,穿透普遍性的事物表相,进到更里面去。

装不进电影,对这些已习惯侯孝贤的编剧(包括编剧身份的侯孝贤自己)并不是新鲜事,也早知道如何继续工作和忍受——即现在大家也熟悉起来的所谓"冰山理论",典出小说家海明威,作品像冰山一样,永远有十分之九隐藏在海平面底下,编剧的任务本来就是为侯孝贤打造一座冰山,两小时的电影,所以说编剧的文字应许空间是二十小时。

这是个很确实也很安慰人的美丽说法,之所以无法就此相安无事下去,我以为问题出在侯孝贤——一个随时间不断移动、持续察觉更多、更无法简单说服自己的侯孝贤。

这么来说,昆德拉素朴地使用过"结构"这一词,以为它是原创的,每部作品有它无可替代无法模仿的独特结构,"于是他从此要面对非常复杂、异质性又高的材料。面对这些材料，他得像个建筑师一样，赋予它一个形式；因此，在小说艺术的领域里，从它诞生的那一刻开始，结构（建筑）便成为最重要的东西。……而结构也是每本个别小说的身份证。"——所谓从作品诞生的一刻，指的应该是起心动念那一刻，也就是远在作品的呈现之先，因此，结构最原初是人的思维路径，因应着每部作品的特殊询问（我们可很粗糙地想象为一处矿坑），这些反复寻获出来的、跌跌撞撞出来的独特路径必须整理、确保，结构一崩塌，路径就断掉了消失了，你想抓取的东西埋了回去，挖不到手，以及运送不出来。

也因此，导演只撷取十分之一，便（愈来愈）不是单纯的数量问题，而是，若不依循这一特殊思维路径，你如何重新找到它，以及，若不完整呈现一整个结构，你如何让它仍成立仍可信——没有结构的引领、支援和保护，这些辛苦才寻获的东西总显得危险、显得虚张声势、显得不够真实或踏实，只因为它本来就不是简单、普遍存在的东西。话说回来，满地存在的、成立的东西，还需要人一讲再讲、需要人"发现"它保卫它吗？

我自己有一点点经验，作为一个多年的文字编辑，以及一个动辄引述他人话语的书写者——引述愈来愈难甚至矛盾，那种两句的、切得工工整整的，又像永恒真理又如精美礼盒方便送人的话语愈来愈不吸引我；我想让别人也读到的珍贵话语总是愈来愈长、愈不容易截断。这些限定于种种严苛条件和顾虑的，甚至得把人自己也加进去才堪堪成立的话语，带着某个非比寻常的视野，还带着某种深沉审慎的拮抗现实之意，这些话语不会无意地出现，是人要它被说出来，人希冀它存在、成立，话语背后隐隐闪动着一个并不理所当然的世界。

《聂隐娘》里"青鸾泣镜"这一幕，据说在剧本讨论阶段让舒淇听得热泪盈眶（没有同类，独自一人），但若不伴随着足够的、可感的、带着人一路走来的聂隐娘身世细节，这个毋宁过度动人的力量很容易（一大部分地）流往戏剧性；还有，来自日本的磨镜少年妻夫木聪夜里火堆前第一次对聂隐娘说自己来历那长段告白话语，据说是拍得极好、现场工作人员无不动容的一幕，但由于磨镜少年的回忆戏连同所有人的回忆一并舍去（装不进去，侯孝贤最终选择顺时间剪），这闪闪发光却孤零零的一幕失去了支撑，遂如一颗熄灭的星再不会有人看到，大概只能送给妻夫木聪当个人收藏以纪念此行。

侯孝贤总简单说这"不够真实"——要不就直接剪掉，要不就设法把戏剧环扣松开，"将一个动作、一个情节、一段对白放置在一个较宽广的架构里，用日常生活的流水将其稀释"。

这于是生出了或说放大了另一端的麻烦，你怎么能只要这边不要那边呢？当你得稀释的东西愈来愈多愈稠密不化，你无疑需要更大的空间才行，而电影仍只是两小时而已。

凡起飞的总要降落

此番最愤怒的编剧朱天文（我算目击者）设法平息自己的愤怒——除了重申"电影是导演的"，她以为侯孝贤几乎是逆向所有人地回转卢米埃尔兄弟的电影源头，那样一列火车轰轰然地开进站，电影作为一个真实世界逼到眼前的记录，或深深记住。

但我们仍得说，回转源头不该是全部理由，源头如博尔赫斯所说追溯字源有时是没意义的，除了人当下某种原来如此的惊喜；此外，诸多人类的书写创作形式，的确多从惊异、处理一个真实世界开始的，但日后这么长时间下来，我们或者已发现了每一种创作形式更独特的力量所在和其更合适的使用方式（只有小说能做的事、只有电影能做的事云云）。此外，我们对所谓的真实也已有更深刻更流动复杂的理解，真和假一言难尽，"似真似假的这条疆界已不再受人监视了"。

我们总是较相信电影更好的使用方式是让我们（暂时）摆脱这个纠缠不休的不舒服实然世界，呼应着、承接着以神话以传说以一个个仙侠故事盛装的千年大梦，梦见或更炫目、或更公义、或更满足、总而言之这个现实从不给予我们的一个一个想望世界，或另一种没发生的人生。像费里尼那样华丽的、无羁的、宛如星体炸开的四面八方而去想象力；像伍迪·艾伦那部甜得滴蜜的《开罗紫玫瑰》，片中的米娅·法罗是个二十世纪三〇年代经济大萧条时日有个粗暴、失业、酗酒工人丈夫的寻常少妇，她躲进电影院里，一遍又一遍看着同一部探险英雄电影，直到银幕里的英雄终于"注意"到她，从电影里走出来，把她带进那个她不可能存在的世界或人生里去。

在电影里我们可轻易得到这样一个一个世界、一回又一回的人生，这不仅仅是一种安慰，还是有着多重极富意义的想象，让我们发现、存留各种可能，也自然携带着我们对唯一实现这个世界的必要离开、反思和驳斥。但这里，我想提出（年纪渐大的）昆德拉这番反向的话："可是哪一天你我会不会反问；假如我生在别的地方，生在其他时代，那么我的人生是什么样子？这个问题本身包含了一个人类最普遍的错觉。这个错觉让我们误认为我们的一生只是一个单纯的布景，是个偶发的、可以交换的情况，而我们那独立自主、恒常的'我'便在这个情况里通行。哎，幻想自己其他不同的人生、自己其他十多种可能的人生，这真是美好的事！白日梦做做就算！我们其实不可挽回地锁死在自己出生的年月日和地点。如果抽离开自己那具体而又唯一的情况，我们的'我'是难以想象的。除非透过这种情况，除非放在这种情况里看待，否则我们的人生是无法理解的。如果不是两个陌生人早上来找约瑟夫·K，而他宣布他被指控的消息，那么他将会和我们所认识的他完全不同。"

更确实的真实要求在这里，在人无可取消的种种限制里（我们其实不可挽回地锁死在自己出生的年月日和地点）——你当然轻易可想象有一颗万灵的，乃至于青春永驻的药来，但你的猫、你的亲人仍只会死去；而且，这个药愈神奇、愈无病不愈，我们对此一疾病，乃至于人在疾病中的种种也就愈不必了解无从了解，不是这样吗？

别误会昆德拉的坏脾气，他没骂你，他的怒气是向着这个总是令人沮丧的世界，也沮丧地对着自己，以及小说这门行当而发——"凡是起飞的，有朝一日总要着陆"。我宁可说，一个够好的、好得够久的创作者迟早会这样落回到现实大地来，通常，这会是一个不断发现也不断抗拒延迟的角力过程，也往往被不明就里的人和心怀恨意的人看成为一个衰败过程（表象上看的确是坠落的弧线模样没错）。创作者会一样一样舍弃创作形式赋予他的约定特权，让自己受困于一个一个现实限制里（创作者生而自由，却处处回到桎梏之中），以至于外头的人们总以为他失去了想象力、失去了人们曾为之心折的种种华丽无匹东西（如托尔斯泰的《复活》，巴赫金哀悼地用"枝叶凋尽"来说它，这曾经是人类小说史上最狐狸、最精巧、最技艺精湛的巨匠；昆德拉才完成的《庆祝无意义》也是这样，小说本身甚至是笨拙的）；最后一个（舍弃的）约定特权就是此一创作形式本身，近年来，我自己很有意地重读这些了不起书写者的最后一部作品（当然不浪费时间在那些早早坏掉的小说家身上），也注意他们封笔不写的具体时间落点（如果不是死亡先来的话），最好还能读到这前后他们的发言访谈云云。这里有复杂难言的种种，并不容易分清究竟是小说弃绝他们还是他们选择离开了小说。小说会是个比人寿还短、会先一步到尽头的东西吗？小说（乃至于一切创作形式）竟然不见得是人可托终身之志、人至死方休的东西吗？

这次，朱天文的理解是，侯孝贤如今对真实的近乎神经质要求，好像要编剧"打造"出一个完完全全真实的世界（"打造"这个如此不精确的用词曝现了其间的矛盾，如埃科所说的，要制作一张和真实世界一模一样的地图是不可能的），好让他的镜头不管对向哪里对向谁，都是真实世界的一景、一个当下，镜头"框里"和"框外"无界线无接缝地连起来；或者说，镜头里的只是一个一个"信物"，如轻纱引风，用最少最省约的东西，触着、相信着、证实着镜头以外整个世界的确确实实存在。

走向诗、走进电影本身

这样，我以为侯孝贤的电影走向了诗——也许电影的终极可能是诗而不是小说；或者说，如果不甘于只探索一个点、一个夜晚、一处庄园、一个暂时切断和外面世界所有联系的舞台状封闭空间（如精彩无比的老导演阿特曼，我以为他是最世故最穿透个别人心的，也是最文字性思维的），你想拿它来说更多东西，乃至于像侯孝贤常说的"我只会拍电影"（意思是我人生这一场的全部所知所得所思所想包括言志，最终都只能通过电影讲出来），你要把电影用到极限，大概就只能是诗了。

关键可能在于电影的语言是影像而不是文字。而在今天归属于文字世界的所有书写形式里，只有诗是先于文字的，和音乐、和绘画一起直触这个亘古世界。一直到今天，诗的根本书写、思维方式仍不真是文字性的，而是一系列不直接联结起来的具体形象或图像，诗使用的文字于是极不成比例的多是名词（枯藤、老树、昏鸦、小桥、流水、人家、古道、西风、瘦马云云），如一个一个间隔的点或具体实物，诗的书写奥义之一便在于这些点的选择摆放和处理，让点和点奇妙地、参差地、始料未及地相遇，够明确够光亮的点，我们头顶上的星空那样，会相互招引联系成线，空间的线，时间的线；诗的完成通常不是一个故事，而是一幅画。

诗于是能以最小空间、最省约的文字，讲最多东西，以及伍尔夫说的，讲最巨大的东西。

侯孝贤以他极富耐心、不轻易打断如凝视的长镜头闻名乃至于成为他的电影签名，但这毋宁是他一个点一个点地摆放和处理。侯孝贤的这个镜头和下个镜头通常是不联系的，没因为所以但是而且之类的因果链接东西，好得到空间得到自由以及真实（真实世界里的因果之链的确总是隐没的、捉摸不定的）。这在他《戏梦人生》时已达一种地步，我们常私下笑说侯孝贤根本是拿李天禄家的一本老相片簿来拍，看到没？这是十二岁时候的李天禄本人，他家房子当时长这样，门口蹲着喝茶那个应该是他舅舅还是谁，他母亲养了几只鸡，好，看下一张……——看他电影的人必须自己去联系起来，这是侯孝贤电影对观众的要求。因此，很多抱怨看不懂的人也许只需一个提醒，你这不是在读一部小说，你像平常读唐诗三百首那样就好，"独坐幽篁里"，翻过去，"弹琴复长啸"，翻过去，"深林人不知"，翻过去，"明月来相照"，结束。

侯孝贤的电影于是有一种特殊的沉静不惊，一种大地也似的安稳坚实，逐渐地，人的行动失去了锐角，变成只是活动而已，并隐没向"惯常性的重复行为"，我们感受更多的可能是来自人之外的某些不明所以力量及其存在——但这样,聂隐娘怎么办?这个她羊角匕首一样尖利的奇女子,她的深刻意义原是建立在她的行动上的,一种极强烈、极异质的、接近从心所欲自由发挥也绝不轻易跟世界和解的行动;失去了行动,她走不了那么远,或直接说,编剧用文字为她堪堪打造出来的孤单、独特小径,以及她在小径尽头的独特模样,在电影的影像里又复归隐没了。

这些年来,我们的确感觉到至少有两个侯孝贤,一个屡屡下到现实生活火杂杂角落、对具体的人具体的不公不义满满关怀到犹好勇斗狠地步的侯孝贤,另一个较隐藏的、不断走进电影这一创作形式深处、试探着电影极限、沉静老工匠一样的侯孝贤——侯孝贤(以及他的编剧们)可能还是稍稍低估了此一矛盾和其裂解力量;或者说,大部分时候的侯孝贤喜欢、希望自己是前面这个人,也不认为在作为电影导演(工匠)那一刻不能仍是这样的人,但电影自身的要求、自身的询问最终总把侯孝贤带到另一个人那里,已进入电影里这么深的侯孝贤有他更无可拒绝的招引(另一面也是限制),像韦伯说的那样,电影正是他生命中唯一的魔神,你只能认定并专心事奉。

这也帮我们解释了一些侯孝贤式的怪现象——侯孝贤的电影最依赖他的文字编剧,编剧(他自己是其一)为他做的不仅仅是文字执行而已,而是从起点开始相当程度的共同创作,但他的电影完成时,最突出的总是他犹豫不定、屡屡想摆脱重来的摄影,以及实力极其一般、实际拍摄过程里状况不断的美术。这其实不是好莱坞式可分离、可独立作业的摄影和美术,真正完成的是总的影像本身,当然得来自侯孝贤本人(摄影奖、美术设计奖都该颁给侯孝贤本人)。影像正是侯孝贤唯一的、由他说出的语言,影像甚至就是他探索的、愈来愈纯粹的电影本身。

另一个怪现象是——对他评价最高到有点会不会太夸张地步的，是远方几个声望地位乃至资历甚至高过他的大导演、电影创作者（阿巴斯、黑泽明、科波拉等等），他们对侯孝贤电影的纯粹性甚至是欣羡的。我们可以把这些大导演理解为不断思索并实际触及电影极限、得时时去想电影究竟是什么、能做什么的那几个人，他们和侯孝贤站相似的位置，看着同样的东西并烦恼，他们最知道侯孝贤在做什么，以及何以这么做。

还有，侯孝贤电影隐藏的某种严苛无情——侯孝贤总是从热血关怀一个特殊、具体的个人开始，但最终总是"遗弃"了他。电影愈来愈是目的，而不是一种负载形式表达形式，我们也听到了饰演聂隐娘的舒淇很聪明的话："你们不会常常看到我的，我都躲树上。"

日前，侯孝贤在接受采访时说，他还会再拍一部武侠片（有点背反他被唐代美术搞得心浮气躁、发誓要回到现代、再不拍古装的发言，但前言后语不一致是侯孝贤的"习惯"），看来他还有未竟的大梦，也仍然相信他可以和解那两个不断分离的侯孝贤。我其实很喜欢这样的侯孝贤，矛盾有时是一种不舍，一种希望好的东西都一并成立、宁可让自己置身困境的高贵心志；矛盾如惠特曼所说是人心胸宽阔、容得下不相容事物、容得下诸神冲突的表征，够好的思维者创作者因此总是矛盾的——但真的做得到吗？我们好像只能继续看着他、担忧他并祝福他。